献给我的外祖父曲庆新,他教会了我写字。

王秀梅

著

我们海上见

山东文艺出版社

图书在版编目（CIP）数据

我们海上见 / 王秀梅著 . -- 济南：山东文艺出版社 , 2025.2. -- ISBN 978-7-5329-7273-9

Ⅰ . I247.5

中国国家版本馆 CIP 数据核字第 2024A7U487 号

我们海上见

WOMEN HAISHANG JIAN

王秀梅　著

主管单位	山东出版传媒股份有限公司
出版发行	山东文艺出版社
社　　址	山东省济南市英雄山路 189 号
邮　　编	250002
网　　址	www.sdwypress.com
读者服务	0531-82098776（总编室）
	0531-82098775（市场营销部）
电子邮箱	sdwy@sdpress.com.cn
印　　刷	山东新华印务有限公司
开　　本	890 毫米 ×1240 毫米　1/32
印　　张	11.75
字　　数	270 千
版　　次	2025 年 2 月第 1 版
印　　次	2025 年 2 月第 1 次印刷
书　　号	ISBN 978-7-5329-7273-9
定　　价	59.00 元

版权专有，侵权必究。如有图书质量问题，请与出版社联系调换。

目录

外 一	001
第一章	004
外 二	008
第二章	012
外 三	023
第三章	030
外 四	047
第四章	052
外 五	059
第五章	064
外 六	074
第六章	077
第七章	088
外 七	097
第八章	101
第九章	118
外 八	153
第十章	157
外 九	163

第十一章	167
外 十	176
第十二章	179
外十一	195
第十三章	200
外十二	228
第十四章	229
外十三	241
外十四	254
第十五章	257
外十五	274
第十六章	277
外十六	291
第十七章	300
外十七	306
第十八章	309
外十八	318
第十九章	320
外十九	326
第二十章	334
外二十	342
后记	364

外 一

  一段时间以来，我一直在讲述祖辈的故事。我们老曲家的故事过于传奇，很多故事甚至演变成了传说，所以我得拨开历史的烟雾，把那些故事碎片尽可能地梳理、拼接，留给我的后代，让它们流传下去。

  当这个故事开始的时候，我的外高祖曲惊涛正在烟台的朝阳街上游荡。他于1870年5月22日早上8点12分降生于这条街上的共济医院，这一点是确切的，这个时刻被写进了老曲家的族谱。

  他从出生那一刻开始，就在等待十六岁的到来，等着像祖上那些航海人一样去外边海上游荡。他做好了一去不返的准备，愿意用尽一生去游历广阔无垠的大海，因此根本就没想到有一天会在离家乡很近的海上跟大清国的海军舰艇发生关系。作为航海人，他更没想到自己会有孩子，那孩子的人生竟然也跟海军舰艇绑缚在一起。

  他出生二十四年后的那个甲午年，在离他的家乡烟台不远的威海黄海海面上，他目睹了那支盛名远扬的水师的壮烈战事。这是我外高祖一生都难以忘怀的时刻。但是这个神秘的人在漫长的一生中对他的家人隐瞒了这个时刻，他们都以为他一直在外面的海上游荡度日。直到感觉到人生将尽，曲惊涛才对他的孙子——我的外祖父曲月明讲述了他的一些重要经历。我的外祖父当时二十一岁，他不想当航海人，他的兄弟效仿祖上去当了航海人。

几十年过后的一个八月，老年曲月明坐在朝阳街上白亮的日光里，对我讲述了曲惊涛的那些往事。我的外祖父是我们老曲家最高寿的人，他活了九十九岁。在九十九岁那年，除了记忆的碎片部分模糊，他耳聪目明，思路清晰。我们坐在一棵巨大的栾树下，栾树上那些三棱圆锥形的蒴果开始坠落，在朝阳街边上铺了粉紫色的一层，就像一片小铃铛，在灰砖路面上叮当作响。

关于曲惊涛年满十六周岁的第一次离家，在朝阳街上一直流传着两种说法。有人说看到他在凌晨时分自己划着一只舢板驶往崆峒岛的方向，那时海上雾气弥漫，曲惊涛和他的舢板很快就消失在迷雾之中。还有人说，曲惊涛混到了醇亲王巡阅北洋海防的船队里，于 1886 年 5 月的那个凌晨时分，神不知鬼不觉地实现了他十六岁离家远航的梦想。

曲惊涛究竟是独自开启了冒险旅途，还是借醇亲王的船队出海，很长一段时间里一直是朝阳街上的谜。不过，人们早习惯了老曲家世代留下来的谜团：那些姓曲的少年，每一代都有一个到了十六岁便要效仿祖上，神不知鬼不觉地离家远航。经过二十年谜一样的游历之后，他们会在三十六岁时返回烟台，度过短暂的一夜，天明之前再次出海，从此不知所终。至于他们的祖上能追溯多远，那就无人得知了——朝阳街上的人们最近看到的老曲家的航海人，是曲惊涛的叔叔曲破浪。这位祖上也是十六岁离家出海游历，在 1886 年春天，率领着共有三十五艘大船组成的船队，浩浩荡荡地停泊在港口。他们为什么要选择十六和三十六这两个数字，也是个谜。经过对祖上传奇经历的数年追踪，我认为，这两个数字或许并没有什么特别的深意，很大概率是，

我 们 海 上 见

最初出海的祖上是在这两个年龄离开和归来，所以曲家后代便用这种忠诚效仿的方式向祖上致敬。

曲破浪和他的船队返乡后，在老曲家的"百英聚"客栈住了一夜，跟祖上一样，讲述了很多海上的奇闻轶事；第二天早上，他和他的船队就神秘消失了。那时候我的外高祖曲惊涛还没满十六岁，他为此陷入难以倾诉的焦躁，不知如何度日才能安抚自己那颗狂躁的心。终于，曲惊涛在年满十六岁的次日凌晨离家出海，一天都没耽搁。

在曲惊涛离世之前对曲月明断断续续的讲述中，关于他当年是以什么形式出海的，他自己也语焉不详。那时候，老年曲惊涛的记忆出现了很多问题，他常常把昨天刚刚讲过的事情推翻，或者把一件往事说出几个版本。我的外祖父曲月明最终也没弄清曲惊涛离家那天的真实情况。不过，他推测，曲惊涛的离家包含两个因素：第一个是，他被醇亲王巡阅时那浩大的场面所震撼，再不出海就不知道怎样活着了；第二个因素很巧合，他正好就是在醇亲王到烟台巡阅的那天迎来了自己的十六岁生日。

第一章

当这个故事开始的时候,曲惊涛距离十六岁还差一个月,他正站在百英聚客栈门口等人。曲家就住在百英聚客栈后院,客栈是他们曲家的祖业。这栋二层大宅院处在南北走向的朝阳街北头,与东西走向的海岸街相接。

曲惊涛走出大门,左转,倚在北墙上,看海岸街对面的孥记洋行。在曲惊涛的头顶上,覆盖着一片嫩绿的枝叶,每一片叶子边缘都长着细密的锯齿,像一把把椭圆形的小锯刀。那是四月的栾树在1886年的春天如期复苏。曲惊涛对它的过去一无所知,不知道它在门口站立多少年了。管家老诸葛说足有两百年了。

老诸葛其实并不老,刚刚四十岁,只比曲家大少爷曲长帆大两岁。老诸葛跟随他爹,从小就在曲家院子里长大,给曲长帆陪玩陪读。他爹才真正称得上老诸葛,不幸的是过世有点早。他爹过世后,老诸葛就成为曲家的管家,他早早就让人喊他老诸葛。下人们之前喊他爹老诸葛,反正也喊习惯了,就直接把这个称呼挪给他了。

老诸葛关于栾树年龄的这个说法被认为夸大其词,但朝阳街上的老人们还真没人能说清它栽种于哪一年。

曲惊涛要等的人是马栗仁和缪加,他们分别住在海岸街和海关街上。他最先等来了马栗仁,这位和曲惊涛同龄的少年长得很瘦,单看身材,很难相信他是著名的大胭天饭庄的少爷。

马栗仁溜溜达达地穿过海岸街,来到曲惊涛旁边,和他并排站在栾树下。老诸葛从客栈里走出来,拎着一只白铁皮水桶,给栾树浇水。他扶扶眼镜,对马栗仁说,你们家是不是不舍得让你吃饭?开那么大的饭庄,小少爷却瘦得像片树叶。

马栗仁白了老诸葛一眼,说,不管,您管啊?

老诸葛说,我才不管,饿着你。

曲惊涛往后退了退,把地方让出来。因为老诸葛每次给栾树浇水都要摆足架势,绕着圈喷洒,左三圈右三圈,仿佛在举行什么仪式。

老诸葛,您倒是说说,这棵树到底多少岁了?马栗仁问。

两百来岁吧。老诸葛说。

吹牛。马栗仁撇撇嘴,叶老板说,栾树的寿命最多只有五十年,个别的可能会活八十年。

难道叶老板还懂树?他只知道赚钱。老诸葛说,我却是能听到栾树说话的。

叶老板当然懂了,他家里有大轮船,全世界所有地方他都去过。曲惊涛说,叶老板说栾树的寿命只有八十年,那准没错。他是个见过世面的人。

老诸葛说,叶老板当然见过世面,但是,他能比咱们老曲家的祖上厉害吗?咱老曲家的祖上那一定是去过天涯海角的。

他们说的叶老板,就是海岸街对面孥记洋行的老板叶孥森。这是一个英国人,但他很喜欢中国,因此给自己取了个中文名字。不过,老诸葛经常嘲笑这个名字,说它中不中洋不洋,东不东西不西。但这不影响曲惊涛喜欢叶老板。而且，他不仅喜欢，甚至还有点崇拜，因为叶老板的商行里有几艘大轮船，据说，那些大家伙劈波斩浪，能航行到天津和香港去。既然能到天津和香港，那就一定还能到更远的地方去，甚至能抵达老曲家祖上所到过的那些远地方。

老诸葛浇完栾树，提着白皮铁桶回去了。曲惊涛和马栗仁又等了一会儿，没等到缪加，便沿着海岸街往西走，去找缪加。他们溜溜达达地路过一些洋行、店铺，不多远就走到海岸街西头，站在海岸街和海关街交接的丁字路口。缪加家里开了一间药房，就在丁字路口左拐第一家，名叫缪记药铺。虽说取名叫药铺，但在附近几条街道上规模算是最大的，仅店员就接近二十人。

缪加因为记不住药名在挨罚。他的父亲缪掌柜是个很严厉的人，四十好几才有了缪加这么一根独苗，指着他将来继承衣钵。但是缪加很不喜欢这个行当。

煅、炮、煨、炒、炙、烘、焙，洗、漂、泡、渍、蒸、煮、淬、切、碾、水飞……这些你都要记住。水制，火制……哪种方法能改变药性，引药入经，怎么样能最大限度地去腥味、盐分、毒性成分……这些你都要明白。这里面学问大极了，你这么吊儿郎当的，什么也学不会，将来怎么经营药铺？

缪掌柜站在柜台后面，面前的柜台上铺着大大小小的包装纸，他一边数落缪加，一边用药戥子一份一份地把药称好，倒在纸上，让缪加说出那些药的名字。其实，柜台上摆着一张药方，一把上好的花梨木镇尺把它压得平平整整，而且柜台里面靠墙排列着一面百眼橱，柜子的每个抽屉都写着药材的名字。缪加只要稍微用点心，就能看清楚他爹是从哪个抽屉里抓的药。可是他偏偏不喜欢看药方，不喜欢看抽屉上烙刻的那些字。

我看到那些字就脑袋疼。我也不喜欢闻药味。缪加站在柜台外面，朝他爹嘟囔着。

世界上最好闻的就是药材的味道了。缪掌柜说。

可是无论他怎样描绘，缪加就是油盐不进。他脑子里想的可不是草草棍棍的这些小玩意儿，他想的是大事。但具体是些什么大事，他自己也不知道。所以他羡慕曲惊涛，因为曲惊涛似乎从出生那一刻就明确了自己出海闯荡的理想。

曲惊涛和马栗仁站在离柜台两米远的地方。他们知道柜台是个很重要的地方。缪掌柜说过，药铺的柜台也叫拦柜，无论什么人，一律要拦阻在柜台外面，这是行业规矩，为的是不打扰伙计抓药。小的时候他们三人在药铺里玩闹，有一次钻到柜台里，被缪掌柜抓到后结结实实地揍了一顿。缪掌柜边揍边说，抓药是最含糊不得的，一旦分心走神抓错了，那是人命关天的事！旁边玉器店的桑老板说他，小孩子打闹，犯得着这么严厉吗？缪掌柜板起脸说，那可不行！哪个行当都得有规矩，拦柜的规矩是老祖宗留下来的。他一提规矩，别人就不好说什么了。确实，玉器店也有玉器店的规矩，那些外国人开设的洋行也有他们的规矩。

这三个少年在1886年的缪记药铺柜台外面站着看缪掌柜抓药的时候，并没有预见到一个名叫曲破浪的航海家正从海面上朝码头靠近。那是春日里的一个黄昏，等他们三人听到消息，从缪记药铺里跑到码头时，曲破浪的船队沐着绚烂的夕辉，已经停靠在码头。

外 二

曲破浪是我的外高祖曲惊涛的叔叔。关于曲破浪在 1886 年春日黄昏返乡的传说，在朝阳街上几代人间流传，普遍的说法是他带回了庞大的船队，足足有三十五艘船。

关于这个数字，我是持质疑态度的。要知道，时隔一个月后到达烟台的醇亲王的巡阅船队只有十六艘，那已经威风凛凛，阵仗十足了。这两个数字实在差别太大。为此我寻访了朝阳街和海岸街、海关街上一些年龄较长的人，他们都说，从老辈人口中听到的数字就是三十五，当时场面壮大，风帆林立，遮天蔽日。

后来我查阅了许多文字资料，包括从 1864 年到 1911 年的东海关贸易报告，试图从中找到一些蛛丝马迹。东海关贸易报告显示：1886 年共有 160 艘船进出港，其中入港 992 船次，载重 755643 吨；出港 989 船次，载重 753026 吨。贸易报告还进行了比对，证明 1886 年的蒸汽轮船运输比上一年增加了 415 船次，帆船减少了 67 船次。

按照这个说法，那时候帆船正在逐渐被蒸汽轮船所取代。而曲破浪率领着三十五艘帆船回到家乡，这说明了什么问题？他是从哪里回来的——从遥远的北欧，还是别的什么地方？

从东海关贸易报告上来看，它只是笼统地指出，在那特殊的一年中，共计有一百六十艘船进出港。如果传说属实，就是说，曲破浪那一天带回的船只占当年进出港船只的五分之一还多。这个比例真是高得吓人，令人难以置信。我试图找到其他一些线索，证实这个传说属实或者虚妄，但很遗憾，从相关文献资料中我没有找到任何文字记录。但从街巷传说及某些不知真假的旧物来看，却又似乎能找到一些端倪。比如，在朝阳街上流传的众多传说中，有一个说法是，在曲破浪带回来的那三十五艘船中，其中有几艘是北欧海盗船。而客栈中有一幅画恰好画的是北欧海盗船。

或许是出于个人偏好，我一直对维京人的海盗船保持着很大的兴趣。当然，有关劫掠和战斗的那些传说、维京人的脾性，这些我都不打算多谈，我只想说，在航海史上，维京人的确有一席之地。而且他们的航海生活并不仅仅是战斗和劫掠，也有相当一部分商船从事人畜和货物运输。他们风帆怒张，霸占着辽阔的海面，从波罗的海到冰岛、法罗群岛、格陵兰岛、地中海，还有非洲。以老曲家人世世代代喜欢冒险远航的特点来说，我个人认为，他们如果没有抵达北欧，没有目睹海盗船如何航行、战斗，那就称不上真正的海上远足和冒险。

关于北欧海盗船曾经在那一年停靠烟台码头的传说，除人们语焉不详的"听说"之外，世代居住在海关街的顾家人的说法还算有些参考价值。顾家是打鱼出身，住在海关街南段阜民街的一个胡同里。顾家的祖上有一个当年跟曲惊涛年龄相仿的少年，名叫顾大鱼，据说能跟海里的鱼对话。顾大鱼把北欧海盗的事情说给他的儿子，他的儿子又说给自己的儿孙。于是，顾家人成为这一事件的一代又一代的口述者。我在朝阳街上徜徉的时候，顾大鱼的曾孙顾鲛已经是最后的口述者了，据他所说，他的儿子和孙子对此都不感兴趣。他们住在东郊一个小区里，顾鲛也被接到那里去住,但他还是喜欢烟台山下的老宅,经常回来洒扫归置。几年前,曾经有一个喜欢研究民俗的自媒体从业者采访过顾鲛,并把他的口述原汁原味地写成了一篇文章。

一个十月的午后,我在阜民街上徜徉,试图寻到顾鲛。阜民街上的老居民已经很少了,一个自称是港务局工人家属的老大姐指着一条胡同,说那就是顾鲛家的老宅。胡同宽度不到两米,右墙边一棵年代久远的冬青树长到窗户上面之后,被牵引到左墙头上,给胡同搭起一段绿色廊道。左墙角停着一辆电动摩托车,铁皮架子上摆放着一溜花盆,盆里的植物青葱翠绿。

我走进胡同,经过那段绿色廊道,发现右手边又出现了一条更窄的胡同。这条胡同右墙边摆放着一些白色编织袋,里面鼓鼓囊囊,我猜测那里面是煤块之类的东西。左墙根蹲着一只深咖色的大水缸,它旁边是一只油渍斑斑的白铝蒸锅,几只泡沫箱子里栽种着韭菜和其他蔬菜。由于胡同窄小,白铝水勺和拖把挂在墙上,以节省空间。经过了这些事物之后,我终于看到一扇铝合金门,透过门上的玻璃,能看到室内干净整洁,家具摆设很有年代感。但屋里没有人。

走出胡同之后,我忽然不再有寻访顾鲛的想法了。他的口述文字,我差不多能够一字不落地背下来,大概是,1886年那个春日傍晚,顾鲛的祖上,那个能跟鱼交流的顾大鱼,在码头上帮他爹从船上卸鱼时,突然看到了那三十五艘大船。他飞奔而回,把这一消息告诉了缪加、马栗仁、曲惊涛。他们惊讶地看到,那些大船把码头外面的海面填充得没有一丝缝隙,旗帜飘扬在半空中,夕阳在船队上方洒下金色的光辉。

第二天早上,北欧海盗船上的几个维京人在街上溜达的时候遇到了顾大鱼。当时他们刚刚在海关街上吃完早饭,比比画画地让顾大鱼带他们四处走走。顾大鱼听懂了他们的意思。他走在他们旁边,觉得他们像大树一样高。在顾大鱼此后的讲述中，他一直这样形容那几个维京人：金发蓝眼，面色红润，高大英俊。顾大鱼从他们身上看不到战斗勇士的凶猛，相反，他们惊讶地用一种纯真的眼眸，观察着这个神秘的东方小城。

顾家一代一代的口述者都会用很丰富的词语，描述顾大鱼带维京人的经历：他们走过阜民街熙熙攘攘的人流，穿过北马路，到龙王庙，然后去南鸿街吃鲁菜。

那些口述还涉及曲破浪跟他侄子曲惊涛说过的一些话，大概是，曲破浪的确远航抵达斯堪的纳维亚半岛，在那里结识了维京人，其中有一位船长非常想到神秘的东方来看一看，因此随同曲破浪远航至此。在那浩瀚的船队中，是不是还有另外一些船只抱着各种各样的目的，中途汇聚到曲破浪的船队中来，这不得而知。总之，我不太相信我的祖上曲破浪会自己拥有一支那么庞大的船队。

还有一个证据，只能证明曲破浪的大帆船回来过，却无法证明船队由三十五艘船组成，那就是挂在百英聚客栈里的一幅船画。那是一幅油画，据说是一位名叫彼得潘托夏的俄罗斯商人一个多世纪前创作的，他是老曲家的朋友，百英聚客栈的客人。这幅画镶嵌在客栈进门后左手边的壁板上，画布的底色是灰蓝色，一艘大帆船高高地昂着头颅，耸立的桅杆上悬挂着两串三角形彩旗。

这是曲破浪的大船，也是那支庞大的船队中的头船。我们曲家一直是这么说的。遗憾的是，彼得潘托夏只画了头船，所以没有办法佐证在它的左右和后面还密密麻麻地停泊着另外三十四艘船。

那支船队到底是不是由三十五艘大船组成，可能将成为一个永远的谜。

第二章

曲惊涛和马栗仁陪缪加一起挨训的那个傍晚，跟其他傍晚没有什么不同：海关街上走动着街坊和洋人，树木在街面和房屋墙壁上投下影子，有狗溜溜达达地走过。大胹天饭庄和老范糕点店飘出加工食物的香气，从码头吹过来的空气中裹着海洋和鱼的腥味。

顾大鱼追着腥味大呼小叫地穿过海关街，一头扎进缪记药铺。船，船……很多很多。由于跑得太急，少年结结巴巴，上气不接下气。缪掌柜放下手里的药戥子，说，孩子，可不能这样边跑边说话，凉气吸进身体里可不得了，会得气管炎和肺炎的。

码头上挤满了人。特别是，当第一批人认出曲破浪之后，消息飞快地在几条街上传开，就连外国洋行里的那些女眷都踩着高跟鞋挤到码头上来。她们光腿穿着丝袜，被码头上的泥水溅得星星点点。但是她们并不在意那些泥点子。她们很想看看老曲家的航海人是什么样子，因为关于老曲家的传说太神乎其神了。

少年们起初也跑到了码头上，他们的个子虽然跟大人差不多高，但不想在人堆里挨挤。于是他们一溜烟往北跑，穿过海关街，沿着一条坡路跑上烟台山。他们太熟悉这条路了，没事干的时候经常在路上赛跑，看谁先跑到山上去。

在山上，他们看到了那壮观的景象。没多久，另外一些孩子也跑到山上来，大喊大叫：曲惊涛，是你叔叔！你叔叔曲破浪，你们老曲家的航海人，他回来了！

四个少年又飞快地跑下山去，重新挤到码头上的人堆里。这时候，老曲家的航海人曲破浪带着阔别二十年的既熟悉又陌生的气息，在街坊们的簇拥下，走过海关街，拐到海岸街，回到了老曲家的百英聚客栈。少年们追随着那些簇拥的人，一路也跑回客栈。

那注定是一个不眠之夜。客栈里人来人往，熙熙攘攘。有住店的外乡人，有附近几条街上的邻居，还有洋人。连洋人开设的俱乐部里那天晚上都少了很多客人，唱片懒洋洋有一搭没一搭地响着。他们都跑到百英聚客栈去了。

这是一件匪夷所思的事情：自从开埠，人们见识到的新鲜事物不可谓不多，无论多大的轮船以及从船上走下相貌多么奇特的人，在人们的眼里都不稀奇。几十艘船在港口进进出出，桅杆林立，也不少见。但唯独老曲家的航海人回来了这件事，让几条街道那几天处在持续的亢奋之中。人们百思不得其解，为什么这些曲姓航海人一定会在十六岁离家远航，不早不晚在三十六岁这年返乡，无一例外。这条时间线仿佛神秘的机器，被安置在这些曲姓人的身体里，时间一到，定时启动。

在位于后院的曲家客厅里，曲破浪给家人们讲述了他的那些航海传奇。它们包括海里形形色色的怪鱼，匪夷所思的风浪和大漩涡，穿越千年时空的古船。有一次，他们甚至差点接近了地心。在那些怪鱼中，有一种水滴鱼，长着人类的五官。曲破浪说，他亲眼看到那鱼流露出忧伤的表情，如泣如诉，令人心动，胜过世界上所有美丽的女孩。看了这鱼，就再也不会去想任何姑娘了。

没有任何人质疑这些讲述的真实性。怎么说呢，这大概类似于一种仪式，一种骄傲，而且是属于整个朝阳街的仪式和骄傲——它已经不仅仅属于老曲家。人们敬慕老曲家这些勇敢外出闯荡的少年，他们带去了这里的气息和精神。二十多年前小城开埠，烟台山下聚集了那么多洋人，老居民们一方面感受着太多的变化，另一方面心里也有不服输的劲头。他们经常会说，有什么了不起，咱们老曲家的人早在一百多年前就外出闯荡去了。

作为一个尚未满十六岁的少年，曲惊涛懵懵懂懂地感受着这些，又不全然都懂。天蒙蒙亮的时候，人们终于肯让曲破浪休息了。这个三十六岁的曲家航海人对他的继任者说，小子，下一个该轮到你了。

叔叔，你知不知道我的生日是哪一天？曲惊涛问。

下个月。我已经问过你爹了。曲破浪说。

要是您晚回来一个月该多好，我就能跟着您出海了。

老曲家的航海人可不能有这种念头。要自己想办法出去。

嗯。曲惊涛说。

老曲家的航海人返回家乡只是一个仪式，他们还要再次离家出海，而且这一次出海之后，就不会再回来了。于是，那一夜，曲家既忙碌又平常。曲惊涛的父亲曲长帆是一个老实本分的人，跟曲破浪相比，他更适合待在朝阳街继承祖业。曲惊涛的基因里遗传的更多是叔叔的秉性，而非自己的父亲。曲长帆知道这一点，但他仍然不舍得自己的儿子离家远航。比做父亲的更难受的自然是做母亲的，那位曲初氏多么希望发生一件什么事情，阻止儿子出海。

但是，老曲家神秘的密码无人能解，曲初氏虽然是一位有文化的知识女性，她也参悟不透宇宙加于老曲家的这个神秘符咒。

天亮后，曲破浪带领那支成分复杂的船队离开了码头。朝阳街、

我们海上见

海岸街、海关街、广东街、阜民街上几乎所有的人又都聚集在码头上，敬佩地目送那壮观的风帆在季风的吹动下鼓胀着离开。这些大船通宵未歇，卸下了许多远方的货品，又把丝绸、草帽辫、花边、刺绣、发网等东西装上去。其中，就有曲初氏的刺绣作品。这位胶东妇女擅长盘腿坐在炕上埋头刺绣，用各种颜色的丝线，绣制出令人惊叹的世界。

那年结束的时候，据东海关税务司穆和德的年报统计，那一年，洋货、土货的进口贸易总值为6847157海关两，出口贸易额为4851700海关两。曲惊涛的爷爷曲鸢飞那年六十岁，是烟台山下较有名望的人，他跟东海关的人也有着不俗的交情。这些进出口贸易额，显然也包含着曲破浪返乡的贡献。

在那年春天不安静的日子里，自从叔叔离开之后，曲惊涛就陷入了迷狂。人们经常看到这个少年在街道上风一样地奔走。他踹树、撵狗、打架、跑到码头把渔民刚打上来的鱼扔到海里去。

终于，他为此遭到了体罚。他的祖父曲鸢飞虽然已经六十岁了，把客栈掌柜的位置传给了大儿子曲长帆，但他依然是这个家里的主心骨和掌舵人。他让曲惊涛面壁而立，检讨自己不上学的过错。不承认错误，就不许吃饭。

老曲家非常重视子孙后代的文化学习，把曲惊涛送到毓璜顶北坡上一所很好的学校去上学，但是自从曲破浪返乡，这孩子就三天两头逃学。

学海无涯，唯勤能渡！你这么三天打鱼两天晒网，能学好知识吗？曲鸢飞说。

我很快就要出海闯荡去了。茫茫无际的大海才是我真正的学校，海浪、风、鱼，才是我真正的老师。曲惊涛说。

曲惊涛说出的这些话让曲老爷子心里既气又爱。他缓和语气，说，地理和英语，都是你出海需要用到的。数学、历史、化学、物理，也都能用上。你需要计算，需要知道历史。船上那么多的零件、设施，它们都是怎样运转的，跟化学和物理也有扯不断的关系。

曲惊涛拒不承认错误，也不说要回去上学。他宁愿面壁挨饿。饿了一天之后，曲长帆心疼了，跟曲老爷子说，爹，惊涛很快就要过十六岁生日了，以他现在的状态来看，恐怕是一天也不会多待的。还是不要管他了，不想上学就不上了吧。

曲老爷子说，多上一天，就能多学一天的知识，将来到了海上，说不定就能用上。海上的情况瞬息万变，技不压身哪！

曲长帆说，爹，您说得对。但是您看惊涛这样子，咱就是强行把他绑在教室里，他的心也早就飞到大海上去了。

曲老爷子觉得自己的儿子人虽然老实，话说得倒是在理。距离惊涛十六岁生日越来越近了。他们知道，以这孩子的激动和焦急，之所以没有现在就走，完全是为了遵守老曲家航海人年满十六岁才能出海的密码。

马栗仁、缪加和曲惊涛在一个学校上学，他俩效仿曲惊涛，也不去上学了。马家和缪家对两人实施了几次责罚，最后也不了了之。倒是顾大鱼家里省却了这个烦恼：他们家世代打鱼为生，顾大鱼没上过学。三个忽然获得了自由的少年，频繁地到码头上找顾大鱼玩，特别是曲惊涛，要顾大鱼一定把如何跟鱼交流的本事传授给他。顾大鱼说，这本事是天生的，没法传。

相比于街面干净、洋房漂亮的朝阳街和海岸街来说，曲惊涛更喜欢广东街和阜民街。这两条街道两旁的房屋更为密集，烟火气更浓一些。特别是阜民街，聚居着很多渔民，旁边的海产品市场更是终日熙熙攘攘。到百英聚客栈住店的人，多是南来北往的体面人，他们身上也有不少故事，但渔民带回来的海上的故事更多，虽然比不上老曲家的航海人带回来的故事那么惊心动魄，也足够吸引曲惊涛一趟一趟地往码头跑了。

除此之外，孥记洋行也是曲惊涛感兴趣的地方，他甚至和叶孥森成了忘年交。叶孥森是几条街上的名人之一，不知何故，快四十岁了还没有成家。人们问他为什么单身，他说想找一个中国太太，人们问他的标准是什么,他用流利的中文表达了自己的意愿:美丽贤惠,知书达理,能生一群像曲惊涛、缪加、马栗仁、顾大鱼这样的孩子。

曲惊涛闲来无事就跑到挈记洋行里去。这栋三层小楼占去了海岸街一千二百平方米的地方,三楼平顶的中心位置是三根指向天空的浅咖色装饰柱,中间高,两边低。叶挈森非常钟爱这个独特的造型,经常指着它对曲惊涛说,这是你们中国的"山"字,我很喜欢这个字,你看,它多么有力量。曲惊涛觉得"海"字更有力量,他认为这个字是在提醒人们,每个人都应该去海上走一走。

洋行里各个部门的人整天都忙碌着,曲惊涛是叶挈森特许的可以随意进出洋行的人。他缠着运输部的人,不厌其烦地追问洋行那三艘大船的情况。那是叶挈森从德国购买的三艘蒸汽船,穿梭往来于烟台、天津和香港之间。

曲惊涛对叶挈森说,我叔叔有三十五艘大船。

叶挈森说,我只有三艘船,你叔叔比我多三十二艘,他是一个很牛的中国人。

曲惊涛说,你也很牛。我要是能有一艘船该多好。

叶挈森说,你会比你叔叔还牛。

曲惊涛说,你说得对,我也会有很多很多的船。到时候,我可能会在大海上遇到你的船,我一定让他们带礼物给你。

叶挈森伸出他的大手,跟曲惊涛击掌相约。

叶挈森的五根手指像树枝一样长,上面长着金黄色的汗毛。

年满十六岁之前的日子,过得既慢又快。曲初氏给曲惊涛做了很多件衣服,品类涵盖了春夏秋冬四季。想到他也许会去斯堪的纳维亚半岛,冬季的衣服格外做了一些超厚的,为此她从俄罗斯客商的手里购买了许多高价皮毛。曲初氏从自己的小叔子曲破浪那里得知,北欧海盗居住的斯堪的纳维亚半岛北端属于极地气候,极为寒冷。

曲初氏一边赶制衣物鞋帽,一边观察自己小儿子的动静。小儿子曲拍岸还小,只有八岁,目前看来不像大儿子曲惊涛那样对出海有着天生的迷恋。曲拍岸也不像别人家的孩子那样喜欢跟在哥哥屁股后面,相反,他很安静,多数时候自己在院子里玩。捉蝴蝶、拍皮球,或者安安静静地坐在母亲身边,看母亲做活计。这让曲初氏稍有些心安。两个儿子,总得有一个留下来继承祖业,这是老曲家的规矩。说来也怪,老曲家每一代人中,有不安分的,就肯定有安分的。这么想来,这个难解的谜根本就没有谜底。于是,曲初氏在大儿子年满十六岁的日子一天天临近时,反而一天天淡定下来。与她相反的是,曲长帆这个当父亲的,却一天比一天忧伤起来。曲鸢飞表面淡定,内心也有着伤感和不舍,他在大腼天饭庄定了几桌酒席,要给自己的大孙子好好过个十六岁生日。

在生日到来的那天下午,顾大鱼又大呼小叫着从码头上跑回来,跑到海关街和朝阳街。船!船!他喊着,因为激动而声音发颤。

那时候,先期得到消息的人已经涌到岸边。英国和法国驻华舰队的军舰早已在芝罘湾口等候多时——这些隆重的阵仗向人们传递了不俗的消息。那天,曲惊涛和马栗仁、缪加一直在所城里玩,他们跟所城里的一对兄弟也是要好的小伙伴,那对兄弟是螳螂拳世家出身,在烟台山下和所城里,名头也是响当当的。顾大鱼在海关街和朝阳街上没找到他们三人,估摸着他们去了所城里,他于是一路大呼小叫着穿过北马路,跑到所城里去。

等他们呼哧呼哧跑回码头时,英法舰队的礼炮鸣放已经结束了,有别的孩子跟他们讲解,英法两国舰队是在欢迎一个朝廷大官的到来。

另一个孩子补充道,亲王,醇亲王。

亲王是什么官,孩子们不知道,但他们知道那一定是大官。他们还从没见过这种阵仗:文武官员们肃立在岸边,神情庄重,十六艘英法军舰上面列队站立着威风凛凛的水兵。他们正在迎接醇亲王的舰队。

天哪!这么多船!马栗仁说。

曲惊涛的内心像是翻涌着海水,它们又热又凉,又腥又咸,一个劲地推搡着他的喉咙,让他想张开嘴巴说点什么,却什么也说不出来。

那些船跟上个月叔叔曲破浪带回来的船不一样。它们更威猛、更整齐划一,无数彩旗在风中奋勇飘扬。相比来说,叔叔的船队没有什么统一的制式,停靠得也没什么章法。

对了,那些威猛的船是一些铁家伙,而叔叔的船都是木船。这是最大的不同。

孥记洋行的叶孥森感慨地说,这可不是一般的船,而是坚不可摧的铁甲舰。

他的话让曲惊涛信服,因为他是一个走南闯北有见识的人。

四个少年忙坏了。他们呼哧呼哧地跑上烟台山,居高临下地又数了一遍那些舰船的数量,然后跑下山。然后又跑回去。他们远远地看到那个应该是大官的人站在舵楼上眺望,岸上的官员轮番登船向他施礼。

那个不平凡的晚上,老曲家在大膙天饭庄请了几桌客,为曲惊涛过十六岁生日。按说孩子是不应该这么大张旗鼓过生日的,但这是老曲家即将出海的孩子,前途未卜,而且还代表着几条街上人们的冒险精神和走向世界的勇敢,街坊们觉得完全应该这样操办一番。

人们夸赞着曲惊涛,夸赞着老曲家,也谈论着这不同寻常的一天。大家已经知道了,今天发生的这件重大事情,是醇亲王奕谩在巡阅海防,先前他的足迹已经到达大沽和旅顺,今天,他乘坐的"海晏"轮在其他舰船的护卫下,驶到了烟台的港湾。

街坊们谈论着这历史性的一天,感叹着曲家又有一个勇敢的孩子要出去闯荡世界了。他们纷纷赞扬曲家的不凡,关心着曲惊涛什么时候动身。但这个少年不知道在思索什么事情,大人们的话他似乎都没有听见。

曲初氏说,还早着呢,不急,俄罗斯商人彼得潘托夏前天刚把上等的皮货送来,无论如何也得等那件皮氅做好了再走。

哦,那要等到下个月了。既然这样,街坊们都暂时松了口气。说真的,在眼皮子底下长大的孩子要出海了,他们也是百般不舍,能多留一天是一天吧。

大膙天饭庄的宴席还没结束,曲惊涛等几个少年就没了影子。四个人又跑到码头上去眺望了一阵子那些舰船。在暗夜里,那些铁家伙显得更伟岸英俊,仿佛是一群随时会一冲而起的巨兽。另外三个少年的心被这不寻常的日子搅扰得很不安宁,一方面他们激动不已,另一方面又为即将到来的离别伤感不已。他们反复追问曲惊涛打算什么时候走,会用什么方式出发,都没得到答案。

曲惊涛说,我也不知道,还没想好。

马栗仁说，是不是应该提前想想。安全起见，可以去找找叶老板，搭他的船，先去天津，或是先去香港，然后再想办法往更远的地方去。

曲惊涛说，我们家祖上出海之前都不做什么打算。

缪加说，没有打算怎么行呢？如果不考虑搭叶老板家的大船，搭渔船也行啊，顾大鱼家里那条渔船就行。或者，要是谁的船都不搭，至少得准备一条属于自己的小舢板吧？

顾大鱼说，我回去跟我爹说说，让我爹送你出海。我们都上船，去送你。

曲惊涛说，什么都不用提前想，到时候自然就有办法了。

顾大鱼是个急性子，他说，那怎么行呢？你是代表我们大家去闯荡的，你不能什么都不想。

马栗仁摆摆手，让他们都不要再劝了。你们都别替曲惊涛操心了，会有安排的。他说。

顾大鱼问，谁给他安排？曲家老爷？他们老曲家历来都不安排这件事的，街坊们都知道。

马栗仁抬头指了指天空，说，它来安排。

天空像一口黑色的锅，上面镶嵌着很多明亮的星星。

顾大鱼问，你指天干什么？

马栗仁说，星星啊！星星会安排的。

星星会不会安排人间的事，他们需要去问老诸葛。老诸葛是会夜观星象的人。但老诸葛通常不会说出他观察到的答案，他总是说，天机不可泄露。

外 三

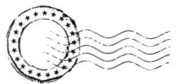

亲爱的老朋友马栗仁：

　　对不起，一年后我才给你写信。我们刚刚经历了一场大风暴，可怕得很。我在一艘船上工作，它跟大风暴战斗了足足十几个小时，靠岸的时候都快散架了。它不如我叔叔的船大，跟亲王的船就更没法比了。我还得再去别的船上工作，别的更大的船。我们刚刚上岸，这个国家挺美的。

　　对了，我在海上遇到了比船还大的鲸鱼。

　　你一定很想知道一年前我是怎么离开烟台的吧。告诉你，是星星安排我离开的。

　　还有，我给你写信的事，不要告诉我们老曲家。我们老曲家的航海人只要出去了，就不再和家里联系，直到他在三十六岁那年回家。也不要告诉缪加和顾大鱼，他们两人不能保守秘密。

　　也不要给我回信，因为我很快就会离开。现在我住在一个小旅店里。

老朋友，我们永远是朋友。对了，还要告诉你一件事，我在离开你们以后，又认识了一个新的好朋友，他叫关适，我们是在天津认识的。如果将来有缘见到，我一定把他介绍给你们认识。

好了，老朋友，师夷长技以制夷，我要去领略大海、了解大海了。只有了解它，我才知道怎样跟它相处。

老朋友曲惊涛

1887 年 5 月

一年后，曲惊涛给他的小伙伴马栗仁写来这样一封信，是从法国北部的一个小城寄来的。这封信先是托人辗转从法国带到中国，然后通过民信局寄送给了马栗仁。它可能经过了民信局的步差，或者车差、骑差，最后才送到马栗仁手中。

马栗仁把信件很小心地藏在他房间里一块木地板的下面，木地板上铺了地毯，地毯上面压着一张桌子，桌子上面摆放着一个硕大的地球仪。

其实，马栗仁很想回信，问问曲惊涛那天到底是怎么离开烟台的。曲惊涛是在生日过完的次日凌晨离开的。在大脑天饭庄里，曲初氏告诉街坊们，曲惊涛会等那件皮氅做好才出海。但是，实际上，曲惊涛根本不想等那件皮氅完工。曲初氏在半夜 12 点的时候还去过他的房间，给他掖了掖被角。但是第二天早上，人们发现他已经不在房间里了。

关于曲惊涛的出海，在烟台山下大抵流传着两种说法。第一个说法是，曲惊涛很聪明地想到了借亲王的船离开，他夜里悄悄潜上了一艘舰船。很多人说，没准正是亲王的那艘"海晏"号呢。以曲惊涛的水性和机灵，街坊们谁也不怀疑他有这个能力。

人们打心眼里希望曲惊涛以这样的方式出海开始他的闯荡生涯——要知道，那可是醇亲王的船队，不是一般的船队。

这里不得不提到俄罗斯商人彼得潘托夏。他常年往返于海参崴和烟台之间，只要来到烟台，就住在老曲家的百英聚客栈。托夏住在百英聚客栈的一大半原因来自曲初氏，确切地说，是曲初氏的刺绣吸引了托夏。当时，附近几条街道上的女眷在曲初氏的带领下，都在编织草缏和刺绣，托夏一批一批地把它们收购回海参崴，或者卖到其他国家去。

托夏不仅仅是一名商人，还是一名画家。曲破浪返乡的时候，他正好住在百英聚客栈，后来悬挂在墙壁上的那幅船画，就出自他的笔下。那次他应允了曲初氏，要回去寻找上等的皮货，尽快送来，供曲初氏给曲惊涛缝制皮氅，所以这次他比亲王早两天来到客栈，带来了之前答应曲初氏的上等皮毛，并凑巧目睹了亲王盛大的巡阅场面。

由于托夏同时是一名画家，他后来画过几幅画，再现了亲王巡阅那天的某些场景。其中有一幅全景图，大约是站在烟台山上俯瞰的角度，清楚地画出了亲王的座舰"海晏"轮，以及为它护航的舰队。我查阅了相关资料，得知它们分别是北洋舰队主力铁甲舰"定远""镇远"，巡洋舰"济远""超勇""扬威"，南洋海军的巡洋舰"南琛""南瑞""开济"。除此之外，还有"镇西""镇东""镇南""镇边""镇北""镇中"等六艘炮艇在后面压阵。

这是一支充满活力的舰队，"定远"和"镇远"两艘铁甲舰是清廷于1880年、1881年向德国伏尔铿厂定造的，希望"日本闻我有利器，当亦稍戢狡谋"。不得不说，李鸿章在其中起了重要的推动作用，他于1875年奉命创设北洋水师后，便致力于打造铁甲舰队，到1881

年底，除国内自造船只外，另从国外购进十余艘战舰。一支强大的海上军队崛起。

在那个五月，中国历史上仅有的一次亲王阅兵的主角醇亲王，从18日凌晨就在习习海风中开启了他的巡阅之旅。他先是从天津大沽口入海，在生机勃勃的北洋舰队的护卫下，披荆斩浪，前往旅顺。昂首前行的7300多吨主力舰"定远"和"镇远"号，加之广阔的海景都让亲王激动不已，光绪帝的这位父亲，才情满腹，一路之上作诗多首，抒发豪情。

亲王喜欢摄影，也算是附庸风雅之人。他这一特殊喜好，为历史留下了一些珍贵的照片。李鸿章、善庆、盛宣怀、周馥、袁宝龄、徐邦道、叶志超、宋庆、左宝贵、刘盛休、丁汝昌等主要的洋务干将，以及此后领导甲午战争的将领，在照片上身穿马褂，腰戴佩刀，威风凛凛。亲王从大沽口一路行至旅顺，20日上午登上旅顺黄金山炮台，观看战舰表演布阵与射击，以及鱼雷演练。然后在茫茫的大海上航行310里抵达威海卫，然后来到烟台。

那天是1886年5月22日。在威海，亲王观看了"镇东"等六艘炮船打靶，并登上"定远"舰视察。这艘北洋舰队的旗舰悬挂着漂亮的彩旗，水兵们列队立迎。醇亲王当时并没有想到，九年后的某一天，这艘舰船会永远地沉没在威海卫的这片海面之下。

根据我们老曲家祖上一代代的口述，我将那段日子大致复原如下：

我外高祖的母亲曲初氏从托夏手里购得上等的皮毛，那是珍贵的北极狐皮。曲初氏在手里摩挲着它的质地，对托夏说，真好，很软，很有弹性。这是一只漂亮的银狐。

托夏说，夫人，它不如您的刺绣作品美丽。

曲初氏说，还是它美。感谢您漂洋过海将这么美的银狐皮带到我的身边。

我们海上见

托夏说，夫人，我首先是一个艺术家，其次才是一个商人。我热衷于把世界上最美的事物传播到四面八方。

曲初氏说，那您是一位艺术游商。

托夏十分喜欢曲初氏送给他的这个称谓，他立即把它加到自己的名字前面，说自己以后全名就叫艺术游商彼得潘托夏。

我曾亲眼见过那种精美的刺绣，曲初氏把这一手艺传给了儿媳和女佣，以及管家、账房先生、伙计们的家眷。我小的时候还见过母亲刺绣，她盘腿坐在炕上，一架紧绷着白布的木掌子放在身前，她和邻居家的姐姐边开玩笑边在白布上刺绣。邻家姐姐到了谈恋爱的年龄，窗外有男青年走过，她就把目光从绣布上挪开，偷偷朝外瞄。

曲初氏在托夏的心目中代表了东方女性的美和优雅，他和曲初氏成了很好的朋友，回到俄罗斯后也会书信往来。但出于男女之间的避嫌，他总是把信同时写给曲长帆和曲初氏。信的开头总是这样的：我亲爱的朋友长帆先生和息壤女士！大约也只有托夏会称呼曲初氏的名字，她叫初息壤。在街道上，人们称呼曲初氏为曲家太太。在曲家，下人们称呼她为太太。托夏虽然把信写给他共同的朋友，但我外高祖的父亲曲长帆一般会把回信这件事情交给曲初氏去做，我们曲家是开明的家庭，从不歧视女性。

我在《近代东海关贸易报告》中还看到了这样一段话，是穆和德写的：

这里乐于助人；这里有灵巧的手指，这里有节俭的习惯和温和的方式；这里有对和平的热爱；这里有对秩序的热爱；因此，多年以来，资本被吸引到这片海岸，而"铁马"又会将工业制成品从这里运往那些未开化的国家。

这段文字与严谨的海关出入口数字、表格描述完全是两种不同的风格，抒情的程度证明了当时烟台女性给海关留下的美丽印象。曲初氏是制造这一美丽印象的主要女性之一。

我第一次在资料中看到外国人用"铁马"形容当时的蒸汽轮船。也就是说，当时，铁已经取代木材成为蒸汽船的主要制作材料。我进而遥想起我的外高祖曲惊涛，不知道他给马栗仁写完那封信后，在法国北部是否找到了新的船只，那艘船是木船还是铁船？他在船上做什么工作，每天从早上工作到晚上几点钟？他跟那些外国船员能不能处好关系，他学会法语了没？他说过，大海才是他真正的老师。

艺术游商彼得潘托夏留下上等的银狐皮之后，带走了又一批草缏和刺绣作品，乘坐铁马去了别的地方。一个月后，他寄来了那几幅画。除了亲王巡阅的全景图，还有两幅局部图。托夏有一只高倍望远镜，他像爱自己的生命一样爱着它，说它是他的第二双眼睛。我用它来观察世界。他说。他用望远镜仔细地观察了几只船的局部，并画出了一只船的船尾。船尾上飘着黄色的三角旗帜，旗帜上绣制着一条正在喷火的龙。船尾上还有一名正在操舵的船员。

不得不重点说说另外一幅局部图，据说那是亲王凌晨离开时的场景。托夏画了迷蒙中驶往远方的舰队，最远处的舰船小得像一个黑点，但最近处的一艘船画出了甲板的局部，在甲板上蹲着一个人。曲初氏疑惑地盯视那幅画很久，对曲长帆说，你看，这像不像咱们家惊涛？

曲长帆凑过去仔细看了看，觉得既像又不像。那人低着头，托夏只画了他的侧面。

老曲家其他所有人，包括老爷子、账房先生、管家老诸葛、伙计、女佣、看门的，都仔仔细细辨认了一下那个奇怪的人。他们意见不一，认为像曲惊涛的和不像曲惊涛的各占一半。大家议论了半天，之后有人提出，这是不是托夏的恶作剧。他们认为，亲王离开的时候是凌晨，就算用高倍望远镜，也不一定能看清甲板上的人。

那个时候，曲初氏正在缝制那件皮氅。她缝得很慢，每天只缝几针就放下了。大家都知道，曲惊涛在生日过完之后的次日不辞而别，这件大氅实际上已经不必缝制了。她和曲长帆商量了一下，给托夏写了一封信，询问他甲板上的那个人是谁。

托夏回信说，亲爱的长帆、息壤伉俪，那可能是一只巨大的海鸟。

以上就是曲惊涛离开烟台的一个说法。这个说法并没有得到托夏的回应，他关于海鸟的幽默回答给这个猜想罩上了更神秘的色彩。遗憾的是，托夏的那些画作后来尽数佚失，我们老曲家只能靠一代一代口述，把这段往事传下去。

另一个说法则来自顾大鱼的父亲、渔民老顾。老顾是烟台山下最有名的渔民，他经历过的冒险故事最多，因此他的话最有分量。据他所说，那天凌晨，他在灰黑色的光线中朦朦胧胧看到一个少年，划着舢板，驶向崆峒岛的方向。月光说亮也不亮，说不亮却也有些光亮……

那少年是不是曲惊涛？有人问老顾。

老顾说，我也说不好。既像，又不像。

马栗仁多想写信问一问曲惊涛本人，但是他不知道把信寄往哪里。他无数次掀开地板，取出老朋友的信，一遍一遍地读。后来，曲惊涛还陆续给马栗仁写过一些信，有时是寄明信片。再到后来，信和明信片就中断了。有一次，大脍天饭庄里闹鼠灾，老鼠入侵马栗仁的卧室，将那些信咬成了碎片。好在马栗仁经常重温那些信件，每一封都能倒背如流。后来，他尝试把它们默写下来，写在本子上。他父亲马老板看到后，一度以为他思友心切，精神出了问题，模仿曲惊涛在给自己写信。马老板为此差点带他去朝阳街上的共济医院看大夫。

第三章

　　海参崴的大街上总是走动着很多人，很热闹。这是七月的最后一天，这个三面环海的小城市笼罩在凉爽的海风里。艺术游商彼得潘托夏正在往码头走，他的身边走着一个挑扁担的中国人老黄。老黄的孩子跑到一根电线杆子下面，盯着街对面一家面包店的招牌张望。招牌上写着俄文。

　　托夏认识这个在码头上做搬运工的老黄。托夏认识不少中国人，他们很勤劳，在海参崴做捕捞工人或搬运工人，有些人自己开店做小本生意。他自己家里也有一个中国人，是他雇用的园丁。托夏有一个庞大的园子，里面栽种着各国的树木和花草，他管不过来，专门雇了一个园丁，姓赵。

　　老黄，又去码头找活干吗？托夏问。

　　老黄往路边闪了闪，让过一队骑马的俄国军队。干活，养活孩子。老黄说。

　　想不想家？托夏问。

　　怎么不想呢？老黄说。老黄是"闯崴子"来到海参崴的。

　　托夏和老黄边说话边去往码头。他首先是一个画家，其次才是一个商人。海，船，干活的中国人，是托夏作品里的主要内容。这天，托夏再次看到了中国海军的舰船，共六艘。托夏对它们并不陌生——在刚刚过去的五月，他在烟台山下的港口见过它们。回来之后，他画下它们，并寄给了曲长帆和初息壤夫妇。

"定远""镇远""济远""威远""超勇""扬威"。托夏对老黄说，这是你们国家的海军铁甲舰。它们现在是世界上比较领先的铁家伙，很威风。我要画下它们。把你也画上。

夏季风从东南方向吹来，掠过繁忙的港口，吹送着汽笛声和搬运工的号子声。老黄的儿子黄崴生去面包店买了一个面包，边吃边往海面上眺望。

托夏指着那几艘轮船，问黄崴生，你知道它们是什么船吗？

黄崴生说，不知道。

托夏说，那艘叫"超勇"，那艘叫"扬威"。它们是撞击巡洋舰。你们中国有个名叫李鸿章的大人，他是外交家和军事家，通过一个名叫赫德的英国人牵线搭桥购买了这些船。它们是六年前开始建造的，赫德管它们叫"白羊座"和"金牛座"，但李鸿章不喜欢这两个名字，便把它们改成"超勇"和"扬威"。

黄崴生说，我喜欢"超勇"和"扬威"，像男子汉的名字。

托夏说，你们中国人去英国纽卡斯尔港把这两位男子汉开回了国内。他们从天津城外的西沽出发，乘坐"丰顺"号轮船远赴英国。那天，英国纽卡斯尔港礼炮齐鸣，你们中国人第一次没有花大价钱雇人去开船，而是组建了由丁汝昌率领的一个强大的接船团队，包括管带林泰曾、副管带邓世昌，大副、二副、正管轮、副管轮、管队、军医、总教习、管驾等二十人，还有两百多名舵工、水勇、夫役。这些优秀的舵工和水勇，有很多都是你们的老乡，山东荣成、文登、登州等地方的人。你们老家的人了不起。丁汝昌、邓世昌他们更了不起。

小伙子——托夏喜欢称呼黄崴生为小伙子。你知道吗，当年，这两艘船高悬龙旗，威风凛凛地在大西洋—地中海—苏伊士运河—印度洋—太平洋航线上航行，经过了很多国家。那些国家敬佩得很，纷纷鸣炮祝贺。你们中国人出尽了风头。

黄崴生只是一个十岁的孩子，他出生在海参崴。对于托夏说的这些，特别是"老家"，他没有什么概念。他只是感到好奇，眼前的这个俄国人知道中国及他老家的事情为何这么多。老黄曾经跟他说过，托夏先生不是一般人，他是个中国通。中国的一切他都很感兴趣，特别是中国的海军。他喜欢乘船周游海洋，了解世界各国的风土人情，他认为，中国的海军现在很了不起。

但是，托夏有时也会露出迷茫的神色，比如他对"超勇"和"扬威"的评价。他说，还应该有更好的船。不应该只是这样的船。

什么是更好的船？在黄崴生看来，这些蹲踞在港口的钢铁巨兽已经足够让他惊叹了。特别是他听托夏说，这两艘船是撞击船，有专门用来撞击用的尖角，藏在他看不见的海面之下。那多厉害。

托夏指着另外两艘军舰告诉黄崴生：那是"定远"舰和"镇远"舰。这两艘铁甲舰是你们中国人在德国造船厂定造的，配备了大炮、鱼雷、碰嘴、连珠快炮等武器，是"遍地球一等铁甲船"。它们是一年前回到你们中国的，当时德国基尔军港热闹极了，你们中国人要求造船厂在船上装饰了龙纹，太阳照得那些龙纹金光闪闪。它们一路出北海，过大西洋，经直布罗陀进入地中海，又通过苏伊士运河驶入红海，最后横越印度洋开往南中国海，开进大沽，挂上了你们的黄底青龙旗。你再看那艘，那是"济远"舰，也是跟这两艘铁甲舰一起归国的。这艘军舰的首尾及两舷都有专门的鱼雷发射室，装备4具鱼雷发射管。

我 们 海 上 见

它是一艘穹甲巡洋舰,穹甲甲板厚达4英寸,是最新式的钢铁复合装甲。

黄崴生听得入迷。最后一艘船呢?他问。

最后这艘呢,名叫"威远",它的建造时间就早了,是在十年前。它是你们国家自己建造的,是一艘铁胁木壳军舰。

黄崴生问,什么是铁胁?

托夏说,就是龙骨、横梁、隔板等零部件。你们国家从法国购买了这些铁胁。

黄崴生问,我们自己为什么不能制造铁胁?

托夏说,从技术上来说,你们国家目前还要依靠外来力量。但是将来,谁依靠谁,谁是最强的国家,可就不好说了。

黄崴生很崇拜托夏,他说,爹总跟我说,托夏先生是个画家,还是个商人。可我觉得,你是一个轮船专家。

托夏哈哈笑了,说,小伙子,还真让你说对了。告诉你一个秘密,不要告诉你爹。我以前是黑海舰队的一名水兵。

真的吗?黄崴生惊愕地张开嘴巴。他刚吃完面包,嘴角上还沾着一些面包屑。

当然了。我参加过克里米亚战争。当时有四万多俄军参战,伤亡四分之一。我最好的朋友也在那次战斗中光荣死去了。

哦,我明白,黄崴生说,所以,你对军舰很感兴趣。但你后来为什么不当海军了呢?

我讨厌战争。但是,怎么说呢,战争又是不可避免的。人类自从发明了船,就有了海战。而且海战永远不会消失。船在发生着天翻地覆的变化,它们为了航海和贸易,也为了战争而存在。世界风云变幻不定,就像这天空。你瞧,小伙子,东南季风有时温和凉爽,有时又会变成台风,撕碎船只,把人掀翻到海里去。

黄崴生说，我想去老家看看。可是我爹说再过几年要开一个小店，做点小生意，将来给我娶媳妇。

你的老家在山东威海，离那里不远的烟台有一个哥哥，名叫曲惊涛。他家里每一代都会出现一个航海人，在十六岁时离家远航。曲惊涛在刚刚过去的五月年满十六岁，他离开家乡，成了一名航海人。那时候，我还住在他们家的客栈里。

黄崴生神往地看着海面。那些轮船像一座座小山，矗立在大海之中。它们为什么来到这里？他问。

操巡。它们刚刚从朝鲜釜山、元山航行到这里。我听说，来这里的另外一个目的是接回你们国家的一个名叫吴大澂的官员。他这回是作为勘界大臣和你们中国的首席谈判代表，同俄国代表进行勘界会谈。

勘界，谈判，这些词语，黄崴生完全听不懂。他只知道那是国家与国家之间的大事。

这时候，他听到托夏叹了一口气，说，其实，海参崴本来是你们的。

黄崴生对这句话并不陌生，因为老黄也曾说起过。老黄说完以后总会加上一句，崴子，我给你取名叫黄崴生，就是为了提醒你，你是在海参崴出生的，你的家不在这里。

铁甲军舰短暂停留后,于8月6日缓缓地驶离了海参崴军港。天气晴朗,海面平静,吴大澂的心却不那么平静。他要去往摩阔崴,那是一个美丽的小海湾,湾边的小渔村原本属于吉林省,但在六年前随着《中俄北京条约》的签订而变为俄国的领土。吴大澂逗留俄国已有不少时日,主要是与俄国使臣重勘东部边界。

北洋水师留下"超勇"和"扬威"两艘舰船,随时准备搭载吴大澂勘界结束后回国。"定远""镇远""济远""威远"四艘军舰则在8月7日的夜色中,在日本海海面上,向东南方向驶往日本长崎港。从北太平洋吹来的热带季风掠过这片在元朝和明朝初期被中国人称为"鲸海"的海域,鲐鱼、马鲛鱼、沙丁鱼、鳀鱼、鲱鱼在海面下不远的地方暗自游动。用不了多久,顶多一个多小时,这四艘军舰就会抵达长崎港。

艺术游商彼得潘托夏也从他那阔大的庭院里消失了。

黄崴生在几条街道上都没有碰到托夏,他问园丁老赵,你们家主人去哪里了?

老赵说,出海去了。

黄崴生问,哪里的海?

老赵说,好像是日本。

老赵给托夏侍弄着各种花草,它们都是托夏从世界各地搜集来的。托夏刚刚四十岁,但自从上一任中国太太死于肺炎,他就没再娶过。

黄崴生百无聊赖地过着他的夏天。不时有船从他的老家驶来,卸下一些货物，装上另外一些货物，再返回去。他的父亲老黄按部就班地做他的搬运工。不过，老黄正打算开一间杂货店，托夏说了，他会从老黄的老家定期购进茶叶和棉布，低价卖给老黄，帮助他经营杂货店。老黄说，崴子，店开成以后，你的生活就有保障了。

但是十岁的黄崴生有些迷茫。他觉得他不可能在海参崴住一辈子。不在这里住，要去哪里呢？黄崴生一时也没有什么明确的理想。他只是经常遥想托夏去了哪里，太平洋还是大西洋。老黄有时候会说托夏吹牛，说他顶多去过英国和日本，不会跑到更远的地方去。但托夏说他在黑海舰队的时候就曾经去北极探险过。

托夏再次消失之后的这段日子里，黄崴生经常遥想他提到的老家的那个曲惊涛。那个比他大六岁的哥哥，此刻在哪里呢？黄崴生羡慕曲惊涛成了航海人，但他们黄家没有这个传统，他们家是老实本分的"跑崴子"的人。

夏天即将结束的时候，黄崴生等回了艺术游商彼得潘托夏。这个大胡子俄国人更加胡子拉碴，仿佛在海上遭遇了海盗。

我的小伙子，快来听我讲故事。托夏把黄崴生喊到他的庭院里，坐在一个葡萄架下。根据他的讲述，在消失的那段时间里，他果真去了日本。他说他去做生意，碰巧丁汝昌带领那几艘军舰去日本保养。但黄崴生觉得托夏在说谎，他一定是尾随着那些船去了日本。

不过，托夏到底是为什么去了日本也没那么重要，黄崴生感兴趣的是他讲述的故事。据他所说，丁汝昌率领几艘船去日本长崎保养，给船刷油漆，防止锈蚀。

黄崴生问，为什么要到日本去刷油漆？

托夏说，那没办法啊，中国的船坞不够大啊。你们中国人在旅顺修建的大船坞还没竣工，香港的船坞又太远，所以就顺路去日本长崎

我们海上见

刷油漆。怪就怪你们的大船太显眼了，招人嫉妒，连日本的小孩都在玩一种打沉"定远""镇远"的游戏。随后，8月13、15日两天，中国水兵放假上岸，与日本人发生争执，伤亡五十多人。

黄崴生听到自己的心扑通扑通猛烈地跳动着，他问，是不是两个国家要打仗了？

托夏说，这次没有打起来。但以后说不定。

黄崴生忽然问，托夏，你说，我能不能当一个水兵？

托夏上下打量着黄崴生，说，你太瘦了。不过，你是要当俄国水兵，还是中国水兵？这个问题你要想好了。

在老黄的记忆中，儿子黄崴生是个普通得不能再普通的孩子。老实，寡言，没有什么特别想做的事情。老黄自己是个没本事的人，他像任何一个父亲一样，希望自己的儿子能有出息，光宗耀祖。眼见着崴生身上没有显露出任何不凡的迹象，老黄也就不再有什么过高的希望了。他盘算着，最迟到明年，开一间日用杂货店，好好经营，将来给儿子留个糊口的营生。

这天，黄崴生心事重重，饭也没吃几口，突然说，爹，我长大了要去当水兵。

老黄有点惊讶。当水兵，这种事情他想都没想过。崴生不喜欢打鱼，每次跟随他上船都百般不愿意。因此老黄也不再打鱼，只是在港口做些给人装卸的活儿。老黄问，你一直不喜欢上船，为什么忽然要去当水兵？

黄崴生说，我不喜欢上船，是因为不喜欢打鱼，不喜欢当渔民。当渔民没意思。

老黄说，我以为你不喜欢到海上去。

黄崴生说，哪个喜欢冒险的小伙子不喜欢到海上去？但是打鱼算不上冒险。

老黄说，冒险是会死人的，你不怕？

黄崴生说，怕啊，哪个人不怕死？但……我还是想当水兵。

老黄说，那不行，你不能死。你娘已经死了，你要是再死了，咱家就剩我一个光杆子了。

黄崴生问，我娘是怎么死的？咱们老家是在威海吗？为什么要到海参崴来？

老黄说，也没有什么原因，就是想闯荡闯荡吧。

老黄记得，他们上了一艘船，漂洋过海，然后在吉林的珲春再次搭上了一艘渔船。老黄听船上的人说，他们是要沿着红旗河、图们江顺流而下，然后到达日本海，最后才能到达海参崴。

他们在海上航行了五天，其间遇到一次风暴。风暴说大不大，说小也不小。但是他们活下来了。

小子，老黄说，你娘攒着最后的一点力气生下了你。我们刚到海参崴落下脚，你娘把你生下来，只看了你一眼，就过世了。她本来就身子弱。

黄崴生第一次听老黄说自己的身世。他对母亲一无所知。长这么大，黄崴生头一次感到心里很疼痛。停了一会儿，他问，咱们老家是个什么样的地方？

老黄说，咱们老家威海卫，是明朝朱元璋洪武三十一年设置的。当时倭寇——也就是日本人，总是从海上来烧杀抢掠。咱们为了跟他们打仗而设置了威海卫。到了朱棣永乐元年又建了城。咱们老家这个名字很有来头，意思是"威震东海"。

曲惊涛在河边坐着，看一个少年游泳。河道不算宽，白天却有不少舟楫往来，那些船上装载着百姓的商贸之物，也装载着一些军工秘密。到了晚上，热闹逐渐退去，河面安静下来。那少年哗哗地拍打着河水，在曲惊涛跟前游了两个来回，扒着河堤上岸，穿上马褂。

曲惊涛说，在河里游泳，没劲。

少年问，哪里有劲？

曲惊涛说，大海。

少年说，不急，我迟早要去大海上的。

曲惊涛说，跟我混吧。

少年笑了，你？你是干什么的？

曲惊涛说，我是老曲家的航海人，在大海上闯荡，环游世界。

少年说，老曲家的航海人？没听说过。

曲惊涛问，听说过烟台朝阳街吗？

少年说，没有。

曲惊涛说，算了，我忘了，这里是天津。你是天津人吗？

少年说，我是福建人。

曲惊涛问，到天津来做什么？

少年说，上学，准备将来到大海上做些大事。

曲惊涛说，哦，我知道了，你是那所学堂里的学生。

少年说，对。

在天津城东十八里贾家沽道的老河道岸边，曲惊涛认识了十六岁的北洋水师学堂学生关适。曲惊涛坐在这条老河道旁边已经一天了，看河上的船只，岸边的柳树，机器制造局烟囱里冒出的滚滚黑烟。

那里面在制造什么武器？曲惊涛问。

太多了。火药，枪炮，子弹，水雷，等等等等。城南海光寺那里还有另外一个制造局，那里制造各种西洋器具、开花炮弹、小汽艇、挖泥船，还有水下布雷用的水底机船呢。

你到制造局里看过没？曲惊涛又问。

当然了，学校组织我们去参观过。那里面有四十二座机器房，一共二百九十多间，里面都是全世界最新式的机器，能制造出最新式的火药和武器。

那你将来是要去打仗的，对吗？打海仗？

不一定。我有可能会当一名技师，制造真正属于我们自己的大炮，或者大船。你知道吗，现在制造局里的技师多数都是英国人。总之，时刻准备着吧，我们国家不能再受外国人欺负了。你知道鸦片战争吗？

知道一点。

我不仅要在这所学堂里好好学知识，将来还要到国外去学习。

外国人欺负咱们，你还要去向他们学习？曲惊涛惊讶地问。

你听说过一句话没——师夷长技以制夷。没听说过？那，知己知彼百战百胜，这句话你听说过吧？

这句话倒是听说过，我们家老诸葛常把它挂在嘴上。

那就好理解了，关适说，它们意思差不多。"师夷长技以制夷"是魏源在《海国图志》中提出的思想，大概意思是，我们想要制服欺负我们的西方国家，就要了解他们都会些什么，哪些方面比我们强，然后，学习那些比我们强的本事。学会了，再回头去打那些侵略我们的国家。

那我们应该学什么呢？

很多，比如战舰、火器的制造，练兵的方法等。还有一句话特别好——善师四夷者，能制四夷；不善师外夷者，外夷制之。就是说，善于向四面八方学习，才能制服他们。不善于学习，就要被他们制服。

那你现在学些什么知识？曲惊涛问。

很多。英文、地舆图说、算术、代数、几何、三角、驾驶诸法、测量、天象、重学、化学、格致等。最后一年要在船上练习，学习船上的各种武艺，了解大炮、洋枪、刀剑、操法、药弹、上桅接线、用帆的方法等。当然了，我们还学习国文，有读经课。毕竟我们是中国人，自己老祖宗传下来的知识要学好。你呢，有没有上学？

关适看了看曲惊涛。曲惊涛也看了看自己，说，你别看我现在穿得破破烂烂的，以前我也跟你一样是穿马褂的。我们家在朝阳街上是有头有脸的人家。他们把我送到毓璜顶北坡一所很好的学校去上学，我也学过数学、物理、格致、英文，还有四书五经。

关适说，你应该继续学习。知识是学一辈子也是学不完的。要不然，你考到我们北洋水师学堂来学习吧，做我的同学。可别小瞧这所学堂，它是咱们国家最棒的海军学校。

曲惊涛看了看自己，问，我，能行吗？你们学堂招什么样的学生，有什么标准？

关适说，要求不高。身家清白，身无废疾，耳聪目明，口齿清爽。这些你都没问题。不过，还有一些文化知识方面的要求，比如文字清顺，已经读过两三种经，能作论及小讲半篇。这些你掌握得怎么样？

曲惊涛说，四书五经倒是读过。至于作论，可能有点难。你刚才说，知识是学一辈子也学不完的，但是，相比坐在教室里上学，我更喜欢到广阔的世界去学习。我要像我的叔叔曲破浪以及其他航海人那样，在全世界的海洋上闯荡。我的叔叔特别厉害,他见过形形色色的怪鱼,杀死过比船还大的鲸鱼,在大漩涡里转了三天三夜,还接近过地心。你能想象出地心是什么样子吗?我一定要去找找看看。

哦!关适惊讶地说,我虽然知道外面的世界很精彩,但你说的这些,我在学堂里还真是学不到呢。比如说,如果一艘船卷入了大漩涡,要怎样才能避免沉下去……这是更大的学问。

曲惊涛得意地说,那是当然了。我叔叔亲眼见到很多船的残骸以及零部件在大漩涡里旋转,边转边沉。大漩涡像一个巨大的漏斗,黑色的,疯狂旋转。他用绳子把自己跟船上的一只木桶紧紧地捆绑在一起,放弃了船。然后,他看到他们的船渐渐地沉了下去。

后来呢?关适问。

后来,我叔叔幸免于难。他等到了平潮期,亲眼见到大漏斗不那么陡峭了,脚底下那深不见底的黑洞也慢慢地愈合了,海水把他托了上去。到最后,大漩涡消失了,海面平坦得像一面镜子。你知道吗,我叔叔是特意在船上备了木桶的。

关适问,为了逃生吗?

曲惊涛说,是的。我叔叔说,体积越大的物体下降得越快。在大小相等的前提下,球形物体比其他形状的物体下降得快,而圆柱形物体比其他形状的物体下降得慢。于是他准备了很多圆柱形的木桶。

关适说,这些原理在格致课上有所涉及。不过,还是得学以致用。我很羡慕你能到大海上闯荡。如果咱们俩能经常见面该多好,我把学堂上学到的知识讲给你听,你把大海上的知识讲给我听。

是啊,那当然最好不过了。但是,曲惊涛说,我的祖上,那些航海人,都是一些没有羁绊的人。我记得我的叔叔曲破浪在那次返乡后对我说过,小子,你记住,真正的航海人是没有羁绊的人。茫茫无际的大海

我 们 海 上 见

就是他的家,船就是他的床,天空星辰就是他的被子。人间的人和事,都跟他没有关系,他的使命就是探索大海的秘密。

我觉得我们还会再见,我的直觉一向很准。关适说。

我叔叔也说过,如果有缘,该见的总会见到。他曾经在大海上遇到另一艘船,那艘船出了故障,我叔叔帮了他们。叔叔和那位船长一见如故,但他们要朝着相反的方向航行。叔叔说,有缘总会再见。两年以后,他们在另一个海域重逢,这次是我叔叔的船出了故障,被那位船长所救。关适,我们一定会再见的。

两个少年坐在那条老河边,像老朋友一样,说了很多大人之间才会说的话。他们信誓旦旦,但其实他们也不知道以后会不会重逢。

曲惊涛在天津盘桓了一些日子。有一次他在外面看到关适他们在上体育课。关适曾告诉曲惊涛,学校很重视体育课,甚至要求他们学习击剑。曲惊涛知道,击剑也是"师夷长技以制夷"的道理。

那几天，关适带着曲惊涛在天津的街道上游走。海河入海口的风携带着渤海的气息，喧嚣着掠过饭庄、中西药房、钟表眼镜店、洗染店，掠过一条飘荡着羊肉汤味道和肥卤鸡味道的市场。

有一天，关适带着曲惊涛七拐八拐，先是钻进一条小胡同，然后越过一堵矮墙残破的豁口，进入一家旅馆的后院。旅馆后面西北角有一扇小铁门，挂着铁链，链子挂得很松散，门缝足够一个少年钻进去。

他们钻进铁门，顺着一条昏暗的楼梯，一直走到楼顶。关适说，这家三层旅馆是这一带最高的建筑，适合眺望。

看到没有，海河两岸，那是大沽口炮台。关适指着远方对曲惊涛说。

曲惊涛看到了那些巍峨的土台，像狮子一样蹲踞在入海口，拱卫着身后的繁华烟火。河里漂荡着商船，还有一字排开的水师战船。战船上挂满了旗帜，最近的一艘船上站着七八名水兵。关适告诉曲惊涛，这些战船只是一些小船，大船可比这威武多了。

你知道那些炮台叫什么名字吗？它们叫"威""震""海""门""高"。除了这几座高炮台，还有几十座小炮台。你知道为什么要建这么多炮台吗？

曲惊涛说，为了打仗。

关适说，你要学会观察地理。大沽口这里像不像一扇大门？如果进入这扇大门，就意味着进入了我们国家。你知道这里离北京有多近吗？只要进入大沽口，不到一天时间，就会到达紫禁城下。

我明白了，曲惊涛说，所以要守住这里，不让外国人进来抢占咱们的地方。

关适说,他们已经来过好多次了,1858年、1859年和1860年都来过。我们抗击过他们三次,有失败,也有胜利。《天津条约》这份不平等条约,就是在我们失败时被迫签订的。最后一次抗击很惨烈,炮台守军浴血奋战,全部壮烈牺牲。我每次站在这里,就仿佛能看到当年厮杀的场面。总有一天,我们的海军会强大起来,谁也不敢欺负我们。

曲惊涛说,我看到过咱们的北洋水师战舰。就在前不久,他们停靠在烟台港。

关适说,对,那是醇亲王巡阅北洋水师。他们先是从天津去了旅顺,然后到了你们烟台。醇亲王乘坐着一艘长龙船来到大沽口,船上悬挂着一幅巨大的"帅"字帆。然后,醇亲王登上北洋水师的"海晏"轮,在其他战舰的护卫下,驶入茫茫大海,去往旅顺。那些船上的旗帜在海面上绵延了足有二十里,壮观极了。

曲惊涛想起了他的三个小伙伴,马栗仁,缪加,顾大鱼。如果他们跟他一起站在这里,眺望大沽口,遥想醇亲王的船队从这里入海,去往旅顺,然后从旅顺一路航行,停靠在威海和烟台港。那该多好!可惜,他的三个小伙伴不是航海人。

他们在楼顶上待到很晚,直到傍晚的夕阳在入海口洒下金黄色的光。渐渐地,那些炮台只剩下影影绰绰的形状,然后慢慢看不见了。

走,我请你去吃煎饼馃子。关适说。

他们走下昏暗的楼梯,沿原路返回,从矮墙豁口离开旅馆,走到旅馆前面的街道上。旅馆一楼门厅里亮着灯,没人知道刚才有两个少年从后面那条不常使用的楼梯上走下来。他们走到热闹的市场街。卖煎饼馃子的摊位有好几个,面糊在热铁板上滋滋作响,香味飘荡在街道上空。关适买了两个煎饼馃子,两人边吃边走,还站在路边看了一会儿耍杂技的。

我该离开了,曲惊涛说,炮台看了,煎饼馃子也吃过了,没有遗憾了。

做我的同学吧,关适说,我们好好学习,将来一起并肩战斗。

曲惊涛说,可是,我是一名航海人,这是我们老曲家的规矩。

那你打算怎么走?

现在我也不知道。但自有办法。我们老曲家的航海人就是这样,到时候自有办法。

关适说,你是没有羁绊的人,可能这就是你们的秘密。但是,我不相信一个人活在世上能真的做到没有羁绊。

曲惊涛说,能的。我的祖上都是没有羁绊的航海人,他们离开家乡以后,会在三十六岁那年返乡一次,然后再出发,就再也没有消息了。

关适说,也许他们在异国他乡娶妻生子了,你们并不知道。

会是这样吗?曲惊涛过去从没这样想过。他忽然感到有些迷茫。

外 四

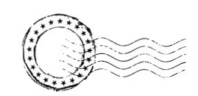

我的老朋友马栗仁:

  我找到了理想的船,但是这里下了好几天大雨,风也刮得很猛。我们还得过些日子才能起航。所以我决定再给你写一封信,详细说一说我的新朋友关适。他是北洋水师学堂的学生,我们一起在天津度过了好几天,成了无话不谈的好朋友。我也跟他讲了你们三个人,希望将来有机会能见到。不过,我想,可能没有这样的机会吧,因为我是一个航海人,一个没有羁绊的人。

  关适带我去看了大沽口炮台。你知道有多神奇吗?他们把贝壳粉碎,加到沙、土、石灰里面,还往里面加了糯米汤、杨树条汁、藤条汁,搅拌到一起,筑造炮台。这样使用这些材料是有道理的,能让炮台更加坚固。

  你知道那些大炮、快炮是哪里来的吗?是李鸿章大人从德国克虏伯厂和英国的一些军工厂购买的。关适说,这些工厂制造大炮的技术很厉害。

  我对大炮很感兴趣。要是将来有可能的话，我倒是愿意去军舰上当一名炮手。不过，你看，我这都说了一些什么呀，我是一个航海人，一个没有羁绊的人。我是不会到什么军舰上当什么炮手的。

  你还记得醇亲王到咱们那里巡阅的事情吗？关适带我去了给醇亲王照相的那家照相馆。开照相馆的人名叫梁时泰，听说醇亲王很喜欢他拍的照片，赏银四百两呢。咱们朝阳街上的人都说照相不好，会把人的魂照没了，但是醇亲王却不怕。关适带我在照相馆外面张望的时候，你猜不到吧，被梁时泰看到了。我们说，我们没有钱，他说，不要钱。然后，他给我们俩拍了一张照片。当然了，我很快就离开了天津，没有看到照片。我也不知道以后能不能再见到关适。

  好了，马栗仁，我写了这么多，有点累了。我那时候虽然很不喜欢上学，但看起来我的语文学得还不错，起码能写信给你。我在外面也开始学习外语了，英语，法语，等等。可能以后还要学习更多国家的语言，要不然，是没有办法当一个航海人的。关适在北洋水师学堂里也要学外语，他说外语很重要。你看，我现在总是要提起关适。但我并没有忘记你们，我非常想念你们。

老朋友曲惊涛
1887 年 5 月

  这是 1887 年 5 月，我的外高祖曲惊涛给马栗仁写的第二封信。

我 们 海 上 见

从信中可以看出，他因为风雨所阻，在法国一个小城里滞留数日，这使得他有空闲时间回忆自己的天津之旅。他的语文水平看起来的确还不错，至少信件写得比较通顺。

他反复地提起关适，说明关适在他的心目中占有重要位置，给他带来了某些影响。

曲惊涛在年老时给我的外祖父曲月明讲述那些故事的时候，还谈到了长崎事件。据他所说，他那时候正好在日本。我推算了一下时间——他应该是跟关适在天津分别之后去日本的。我的外祖父曲月明说，曲惊涛讲述往事时存在的最大的问题就是时间问题，经常前后颠倒，时序混乱。但是，我了解曲惊涛的经历越多，我就越觉得，任何一个人倘若有了他的那些了不起的经历，都会时序混乱，不知所云。

事情应该是这样的：我的外高祖曲惊涛在天津逗留数日之后，履行老曲家航海人的使命，继续到外面去闯荡。他很巧合地去了日本。当然，那或许不是巧合，只是因为距离比较近。从辽阔的世界版图上来看，天津到日本的距离并不算远。

在日本长崎，曲惊涛跟彼得潘托夏应该去过许多个相同的场所，但他们始终没有遇到。他们走过那些相同的街道和酒肆，目睹或者在街巷里听闻了中国海军士兵在岸上与日本人之前的冲突。他们当时或许没有意识到，自己经历的是一个重大的历史事件。这一事件从发生到议结历时不短，从 1886 年的下半年跨越了 1887 年春节，最终在英德等国家的斡旋和调停下议结。最早提出用"救恤金"形式了结此案的是英国驻华公使华尔身。

同为驻华公使，华尔身造访了日本驻华公使盐田三郎，提出了支付"救恤金"这个比"赔款"听起来要体面一些的办法。盐田三郎沉吟片刻之后点头说，这也算是一个挽回颜面的办法。

于是，正月初一刚刚过完，正月初二，日本驻华公使盐田三郎便将这一思路函告外务大臣井上馨。当时，两国之间的拉锯战持续日久。在中国海军的实力面前，日本知道自己很被动，这一方法顿时让他们眼前一亮。

两天以后的上午，德国驻日本公使何理本造访中国驻日大使徐承祖，转达了日本方面愿意遵循"伤多恤重"原则处理长崎案件的意愿。下午4点，徐承祖如约来到德国使馆，与日本外务次官青木周藏见了面。经过一番对话，双方议定"彼此各给抚恤，在东京议结"。

但是，恤金的数目是多少，彼此是不是还要捉拿杀人凶手，是不是要另外制定水手登岸的章程，这些问题也需要一并解决。徐承祖自然是不能做主的，只能电告李鸿章进行决断。李鸿章认为，日本既然愿意自我转圜，徐承祖提出的恤金数目可以准行。但是，彼此拿凶，可就涉及两国的面子了，这是个面子活儿。水师登岸方面的问题却不用另议，因为两国本来已有通行章程。于是，清廷批准了这一方案。

2月3日晚上10点，徐承祖、井上馨、青木周藏、德使何理本又一次聚到一起，直到第二天凌晨3点，终于达成协议，确定了彼此互相需要支付的恤金。徐承祖说，至于双方是不是要拿凶惩办，由双方政府自行解决吧。井上馨同意，说，互不干涉。

《中国近代海军史事日志》对这一事件的记述简洁而翔实，在"长崎事件议结"中，有寥寥数语给事件做了了断：

2月8日，长崎案议结，对死伤者各给抚恤。弁、捕头亡者，每人恤6000元，兵、捕每人恤4500元。兵因伤成疾者2500元。彼此相抵。日方共付恤款52500元，中方共付恤款15500元。徐承祖、井上馨在协议上签字。

1887年2月初的天气像徐承祖的心情一样阴冷，这位全权大臣颤抖着手，在协议上签字画押，给长崎案画上了句号。冷风吹打着徐承祖四十五岁的面庞，使他看起来比实际年龄要偏老。自从长崎事件发生后，徐承祖记得很清楚，他与日本首任内阁总理大臣伊藤博文、外务大臣井上馨、外务省办理公使陆奥宗光在东京会谈了十次。他建议成立的中日长崎联合委员会在三个多月里交锋四十次。他尽力了。

街道房屋廊檐下悬挂着的灯笼在风中摇曳不停，徐承祖疲惫而难过。在日本继续履职四个月后，当年六月，他被褫职召回。徐承祖回家之后，心境倒是淡然平和。为清廷失了颜面而买单，这似乎是徐承祖的使命。自此，这位晚清历史人物隐身于乱世之中。

第四章

对于陈荒谷来说，他一生中最重要的记忆是从十二岁那年开始的。在此之前，他生活里的内容并不多，首先是西疃的几间房屋和一处院落，然后是海湾边的一艘渔船，再就是环绕着渔船飞翔的海鸟、海里的鱼，海上的日出日落。

陈荒谷出生在刘公岛，但他对岛的认识很简单。他的认知里只有山间泊地的杨树、刺槐、泡桐、白茅、蒿草，向西北敞开的倒水湾，向东北敞开的荷花湾和骡子圈湾，还有那些在海面上露出一部分躯体的黑鱼屿、黄岛、小泓岛、大泓岛、日岛等岛礁。老渔民喜欢把日岛叫衣岛，说它本来就叫衣岛，远远望去它就像衣服漂浮在水面上。后来，因为这片岛礁处于海上日出的方向，所以改名日岛。

关于衣岛和日岛的这些历史，陈荒谷是知道的，但他只知道这些。自从岛上出现了一些外地来的陌生人，陈荒谷才对这个岛屿的地理位置有了一些模糊的认知。他们告诉他，刘公岛在中国东部山东半岛东端。他们拿地图给他看，指给他刘公岛的位置。陈荒谷惊讶地看到，这个四面环海的小岛在地图上只是一个点，辽阔的蓝色海洋和广大的黄色土地使它显得那么渺小。而在他眼里，真实的刘公岛并不小：它从东到西足足有四公里多,最宽处接近两公里。整个岛岸线那就更长了,他听那些水兵说,足有十五公里。他徒步绕岛一周起码需要花费挺长的时间。

但是,它虽然渺小却关系重大。他们又这样跟他说。

为什么呢?他问。

他们说,因为它的国防地位非常重要,是一个海上屏障。

陈荒谷有点不懂,又有点恍然大悟,他说,怪不得你们在这里建机器厂和屯煤所,还在岸上的金线顶盖鱼雷营。

他们建机器厂和囤煤所那年,陈荒谷更小,只有五岁。这期间,他们开始在威海卫和荣成县募兵。陈荒谷还只是一个孩子,跟在父亲的渔船上出海打鱼,募兵这样的事对他来说还非常遥远。他跟随父亲在湛蓝的海水中捕捞刀鱼、鲅鱼、青鱼、鲇鱼、黄姑鱼、鲳鱼,还有对虾、鱿鱼、海参等。这些都是小型海物。当然,他也见识过大型鲨鱼,那条五米长的大家伙不知怎么回事竟然撞进了渔网中,他父亲喊来其他渔船上的人帮忙,花了一个多小时才把它拖上船。那是一条斜纹鲨,父亲的渔网被它庞大的身躯破坏殆尽。剩下的整整一天,他们都在想办法驾驭这条吃力的船,终于在傍晚时分把它弄回码头。第二天早上,岛上的人都聚拢在码头上,围观那条巨大的鲨鱼。他们做了一些测量,发现需要两个人才能把它那圆鼓鼓的肚子合抱起来。

此后,陈荒谷还在岸边发现过几次一米长的鲨鱼。他日复一日跟海里的生物和山间的鸟兽做伴,从来没有想过自己将来的生活会跟父亲老陈有什么不一样。他跟其他男孩子一样,十二岁的时候,唇边的绒毛开始发生变化,说话声音也有了点粗犷的迹象,听起来有些像海鸥的叫声。

陈荒谷喜欢跟一个外号叫鲨鱼的人玩。陈荒谷八岁的时候,岛上建了练勇营，再后来，陈荒谷认识了一个外号叫鲨鱼的练勇。可能因为他喜欢鲨鱼，所以才对这个外号格外感兴趣。不过，鲨鱼也确实是个比较好玩的人，他来自安徽，水性特别好。陈荒谷记得他十二岁那年的冬天很不平常，特别是到了十二月，船上船下都忙得很，像有大事要发生。

他问鲨鱼，他们都在忙什么？

鲨鱼说，忙大事。

他问，什么大事？

鲨鱼说，到时候你就知道了。

到时候是什么时候？

到时候就是到时候。

好吧。陈荒谷就一边看着那些人忙碌，一边等着"到时候"。他们有纪律，陈荒谷知道。

在十二月中旬的某一天，海上刮来一股寒流，陈荒谷吭吭地咳嗽起来，咳了一夜。第二天早上，老陈说，孩子这是着凉了。陈荒谷的母亲摸摸陈荒谷的额头，说，哟，烫手，发汗吧。

那贤惠的女人从柜子深处摸出一枚平日舍不得吃的鸡蛋，又从抽屉深处摸出一撮舍不得喝的茶叶，倒在大锅里，添水烧火，煮了一大碗茶水荷包蛋，让陈荒谷喝下去。母亲说这是祖传的偏方，治发烧最管用了，热乎乎地喝下去，出一身透汗，睡一觉，保证退烧，额头冰冰凉。

陈荒谷喝下那一大碗茶叶水，吃下那只扁扁的荷包蛋，确实出了一身透汗。母亲用两床被子把他从头到脚裹得严严实实，四周往里掖了又掖。被子是大红色的，里面絮着棉花，由于经历了太多岁月——说不定是陈荒谷奶奶或者姥姥那辈传下来的，棉絮不再蓬松，很多地方结成团块，因此就有很多地方只剩下两层棉布。陈荒谷透过棉布看到红红的光。他不知道，那是红牡丹花团棉布自身的光，还是外面太阳光透过棉布射进来的光。他还听到外面很热闹，但不知道声音是从哪个方向传过来的。

陈荒谷把头顶上的被子掀开一条缝隙，试图把头伸出来，但是被眼疾手快的母亲阻止了。

这个时候千万不能见风，见风就坏了。母亲说。

外面在干什么？陈荒谷问。

母亲隔着棉被对他说，谁知道干什么，准是那帮水兵又在操练。

陈荒谷仔细辨听一番，说，不对呀，不像是从西局子操场传来的声音。

母亲说，好好躺着养你的病吧，别操心水兵的事。

陈荒谷问，是不是有敲锣打鼓的声音？

母亲说，小孩子耳朵尖，我什么声音也没听到。

陈荒谷说，我快憋死啦！

母亲说，憋不死。

起初，茶的兴奋作用让陈荒谷在被子里辗转反侧，但后来他还是沉沉地睡过去了。他做了几个奇怪的梦，一会儿梦见一条鲨鱼在海里游来游去，然后猛然蹦到船上，变成了水兵鲨鱼。一会儿又梦见很多鲨鱼在海里游，他自己也是其中的一条。还梦见很多军舰从大海远处驶过来，上面飘扬着金黄色的旗帜。

据说，在那年十二月中旬，陈荒谷莫名其妙地昏睡了三天。奇怪的是，他出了一身透汗之后就退烧了，但此后的三天，他额头冰凉，鼻息均匀，就是不能醒来。老陈两口子十分害怕，尤其是陈荒谷的母亲，她使用那个治疗发烧的偏方很多次了，她自己的母亲、她母亲的母亲也用那个偏方治疗感冒发烧，百用百灵。后来他们去请了郎中，郎中按压陈荒谷的脉搏之后说，无碍。陈荒谷的母亲问，既然无碍，那什么时候能醒？郎中说，该醒的时候自然就醒了。

三天过后，陈荒谷从红牡丹花被子下醒来。母亲告诉他，鲨鱼来看过他。陈荒谷下了炕，也没着急跑出去看，而是安安稳稳地吃了饭，才溜溜达达地走出门去。母亲在身后看着，对老陈说，这孩子好像不大对劲。老陈说，小孩子发烧一次就长大一次，他这是长大了。

陈荒谷溜溜达达地去了西局子。一年以前，那三十多亩场地还是岛上居民的房子和田地，海军买去之后，很快修建起两百多间房和十几道围墙，据说花费白银三万多两。岛上的渔民们说，那些房子是学堂、操棚、厂库，训练水兵用的。果然，房屋修好以后，那里就经常有练勇练习步枪射击、刀剑格斗。鲨鱼就是其中一员。

鲨鱼一看到陈荒谷就说，你小子这场病生得亏大了，错过了一件大事。

陈荒谷问，什么大事？

鲨鱼说，咱们北洋水师正式建军了，就在咱刘公岛！就在你发烧昏睡的时候！

陈荒谷说，我好像梦到了，封了好些官。

鲨鱼说，没错。最大的官是水师提督丁汝昌，然后是右翼总兵刘步蟾，左翼总兵林泰曾，再就是邓世昌、叶祖珪、方伯谦等军舰的管带。

陈荒谷问，你是什么官？

鲨鱼说，我嘛，我目前还只是练勇。臭小子，你是讽刺我吗？

陈荒谷说，我连练勇都还不是呢。

鲨鱼说，你太小了，乳臭未干。我跟你说，咱们中国的海军现在可厉害了，这几天我听很多人说，咱们的海军在全世界排名前十呢。

陈荒谷指指海面上蹲踞着的军舰，说，这么厉害的大军舰，应该排名第一才对呀！

鲨鱼说，可不是嘛。

陈荒谷问，排在前面的是哪些国家？

听说是英国、法国、俄罗斯、德国、西班牙……哎呀，我记不住，我知识学得太少了。鲨鱼仔细端量着陈荒谷，说，我觉得你病了一场，人变得不一样了。跟我说说，你都梦见什么了？

陈荒谷说，我梦见我也成了一名练勇，然后，很快就成了水手。

鲨鱼等着听下文，却没有了。他问，然后呢？

陈荒谷说，然后，一级一级往上升呗。

鲨鱼说，那你厉害了。

陈荒谷停了停，说，我还梦见开炮了。

鲨鱼问，哪里开炮？

陈荒谷说，船上呗，还能是哪里。

鲨鱼问，为什么开炮？

陈荒谷说，不知道，打仗呗。海上一片火光。

鲨鱼说，这没什么稀罕的，军舰就是用来打仗的。你梦见军舰上的炮手是不是我？

陈荒谷上下打量打量鲨鱼，说，你游泳那么快，你当水雷差不多。

鲨鱼比陈荒谷大四岁，已经满十六岁，马上就要十七岁了。陈荒谷刚刚十二岁。但他觉得这场病让他一下子长大了。他问鲨鱼，多大才可以当练勇？

鲨鱼说，起码得十六岁。

陈荒谷问，谁规定的？

鲨鱼说，章程规定的。

陈荒谷又问，章程是什么？

鲨鱼说，《北洋海军章程》啊！

陈荒谷说，哦，知道了。那，章程是谁定的？

鲨鱼说，李鸿章李大人呗。

陈荒谷问，他是谁？

鲨鱼说，他是海军衙门的大官。

陈荒谷问，海军衙门还有哪些大官？

鲨鱼说，还有不少呢。醇亲王奕譞，他是海军总理大臣；庆郡王奕劻和李鸿章是会办；汉军都统善庆和兵部右侍郎曾纪泽是帮办。

陈荒谷问，那谁说了算呢？

鲨鱼说，总的来说是李大人说了算，因为朝廷规定李大人主持海军一切事宜。

陈荒谷羡慕地说，你知道的真多。

鲨鱼说，作为一名海军，我当然要知道这些事了。

陈荒谷又问，那，《北洋海军章程》是谁写的呢？

鲨鱼挠挠头说，这个嘛，我就不知道了。

外 五

鲨鱼知道的事情，在陈荒谷看来简直是太多太有趣太神秘了，让他向往不已。虽然鲨鱼不知道《北洋海军章程》是谁写的，但那丝毫不影响陈荒谷对鲨鱼的崇拜。

他不知道的是，从那年五月开始，李鸿章就着手开始思考章程的事情，让文武官员研究订立海军章程的设想。1888年5月5日，李鸿章乘坐"定远"舰，到天津大沽去验收新购买的"致远"等四艘舰船。他巡视了大沽炮台，又前往旅顺口巡视正在施工的大船坞。五月的天气和煦温暖，李鸿章的心却有些灰暗：他亲自选址要大刀阔斧建设的船坞却历时数年没有竣工。

2022年，我正在写《渤海传》，从烟台港乘船渡过渤海海峡，抵达大连旅顺去采风考察。我在黄昏时分登上白玉山，观赏了旅顺口的壮美落日，又在晚上去往军港公园，倾听海浪的低语。任何一个站在白玉山顶俯瞰过旅顺口的人，都会惊叹它战略上的咽喉位置简直是天造地设。李鸿章对它的坚持是一件了不起的事。

实际上，早在1877年，李鸿章就给船政大臣吴赞诚写了一封信，郑重提出，北洋海军缺乏一个适用的基地，无法解决大型军舰的停泊和修理问题。当时李鸿章属意于大连湾,他派英国专家葛雷森等人率领蚊子船前往测度,又派北洋海军营务处道员马建忠去旅顺口考察。他本人也亲自乘军舰去踏勘地形,最终放弃了口门过宽、必须有庞大的水陆军相为依护的大连湾,选择了离大连湾不远的旅顺口。这个位于辽东半岛最南端,隔着渤海海峡与山东蓬莱、烟台、威海遥遥相对的地方,不淤不冻,避风性能良好,称得上是扼守渤海海峡、保卫京津要地的海上门户。

李鸿章站在白玉山上,欣喜地眺望着旅顺口周边的东鸡冠山、白玉山、猴石山、老铁山。他对随行人员说,你们看,它们像海军卫士一样,忠诚地环抱着旅顺口。而且,你们看,口门东西两侧的黄金山和老虎尾两相夹峙,口门以内的海域自然形成了东西两澳。西澳水面宽阔,可以泊船;东澳的地形则适合修建大型船坞,设立船厂。这真是一个易守难攻的好地方啊!

作为崇尚洋务派的代表人物,李鸿章每做一件事都要跟朝廷里的保守派做斗争。他以国外建港的成功例子为切入口,陈述旅顺口得天独厚的优势:

各位大人,纵观国外良港,无不存在以下六个优势:水深不冻,往来无阻;山列屏障,可避台飓;路连腹地,易运糇粮;近山多石,可修船坞;滨临大洋,便于操练;地出海中,以扼要害。试问还有何处比旅顺口更符合以上良港特点?道咸年间的魏源和郭嵩焘就曾感叹说——旅顺口渤海数千里门户,中间通舟仅及数十里。两艘扼之可以断其出入之路。泰西人构患天津必先守旅顺口,此中国形势之显见者,泰西人知之,中国顾反不知,抑又何也!各位大人,就连西方国家都知道,想要攻陷天津,一定要先拿下旅顺口,如果我们中国人反而不加重视,那就真要遭人耻笑了。

朝内那些迂腐聒噪的保守派，还是比较畏惧李鸿章这些专业话语的，因而，旅顺口工程于1880年正式开始。虽然满朝文武官员有很多人心存忧虑，认为要在那片看起来仅仅是小渔村的地方开挖两座巨大的港池，疏通航道，建起包括大型造船厂在内的军工体系，而且要在几十平方公里范围内修筑陆上防御系统，建成可以支撑一支近代海军攻防、修造、驻屯、补给的配套设施，这需要足够优秀的人才和充足的财力物力。

李鸿章在这个环节上任用的一个名叫陆尔发的官员终究没有给他长脸。此人是个门外汉，根本不懂炮台施工方面的专业知识，而且跟李鸿章请来的德国炮兵少校汉纳根、英国海军上校柯克处不好关系。

李鸿章恼怒不已，只好换人，谁知他派去接替陆尔发的黄瑞兰也是劣迹斑斑，不仅弄虚作假、偷工减料，还贪污款项，只知道巩固权势。于是李鸿章第三次换人，这次换的是袁世凯的叔叔袁保龄。袁保龄的父亲是咸丰、同治年间钦差大臣漕运总督袁甲三，大约是得益于这种身世的良好教养，袁保龄花了几年时间进行改革，扭转了被黄瑞兰领导得一团糟的局面，工程开展得很顺利。

但是，尽管顺利，李鸿章仍然忧心忡忡。他刚刚巡视了"致远""靖远""经远""来远"四艘巡洋舰，观看了鱼雷艇的鱼雷发射情况。这些巨大的铁家伙需要船坞进行停靠和保养，而旅顺船坞还未修好。

那一年的巡视，李鸿章把较多的时间放在旅顺口。从5日开始，直到11日，他巡视了各大炮台，然后乘"定远"前往威海，在威海视察了北山嘴、皂埠嘴、龙庙嘴炮台基址，接着到达烟台，沿途检阅了海军操练。16日，李鸿章率领北洋诸舰返回天津大沽。

这是李鸿章的第四次出海巡视。十几天的海上颠簸使他感染了风寒，但他仍然召集了周馥、丁汝昌、林泰曾、刘步蟾、罗丰禄等人开会，讨论章程拟定的事情。

到7月中旬，章程底稿写成，大半采用英国海军章程，"其力量未到之处，或参仿德国初式，或仍遵中国旧例"。7月15日，李鸿章向醇亲王函告此事，并派周馥携带《章程》底稿进京呈阅。此后，周馥暂留海军衙门两个月，创办《海军章程》。

到9月30日，海军衙门正式向慈禧太后奏呈《北洋海军章程》。三天后，奉懿旨"依议"，《章程》遂为定稿，颁布实行。

中国海军历史上第一个严密正规的章程自此诞生，分船制、官制、升擢、事故、考校、俸饷、恤赏等十四个条款。

时间很快就到了那年的12月，谕旨任命丁汝昌为北洋海军提督，林泰曾为北洋海军左翼总兵，刘步蟾为北洋海军右翼总兵。北洋海军正式成军。

刘公岛少年陈荒谷在发烧昏睡中似乎见到了各种场面，很多礼乐之声传到他灵敏的耳朵里。醒来之后，陈荒谷无法知道那些旌旗飘扬的场面和礼乐之声究竟是真实发生过，还是只在他的睡梦中出现过。

在那一年还发生了一些其他事情，与北洋海军有关，或者也可以说那些事情直接参与、改写了海军的历史。比如说，慈禧太后的万寿山和颐和园在建造过程中银两不足，海军经费被大量挪用。当中国海军扩张和更新的脚步停滞不前的时候，日本全国野心勃勃地开始了省吃俭用购置新型军舰的计划。

艺术游商彼得潘托夏又一次游历日本之后，在百英聚客栈讲述他的见闻时，谈到了日本扩张海军的事情。我们老曲家的人对这些国家大事并不是十分关注。当然，他们不关注的另一个重要原因是，彼得潘托夏声称他好像见到了我们老曲家的航海人曲惊涛，他们更关注我们家的航海人。

然而，彼得潘托夏无法确定他见到的究竟是不是曲惊涛。在这样的不确定中，他描述的那些场景就更让曲家人忧伤。那一年曲惊涛已经年满十八岁。在离家后的两年里，只有马栗仁曾经收到过来自曲惊涛的几封信，其余所有人对他的消息一无所知。

第五章

朝阳街上新开了一家书店,是缪加喜欢去的地方。老诸葛经常批评马栗仁和顾大鱼,说,看缪加这孩子,爱学习,有前途。再看看你们俩,整天只知道玩。马栗仁说,老诸葛,你知道什么,缪加那是不想在药房里背药方。老诸葛说,不喜欢背药方又如何,他一定是在书店里看医书呢。看医书也是干正事。顾大鱼说,才不是呢,他在书店里看铁路书。

马栗仁跟着顾大鱼去书店找缪加,果然见他正痴痴呆呆地在看一本书。

给我看看,这就是铁路书吗?马栗仁凑过去,夺过缪加手里的书,哗啦哗啦翻了几页,没看懂。书里有字,也有图。这书是讲什么的?马栗仁问。

讲铁路和火车呗。缪加说。

具体讲什么?顾大鱼问。

具体讲什么……就是讲铁路。很简单,我给你举个例子,咱们朝阳街是什么路?石板路,用石板做的路。铁路就是用铁做的路,火车在铁路上跑。缪加说。

跑得快吗？马栗仁问。

当然快了。

和骡马车比呢？

比它快多了。缪加说。

老诸葛也跟了进来。书店离客栈很近，在斜对面，也就是几十步路的距离。

顾大鱼说，老诸葛，看看，我就说嘛，缪加看的不是医书。

老诸葛问缪加，你不看医书，到书店里来做什么？

缪加反问道，我为什么到书店来一定要看医书？

老诸葛说，因为你将来要当药房掌柜啊！你不看医书，不会看病，我们生了病怎么办？

缪加说，我从来也没想过要当药房掌柜。

老诸葛问，那你想当什么？

缪加说，我想当工程师。修铁路的工程师。我将来要让火车在铁路上跑得风快。

老诸葛摇摇头，叹息着走出书店，穿过朝阳街，回到客栈。

店主名叫唐目臣，是个矮个子，一见到人就点头哈腰地赔笑。朝阳街上的居民过去没见过他，他说自己是从广东那边过来的。广东街上倒是有很多广东人，所以居民们对广东人说话并不陌生，因此能听出唐目臣口音有点杂，跟广东街上那些人说话的口音不是很像。

我走南闯北去过的地方很多啦。唐目臣说。

老诸葛说，也是，走南闯北去的地方太多，口音难免就变杂了。

唐目臣卖书不是很专心，店里的书由着人看，特别是由着缪加看。店里雇了个伙计，他自己本人经常不在店里，不是在海边到处转悠，就是好多天不见人影。

12月末的这天，刘公岛少年陈荒谷在海军公所前见到了这个矮个子中年人。不知道谁先搭讪的，总之他们很快就攀谈上了。陈荒谷问这个商人打扮的人到岛上来干什么，唐目臣说，来看看做点生意。你能带我到处走走看看吗？陈荒谷说，好啊。

唐目臣在刘公岛上走走看看，住了三天。他给了老陈一笔钱，问能不能住在他们家的厢房里。老陈见他面目和善，一双小细眼睛，不说话就先笑，便答应了他。渔民朴实，除了水兵，外面也没有多少人到岛上来，他们乐意和外来的客人相处。那几天刮风下雪，唐目臣衣衫污暗，陈荒谷的母亲还好心地让他把衣衫换下来，帮他洗了洗。

那些天，烟威两地天气寒冷，雪片子下了好几天，下下停停。唐目臣雇了一辆骡马车，坐在前后通透的车棚里，风嗖嗖地往里刮，雪片子也往里吹。路面上淌着厚厚的雪水，粗笨的轮轴吱吱扭扭地呻吟着往前挪动。红棕色的马蔫蔫地垂着头，鬃毛挂着雪，像千万条白线垂挂在脖颈两侧。车把式把手插在袄袖筒里，不愿意往外拿，任凭马慢悠悠吃力地磨蹭着。

车把式懒于鞭挞不积极行路的马，唐目臣却有点着急。他说，马不打是不肯走的。

车把式打了一个悠长的呵欠，说，我的呵欠都快给冻住了。您也不看看，往日街面上进出烟台的骡马有上千头，这两天一共没几头。这样的天气，马应该在马房里待着。

唐目臣说，牲畜不怕冷。

车把式说，牲畜不怕冷，只有人怕冷？这大冷的天，往你嘴里勒一条绳子，让你衔一块冷冰冰的铁，在你脚底打上铁掌，走一步往里灌一包雪，你试试冷不冷。

唐目臣说，我又不是不给钱。

我 们 海 上 见

车把式说，这不是钱不钱的事儿。

一百八十里路，不近也不远，唐目臣和车把式打着嘴仗，磕磕绊绊地行至威海卫，走了整整两天。这期间有两次路况不好，路面打滑，马车倾翻在路边沟里。马不管，站在那里无动于衷，唐目臣和车把式两人连拱带抬，好歹把车抬到路上。

车把式嫌唐目臣把车搞偏沉了，唐目臣说，我一共也没带多少行李，只有一个小箱子，怎么会把车搞偏沉？

车把式说，那就是你自己没坐正。

唐目臣被车把式噎得喉头发紧，便学朝阳街上的小孩子唱：大马大马好大马，一个头，两个角。四个蹄子八个瓣，车把式啊你真坏！

车把式说，你这口音，挺像广东街上那帮子广东佬，又不是十分像。不过，你唱这烟台街面上的儿歌倒是有模有样。

唐目臣把这首儿歌唱给陈荒谷听。陈荒谷并不太感兴趣，说，真幼稚。

唐目臣说，你只有十二岁，还是个孩子，怎么表现得像个大人？

陈荒谷说，我不想做孩子，我想快点长大。

陈荒谷的个头比同龄孩子高，但细看脸庞还带点婴儿圆，神情却又笼罩着大人脸上才有的肃静，甚至带着些许忧郁。唐目臣觉得这孩子身上有极端的东西，他有点欣赏。陈荒谷在岛上走来走去，唐目臣有时跟着他，有时不跟。当唐目臣独自在岛上行走的时候，有时又会跟陈荒谷遇上。有时陈荒谷的出现非常突然，像是从天而降。

有一次唐目臣坐在北岸，明明四周无人，寂寥无声，只有海鸥飞过时甩下几声鸣叫，忽然陈荒谷的声音在他身后冷不丁地传来：你在写什么？唐目臣吓得浑身打了个激灵，本子差点掉到海里去。

你在干什么，写写画画的？陈荒谷在唐目臣身边蹲下来，又问。

写游记。唐目臣说。

什么是游记？

就是旅游见闻。

我看看，你画的是什么？

唐目臣合上本子，说，你看不懂。我在画那个小岛。

陈荒谷说，它叫黑鱼头。

为什么叫这么个名字？

很简单啊，它长得像黑鱼的头。陈荒谷又说，我看你好像还画了炮台。

对啊，游记嘛，什么都可以记。你不觉得那些炮台很威风吗？

当然威风了。等它们全部都建好了，会更威风的，大炮里面装上炮弹，一发子弹打出去，能把军舰打沉。

会的。唐目臣说。

三天后，唐目臣离开了刘公岛。老陈驾着渔船，把唐目臣送到岸上。唐目臣说，大叔，我还会回来的。

刘公岛少年陈荒谷在那个不同寻常的十二岁的冬日里生了一场大病，此后直到十五岁期间的这三年，他外表看来一直很平静。但老陈知道，儿子身上有种东西在生长。在他十二岁那年，新的练勇学堂竣工使用，房屋很多，操场很大，排场大得很。这孩子经常坐在海军公所后炮台山上，朝着机器局所在的西南方向眺望。在机器局西面，麻井子船坞南面，就是新建的北洋水师的练勇学堂，那些比陈荒谷大不了几岁的少年在操场上喊声震天。

老陈后来知道，儿子在发烧的那三天里做了不少怪梦，他觉得是那些怪梦让儿子魔怔了。机器局黑色大烟囱里冒出来的烟飘向大海上空，儿子的目光时而盯视着那些烟柱，时而望向练勇学堂的围墙、泊岸、土坡，望向军舰，以及更远处的大海。

十五岁这年，陈荒谷回家对老陈说，爹，我想去当练勇。

老陈打量一下儿子，说，就你这样，还能当练勇？

陈荒谷反问道，我这样是什么样？

老陈一时之间有些语塞。他不能说儿子比那些在操场上大声叫喊着练功的人差。老陈想了想说，你知不知道，你有点不合群。岛上这些渔民的孩子，你好像不太想和他们做朋友。

陈荒谷说，我就是不想和他们做朋友，因为他们没有远见，只想一辈子打鱼。

老陈问，打鱼有什么不好？打鱼就是没有远见吗？那你倒是说说，什么才是有远见？

陈荒谷说，不被时代淘汰。

老陈吓了一跳。他从来没听过这些词语：时代，淘汰。他完全不懂它们是什么意思，也不知道它们怎么会跟自己的儿子联系到一起。

你从哪里学到的这些话？老陈问。

儿子不吭声。老陈恍恍惚惚记起，那个名叫唐目臣的生意人好像跟儿子说过类似的话。从第一次来刘公岛之后，唐目臣在这三年间又来过几次，每次来都给他们家带一些丰厚的礼品。他和儿子之间的关系越来越像朋友，有那么几次，老陈很想开口求唐目臣收儿子为徒，带他学做生意。

终于在唐目臣再次来岛后，老陈对他表达了自己的意愿。让老陈没有想到的是，唐目臣一直知道陈荒谷想当水兵的想法。荒谷，他的理想是当一名水兵。唐目臣说。

老陈有点着急，说，这孩子脑子里成天乱想。

唐目臣说，大叔，这不是乱想，这是理想。一个人总要有自己的理想。

老陈说，这算什么理想？跟打鱼有什么不一样？都是一样在船上待着。

唐目臣说，这可跟打鱼不一样。海军是为战争准备的。战争，大叔。

老陈问，打仗？

唐目臣说，是的。每一个男人都是为战争准备的。战争是男人最伟大的理想。

老陈说，打仗是会死人的。

唐目臣说，为国家而死是一种光荣。

老陈说，这么说，您是不会同意带荒谷做生意了？

唐目臣说，我要鼓励他当一名水兵。

说实话，老陈有点埋怨唐目臣，他甚至觉得是唐目臣怂恿儿子产生了当水兵的荒唐想法。但是，脑壳长在儿子脖颈上面，老陈理智上又知道不能埋怨任何人。他跟陈荒谷闹了一段时间别扭，终于没有拧过儿子。妻子说，让他去当水兵吧。你越阻拦，他越想当。再说了，还不一定能打仗呢。

鲨鱼也替陈荒谷做工作，说，当练勇是有月银的。

有没有月银，老陈倒不在意。陈荒谷是他唯一的后代，这是他最在意的。

就这样纠结了一段时间后，老陈带着陈荒谷去投北洋水师当练勇了。鲨鱼提前叮嘱他们说，报名的时候偷偷多报几岁。于是老陈就如法炮制，说陈荒谷十七岁了。他们给陈荒谷量身高，陈荒谷趁对方不注意，偷偷踮起脚尖，多量了几厘米。其实他不踮脚尖，说他十七岁也有人信。而且对于十七岁报名者的身高要求是四尺六寸，陈荒谷在家里让母亲用裁衣尺量过了，他有四尺八寸。然后有医官简单查看了一下是否健康。这一点陈荒谷有足够的自信，他知道自己只是瘦了点，身体还是很壮实的。他们又考了他一些字，问他认不认识，又让他写自己的名字。陈荒谷觉得他的名字中，"荒"这个字有点难，但即便难，他还是能写出来的。为了投练勇，陈荒谷提前找人学了一些字。鲨鱼告诉他，当练勇只要能"略识文字"就行，用不着认识成千上万的字。当练勇，健康比识字重要。陈荒谷并不认同识字不重要这个说法，他琢磨着，到了练勇学堂以后，要勤奋学识字。

十五岁的陈荒谷成了北洋水师的一名练勇，由他的父亲老陈做保人出结。鲨鱼说，今年招得真多，招了一千多人。这时候鲨鱼已经从练勇考升为水手了，他像一个过来人那样拍着陈荒谷的肩膀说，小子，好好干。

陈荒谷不再坐在海军公所后炮台的小山上眺望练勇学堂，而是成了那里的一员，大声喊叫着学习武艺。在陆地上学习只是一部分，他们更多时间要在"敏捷""威远""康济"等舰船上练习各种本领。

在陆上练习的时候,陈荒谷还是有机会回家的。他母亲疼爱地问,在船上学什么本事?

陈荒谷说,学的本事可多了:张帆之法,缚帆耳之法,开帆之法;缝帆之法,帆沿打马口之法;荡舢板;运舵量水并罗经体用各法;船头挂灯;泅水;四轮炮之操法,洋枪刀剑之操法。

老陈在旁边听了,说,才几天工夫,就之乎者也起来了,不会好好说话吗?

陈荒谷说,我们教员就是这样说的。这就是好好说话。

老陈说,张帆不就是起帆,缚帆耳不就是把帆绑在船上吗,这还用学?

陈荒谷说,你当了半辈子渔民,知道绳索共有多少名目,结绳和接缆共有多少种方法吗?

老陈说,能有多少种?绑牢不就行了?

陈荒谷说,所以,渔民就是渔民。

老陈思来想去,觉得心里很不平衡,因为他是刘公岛上最优秀的渔民。他问,儿子,结绳和接缆共有多少种方法?

陈荒谷说,我不告诉你,这是军事机密。

老陈又问,那你将来在船上做什么工作?

陈荒谷说,多了。水手、炮目、管旗、管舱、管油、鱼雷头目、鱼雷匠、生火头目、生火匠、电灯匠、锅炉匠、洋枪匠、油漆匠、帆匠、木匠、铜铁匠,等等等等,都能干。

老陈说,我听说船上最大的官是管带。

陈荒谷一下子不说话了。

老陈妻子朝老陈使个眼色,不让他继续说下去。老陈不说话了,陈荒谷还不干了呢，直通通地说，那您倒是送我去外国学习呀，只有到外国学习，回来才能当管带。

老陈悻悻地说，我没这本事。

陈荒谷说，你别吃着碗里的看着锅里的，我的理想没那么大。

老陈问，你的理想是什么？

陈荒谷说，当练勇，考水手，再考炮手。

老陈说，当个炮手也不错。

让老陈高兴的一件事是，他的儿子当了练勇，竟然拿饷银了。虽然之前他觉得饷银不重要。他对妻子说，一个月足足拿四两半银子！

妻子说，你钻到钱眼里去了。

妻子虽然数落老陈，但也暗暗算了一笔账：苞米二百多钱一斤，猪肉一百二十钱一斤，小麦四百钱一升。有了这笔钱，他们家的日子要好过很多了。这贤惠的女人小心翼翼地问儿子，当炮手会拿多少饷银？

陈荒谷说，一等炮手十八两吧。

老陈听了，说，这理想不错。

外 六

  几年后的甲午海战中，刘公岛少年陈荒谷与黄崴生成为朋友，也跟缪加成为战友。他们的勇敢在朝阳街等几条街道上流传。关于陈荒谷当水兵的经历，是在街上飘落着栾树蒴果的那些日子里，曲惊涛讲述给我的外祖父曲月明听的。

  如今，练勇学堂早已经不存在了。甲午战争博物馆、海军公所、丁汝昌纪念馆、麻井子船坞，这些甲午战争遗迹被修缮和保护得都很好，唯独练勇学堂只能在资料中找到一些记述：

  练勇学堂规模很大，"购用民地三十四亩零（合22644平方米），地价并籽种工本及迁房费等银一千二百八十九两零"；"建设北洋水师练勇操棚学堂厂库并大小住屋共二百七间，操场一道，石围墙十六道，泊岸二道，土坡一道，工料银三万六千三百二十三两零"。也就是说，练勇学堂建操棚、学堂、厂库、操场、围墙、泊岸、土坡等工程，外加购地费用，共花费白银三万七千六百一十二两，规模和投入都相当可观。

  另据资料记载，稍后两年建成的刘公岛水师学堂，房屋不过六十三间，购地及建造工料费银近万两。从数字上看，水师学堂远不及练勇学堂规模宏大。

水师学堂大门外站立着两棵榉树，枝干虬曲，树冠颇巨。院落阔大，房屋规整，学生宿舍、教习宿舍、招待所、药房、图书阅览室、枪械室、总办会客室、课室，一应俱全。墙上的展板介绍了当初学堂的教学内容。内堂课目有国文（读经、论说），英国语言文学，各国地理大要，中国地理，中国历史大要，数学（代数、几何学、立体几何、平弧几何），物理大要，化学大要，天文学，航海学，电学实验，磁学实验，海上测绘，鱼类学，静力学，静水学。外场课目有单人教练，步兵操法，舰炮操法，柔软体操，器械体操，劈剑刺枪，成队教练，信号学，船艺，成营教练，野外演习，弹道学，实弹射击，枪炮法理，火器学，舢板操练，升桅操练，泅水。

在刘公岛少年陈荒谷生病发烧的那三天里，北洋水师正式成立。第二年，1889年，北洋海军提督丁汝昌呈请李鸿章代奏设立威海水师学堂。李鸿章说：北洋现有各师船需才甚殷，非多设学堂，不足以资造就。

当时在中国共有天津水师学堂、刘公岛水师学堂等四所水师学堂。我的外高祖曲惊涛并没有在其中任何一所学堂上学，但他曾机缘巧合地上过一次"来远"舰。直到老年时，他才坐在朝阳街那棵栾树下，对我的外祖父曲月明语焉不详地讲述了那段过往。

我的外高祖曲惊涛是在七十岁时开始讲述这些过往的，一直讲到他七十五岁过世。他刚开始讲这些的时候，我的外祖父曲月明刚好十六岁。我想，曲惊涛是刻意在曲月明十六岁时讲述这些过去的。曲月明并不想当航海人，那是比他小两岁的弟弟曲潮生的理想。由于曲月明不想当航海人，所以他过了十六岁后还稳当地待在朝阳街，这让曲惊涛既高兴又遗憾。

曲惊涛是老曲家第一个出海游历却最终安详地在朝阳街度过晚年的航海人，他破掉了老曲家航海人的行为规则。长期以来，老曲家每一代都要出一个航海人，这个叛逆的人在十六岁离家出海后，会在三十六岁那年返乡一次，然后再次出海，不知所终。在曲惊涛之前，每一个航海人都严谨地遵循着这条莫名其妙的无解的先例，没人破坏。曲惊涛是个例外。

第六章

老黄在海参崴港口送黄崴生的那天，正好跟他们"跑崴子"抵达海参崴是同一天。老黄并不是刻意选择了这一天。怎么说呢，七赶八赶的，恰巧赶到了这一天。老黄觉得这也许是天意，所以也就认了。

况且，他不认又能怎样呢，自己家的孩子，要是铁了心想做什么事，他这个做父亲的根本拦不住。

港口依然忙碌，船旗在风里摇荡。黄崴生即将乘坐的船也停在海面上。老黄有一种感觉：自从他来到海参崴，港口附近的海面就没有这样平静过，似乎海面连最细小的涟漪都停止了晃动。但是，尽管如此，老黄心里也不踏实。

艺术游商彼得潘托夏已经等候多时了，他是此次黄崴生回乡之旅的陪同人。老黄知道，托夏对他的家乡非常熟悉，他很放心让托夏把黄崴生带回威海卫。他放心不下的，是黄崴生回到威海之后，能不能如愿当上水兵；如果当上水兵，此后他们还能不能见面。彼得潘托夏跟老黄讲过回乡路线，但老黄听不明白。他也早已经忘记了当初是经过怎样复杂的路线才来到海参崴的。

老黄画了一张潦草的地图，让托夏带黄崴生去找他家的老宅。

老宅是否能够找到也是个未知数，毕竟他们离开家乡已经十六年了。不知不觉，黄崴生已经十六岁了。他的年龄，就是他们父子俩去乡的时间。

日用杂货店嘛，还是要开的。要是在老家过得不好，就回来，爹给你把杂货店看好了。老黄说。

黄崴生眼睛看着远处，不看他爹，说，我去了以后写信回来。杂货店你守好了，给自己养老。

彼得潘托夏最后一次游说老黄，老黄，你还是跟我们一块走吧，回你的老家去。

老黄说，我不回去了，我要在这里守着他娘。

托夏说，他娘已经没了。

老黄说，可她埋在这里。

托夏便不好再继续劝说了。他从老黄手里拿过箱子，对黄崴生说，那就上船吧。

船终于在平静的海面上行驶起来，和老黄之间逐渐拉开了距离，把老黄变得越来越小。黄崴生心里既坚定又有些迷茫，他不知道以后还能不能有机会回来看老黄。

托夏安慰黄崴生说，机会多着呢，你看看我就是这样，说来就来，说走就走，很潇洒。

托夏先是带黄崴生去了烟台。他带黄崴生走上那铺着青砖的朝阳街，经过他熟悉的那些店铺，往百英聚客栈走。

经过坐雾书店时，托夏说，走，看看店里进了什么新书。

黄崴生问，你能看懂中国字吗？

托夏说，我懂得比你多多了。

黄崴生说，你别小看我，我认很多字。我是中国人，你不是。

托夏说，但我是中国通。

他们在书店里遇到了缪加。托夏说，缪加，我给你介绍个新朋友，他叫黄崴生。

缪加在翻着一本书，他问，你从哪里来，要去哪里？

黄崴生说，我从海参崴来，要到威海去。

缪加问，去威海做什么？

黄崴生说，找我家的老宅，然后，当水兵。

缪加说，你长得太瘦了，个子也不够高。

黄崴生说，我还会长的。

坐雾书店的老板唐目臣走过来，问，你要当水兵？

黄崴生说，是啊。

唐目臣说，我认识一个朋友，去年冬天刚刚当了水兵，叫陈荒谷，我可以引荐你们认识。你多大？

黄崴生说，十六岁。

唐目臣说，年龄够了，但是你的个子可能有点矮。没关系，陈荒谷有办法，他会教你的。

黄崴生跟随托夏住进百英聚客栈。晚上，他们和曲家人一起围坐在客厅里喝茶，另外还有马栗仁和缪加。由托夏给曲家人讲述他走南闯北的见闻，这自然是每次相聚后的第一个节目。由于老曲家每一代都要出现一个航海人，这个家族笼罩着一种传奇色彩。它迎来送往的客人身上携带着的那些传奇故事，也是百英聚客栈十分喜欢的。朝阳街和附近几条街道上的人都知道，这栋阔大的院落是一个盛产传奇的地方。

那晚，黄崴生讲述了他们在海参崴的生活，讲到一路辗转而回的经历。缪加忽然说，早晚会把铁路修到海参崴去。

曲家老爷子曲鸢飞问，谁来修？

缪加说，要是没有人修，那我去修。

曲鸢飞说，我听说你喜欢看修铁路的书，年轻人有理想还是好的。但是，没人知道铁路是什么。

缪加说，十几年前，在上海修建过淞沪铁路，但是很快就拆除了。真正称得上第一条铁路的，是从河北唐山到胥各庄的唐胥铁路。

老诸葛问，从唐山到胥各庄，那有多长？

缪加说，不到十公里。

老诸葛说，那太短了。

缪加说，迟早会修很多很长的铁路，四通八达。

曲长帆问，谁来修呢？

缪加又说，工程师呗。要是没人修，我去修。

老曲家的女用人和厨房伙计一块来上水果和茶点，女用人曲锦苞说，缪家小少爷，您去修铁路？您能当上工程师吗？

厨房伙计易大厨的儿子易小刀抢白曲锦苞说，你一个下人多什么嘴，想当工程师还不容易？去上学，去留学。

缪加说，易小刀，这么多人，只有你最懂我。

曲鸢飞转而问马栗仁，你的理想是什么？

马栗仁不知道该怎么回答。他觉得自己是一个没有理想的人。在几个小伙伴中他最服气的就是曲惊涛，但他心里很清楚，曲惊涛是他无法追逐的人，因为曲惊涛是老曲家的航海人，最后总要消失无踪。而他们马家开饭店为生，跟航海人从来不搭边，家里不会同意他去当航海人。再说了，整个朝阳街不可能出现两个传奇的航海人家族。马栗仁已经很长时间没有收到曲惊涛的信了，他坐在老曲家的客厅里，保守着只有他和曲惊涛才知道的秘密，那个全世界最大的秘密，马栗

我 们 海 上 见

仁觉得这就够了,他不需要有什么理想。曲家航海人在三十六岁时候会有一次返乡经历,他就老老实实在这里等到三十六岁好了。马栗仁想,这就是我的理想。

这是一个让黄崴生很难忘记的夜晚。随后的两天,由于彼得潘托夏要在烟台港口办理业务,黄崴生得以在朝阳街一带又待了两天。他跟马栗仁、缪加、顾大鱼成了朋友。让他最感兴趣的,是那个只存留在他们口中的传奇少年曲惊涛。这个人无影无形,在朝阳街却又无处不在。

几天过后,彼得潘托夏带着黄崴生离开烟台,去往威海。他们没怎么费力就找到了位于海埠村的黄家老宅。托夏雇人对这栋空置十几年的老屋进行了一番修缮,置办了些吃穿用的物品。

黄崴生说,我要去当水兵,以后就在船上生活了,用不着这些。

托夏说,别这么自信,你还不一定能考上呢。

保险起见,托夏和黄崴生先去刘公岛,去西疃老陈家取经。他们说明来意,说是唐目臣介绍来的。老陈看了看黄崴生,说,这孩子,怎么长这么瘦呢?

陈荒谷回家后,跟黄崴生也很投缘,他把考练勇时的那些诀窍传授给黄崴生,特别是踮脚尖量身高的诀窍。老陈妻子把量衣尺拿出来,很认真地给黄崴生量了量。他们一致认为,要是不踮脚尖,黄崴生的身高过不了关。但是,就算是踮脚尖,可能也过不了关。

老陈媳妇说,在我家住下吧,我把你养胖了,再去考。

黄崴生觉得老陈特别亲,像自己的爹老黄一样。于是他真的就隔三岔五在老陈家过夜了。但他大部分时间还是回到海埠村去住,那毕竟是他的家。村里有几个活络的人去找黄崴生,问东问西,打算到海参崴去做生意。

因为暂时还不能考练勇，黄崴生就先在丁宿的百德仁店里做伙计。威海的生意人不少，杂货店、药店、当铺、绸缎庄、粮行等生意都有人做，丁宿家里开的是杂货店。黄崴生之所以到丁宿店里当学徒，一来因为两家离得近，是东西邻居；二来，两家还算沾点亲带点故，黄崴生的一个没出五服的远方表姑嫁给了丁宿没出五服的一个堂兄。自从黄崴生回来，丁宿就一直筹划去一趟海参崴，看看从那边能发点什么货物过来，赚上一笔。

店里还有一个伙计，姓周，因为来得早，觉得资历深，对黄崴生不怎么友好，经常吩咐黄崴生干这干那。黄伙计，去，把货卸了；黄伙计，把痰桶倒了；黄伙计……黄崴生不跟他计较，因为他知道自己在店里干不长。他是要去当海军的。

要当海军，就得多学点知识。黄崴生在海参崴的时候懒散得很，老黄让他学知识，起码学学算盘记账什么的，他不学。现在没有老黄在耳朵旁边唠叨，黄崴生倒是勤快起来了。他每天除了早上给丁宿打洗脸水，晚上给丁宿铺被褥，扫地，擦桌子，其余时间就专心学知识，特别是练算盘。账房先生是个一丝不苟的人，读账目的时候表情严肃，边读边竖起耳朵辨听伙计打算盘的声音。黄崴生资历还太浅，每次账房先生读账目的时候，是另一个伙计用算盘计算；黄崴生就手拿着算盘，站立在一边，跟着练习打算盘。

为了招揽客人，丁宿的店里还开有几间客房，供南来北往的客人吃住。有天傍晚，一条船在海埠村岸边停下，六个生意人上岸走到村里来，向村里的小孩打听百德仁店在哪里。小孩在前面跑着带路，把他们带到百德仁店里。

老板，我们要在店里住些日子。带头的人说。他们像大多数生意人一样，穿着长衫，脑后拖着长辫，但说话口音既不像南方人也不像北方人。

这六个人带了很多大米，看样子是做米面生意的，他们送给丁宿几袋子大米。丁宿是个爱占便宜的人，他拿出十二分的热情回报客人，吩咐黄崴生和周伙计好好照顾他们的起居。

周伙计问黄崴生，你猜他们是做什么生意的？

黄崴生说，不是米面粮油生意吗？

你太嫩了。周伙计说。

那是做什么的？

咱们丁老板是做什么的你知道吗？

杂货生意啊！黄崴生很不解地说。

周伙计招招手，让黄崴生凑到近前来，小声说，告诉你吧，黄伙计，丁老板实际上是做大烟生意的。

什么，大烟？鸦片吗？

对，就是鸦片。丁老板做杂货只是小打小闹，他主要是做大烟生意。

大烟对身体不好，是害人的。黄崴生说。

这六个人，你别看他们带着大米，其实也不是做大米生意的。周伙计说。

我明白了，你是说，他们也是做大烟生意的？

十有八九是。

但黄崴生不太赞同周伙计的看法，他觉得他们就算不是做米面生意的，也不像是做大烟生意的，因为他们似乎更热衷于到处走，到处看，还写写画画，倒像是艺术游商彼得潘托夏。有一次，趁他们外出时，周伙计偷偷在房间里翻看他们的行李，被黄崴生看到了。

黄崴生说，你不能偷看客人的物品。

周伙计不理黄崴生的话茬，拿着几页纸问黄崴生，黄伙计，你看，这是不是咱们海埠村的地图？

黄崴生打量了一下，纸上画的还真是海埠村的地图，画得很详细，除了房屋，甚至连大树和水井都画上了。

他们画这些干什么呢？黄崴生问。

周伙计说，可能想在这儿做长期生意。

黄崴生对周伙计偷看客人物品的行为并不认同，但他觉得客人画的地图很有意思，特别是对他来说，海埠村很陌生，他需要了解。于是，当周伙计又一次偷看那些地图的时候，黄崴生也凑过去看。

周伙计翻看着几幅新的地图，告诉黄崴生，那是附近的几个疃。你看，这是皂埠嘴。

黄崴生对附近的疃当然更不熟，他说，我有空要去附近转一转。

周伙计又说，哟，还画了炮台呢！

黄崴生对炮台倒不陌生，特别是南帮炮台，隔老远便能看到。他觉得客人画得很用心。

夜里，黄崴生躺在炕上睡不着。第二天一早，他跟丁老板说肚子疼，要去诊所抓药。趁人不注意，黄崴生搭乘一艘小渔船跑到岛上去找陈荒谷。陈荒谷可不是那么容易见到的，黄崴生等了一上午，中午时分才见到陈荒谷。他俩隔着围栏说话，黄崴生把几个客人的情况跟陈荒谷说了说。

陈荒谷问，他们在百德仁店住了多久？

黄崴生说，一个多月了。

我们海上见

陈荒谷说，你看清楚了吗，他们画了炮台？

黄崴生说，看清楚了。他们先是画了皂埠嘴、百尺崖所，还有赵北嘴炮台、杨枫岭炮台、摩天岭炮台，然后，又开始画金线顶水雷营、祭祀台炮台。

哦，这是把南帮炮台和北帮炮台都画上了。陈荒谷说，普通生意人不应该这么关注炮台。他们身上有疑点。

黄崴生说，我也是这么想的，那现在咱们应该怎么办？

陈荒谷想了想，说，你回去继续观察，如果觉得情况不好，就去报告。

黄崴生问，报告给谁？

陈荒谷说，这样吧，你去金线顶营盘报告。

黄崴生说，好。

陈荒谷问，你怕不怕？

黄崴生说，不怕。

有了陈荒谷的计划，黄崴生就不怕了，他也像周伙计那样，趁那些人不注意，偷偷潜到房间里去搜找可疑物品。又观察了一段时间，黄崴生越来越觉得那些人可疑。后来有一天，他发现那些人开始收拾行李，看样子打算离开。黄崴生有点着急，他想让周伙计陪他一起去报告，又担心周伙计不配合，反而走漏了风声，于是自己一个人跑到金线顶营盘去，跟守门的清军报告，说有重大线索要汇报。清军进去了一会儿，出来把黄崴生领了进去。

黄崴生把自己观察到的所有情况一五一十跟一个当官模样的人陈述一遍，当官的说，你回去吧，小心不要让他们看出来。

当天夜里，黄崴生不敢安心睡觉，他现在越来越觉得那几个客人有问题，生怕他们跑了。半夜时分，村里突然传出枪响，黄崴生一骨碌从炕上爬起来，跑到厢房顶上。他看到影影绰绰的一些人，正在往这条街上移动。黄崴生紧张地注视着隔壁丁老板家里的动静，他看到客房那里先是亮起了灯，不一会儿便熄灭了，几个客人鬼鬼祟祟地带着行李穿过院子，丁老板在前面引路，打开院门四处看了看，把他们放出去，指点他们往东边跑，然后迅速关上院门。

月光不算亮，也不太暗，黄崴生很快便看清楚了，是一些清兵在接近他们住的巷子。清兵是从西边来的，那几个可疑的客人是往东边跑的。黄崴生急得很，他站起来四处瞭望，看到那些客人很快就跑得没影了。他朝跑过来的几个清兵说，跑啦！

清兵问，往哪跑了？

黄崴生说，东边！

几个清兵呼啦啦地往东边跑，边跑边朝空中打枪。黄崴生站在厢房上，地势比较高，便于观察情况，他看到丁老板慌慌张张地从里屋出来，在院子里站了几秒钟，似乎在犹豫要不要跑出去。犹豫了几秒钟后，丁老板又返回里屋，黄崴生踮起脚尖，看到丁老板从自家后窗户爬了出去。他朝着后面跑过来的几个清兵喊道，快，跑了，后窗！

清兵呼啦啦地快速跑过巷子，从胡同里迂回过去，对丁老板围追堵截。动静一闹大，附近的村民也醒了。抓奸细的消息很快流传开来，村民们自发组织起来，四处去找奸细。

天亮的时候，几个村民把丁老板押回来了。黄崴生一直紧张地站在厢房顶上四处瞭望，给大家提供线索，这会儿终于可以松口气了。他从厢房顶上下来，走出自家院门，来到丁老板家。

周伙计斜眼看着他，小声说，黄伙计，你这半宿很神气呀！

他们是奸细。黄崴生说。

周伙计凑近他的耳朵，小声说，你说得对，他们是日本奸细。

你知道了？黄崴生问。

丁老板送他们走的时候,他们慌慌张张,叽里哇啦说了一些日本话。周伙计说。

你能听懂日本话?

就许你神气,不许我能听懂日本话?

你是怎么知道那是日本话的?

我走南闯北,什么都知道。

这么说,他们画地图是有目的的。

肯定的。他们想了解咱们的大炮和兵力。

难道他们敢来打咱们?黄崴生问。

不敢。咱们的海军这么厉害。

说话间,清兵中一个当官模样的人走过来问黄崴生,昨天是你去报告情况的?

黄崴生说,是。

当官的说,你立功了,有什么要求,可以和我们说说。

黄崴生不自觉地踮了踮脚尖,说,我想当练勇。

当官的上下看看他,说,个子有点矮。

黄崴生说,我还能长个子呢。

当官的说,可以考虑。

于是,在陈荒谷当上练勇的次年,黄崴生也当上了练勇。他们一起在练勇营受训。托夏回去对老黄说,你家黄崴生立功了,当了练勇,还认了老陈两口子做干爹干娘,你就放心吧。

黄崴生穿上了北洋水师发放的蓝裤褂。裤子前面打褶,腰间系蓝带,头上扎青包头,脚上是抓地虎靴。假日上岸的时候,就换上自己的便服。

第七章

经人介绍刚认识李逸植的时候，洪钟宇以为他是一个地道的朝鲜粮商。1893年7月的日本大阪，气候比往年要热，几乎每天都接近30度。洪钟宇从巴黎到大阪后，对它的炎热有点不太适应。巴黎虽然白天也热，但夜间比较凉爽，而大阪白天夜里都热得很。

作为朝鲜人的李逸植，却纳了一个低眉顺眼的日本小妾，仿佛要在大阪长期居住。他请洪钟宇喝茶，喝清酒，听音乐，极为热络。

请问，您回到朝鲜后打算做什么呢？李逸植问。

洪钟宇有些迷茫。他想起自己在朝鲜京畿道安山出生后不幸的童年，以及之后一直在贫穷和落魄中辗转苟活的过往。直到三十岁的时候，洪钟宇投奔了机器局会办赵羲渊，做了他的门客，生活才有好转。又过了七年，洪钟宇随同赵羲渊访日，此后长期滞留日本。在日本，洪钟宇结识了在东京帝国大学教法语的法国传教士，得益于他的介绍和帮助，洪钟宇在四十岁那年，脱下和服，穿上洋服，去往法国留学。

您翻译了《春香传》《沈清传》，让欧美国家的人读到了朝鲜古典文学作品，这太了不起了！您回国后，是不是还要做翻译方面的工作？李逸植问。

洪钟宇说，我还没想好。

他确实没有想好。翻译了自己国家的文学作品固然让他很有成就感,但不知为何,洪钟宇始终觉得,那还不是他最想要的。他模模糊糊还有一些别的理想,但又具体说不出那是什么。

在又一次喝茶聊天的时候,李逸植问洪钟宇,您认识金玉均吗?

洪钟宇说,认识。我待在日本的时候就认识金玉均了。

李逸植说,甲申政变失败后,金玉均流亡日本,一直不曾回国。您怎么看这个人?

洪钟宇想了想,说,此人被赞为朝鲜半岛近代化的先行者,诗文书画也比较在行。

李逸植说,但是,他说朝鲜人民是"愚蠕之物",您怎么看?

洪钟宇说,他这是愤恨民众不开化,初心是好的,但未免骄傲了点。我那些年认识他的时候,他在日本的花销全靠一些日本民间人士支持,但他似乎不太懂得节约。

李逸植说,金玉均过于依赖日本。照我看,他是国家的败类,是乱臣贼子,该死。实话不瞒您说,我去年就来日本了,目的就是暗杀金玉均和朴泳孝这两个开化党人。

洪钟宇吓了一跳,问,那为何没有杀?

李逸植说,我独自一人,没有帮手,有点难。我希望你能帮助我。

洪钟宇说,不不,我毕竟和他还交往过。

李逸植说,交往过又如何?他是一个十恶不赦的家伙,人人都应该杀他。我给您看一样东西。

让洪钟宇大为惊讶的是,李逸植竟然拿出了一份国王颁发的委任状。李逸植说,作为朝鲜人,忠君是我的理想,您也应该这样,跟我一起,效忠国王,共同诛杀逆贼。

事后,洪钟宇也不大明白他为什么被李逸植说动,参与暗杀行动。

他只记得自己很激动,血液流淌的速度都比平时要快。他甚至在李逸植的安排之下进行了宣誓。接下来,李逸植就开始筹划暗杀,他告诉洪钟宇,金玉均和朴泳孝目前虽然都住在日本,但因为对很多事情意见不合,他们两人已经很少来往。针对这一情况,李逸植和洪钟宇策划了一个分头暗杀的方案,他留在日本暗杀朴泳孝,洪钟宇则把金玉均引诱到中国上海进行暗杀。

李逸植说,以前,金玉均对日本抱有很大希望,但现在,他在日本备受冷落,提出的各种要求不被理睬,而且日本方面还两次把他放逐到蛮荒的地方软禁起来。因此,金玉均开始亲中,听说他甚至主动给中国的李鸿章写信,表达自己的政治见解,还提醒中国要防止日本扩张。所以,金玉均现在很想到中国去,在上海联络他的那些朋友,继续策划回到朝鲜完成他的所谓改革大业。他已经在做去中国的准备了,请人介绍了驻日公使馆的日语翻译吴静轩教他学习汉语。在上海暗杀金玉均,实在是太理想了。

洪钟宇觉得李逸植说得挺对,另外他已经宣誓效忠国王,协助李逸植铲除佞贼金玉均,因此就同意了李逸植的计划。

再次接近金玉均,对洪钟宇来说并非难事,因为他在早先访日居住期间就与金玉均有往来。这些年,朝鲜屡屡派刺客到日本来刺杀金玉均,日本方面也把金玉均当成外交包袱,对他的态度越来越冷淡,甚至可以说很不友好。内外交困的金玉均得到洪钟宇的亲近,自然感到温暖。洪钟宇提出和他义结金兰,金玉均答应了。

秋天过去,冬天来临。冬天过去,春天来临。1894年2月,李逸植对金玉均说,您在日本居住已经十年了,这样下去,您的志向很难实现。只有去大清国,依靠您认识的李经方,通过李鸿章而筹划回国计划,您的理想才有可能实现。

金玉均沉默了一会儿,说,前几年,李鸿章大人的儿子李经方出任中国驻日公使期间,我有幸结识了他,并有幸收到他的访华邀请。其实我计划到中国去已经有些时候了。但不瞒您说,这些年我在日本穷困潦倒,恐怕连去上海的船票都买不起。

李逸植说,您如果打算到中国去,我可以代为筹措旅费。我跟上海小东门外天丰银号有往来,可以让洪钟宇一同前往,提供五千元作为活动经费。

金玉均感到黯淡已久的生活突然现出了一线星光,这使他激动不已。经过简短的准备,一个多月以后的三月末,金玉均和洪钟宇从日本东京品川驿出发去往上海。第二天午后,他们到达大阪中转,同行的还有翻译吴静轩和日本仆人和田延次郎。

晚上,洪钟宇按照李逸植的安排,来到位于大阪市外的曾根崎村,李逸植纳的日本小妾就在这个村子里。在这个小妾家里,李逸植交给洪钟宇一把便于隐藏的手枪,一把匕首,一套朝鲜服装。

李逸植说,我交给你的这些东西,在暗杀时都能派上用场,一定要确保暗杀成功。

反复确认弄明白了李逸植策划的暗杀步骤之后,洪钟宇等一行四人登上由神户开来的"西京丸"号离开大阪。

船在大海上向着上海的方向航行。金玉均站在甲板上,看着变得越来越小、越来越远的大阪,他想,再也不回日本了。他想起十年前他们发动的那场著名的甲申政变,当时他带领几名开化党成员前往王宫控制了国王高宗。他们差一点就成功了,差一点就可以把朝鲜改革成一个不一样的国家。当然,他也想起,这辉煌的时刻仅仅维持了三天就以失败而告终,之后他们就开始了颠沛流离的逃亡生活。如今,金玉均又看到了理想的星光,他觉得上海之行将会是一个新的开始。

黎明与黑夜交替，就像生命与死亡重逢。用来暗杀金玉均的手枪、匕首和朝鲜服装，盛放在洪钟宇的行李箱里。这只行李箱没什么特别，金玉均见洪钟宇提着它，走在他的身旁，一起登上去往上海的轮船。

金玉均的死亡之路走了整整四天。海上的日出和日落，他都充分地欣赏过。第四天，他们抵达上海。这个由两名朝鲜人、一名中国人和一名日本人组成的死亡团队，走下轮船，结束四天的海上颠簸，站在上海的地面上。金玉均呼吸着上海的空气，枪和匕首等凶器在洪钟宇的行李箱里沉默地等待着。

走出码头之后，他们喊了四辆人力黄包车。仆人和田延次郎对这种人力车自然很熟悉，因为它是日本人创制的。金玉均对它也不陌生，他流亡日本时，多次坐着它在日本的街头来往。

去北河南路的东和客店。洪钟宇对人力车夫说。

车夫迈开两腿小跑起来，上海三月末的风带着春天和煦的暖意，吹拂着金玉均的脸。

位于公共租界的东和洋行是一栋坐东朝西的三层楼房，环境清雅，店主是日本人吉岛德三。他友好地问，几位客人，从哪里来的，到这里来做什么啊？

金玉均说，我叫岩田三和。他指着洪钟宇，说，这位叫武田忠一；又指着和田延次郎说，他叫北原延次郎；这位叫吴静轩。我们从大阪来，是来旅游的。

为了安全起见，这次出行，除了吴静轩，另外三人都用了化名。

这个季节到上海来旅游不错的。吉岛德三说。他在本子上给四个人做好登记，安排伙计把他们引到二楼的房间住下。

晚上，金玉均的房间里来了一个特殊的客人，是同样身为开化党人的尹致昊。算起来，自从甲申政变失败，开化党人四散逃亡，他们已经多年未见了。金玉均聊了自己在日本的境遇，问尹致昊在上海以何谋生，尹致昊说，教书。

金玉均说，那倒是不错，但我们还是要想办法回到朝鲜去继续战斗。这次我有幸受洪钟宇的资助来上海，就是为了见到李经方，然后通过李鸿章回到朝鲜去。

尹致昊说，我有一句话不知当讲不当讲？

金玉均说，请您直说。

尹致昊说，我觉得这个洪钟宇有问题，会不会是密探？

金玉均说，这些年，他们派到日本去的密探和暗杀我的人太多了，所以我还是很警惕的。这个洪钟宇是留法学生，他知道很多事情，所以我对他也不是十分信任。但是说到密探……我倒是没发现这方面的迹象。

尹致昊说，不管怎样，还是小心点为好。

早上起床后，洪钟宇假装到天丰银号兑取现金，其实他只是装模作样地到外面去转了一圈。上午9点多钟他回来对金玉均说，天丰钱庄的老板外出有事，傍晚才能回来，我傍晚再去取钱。

这天是3月28日，是李逸植和洪钟宇约定的暗杀之日。下午两点多钟，洪钟宇换上李逸植给他的那套朝鲜服装，来到金玉均的房间。金玉均已经睡醒，但还没有起身，依旧躺在一张藤榻上，手里翻着一本书。

虽然金玉均此时是醒着的，但洪钟宇还是决定利用这个机会。他打发和田延次郎出去买东西,然后果断地拔出手枪,对着金玉均射击。

不管怎么说,洪钟宇还是很紧张的。他感到自己的手在发抖,他极力告诉自己,不要抖,不要抖,但子弹仍然没有命中金玉均的要害部位,而是荒诞地打中了金玉均的左脸,穿过脸颊,从金玉均的右腮飞了出去。被洞穿了脸部的金玉均感到火辣辣地疼,鲜血从两个孔洞里往外流淌。洪钟宇一看没有打中,已经没有退路,立即补射了一枪,这一次打中了金玉均的左胸。但金玉均并没有倒下,而是站起身往外逃跑,一直逃到了走廊里。洪钟宇没有办法,只能追出去又射了第三枪。这一枪击中金玉均的左肩胛。金玉均此刻只剩下求生欲,他不想死,便沿着走廊继续逃命。在跑到东头的五号房间门口时,金玉均终于体力不支,倒地而亡。

正在楼下忙活的店主吉岛德三听到响声,对伙计说,去看看,门外是不是有人放爆竹?

伙计站在门口左右看了看,说,没人放爆竹。

吉岛德三正疑惑的时候,看到洪钟宇匆匆忙忙从二楼走下来,脸色苍白,没说话,直接出门走到大街上去了。

看到洪钟宇的神色,吉岛德三直觉二楼出事了。他匆忙走上楼梯,来到二楼,看到走廊里乱糟糟地站着很多住客,连三楼的住客也都跑了下来。有人让出空隙让吉岛德三站到前面,告诉他说,死了。

这不是岩田三和君吗!吉岛德三没想到他昨天刚住进来,今天就横遭杀身之祸。他的脸颊、肩胛、左胸处都在汩汩地流着鲜血。吉岛德三立即向日本领事馆和公共租界美国巡捕房报了案。

日本代理总领事对吉岛德三说,凶杀案的双方都是朝鲜人,这是两个朝鲜人自相残杀,案件又发生在公共租界,我们不便审理。

那几天,吉岛德三的东和洋行笼罩着一层恐怖的气息。美国巡捕房通知上海县派人来验尸，同时全力追捕凶犯。洪钟宇没想到的是，仅仅过了一夜，他就在吴淞口的一家旅店被逮捕。捕头把他押回东和洋行，上海县令、日本副领事、翻译、美捕房的捕头悉数到场，经过审问，确定是洪钟宇枪杀了金玉均。

洪钟宇对枪杀金玉均一事供认不讳，且大义凛然，说金玉均大逆不道，人人都可杀之，他是奉朝鲜国王的命令刺杀逆贼，并且不惧生死。

上海县令说，如果真的是朝鲜国王命令洪钟宇行刺金玉均，那么洪钟宇是没有罪的，而且不但没有罪，还有功。问题在于，在刺杀之前，洪钟宇应该提前照会上海县府。现在既然在洪钟宇身上没有搜到朝鲜国王的旨令，那么如果按照仇杀来论的话，洪钟宇应该抵罪，金玉均的尸体要赶紧棺殓。

金玉均的仆人和田延次郎说，两天后，我打算乘日本邮船"西京丸"号把金玉均的尸体载回日本。

上海县令说，不可以，尸体必须停留七天。

仆人和田延次郎无奈，只好先行返回日本，把金玉均的尸体孤零零地留在上海。

接下来的事情，就是各种烦琐的汇报。日本公使馆将案件转告了朝鲜外署及驻朝大臣袁世凯。朝鲜政府紧急命令驻天津督办徐相乔谒见李鸿章。徐相乔向李鸿章转达了来自汉城的电文。

李大人，金玉均是脱逃已久的朝鲜叛臣，洪钟宇是朝鲜官员。这桩命案应该由我们朝鲜自己来决断。徐相乔说。

李鸿章点头应允，说，此事如此办理最妥，应尽早将金玉均的尸身及洪钟宇送回朝鲜。

徐相乔得到李鸿章的首肯，立即南下到上海，与租界进行磋商，把金玉均的灵柩和洪钟宇引渡给清政府，然后移交给徐相乔，由徐相乔送回朝鲜。但去朝鲜的客船航期未到,无奈只好禀请两江总督兼南洋大臣刘坤一。经过又一轮辗转磋商,最后总算得到了一个较好的结果:由中国派出"威靖"号舰船,将洪钟宇和金玉均的灵柩送到朝鲜。

四月的上海码头,春风比三月末更要温煦一些,但当时踌躇满志来到上海的金玉均已经变成尸体,躺在棺椁里。六十多米长的"威靖"号炮舰,从 1870 年 8 月 1 日由上海江南制造局建造完工后,已经在大海上服役了二十多年。虽然此次承担的不是军事任务,但这艘造价约十一万八千两白银的炮舰依然威风凛凛,劈波斩浪,驶入茫茫大海。

短短的十几天里,金玉均从日本乘船在大海上航行了四天,抵达让他丧命的上海。之后,又乘船从上海出发,在大海上航行了五天,终于回到他的故土朝鲜。然而,等待他的可能是他生前万万想不到的:他的母国就连他的尸身也不想放过。保守派们将他的尸身肢解成八块徇示朝鲜八道。

在汉城西郊杨花津的要冲,城门外,四根木桩支在地上,顶端交叉绑缚,金玉均的头颅草草地挂在上面,同时悬挂了一面白旗,上面用黑字写着"大逆不道玉均"。

在洪钟宇刺杀金玉均的同一天,留在日本的李逸植也展开了刺杀朴泳孝的行动,不过,这次刺杀没有得手。当天,李逸植按照计划去会见朴泳孝,同时安排了他的同党届时闯进门进行刺杀。但是,李逸植的计划没有瞒过朴泳孝,反而,他被朴泳孝抓住,捆绑起来进行毒打。另外两名同党得以逃脱,跑到了朝鲜公使馆寻求避难。

这场跨越日本和中国上海而进行的分头暗杀,轰轰烈烈地落下帷幕,也差点激起轰轰烈烈的浪涌。金玉均的死亡及死后悲惨的凌迟遭遇,被日本一部分人借机渲染,中国成为他们口中的幕后指使者。

外 七

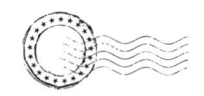

马栗仁你好：

　　时间过得太快了，一眨眼，我已经好几年没有给你写信了。上次写信是在哪一年，我已经记不清了。这些年，我去过的地方实在太多了，很多时候只能在岸上停留一两天，大部分时间都在茫茫的大海上度过，所以，我没有太多的时间给你写信。

　　不过，我还记得，有一次我在信中提到，我在天津认识了一个朋友，他名叫关适。那次我离开天津以后，去了日本长崎。我认识了一个日本女孩，她比我大两岁，名叫蒲池山菊。我记得那一年她刚满十八岁，长得漂亮极了。当时他们在械斗，我被几个人撞倒，额头磕到一个花盆上，流了一些血。蒲池山菊家里是开诊所的，她把我带回家，让她父亲为我涂药包扎。她父亲是一个很和蔼的人，母亲是中国人，所以蒲池山菊有一半中国血统，因此她还有一个中国名字，叫夏雏菊。

我们分别的时候，她让我喊她姐，她问我说，你以后会想起姐吗？我以为我不会想起她，因为我是老曲家的航海人，航海人是没有羁绊的。但是离开日本以后，我在茫茫的大海上游历时，经常会想起夏雏菊。因此，这些年，我去过几次日本，每次去，都带着礼物去看望夏雏菊和她的父母。

马栗仁，你也许会问，曲惊涛，你既然能刻意回日本去，为何不回烟台呢？你别忘了，我是航海人，我们老曲家的航海人不到三十六岁是不能回去的。

言归正传，我认识的夏雏菊，今年已经二十六岁了。说到这里，你或许会好奇我和她之间的关系。你猜得没错，她喜欢我，我也喜欢她。但是，我不能和她谈恋爱，因为我是航海人。她倒是没有催逼过我，只是，她一直没有爱过别的男人。对了，她现在是一名记者，每天都很忙，她跟父母说没时间谈恋爱。

看我，啰里啰唆说了这么多。我想说的是，我最近一次去日本，在他们家那晃动着烛光的客厅里，像往常那样讲述了很多海上见闻之后，夏雏菊的父亲跟我聊起了最近的一些时事。我跟你说过，夏雏菊的母亲是中国人，所以他们全家人都会熟练地使用中文，夏雏菊的父亲蒲池岸的中文说得好极了。他的一个朋友是"金氏友人会"成员——你可能不知道这是一个什么机构，怎么说呢，"金氏"指的是一个名叫金玉均的朝鲜人，他是开化党人，刚刚被一个名叫洪钟宇的朝鲜人诱骗到上海杀害，尸身运回朝鲜之后又被凌迟。这个事件在日本引起了轩然大波，自由党领袖后藤象二郎和中岛信行求见首相伊藤博文，他们的意思是，中国在此次事件中负有责任，日本应该马上向中国和朝鲜宣战。"金氏友人会"也开会示威，要求"援朝惩清"。

马栗仁，你知道吗，我跟随夏雏菊偷偷去看了看，参加会议的金氏友人有一千多人。依我来看，有一部分人自己并没有什么主见，他们的情绪是被煽动起来的。

夏雏菊是记者，据她所说，日本新闻媒体的情绪也很高，《自由新闻》刊发了一篇文章，题目是《对韩之决心》，犀利地提出，国民养兵是干什么用的？难道铸炮、炼剑、建造兵舰只是为了当国家的装饰品吗？

另外，犬养毅等三十二名议员向政府提出质询，认为将金玉均的尸体运回朝鲜是对日本帝国的一大侮辱，要求对中国采取措施。

马栗仁，我不知道目前这种局势对中国会有什么影响。蒲池岸有一种不好的预感，他说，中国和日本之间迟早要发生一场战争。这几年，日本一直在做战争的各种准备工作，包括壮大海军，购买军舰。而且，蒲池岸认为，金玉均在日本流亡期间，日本对他的态度并不友好，如今却摆出一副为金玉均请命的姿态，有借机发动战争的迹象。由于蒲池岸娶了一位中国妻子，所以内心情感是倾向于中国的。他说，如果金玉均事件没有处理好的话，很有可能成为中日战争的导火索。

但我是一个航海人，我不应该关注这些事情，不是吗？我应该关注我的老朋友，你们都怎么样了，生活得好吗？你们如今都在做什么事情，有女朋友了吗？算起来，我们已经二十四岁了。这个年龄，孩子都应该有了。

算了，我问这些也是白问，你是不能给我写信的，你不知道把信寄到哪里。我的地址是大海。

曲惊涛
1894 年 5 月

我的外高祖曲惊涛在中断书信数年之后，给马栗仁写了这样的一封信。可见这封信的内容对曲惊涛来说非常重要。但我明明从这封信中读到了另外一个外高祖：他并不像自己说的那样，只是一名没有羁绊的航海人，不关注任何除了大海之外的事情。相反，他不仅关注，而且对当时的局势忧心忡忡。

我接着又联想到艺术游商彼得潘托夏某一次游历日本之后，在百英聚客栈讲述他的见闻时，声称他好像见到了我们老曲家的航海人曲惊涛。但是，彼得潘托夏又不敢十分确定，他只是觉得那个人很像曲惊涛。按照年龄推算的话，那一年，曲惊涛应该是十八岁。

如此说来，彼得潘托夏看到的那个人，基本可以确定是十八岁的曲惊涛无疑。他自从认识了夏雏菊，就变成了一个有羁绊的人。很可能他那年回日本去看望夏雏菊一家，碰巧被彼得潘托夏看到。

事实上，曲惊涛信中所谈到的蒲池岸的担忧并非空穴来风。同样在那一年春天发生的东学党起义，的确引发了中日战争。从历史线索来看，似乎是东学党起义引发了甲午战争，但实际上，金玉均被刺的因素也不可排除。意大利人弗拉基米尔认为，发生在上海的这一事件是导致朝鲜问题尖锐化的根本原因，为中日战争爆发埋下了隐患。

第八章

这几日,袁世凯寝食难安。只有他最宠爱的大太太沈氏才敢跟他说说话,金氏等其他三房朝鲜太太都小心翼翼地看着他的脸色行事。

自从十几年前袁世凯带兵到朝鲜两次平乱得到李鸿章大人的赏识,并在李鸿章的力荐之下,于1885年被朝廷正式任命为驻扎朝鲜总理,这些年,袁世凯在朝鲜的日子过得很好。他纳了三房朝鲜小妾,但还是最宠爱大太太沈氏。他宠爱沈氏是因为,当年,正是作为青楼女子的沈氏给他指点了投靠淮军将领吴长庆的路径,他才在朝鲜发迹,走上政治舞台。

算下来,我到朝鲜已经十二年了。袁世凯感慨地对沈氏说。

沈氏知道,袁世凯正在忧心东学党起义的事情。这个个头不高的人在房间里来回踱步,脑海里翻腾着崔济愚这个让他烦扰不已的名字。让袁世凯很好奇的一件事是,崔济愚在1859年奇怪地生了一场病,生病期间产生幻觉,得到了一种治愈疾病的方子,以及一种据说可以为百姓带来福祉的新教义——这无论如何听来都不像是真的。然而,崔济愚的的确确在病愈之后撰写了《东经大全》,创办了"东学",并奇异地组织起了东学党。实际上,东学党在去年就生过事端。转过年来,三月份开始,他们就组织了起义,迅速地把规模壮大到了几千人。

金玉均的头颅在城门外悬挂着,东学党那边的起义也在全国范围内轰轰烈烈地进行着。到五月份的时候,队伍迅速壮大,形势越来越严峻,被推戴为大将的全琫准率领起义队伍袭击了泰仁县,占领军事要地,安营扎寨。

在起义军攻占了金沟和扶安之后,袁世凯确实有点坐立不宁,他致电李鸿章,告知朝鲜爆发东学党起义,朝鲜请求调拨"平远"舰,载朝鲜兵到格浦海口登岸。李鸿章致电给丁汝昌,答复同意按电文办理。

"平远"舰当时驻防在仁川,第二天,这艘舰船就装载了朝鲜兵,在群山卸兵。袁世凯再次致电李鸿章,说,卸兵以后,东学党听到消息后不敢再滋事,而是四散瓦解,但是仍有数千名东学党人据山自保。

事实上,东学党一直没有瓦解的打算。就在袁世凯致电李鸿章后的第三天,起义军在黄土岘打了一个漂亮的伏击战,大败官军。起义军压境的不祥阴云笼罩着汉城,在国王紧急召开的元老大臣会议上,这些大臣们面面相觑,拿不定主意。但他们中的大部分人反对向中国借兵,他们认为,外兵的介入会动摇民心,同时,会引发各国公使调兵守护使馆,造成局面混乱和事端频起,那样等于把朝鲜变成一个更为复杂的大战场。

当"平远"舰接受请求运送朝鲜兵之后,日本立即进入警惕状态。他们派日本使馆议员询问朝鲜方面,"平远"舰到朝鲜来做什么。

朝鲜方面据实答复说,运送朝鲜兵。

日本议员问,中国的官军有没有下船?

朝鲜方面说,没有。

日本人明确提出,如果中国官军下岸,必须按照《天津条约》的规定,知照日本。

这是最为关键的一个顾虑,是摆在朝鲜和中国面前的共同问题,那就是在1885年签订的《中日天津条约》里明确规定,如果中国应朝鲜政府的请求出兵,那么必须行文知照日本政府。日本政府是不会甘心只有中国出兵朝鲜的,到时势必会引发大战。

这时候,起义军势如破竹,南下北上,队伍达到一万多人,也有传言某一个地方的东学党人已经增加到两三万人之多。武器也由土戈土矛换成了快枪。就这样,起义军一路杀到了全罗道的首府全州。

特别是,出现了一件诡异的事情:人们看到了一个神秘的白色身影。

这个模糊的身影头戴白色头盔,身穿白色胸甲,手持武器,威风凛凛,走在起义队伍的前面。

是金玉均!有人喊道。

人们睁大双眼,仔细辨认。他们觉得那个模糊的身影特别像金玉均。不仅特别像,简直就是金玉均。也有一些人认为不像,还有人认为那些说像的是幻觉在作怪。他们之所以认为那是某些人的幻觉,是因为有一部分人很怀念金玉均。他们怀念他在政治上的才能,怀念他那特别的性格,以及他开化的思想和远见,当然还有粉身碎骨的胆识。他的尸块被扔在各处,这深深地伤害了那些喜欢金玉均的人。

金玉均已经不存在了,他变成了尸块,头颅悬挂在木桩上。围观的民众情感复杂,有人说:昨天看到的那个白衣战士,一定是金玉均的灵魂。

别乱说,人死后是没有灵魂的。另一个人说。

谁说没有?那肯定是金玉均的灵魂。是他在关键时刻现身,带领东学党取得了战胜官军的胜利。

李朝王族发祥地的陷落,令汉城大惊失色。尽管多数大臣仍不赞成借兵,但是,局势的失控已经不容国王再做这些思量,他无计可施。

在6月1日又一次商讨无果的情势下，无奈的国王还是做出了向中国求援的决定。

两天之后，朝鲜政府正式致文，请中国派兵赶赴朝鲜，帮助镇压东学党起义。作为中国的附属国，当时的朝鲜对中国这个大国还是有敬仰之情的。

太原镇总兵聂士成站在"图南"号轮船上,海风从前方吹来朝鲜的气息。

在聂士成的身后,这艘长 77.1 公尺、宽 11 公尺、深 9.1 公尺的轮船上,装载着 910 名马步兵,他们携带着 90 匹战马。马在船上安静地站着,有的在焦躁地嘶鸣。聂士成巡视了战马,又去巡视大炮。4 尊 60 毫米黄铜山炮沉默地蹲踞着。

这艘 1881 年由英国纽卡斯尔船厂建造的轮船,已经有十几岁的年龄了,它像一名老兵,沉稳而包容。1261 吨的载货量,使它轻而易举地容纳了这些沉重的人和货物。

在它的不远处,航行着"超勇"号军舰。这艘比"图南"号稍微短一些的巡洋舰,与"图南"号同一年从大英帝国的纽卡斯尔军港徐徐驶出,航向中国。此刻,在它的舰艉炮房里,蹲踞着 10 英寸口径后主炮。甲板的舷边,停栖着几艘汽艇。

作为一艘撞击巡洋舰,此次它承担着为"图南"号护卫的使命。晚上六点钟的晚霞照耀着大沽口,"图南"号和"超勇"号笼罩着金黄色的霞光缓缓起航。它们看起来像童话里的宝藏船,而不是什么战船。

聂士成和副总兵一起站立在甲板上,向着朝鲜的方向遥望。他们还没有看到朝鲜,也无法想象东学党对朝鲜的占领发展到了什么程度。

咱们这次去了朝鲜,会打起来吗?副总兵问。

与东学党起义军之间是否能够打起来,这只是需要担忧的一个方面。跟日本之间会不会因此发生纠葛,这是更大、更重要的事情。聂士成说。作为总兵,他必须对各种局势有自己的判断。在他看来,更大的隐忧已经在前面等着了。

两天两夜,各种担忧和念头萦绕在聂士成脑海中。"图南"号抵达牙山湾时,也是接近傍晚时分,同样有漫天晚霞迎接着这艘船的到来。

传令下去,在牙山湾休整一晚,明早出发,趁着早潮,航行四十里去白石浦登陆,进驻牙山县。聂士成下达了命令。

当聂士成的"图南"号在牙山湾静静地进入睡梦中时,直隶提督叶志超将他的一千多人分成两批,先后登上"海晏""海定"号,也驶向朝鲜方向。在海面折射的光线中,"海晏"二字神奇地发出金粉似的光,这似乎在昭告它曾作为醇亲王奕譞巡阅座驾的光荣历史。这艘1874年在江南造船厂建造完工的轮船,1886年曾经出现在烟台的海面上,醇亲王奕譞站在上面巡阅海军,朝阳街上的曲惊涛、马栗仁等几个少年因它的壮丽而目瞪口呆,张着嘴巴说不出话来。

另外一艘"海定"轮则运送了两次清兵。它在运送了叶志超兵员后,时隔半月又运送了总兵夏青云所带的马队一百名、山海关雷营兵一百名和步队三百名,从大沽口出发,驶往朝鲜。

护卫"海晏""海定"的是"操江"号军舰,管带王永发站在甲板上眺望远方。他同样不知道此行去朝鲜会面临什么样的局面。当然,"操江"号只是作为此行的护卫舰,它完成护卫任务后就会即刻返回。

这艘上海江南制造总局建造的第二艘舰船,1871年调往北洋水师至今,已有二十多年的服役历史。作为一艘年龄较老的木壳船,自1888年北洋海军成军后,它的主要职责是运输物资,长期来往于旅顺和烟台之间。但当时的王永发并不知道,一个月后,这艘老船的结局会是在茫茫大海上被日舰俘虏。

天津机器局技师关适也站在甲板上眺望远方。这些年,他经常会想起在天津城东十八里贾家沽道老河道岸边认识的曲惊涛。关适从北洋水师学堂毕业后，又到国外学习了几年，他记得当初跟曲惊涛聊天时，说起"师夷长技以制夷"。那一直是他的努力方向。

水手总头目王基贵比较喜欢跟这位年轻的技师聊天，他觉得关适懂得很多，而且有自己的想法。

您在想什么？王基贵问。

我在想，我们这艘船为什么不是铁甲舰。关适说。

铁甲舰是要打仗的。王基贵说。

打仗有什么不好吗？关适说。

打仗是要死人的啊！王基贵说。

是啊，打仗是要死人的。关适说。

可是，关适觉得自己应该站在一艘铁甲舰的甲板上。他想起在老河道旁边跟曲惊涛一起看机器制造局烟囱里冒出的滚滚黑烟，那时候他是一个很有理想的少年。但是，在王基贵看来，关适已经很了不起了，他有在国外留学的经历，如今年纪轻轻就做了技师。

我还年轻。关适说。

他觉得自己未来还有很多的可能。但是，现在他的职责是做好眼前的事情。"操江"号必须顺利保护"海晏"号和"海定"号把官兵和武器运到朝鲜去，关适要做的事很重要，主要是去朝鲜指导炮械的布置和使用。另外，他还想多走走多看看。他刚从国外留学归来，跟随一名丹麦技师在机器局学习，立志要做一名中国人自己的独立的技师，不靠丹麦人，也不靠英国人，设计制造出我们自己的大炮、枪械、鱼雷，甚至世界第一的光灿灿的钢船。

第二批由叶志超率领的一千余人和四门87毫米克虏伯大炮，另外还有大批军需弹药，同样在大海上航行了两天，抵达牙山湾登陆。

实际上,东学党并没有进一步的行动,首领全琫准与政府进行了谈判,很快就退出了全州。

但这并不是结束,而是一个可怕的开始。几乎与清军同时入朝的,还有日本军队。其实,日本政府一直在寻找入朝的时机。当关适跟随"操江"号到达朝鲜的时候,由大鸟圭介率领的日本先遣部队已经登陆。随后,登陆朝鲜的日本军队越来越多。

袁世凯再度陷入不安之中。他和大鸟圭介数次商谈撤兵之事,但整个过程磕磕绊绊。前两次谈判比较顺利,第一次是大鸟圭介拜访袁世凯,双方达成了撤兵意见。第二次是次日,袁世凯回访大鸟圭介,对他说,按照咱们昨天达成的意见,中国不再增加兵员,日本后续增加的兵员也原船返回吧。

大鸟说,这么多兵员在船上已经待命很多天了,听说要下岸稍事休息后再返回。我已经派参赞官杉村濬专门去和外务大臣陆奥宗光协商,当然是不登岸最好。

袁世凯说,昨天咱们已经达成了一致意见,所以应该不要登岸。

大鸟说,我一定力阻兵员登岸。

大鸟圭介向陆奥宗光请求停止派遣大岛混成旅团到达朝鲜,这完全有背于日本想要发动战争的意图。在这个问题上,参赞官杉村濬看得比大鸟圭介要清楚,他向大鸟坦陈自己的见解,说,我国政府派这么多士兵来朝鲜,肯定是别有用意的。如果公使您不顾政府的意图,一味反对我军登陆,这样做是不是不妥?

大鸟说,我认为,如果现在登陆的日军增多,一旦惹起事端,肯定不是我国政府的意愿,而且也不是本官愿意看到的。

但是,虽然如此,大鸟圭介最终还是要听从陆奥宗光的指令。到第三次谈判的时候,袁世凯和大鸟圭介驳论了半天,虽然双方达成了撤兵的四项协议，但大鸟以未奉政府命令为由，对袁世凯说，撤兵的事情，我不敢自己决定，还是双方先拟文草，我派参赞官乘坐快船，迅速回国请示后再定。等国内的旨意下达之后，我们立即签约。

袁世凯问，这需要几天时间？

大鸟圭介说，五六天吧。

这几日，大鸟圭介的情绪也处在起伏状态中。随着事态的不断发展，六月下旬，日本枢密院紧急召开会议，明确做出对中国发动战争的决定。

那几天，李鸿章忙得团团转，各种电文把他缠裹得透不过气。在天津直隶总督署的官邸里，李鸿章每天到内签押房处理好几份电文。院子里的圆柏和槐树都有几百年树龄了，天津六月末的天气已经很热，有些过于积极的知了开始在庞大的树冠里鸣叫，越发让他心烦。

这天，李中堂大人处理了好几份电文，其中比较重要的有三份，第一份是光绪帝发布的上谕，大意是日本胁迫朝鲜，口舌争辩已经无济于事。之前你李鸿章不想多派军队，是因为顾虑我们主动挑衅引发事端，现在倭寇已经派了很多兵员到达朝鲜，情势紧迫，令你速速妥筹办法。

第二份电文来自叶志超，先是告知当前朝鲜的局势——从仁川到汉城各个要害部位都已被日军控制，并且日本人时常派人到牙山窥探。叶志超提出"速发大兵，以弭大患"。

第三份电文来自俄国大使喀西尼，大意是俄国作为中间调停国，已经敕令日本和中国同时撤兵，如果日本不遵照执行，必须进行压服。

李鸿章从三堂的东侧屋踱到西侧屋，又从西侧屋踱到东侧屋。西侧屋是他的书房，李鸿章喜欢在书房里读书温经作画。他经常在书房里默诵曾国藩同治八年在这间房屋里写下的《劝学篇》。

这三份电文异常沉重。光绪帝是主战的，这毋庸置疑。然而李鸿章知道慈禧太后主和的意思。这位老佛爷的六十大寿庆典筹备工作从年初就开始了，发生战争是她断断不愿见到的。叶志超身在前线，为现境所忧，也希望发兵备战。而俄国大使的电文显然有应付之意。作为中间调停国之一,俄国只是尽了自己的责任而已,李鸿章深知这一点。

良久,李鸿章安排人给袁世凯回电,要求他命令叶志超不要轻举妄动。同时,李鸿章又给丁汝昌发了一份电文,要求他整饬各舰,勤探严防,不必请战,也不需要把林泰曾调回来。

"镇远"号管带林泰曾此时正在朝鲜,他是几天前奉命率领"镇远""超勇""广丙"到达仁川的。在朝鲜观察了几天,林泰曾有自己的想法,他给李鸿章发电,提出仁川这里无论是战还是守都不适宜,计划留下一两艘船驻在仁川探信,其余的舰船驻扎在牙山备战。同时,林泰曾请李鸿章速派三艘雷艇赶赴牙山。

在林泰曾致电李鸿章的这一天,曲惊涛的少年朋友关适再一次随同"操江"号开往仁川。短短几天过去,关适这次再到朝鲜,见到的是更多的军舰和更多的军人。战争的气氛笼罩着这个国家。

两天之后,"平远"号从威海出发,赶赴牙山。在这艘中国建造的第一艘近海防御铁甲舰上,有一名炮手外号叫鲨鱼。数年过去,当年的练勇已经成为一名炮手。这名炮手的心理活动跟关适很相似,他不希望发生战争,但又渴望投入一场壮烈的战斗。

鲨鱼的内心充满困惑:刚刚抵达朝鲜,几乎没做什么休整,他们又得到了返回威海的指令。在牙山口外,"平远"号上升起了起锚出口的号旗,正在牙山待命的"镇远""济远""超勇"等其他舰船看到号旗后,纷纷起锚驶离牙山口。

海面上升腾着雾气,雾气中可以看到日本军舰。在返回威海的途中,鲨鱼心里有种不安的预感。

过了些日子,"平远"再次领命赴朝鲜,载回了驻朝大使袁世凯。

早在六月底,袁世凯就致电李鸿章请求同意他回国,留下唐绍仪理事。他说:"华人在此甚辱,凯在此甚难见人,应下旗回,拟留唐(绍仪）守看管探事。"李鸿章极力想劝袁世凯留下，毕竟他在朝鲜十几年，是一个举足轻重的人。而且，关键时候离开，与逃跑无异，对朝廷威仪的损害是显而易见的。所以，李鸿章回电说，你要坚贞，不要怯退。

然而，驻朝官署的四周围满了日本兵，马在转圈嘶鸣，九门重炮抵住了官署的大门。袁世凯听到外面喧哗，知道局势已经十分不利。而且他凭经验和直觉判断，清军不是装备精良的日军的对手。又强撑了半个月之后，袁世凯病倒了。他又给李鸿章发了一封电文："凯等在汉，日围月余，视华仇甚，赖有二三员勉可办公，今均逃。凯病如此，唯有死，然死何益于国事，痛绝。至能否邀恩拯救，或准赴义平待轮，乞速示。"

唐绍仪也给李鸿章发去电文，称"袁道病日重，发高烧，心跳厉害，左肢痛不可耐"。

终于，在7月18日，朝廷答应了袁世凯回国的请求。袁世凯当时正在发烧，但他顾不上这一切。他知道，自己在朝鲜把持大局十年，早已成为日本的眼中钉，趁这次机会除掉他，是日本人最想干的事。唐绍仪和时任翻译的蔡绍基雇请了三十二名轿夫，让袁世凯带病换上普通老百姓的衣服，一行人悄悄离开公署。日本人占据和把守着汉城所有的城门，对出入城门的人严加盘查，特别是华人。

不出意外，袁世凯一行遭遇了盘查。唐绍仪掏出短铳，朝日本人猛烈射击，掩护随员护卫袁世凯冲出城门。唐绍仪一直护送袁世凯到仁川，登上"平远"号。日本人来不及追赶，眼睁睁地看着袁世凯乘坐"平远"，消失在大海上。

在船上，鲨鱼曾经见过袁世凯。这个还不到四十岁就在朝鲜呼风唤雨的人，因为发烧生病而显得非常疲惫。鲨鱼听人说，袁世凯在朝鲜过的是太上皇一般的日子，享受着特殊礼遇。苦心经营了十多年的王国，在那一天，随着"平远"号而渐渐地远离了袁世凯。

这次朝鲜之行让鲨鱼感到有些忧郁。在海军公所后炮台的山上，鲨鱼和陈荒谷并排坐在炽热的土地上，眺望着那些防御工事。炮台都配有大炮，它们每一座仿佛遗世独立，彼此遥望，但整体上又形成一条完整的防御链。

宽阔的海面上停泊着北洋水师的军舰，黄龙旗帜有几十面之多。北洋海军沿用了英国人李泰国设计的三角黄底青龙旗，后来改为正方形。正黄色的底色上镶嵌青色五爪飞龙，龙头昂首向天。几十条飞龙在风里伸屈起伏，形成一个长龙阵。

此时，陈荒谷也已经是"致远"舰上的一名水手。这两个好伙伴曾经在某一次聊天时说起今天的这一幕，陈荒谷当时说他梦见自己成了练勇，然后很快成了水手，再然后，一级一级往上升。

我记得你当时除了梦见自己成为练勇，一级一级往上升，还梦见了开炮。鲨鱼说。

没错，我梦见了开炮。海水变成了黄色，那是一片火光。好像大海张开大嘴，喷出火焰和烟雾。陈荒谷说。

我有一种感觉，你这个梦做得有点离奇……鲨鱼说，我去朝鲜了，情况不太好。那里到处都是军舰，有日本人的，有咱们的，很多，来来去去的，看起来都很忙碌，又很……忙乱，很严肃。

你是不是觉得要打仗了？

我觉得会打起来。但是，怎么说呢，谁也不知道到底打还是不打。有人说朝廷主战，有人说主和。大人们的想法也在不断地变来变去。战还是和，花了一个月时间了还没确定。这么摇摆不定，其实也给日本人发动战争提供了准备时间。日本人的架势，摆明了是要打的。

你主张战还是和？陈荒谷问。

当然是战了。每一个军人都应该有这样的准备。鲨鱼说。

　　你怕不怕？

　　当然怕了。谁不怕打仗和死亡？但是，怕也得做好准备去打。朝鲜一直是咱们的附属国，日本显然有野心，要借机扩张势力，特别是海军势力。

接下来的一段日子，不断地有各种各样的消息传来。日本大本营召开第一次御前会议，决定发动对华战争，据说打算7月20日开战。但李鸿章大人答复说这是谣传。

日本驻朝公使大鸟圭介对朝鲜政府说，如果不接受日本改革朝鲜内政的提案，那么危机来了，日本将强行对朝鲜进行改革。

并且，大鸟圭介要求朝鲜驱逐清军，限7月22日答复。这仿佛是大鸟圭介给出的一个开战日期。

在威海辽阔的海面上，军舰一艘一艘地飘着黄龙旗驶离。它们是"定远""镇远""致远""靖远""经远""来远""超勇""广甲""广丙"等九艘军舰，外加两艘雷艇。丁汝昌要率领它们到牙山一带海面巡护。但是这样一来，留驻威海防卫的舰船就有点少了，听说要把"扬威"号召回，跟"平远"号及另外四艘炮船和两艘雷船待在威海，依辅炮台进行驻守。

与此同时，招商局的"新丰""广济""海晏""镇东""普济""图南""拱北""新裕""丰顺"等轮船也飘扬着旗帜，从新城和旅顺出发，赶赴朝鲜义州和平壤。在它们那宽大的船舱里，坐满了大同镇总兵卫汝贵率领的马步兵七千多人，以及提督马玉坤率领的两千多人。

"爱仁""飞鲸""高升"则是海军雇佣的三艘英船。将总兵江自康的仁字营及北塘防兵2营送到牙山，是它们的任务。"济远""威远""广乙"也从威海出发，赶赴牙山。

左宝贵的马步队三千多人、丰升阿马步队一千多人，则从陆路奔赴平壤。

日本方面到达朝鲜的舰船和兵士自然也多，多年苦心经营的海军，一朝倾国出动。

谁也不知道战争会从哪一刻、以什么形式而开场。事实上，这一刻来得非常快，在7月22日夜里10时，大鸟圭介、杉村濬以及混成旅团长大岛义昌少将等八人集聚在公使馆，做各种准备工作。凌晨3点，日军从两个方向进军汉城。拂晓时分，由日本战地指挥官武田秀山中座率领步兵第21联队及炮兵、工兵，由汉城西南的阿岘幕营地出发，从汉城西大门入城。

景福宫正南方向的光化门沉默着，等待着一场入侵。在灰白的曙色里，城门楼呈现出朦胧的丹青色。第21联队的日军迅速登上景福宫东边的高地和北边的白岳山，占据了有利地形。第1大队长森祗敬少佐指挥的主力军沿着光化门右侧前进，到达西门迎秋门。

迎秋门紧紧地关闭着，像恐惧中的妇女和孩子。

开炮，轰击城门！森祗敬下令。

一声沉闷的炮响过后，迎秋门被炸得支零破碎。日军怀着征服的快乐冲进城门，径直闯入国王的勤政殿。

国王李熙不敢相信，天还没亮，这伙人就如此昭彰地闯入他的宫殿，这时他才确定刚才听到的轰响是大炮制造的破坏声。李熙回想着那声炮响，看看这座被入侵的宫殿，他计算了一下，从修建景福宫到现在，已经过去了四百九十八年，其间它经历过火焚和入侵，但数次被修复。最长的一次，景福宫闲置了二百七十三年。

脸色灰白的高宗李熙有一种不祥的预感，他感到这座王宫将要毁在自己手中。他在心里默念着《诗经·大雅·既醉》："既醉以酒，既饱以德；君子万年，介尔景福。"王宫的名字就取自这优美的诗句。

但入侵者只顾欣赏他发抖的身体，骗他说，请别担心，我们是来保护您和王宫的。

他们的目光逡巡在王宫的角角落落，盘算着稍后如何搜找和掳掠这五百多栋房屋的金银财宝。

第1大队的另一部分日军则袭击了朝鲜壮士营，它位于光化门的左侧。如此一来，光化门左右两侧均被攻占。

而后门彰化门也没有幸免，攻击它的是第11联队第2大队，他们从另一个方向，自汉城南方的龙山万里仓幕营地出发，队长桥本昌也少佐带人迂回到彰化门。城门守军为阻止日军入城，开炮轰击。双方激战了大约十五分钟，朝鲜军队死伤十余人，全线溃败。日军涌入城中，很快冲到正门光化门。

城楼上竖起了第11联队的旗帜，意味着王宫的失陷，以及一场深不可测的战争序幕的拉开。

在这一天被入侵的还有汉城的中国公署。在对它围困月余之后，一千多名日军终于按捺不住，攻闯入内。他们将它洗劫一空，存银、国旗，所有能抢掠和破坏的东西，都被抢掠和损毁。

袁世凯回国后，留下来代理驻朝公使事宜的唐绍仪收拾了重要的机密公文，从公署后院逃离。他逃到英国领事馆，焚烧了一些机密公文。之后，唐绍仪颇费了一番周折，辗转回到烟台。

在回烟台的船上，唐绍仪摸着口袋，心里充满悲凉。在他的贴身口袋里，藏着那枚"钦命驻扎朝鲜总理交涉通商事宜"关防大印，这是袁世凯回国时留给他的。在仓皇逃往英使馆躲避的时候，他没有忘记带上这枚大印。

第九章

女用人曲锦苞很喜欢一位女客人。这位客人长得很美,而且特别和善,一见曲锦苞,就从行李箱里拿出一条精美的小毛巾,说是送给她的。曲锦苞说,我们客栈不能接受客人的礼物。客人说,我喜欢你,请你接受我的礼物。我还要送你们太太一份礼物。

太太初息壤也与这位女客人一见如故,很愉快地接受了她的礼物,同样也是一条精美的小毛巾。太太说,投桃报李,我也要送给您一份礼物,您的名字叫夏雏菊,我就绣一幅菊花给您吧。您要在烟台住多久?

夏雏菊说,我还没打算呢。到处走走看看。或许多待一些日子,或许很快就到别的地方去。

太太说,没关系,如果您离开的时候我还没有绣完,就等绣完以后寄给您。

夏雏菊在客栈里东看看,西看看。她抬头凝视着大堂侧墙上的那幅大船图,赞叹不已。后院客厅侧墙上悬挂着一张曲家的全家福,是艺术游商彼得潘托夏的画作。曲锦苞给夏雏菊介绍画上的人:这是我们家老爷子曲鸢飞。这是我们老爷,他叫曲长帆。这是太太。这是大少爷曲惊涛,这是小少爷曲拍岸。

这是你们大少爷曲惊涛？夏雏菊扑哧一声笑了。

您笑什么？曲锦苞问。

这是他多大的时候？

十六岁。他离家去当航海人之前。

一个毛头小子。

我们大少爷多帅气呀！

对对，一个帅气的毛头小子。夏雏菊说。

虽然夏雏菊用毛头小子这样的词语来总结十六岁的曲惊涛，但曲锦苞一点都不生气。她喜欢夏雏菊。她跟太太说，太太，您知道吗，那位名叫夏雏菊的客人二十六岁，还没成婚呢。

太太说，是吗，也不知道谁家少爷有福气能娶这位夏姑娘。

曲锦苞说，太太，我觉得她跟咱家大少爷很般配。

这时候，恰巧厨子易小刀上来送茶点。易小刀如今已是曲锦苞的丈夫，他瞪了曲锦苞一眼，嫌她不会说话，好好的非要提大少爷，惹太太伤心。曲锦苞说，你瞪我做什么，太太可不像你想的那么脆弱。大少爷在外面当一名伟大的航海家，很了不起，是骄傲的事情，对吧太太？咱们朝阳街不就只出了一个曲惊涛？连彼得潘托夏都不如他厉害呢。

太太笑着说，你都是当娘的人了，还像个孩子一样。

曲锦苞和易小刀成亲后，生了一个儿子，今年两岁，曲家上下都喊他小小易，是曲家的开心果。

易小刀说，谁不说咱家大少爷了不起？但是，咱老曲家的航海人是有规矩的，要在三十六岁时才能回来。夏姑娘人是好，但见不到咱们少爷的面，也定不了亲事啊！

他们正聊着，曲锦苞一转身，看到夏雏菊站在一盆木槿旁边，站了不知多久了。太太埋头绣花,也没发现。

曲锦苞说,哎呀妈呀,我们说的话都让夏姑娘听去了吧?

夏雏菊说,差不多吧。

曲锦苞说,我们可不是嚼客人的舌头,我们都很喜欢您。

夏雏菊笑了,问,你们家大少爷真的一次都没回来过啊?

曲锦苞说,嗯呢,这是我们老曲家的规矩。

夏雏菊自言自语地说,哦,他还挺守规矩的。

曲锦苞说,这可不是简单的规矩,这是我们老曲家祖上留下来的规矩。我们老曲家每一代都有这样一个航海家。

夏雏菊说,那没关系啊,我可以去找你们家大少爷啊。

这句话可把曲锦苞乐坏了,她说,夏姑娘,您可真有眼光,是不是已经看上我们家少爷了?

太太说,别瞎说,夏姑娘还没看到少爷什么样子呢。

夏雏菊俯过身来,看太太刺绣,说,没准我还真见到过大少爷呢。

您说的不会是真的吧?曲锦苞高兴得语无伦次。

太太嗔怪地说,夏姑娘说笑呢,你还当真的。

那可不一定。夏姑娘一看就是走南闯北见过世面的人,说不定真在哪个港口,或是在大海上见过咱家少爷。曲锦苞转而问夏雏菊,夏姑娘,我们家少爷的模样变了多少啊?

夏雏菊又端详了一下墙上的全家福,说,没变多少。

晚上,太太初息壤翻来覆去睡不着。她把白天的事说给曲长帆听,问他怎么看,曲长帆说,不会那么凑巧吧?

太太说,我看那夏姑娘的表情,像是说笑,又不像是说笑。再说了,就算是真见过,也不算是过于凑巧吧?总是有这种可能的吧?

曲长帆说,可能性嘛,倒是有。

百英聚客栈的客人来来往往，带来外面的很多消息。夏雏菊到后的第三天，恰好彼得潘托夏也到了。马栗仁、缪加、顾大鱼听说彼得潘托夏来了，相约着来见。托夏给他们讲了朝鲜的变故。他画了一些画，主要是港口里的军舰，还有被日军围困的中国官署。

这天晚上，后院客厅里人很多，曲家上下都在，包括厨子、女佣、诸葛先生，还有叶孥森、夏雏菊。

马栗仁看着夏雏菊，脑海里挤满了问题。这是不是曲惊涛最后一封信里提到的那个日本女孩？抑或仅仅是一个同名同姓的人？如果是她，那么，她来烟台做什么——还恰巧住在百英聚客栈？她是否知道这是曲惊涛的家？曲惊涛究竟跟她说过什么，说了多少？说没说客栈、朝阳街、烟台山，以及他的小伙伴们？

马栗仁非常遗憾，曲惊涛给他写的信太短了，他从那封信上找不到更多的信息来跟眼前这个姑娘画上等号，或者不画等号。他趁人不注意的时候悄悄问曲锦苞，这个女孩是中国人吗？

曲锦苞说，当然了！中国话说得这么好，不是中国人难道是外国人啊？

马栗仁想再问些别的，比如有没有看过夏姑娘的身份信息，又一想，身份信息是可以造假的，如果她真是曲惊涛的女朋友，现在中日关系这么紧张，她一定会想办法掩盖自己日本人身份的。

客厅里的气氛非常热烈，大家议论的话题主要是中国和日本会不会发生战争。彼得潘托夏是在大鸟圭介刚刚占领王宫的那天早晨想办法乘船离开的，此刻他仍然沉浸在一天之前的那种恐怖气氛之中。

国王被软禁，掌握实权的闵妃一派倒台；国王的父亲，也就是声名狼藉的大院君被扶持做了日本人的傀儡。这就是现状。日本会立刻驱逐中国军队。你们过去是朝鲜的保护者，现在就要变成日本人口中的入侵者了。彼得潘托夏说。

就是说，朝鲜完全臣服于日本了？他们之间不会爆发战争了？缪加问。

是的。但是，你们中国和日本之间的战争还没有开始。托夏说。

会打起来吗？顾大鱼问。

依我看，会的。我回来的时候，军舰正在源源不断地开往朝鲜。你们看，这幅画上的这艘船，是你们的"操江"号，它是一艘运输船。

会在哪里打？朝鲜吗？

局势还不明朗，不好说。随时随地吧。托夏说。

国际社会应该做一些调停工作，比如我们英国。叶琴森说。

然而，国际社会一看调停无用，大都持观望态度了。比如说俄国，他们明确表示，只能出于友谊，力劝日本撤兵。托夏说，其实我现在非常遗憾和后悔，我不够勇敢。我应该留在朝鲜，多了解一下事态的发展。

您没留在那里确实太遗憾了，这毕竟是历史。而且是世界历史的一部分。夏雏菊说，如果您下次还去的话，我可不可以和您同行？我计划写一本书，现在正在搜集资料。

那将是我的莫大荣幸，您真是女中豪杰。彼得潘托夏说，但我想先去威海，看一看我的朋友黄崴生。

我能和您一起去吗？夏雏菊问。

当然可以了，我非常乐意跟漂亮姑娘同行。托夏说。

起初他们打算乘船从芝罘直接到威海，但是，临出发前，发生了一件很奇怪的事情，迫使夏雏菊临时改变了主意。这件事说起来倒不复杂——她在朝阳街坐雾书店看到了一个日本人。

夏雏菊在朝阳街逗留的时间比她预计的要短，因为临时决定跟彼得潘托夏去威海。但她对朝阳街、烟台山这一带的兴趣还强烈。那天晚上，听说缪加很喜欢去坐雾书店看书，她也去了书店。缪加是曲惊涛的少年伙伴，她想对他们多了解些。

所以，这完全是一次偶然的发现。夏雏菊正在翻看一本书的时候，看到一个人从里屋走出来，左脚有点跛，低着头，穿过书店，走出门，走到朝阳街的灯火之中。

夏雏菊不认识这个人，但她能嗅到他身上的气息和味道，直觉告诉她这是一个日本人。夏雏菊下意识地拉着缪加离开书店，发现那男人还没走远。她和缪加慢慢地跟着他，走到朝阳街北头，拐上海岸街，走上烟台山，最后看到那人走进一幢很阔大的楼房里。

这是什么地方？夏雏菊问缪加。

日本驻烟台领事馆。缪加说。

这么说，他的确是日本人了。夏雏菊说。

他们在领事馆外面的树丛里又观望了一阵，没什么新发现，便回了客栈。

我得去找彼得潘托夏。夏雏菊说。

我也去。缪加说。

但你得保守秘密。夏雏菊说。

没问题。缪加说。

见到彼得潘托夏后，夏雏菊说，咱们明天能不能先不去威海？我还有点事情。

彼得潘托夏问，为什么又改变主意了？

缪加说，我们发现了一个日本人。

彼得潘托夏说，日本人？那有什么？这里的外国人本来就有很多，也包括日本人。

夏雏菊说，托夏，这个日本人跟其他日本人不一样。

彼得潘托夏问，有什么不一样？

夏雏菊顿了顿，说，反正不一样就是了。我有直觉。

彼得潘托夏看看夏雏菊，说，你一定有什么秘密不能说。好吧，我尊重女士的秘密。我们什么时候去威海，由您安排。

夏雏菊说，也不算什么秘密。我从这个人身上嗅到了军人的气息，他有可能是日本军方的人。

托夏说，军方的也正常吧，毕竟这里有日本人的领事馆，烟台又是一个开埠城市。

夏雏菊说，你说得对。但我直觉此人身上有秘密。

离开彼得潘托夏的房间后，夏雏菊对缪加说，明天早上，你敢不敢再跟我去日本领事馆那里看看？

缪加说，敢啊，当然敢了！

第二天早上他们是匆忙之中出发的。当看到左脚有点跛的日本男人身穿中国长衫走出领事馆后，夏雏菊便对缪加说，这人要外出。咱们最好喊上彼得潘托夏。

于是缪加飞跑去客栈喊彼得潘托夏。之后他们三人不远不近地跟着跛脚男人，离开了烟台。

日本九州地区西北的佐世保军港这几天异常繁忙。

就在大鸟圭介率军攻占朝鲜王宫之后不久，当天上午，联合舰队第一游击队"秋津洲"号、"吉野"号、"浪速"号满载日军和武器，驶向朝鲜群山海面。紧接着，是"松岛"号、"千代田"号、"高千穗"号、"桥立"号、"严岛"号五舰。随后，第二游击队"葛城"号、"天龙"号、"高雄"号、"大和"号等军舰也先后出发。

浓重的黑色烟柱飘在大海的上空，兵马、枪炮、弹药、水雷、旱雷、电线、浮桥等辎重将大船压得喘不过气。

那两天，中国的舰队也行驶在去往牙山的海面上。他们并不知道，7月24日下午，当日舰到达黑山岛附近，派出第一游击队前行侦察情况时，司令官伊东祐亨发布了一条命令：只要在牙山湾附近发现强大的清军舰队，就立即将它们击败。

伊东祐亨或许知道，他说出的这句话，拉开了一场大战的帷幕。

当李中堂大人不得不筹备战事，命令军队增援朝鲜时，他或许并没想到会真正开战。他在天津的直隶总督府内发号施令，安排卫汝贵、马玉崑、左宝贵、丰升阿等人统领一万多名马步军从北路进军义州和平壤，派江自康率领两千多名仁字等营官兵增援牙山。

李鸿章时而踱步，时而坐在他的雕花椅子上沉思。他对属下说，增援牙山很有可能遭到日本海军袭击，不如租用英国商船装载增援部队，我们北洋舰队承担护航的任务。这样能安全一些。

于是，"爱仁""飞鲸""高升"三艘英国商船成为大清国雇佣的运兵船，驶向了这场战争的开端。丁汝昌命"济远"舰率领"广乙"舰和"威远"舰担任护航任务。

"济远"舰管带方伯谦带领三艘军舰经过接近两天的航行之后，到达牙山。

7月24日早上，"威远"舰驶往仁川，送去了一份电报。管带林启颖遇见英国驻远东海军"弓箭手"号三等巡洋舰舰长罗哲士。罗哲士曾经受聘在旅顺鱼雷营协助指导鱼雷技术五年，四年前才回到英国，因此他们彼此熟识。

罗哲士对林启颖说，日本大批兵船明天就要开到朝鲜来了，战争马上就要开始了。

林启颖自然也知道了发生在汉城的日朝开战及控制朝鲜王宫的事情，而且他发现很多地方的电线已经被截断。事态的确在朝着战争的方向发展。

下午，林启颖率"威远"舰回到牙山，对方伯谦说，我遇见了罗哲士舰长，他告诉我，日本的兵船明天就要大批赶到了。

因为与罗哲士的共事经历及情谊，他们相信罗哲士的话和判断。方伯谦说，"威远"舰是木船，根本承受不了炮击，而且航行得太慢。这样吧，你先带它驶离牙山口，到大同江一带等候与我们会合。我们在这里抓紧把"飞鲸"号上的人员和辎重卸下，就即刻返航。

方伯谦知道，卸驳任务并不比护航轻松。船到牙山口后，换乘驳船进口七十里才能上岸，而牙山口只有民船三十只，每只仅可载三十人，仅卸驳往返一次就需要两天。这次的三艘商船中，"爱仁"号运载了两营清军加长夫共一千一百五十人，"高升"号运载了清兵一千二百人。"飞鲸"号虽然只运载了七百名清军和长夫，但在它的肚腹里却装载了四个营的所有辎重，所以，"飞鲸"号的卸驳任务异常艰巨。

"济远"和"广乙"从24日下午2点帮助"飞鲸"号卸驳，直到25日凌晨4点左右才卸驳完毕。

方伯谦也嗅到了空气中飘来的战争的气味。刚刚完成了护航和卸驳任务的"济远"和"广乙"，没敢多耽搁，就在方伯谦的率领下，踏上了返回的航程。

次日凌晨，丰岛西南方向的长安堆附近能见度很高，天气晴朗得让人以为这是一个和平的日子。日军联合舰队第一游击队在晴朗的海面上逡巡，寻找"八重山""武藏""大岛"三艘日舰。这三艘日舰原先停泊在仁川，他们约好在此会合。

牙山湾外的丰岛沐浴在清晨清亮的光线中。这个不大的岛屿处在牙山湾的要冲位置，是进出牙山湾的必经之地，岛的背面海水深阔，可以航行巨轮。日军联合舰队没有找到约好会合的三艘日舰，便向丰岛方向航行，继续搜索三艘日舰。

与此同时，刚刚完成护航和卸驳任务的"济远""广乙"正从丰岛方向迎着日舰驶来。方伯谦尽管嗅到了空气中战争的气息，但晴朗的天光又让他觉得战争很远。海鸥跟着军舰远远近近地飞翔，军舰烟囱里冒着热腾腾的黑烟。两艘军舰和日舰的距离在缩短，最初只能看见两缕黑烟，然后，日军慢慢能够在望远镜里分辨出那是"济远"和"广乙"。

这时候，双方之间的距离大约有五千米，日军第一游击队司令官坪井航三立即发出命令。他有些激动，又有些慌乱，但极力保持镇定，命令各舰做好战斗准备，编好战斗信号，信号兵立即就位。

日舰劈波斩浪，快速向中国军舰靠近，距离一点一点在缩短。到双方相距三千米的时候，第一游击队的旗舰"吉野"号发出战斗信号，率先向"济远"舰射出了一枚炮弹。其他两舰看到主舰拉响了战斗的序曲，也纷纷发起炮击。炮弹像雨点一样密集地激射而来，把海水打出一条条水柱，窜向空中。

"秋津洲"号、"吉野"号、"浪速"号三艘日舰上共有二十二门速射炮，显然，敌我双方在吨位、航速、射速、火炮数量上差距悬殊。"济远"舰上的枪炮二副柯建章对此十分清楚，帮带大副沈寿昌也知道这一点。他们站在高高的指挥塔内，观察着海面上的局势，知道无论如何都不能退缩，必须还击。

在他们向方伯谦请示开炮的时候，方伯谦躲在舱房里迟迟没有答复。沈寿昌觉得不能再等，他果断下令，指挥炮手还击。指挥塔架在飞桥上，位置很高，虽然目标过于暴露，但观察视线良好，沈寿昌看到"济远"舰发出的炮弹击中了日舰，桅盘上的水兵也在用小速射炮从高处扫射日本军舰舱面。

然而，"济远"舰也没有幸免，船身被炮弹击中，打出许多炮洞。一块弹片迅疾地朝着指挥塔飞来，穿透只有 1.5 英寸厚的装甲，击中沈寿昌的头部。血流不止的沈寿昌倒在指挥塔内，还没等被抬下去就壮烈牺牲。这位十一岁就作为中国第四批留美幼童到国外学习的上海人，生命定格在三十一岁。牺牲之前，他亲眼看到"济远"舰发出的炮弹击落了"浪速"舰的左舷船尾。

战斗不会因为一个人的牺牲而停止。而且，牺牲的人绝不会只有一个。不久之后，前主炮炮罩接连被击中，残破的碎片带着尖厉的呼啸，在炮罩内盲目地乱飞。大副的悲壮牺牲，让枪炮二副柯建章悲伤不已，就在不久前，他们还并肩站在指挥塔内商量如何还击。柯建章更加奋力地督战，他当时或许清楚自己也会像大副那样，满头是血地倒在"济远"舰上。

被炮弹击中胸部后，柯建章倒在炮台内。他的胸膛汩汩地流着血，耳朵里逐渐失去了这个世界的声音,包括连绵不绝的炮响。

大副和二副相继牺牲,"济远"舰被悲伤、愤怒、恐惧、复仇、拼命的浓雾包围。一个名叫黄承勋的二十一岁青年登上指挥台。

我是天津水师学堂驾驶班毕业学生、"济远"舰见习生黄承勋,大家听我指挥!他喊。

他是水师学堂的学生——水手们知道,从那里学成出来的人,都将成为各个军舰上的军官。他的举动也印证了一位未来海军军官的素质。他喊道,炮手,装弹,窥准!

水手们忙乱而悲壮地听从着他的命令,来回奔跑。这时候,一名水手看到黄承勋挥舞着胳膊大喊,喊着喊着,忽然倒地不起。这名水手喊上另外一名水手,跑上指挥台,见黄承勋倒在地上,手臂断掉一截,血流如注。两名水手要把他抬到舱内急救,黄承勋摇摇头,说,你们自顾忙你们的事去,不要管我。

黄承勋临死前想到了很多家人和朋友,其中包括威海水师的关医官。他们两人是特别好的朋友,临行前,关医官请黄承勋喝酒,嘱咐他一定注意安全,保护好自己。黄承勋说,我这次去是必死的!改天我的骸骨如果能够归来,就仰仗你帮我收殓。因为咱们是莫逆之交,所以我才把后事托付给你。

一语成谶,关医官没想到他的好朋友死得如此惨烈。

从活着到死亡,在1894年7月25日"济远"舰上经历这个过程的,不只大副、二副和见习学生。整个前主炮台内,官兵死伤众多,到最后,就连火炮都无法转动了。

另一艘军舰"广乙"号的遭遇,比"济远"舰更为惨烈。这艘本来属于广东水师的军舰,与"广甲""广丙"都是在当年五月份清廷第二次校阅水师之后,留在北洋水师备战的。跟"济远"舰一样,"广乙"舰上配备的也是射速慢的老式架退式后膛炮，无法跟日军第一游击队三艘新舰上装备的射速快的管退式先进火炮相比。而且，"广乙"舰只有千余吨，在三四千吨的日舰面前，它显得单薄而脆弱。但管带林国祥仍然指挥"广乙"舰朝敌舰冲去。他的目的是冲到一定的射程范围之内，向敌舰发射鱼雷。

林国祥清楚地记得，临行前，他曾请示丁汝昌，如果遇到日舰先开炮，我们应该如何应敌？丁汝昌说，两国既然没有明确开战，哪有冒昧从事的道理？但是，如果日舰先开炮，你们也没有束手待毙的道理，完全可以命令官兵回击。

"秋津洲"舰越来越近。双方相距大约六百米时，林国祥下达了发射鱼雷的指令。但就在这个时候，连续三发速射舰炮从"秋津洲"舰上激射而来，猛烈地击中了"广乙"舰。林国祥询问了一下，这次炮击造成二十余名水兵死伤，而且可怕的是，鱼雷无法释放了。

当时，"吉野"舰正咬住"济远"舰不放，"秋津洲"号和"浪速"号则咬住了"广乙"舰。"浪速"号用左舷炮和艉炮猛击"广乙"舰，使"广乙"舰的受伤程度更为加重，死伤人员也在增多，三十多人阵亡，四十多人受伤。林国祥见舰体倾斜得厉害，遂决定向右转舵躲避。"浪速"号在后面紧追不舍，想彻底击毁"广乙"舰。在追逐过程中，受伤严重的"广乙"舰仍然寻找机会回击"浪速"号，打碎了"浪速"号的锚机。

"浪速"号放弃了对残破的"广乙"舰的追逐。这艘跌跌撞撞的鱼雷巡洋舰一直退到朝鲜十八岛附近，再也无力航行，搁浅在那里。林国祥看着这艘像他生命一样的军舰，对官兵下令道：将锅炉和舰炮弹药全部破坏，点燃火药仓。

"广乙"舰燃烧发出的火光，将大海烧得通红。林国祥和幸存的七十余人看着大火熊熊燃烧，他们心里的火却熄灭了。他们知道，这艘英勇的大船再也不属于他们了。

七十余人在林国祥的带领下，去往牙山军营。林国祥本来打算去投奔直隶提督叶志超，但他不知道叶志超已经撤走了。孤立无援之下，林国祥找到停在附近的英舰"弓箭手"号，在舰长罗哲士的协助之下，第二天搭乘"弓箭手"号返回中国。

就在"广乙"舰往十八岛附近退避的时候，"济远"舰上发生了令人意想不到的事情：管带方伯谦令人悬挂上白旗，随后又升起一面日本海军旗。当英国商船"高升"号在上午9点左右经过战场时，洋员汉纳根清楚地看到"济远"舰悬挂白旗和日本海军旗，很快地向"高升"号开来，然后很快地掠过去，逃走了。

英国商船"高升"号上运载着此次第三批清军约一千二百人。另有十二门大炮及来复枪和其他军火，严严实实地藏在船舱里。

几天以前，在天津直隶总督府里，李鸿章大人与他十分信赖的洋员汉纳根之间有过一场秘密谈话，主要涉及往朝鲜运兵备战。另外，汉纳根还接受了一项秘密任务，那就是到牙山去协助清兵修筑炮台，准备应对战争。

出身于德国军人世家的汉纳根从德国陆军退役后，经天津海关税务司德璀琳介绍，成为天津武备学堂的洋教官。此后，汉纳根协助筹办了北洋水师，一直尽心帮北洋水师做事。

您曾用卓越的才华协助设计修建了旅顺黄金山炮台和威海卫炮台，此次再次请您出山，到牙山协助修建炮台，事关重大，关乎中日朝三国的未来，还请尽力相助！李鸿章对汉纳根说。

请您放心。汉纳根说。

为避免不必要的国际争端，此次让您搭乘"高升"号赴朝，您的身份不是炮台工程师，而是个人，以私人名义乘船。希望您不要介意。

没关系，身份和形式不重要。能得到您的赏识，是我的荣幸。汉纳根说。

此次运送兵员及辎重的"高升"号，正是由您帮助雇佣的，您跟"高升"号英国船长高惠悌熟识，我还放心一些。同时还请您帮忙关照，确保将兵员及武器安全运送到牙山。

汉纳根心里装着李鸿章的交代，于 7 月 23 日晚上，在大沽口登上

我们海上见

了这艘正面临着可怕命运的商船。

码头上的灯光映照着整装待发的清军,高高瘦瘦的英籍船长高惠悌像往常每次出海那样,既为前方叵测的海上情况担忧,又为即将赚到手的钱感到高兴。作为一艘商船,高惠悌本来不想做运送清兵和武器这样冒险的事,但他想赚钱,毕竟要养那么多水手。而且,汉纳根找他商谈雇船事宜的时候向他保证,届时会有北洋水师的军舰护卫赴朝,一旦发生军情,由护卫军舰负责应对。

而日军显然不想放过这艘装载清兵的商船。在丰岛海面上,日军"浪速"号发现"高升"号后,立即挂出了"下锚停驶"信号旗,并鸣放了两响表示警告的空炮,然后迅速驶到距"高升"号四百米的地方停下。

停船,下锚!高惠悌命令道。

四百米的距离,足够看到"浪速"号上敞露出来的黑洞洞的炮口,一共二十一门大炮对准了"高升"号。紧跟着是"浪速"号发出的第二次信号:原地不动,后果自负!

铁锚扎进海底,"高升"号停在丰岛海面上。一艘小艇从"浪速"号舷侧放下,日本海军大尉人见善五郎乘小艇驶近"高升"号,登上甲板。他查看了执照等相关文件,询问了几个问题,很快就弄明白,这是一艘中国政府包租的运兵船。

人见善五郎对高惠悌船长命令说,立即开船,跟上"浪速"号。

高惠悌还没来得及仔细思考,人见善五郎就迅速地登上小艇,返回了"浪速"号。一艘商船不具备作战能力,无法跟军舰抗衡,高惠悌只好听从人见善五郎的命令。

而这个决定对于"高升"号上一千多名清兵来说,是不可接受的事情。抗议先由两名军官发起,接着,所有人都提出抗议。熟悉汉语的汉纳根对高惠悌翻译说,中国军人说,他们愿意死,也不愿意投降。

可是，你让我怎么办？它只是一艘民船，不是军舰，不能打仗。高惠悌说。

可是，我们购买了这趟航行！既然你无法把我们运送到目的地，那么就请将我们送回出发地！中国军官说。

这怎么可能？高惠悌看着"浪速"号上那黑洞洞的炮口。按照清兵的要求，他必须把他们再送回大沽码头，但显然这是不可能完成的任务。

清兵们被愤怒、求生和恐惧的本能牢牢攫住。他们冲上甲板，分发了武器和弹药。而高惠悌的船员们是不赞同清兵这么做的，他们随即也提出，如果你们打算战斗，我们不会跟你们一起，我们要离开这艘船。咱们最好都不离开，起码这面英国旗帜或许可以保护大家免于送死。

没有人去思考这些说法。海面上飘荡着"吉野"号和"秋津洲"号炮击"济远"舰留下的浓重的烟尘，死亡的气息像那些复杂的情绪一样攫住了这片海面。清兵们在高涨而复杂的情绪支配下，软禁了这艘商船上的欧洲人。他们对这些欧洲人说，如果你们发出服从日军或是弃船逃跑的信号，我们立即杀了你们。

"高升"号上的变故正在发生，"浪速"号等不及，再次发出命令，要求"高升"号立即跟上"浪速"号。汉纳根代表清兵对高惠悌说，请向日军发信号，让他们再派小船和人过来谈一下。

日军又来了，站在梯子上，手里拿着战刀，以防不测。汉纳根站在过道里，向日军说明，船上的中国人不想跟着"浪速"号走，而是想回到出发时的大沽港。

我们出发的时候尚在和平时期。选择回到大沽口，是合情合理的。汉纳根说。

手持军刀的日本军官同意回到"浪速"号上转达这一要求。而"浪速"号的反应却不尽如人意,他们再次发出信号,要求"高升"号立刻停船,不许离开。高惠悌再次发出不同意及希望再次谈判的信号,但这次"浪速"号已经置之不理。

正午的阳光照耀着这片悬而不绝的海域。从9点多到12点多,三个多小时在谈判中过去了,日本人的耐心已经达到了极点。忍无可忍的情绪促使日军使用右舷鱼雷发射管向"高升"号发射了一枚鱼雷,后舷侧的6英寸速射炮开始齐射,甲板上的机关炮也向"高升"号开起了火。

炮弹击中了煤仓,爆炸扬起的煤粒和弹片冲向空中,四散飞溅。英国籍轮机长威廉·高登面部被炮弹打中,当场身亡。随后的几发炮弹击中了机舱。一声巨响过后,锅炉爆炸,滚烫的热水和蒸汽喷发而出,来不及逃离的人纷纷被烫死。清兵和水手开始跳水。

放救生艇!高惠悌指挥说。

第一只救生艇放下去了,接着是第二只、第三只。司炉工董阿新攀绳下水,和其他四十多人一起,登上了救生艇。但他们还没站稳,就遭遇了日军射来的子弹,仿佛下雨一样密集。有八个人死在救生艇中,船舵遭到毁坏,救生艇沉没。

接着,第二只救生艇也被击中,沉入海里。董阿新慌乱地攀上"高升"号的舢板"飞古额"号,开始了海上漂流。

船长高惠悌跑到机轮间,拿起救生圈跳进海中。驾驶台前的英国大副田泼林觉得继续驾驶这艘船已经没有意义,他离开驾驶台,抓住一条备用救生带从船的前头跳海。跳海之前,他顺手取了一根铁链,招呼船员沿这条铁链攀缘而下。舵工伊万杰利斯特也抱着消防水桶跳入海中。

接着，汉纳根跳进大海，另外一些欧洲人也纷纷跳海，冒着子弹打起的水花拼命往岸边游。也有一些清兵跳进水中，因为他们知道"高升"号就要沉没了。而清兵里还有一些不会游泳的，他们绝望而愤怒地站在船上朝着海里的人开枪。在他们看来，跳进海里的人都是可耻的逃兵。

在狂风暴雨般的炮击下，"高升"号缓缓下沉。清军前营哨长张玉林不会游泳，不能像其他人那样跳海，只好抓着船上的绳索，爬到船桅上。西班牙舵手欧利爱脱、士兵牟庆新也爬到船桅上。

仅仅维持了半个小时，"高升"号就沉没在丰岛的海水里。

高惠悌船长跳到海里，海水瞬间将他吞没。屏气浮上水面以后，他看到天空像一张黑色的帷幔，那是由煤灰和烟尘织成的。他从来没有见过这么可怖的海上的天空。后来，一艘小艇出现在他身边，那是"浪速"号放下来的救生艇。日军救起了他。相继被打捞上来的，还有大副和轮机手。

高惠悌身上只剩下短上衣、汗衫和内裤。他觉得自己没有了大英帝国的尊严。

"浪速"号船长东乡平八郎对水手说，去找几身干净衣服，给高惠悌船长他们换上。再准备西餐，给他们压压惊。

您跟那些清兵不一样，咱们是同胞。东乡平八郎讨好地对高惠悌说，我在贵国学习过海军技术，那里也是我的第二家乡。

高惠悌吃着东乡为他准备的西餐，他知道，东乡对此次攻击"高升"号心存惧怕，毕竟"高升"号是英船。如果因此引发英国对日本的武力，那绝非一件轻松的事情。

汉纳根和其他落水者奋力朝丰岛游去。还有一些人随手捡得船的残骸当漂浮物。厨师王荣舟找到了一把蓝色凳子，抱着它跃入水中。

我 们 海 上 见

汉纳根精疲力尽地游到小岛，找到一艘小船，央求小船载他去往仁川。在仁川，汉纳根找到德国"伊力达斯"号军舰，详细讲述了事情经过，说，请您帮帮忙，援救那些可怜的落水的人。

"伊力达斯"答应了汉纳根的请求，迅速出发，营救了一百二十名士兵和水手。

可是，人救上来了，怎么安置呢？"伊力达斯"号舰长问汉纳根。

汉纳根想了想，说，恳请您继续帮助，将他们送到烟台去。

"伊力达斯"号将一百二十名被救人员安全地运送到了烟台。

而张玉林等爬上桅杆上的人，以及漂荡在救生艇上的四十多人，则被一艘正好经过的法国军舰"利安门"号搭救。当"利安门"号发现这些人的时候，司炉工董阿新已经在"飞古额"号舢板上漂流了一个下午和一个夜晚。这期间，舢板翻覆了三回，司炉工每回都以为自己要死去了。

此外，一艘英国军舰"播布斯"号也在出事海域救上了八十多名清兵。

除了这些获救者，其余八百余人全部葬身海底。司炉工的耳朵多年之后还能听到海面上持续不断响着的呼救声、咒骂声，以及绝望的喊叫声。其间还有炮弹落到海里的声响，炮柄转动的声响和机枪的声响。

就在"浪速"号和"高升"号之间的谈判陷入僵局的时候，"吉野"舰正在追击"济远"舰。对于航速每小时达到22.5海里的"吉野"舰来说，追击航速每小时15海里的"济远"舰，只是时间问题。差不多也在正午时分，"吉野"舰在距离"济远"舰只有二千米远的时候，向"济远"舰发射出猛烈的炮火。

"济远"舰上有一名十九岁的二等水手王国成，对于方伯谦下令悬挂白旗这件可耻的事，他早就气愤得很，此刻终于按捺不住怒火。

他奔向舰尾的 150 毫米主炮，大声问，谁来帮我装炮弹？

我来！应答的是另一位水手李仕茂。

两人合力发射了四发炮弹，第一发击中了"吉野"舰的舵楼，第二发接着击中船体，第四发则狠狠地击中了"吉野"舰的要害部位，导致"吉野"舰受伤，船头俯低下去。受伤后的"吉野"舰不敢恋战，掉头往东逃走。

被打得浑身炮洞累累的"济远"舰，最终艰难地返回威海卫。

与"济远"舰、"广乙"舰、"高升"舰一样,"操江"舰也在同一天迎来了它自己的命运。

同一天上午,"操江"舰是与"高升"舰结伴驶进丰岛海域的。当"吉野"舰和"浪速"舰在分别对付"济远"舰和"高升"舰的时候,"秋津洲"舰则把"操江"舰纳进了自己的视野。

作为江南制造局自主设计建造的第二艘轮船,"操江"号虽然是一艘木壳木胁结构的风帆炮舰,航速只有9节,但它工料极为精坚,机器虽然小却很灵动。不管别人怎么看,也不管"操江"号目前只是借调北洋水师使用,年轻技师关适非常喜欢这艘船。

你看,这艘船多帅。关适对水手王基贵说。

您不是一直遗憾它不是铁甲舰吗?王基贵问。

遗憾归遗憾,但不影响我喜欢它。我觉得它早晚有一天会在大海上闪闪发光。关适说。

但它现在只负责通信和运输了。它老了,二十四岁了。王基贵说。

那又怎么样?别看它只是木船,而且年龄有点大,但它无论如何也是一艘炮舰。我相信,如果它开炮的话,还是有一点威力的。而且,它可以改造一下。改造以后,战斗力会显著提升。

改造?这么老的一艘船,还有改造价值吗?王基贵不相信。

当然有了,关适说,你看,"操江"号现在的3门六角前膛炮过于老式,应该拆掉。然后,在舰艏换装1门47毫米哈乞开斯单管机关炮。两舷原有的80毫米克虏伯炮可以保留,但可以新装1门37毫米哈乞开斯单管机关炮,以及1门哈乞开斯5管机关炮。

王基贵羡慕地看着关适,说,你就是为军舰而生的。

他们聊这些话的时候,大海上正铺洒着早上9点钟的阳光。早上9点的阳光还显得有些单薄,关适更喜欢正午以及午后的阳光。那时候,虽然"操江"号作为木质船,金属部位很少,反射不了多么强烈的阳光,但关适仍然觉得它像童话故事里的那些木船一样,闪闪发光。

这艘大龄木船载着三百支步枪和大量弹药、四箱饷银,从威海出发,前往牙山,接济叶志超、聂士成的部队。这段时间,关适跟随"操江"号在烟台、威海、天津、旅顺之间跑了好多次。在他看来,一名优秀的船械技师不能总待在机器局里。任何一枚弹药、一枚水雷、一艘小艇都有生命力,一名技师只有熟悉和了解它们将来要施展手脚的天地,才能制造出最完美的枪械和船舶。关适曾把这些想法跟他的丹麦老师沟通过,得到了老师的表扬,老师说,你正在成长为你们大清国自己的、真正的技师。

然而关适没想到的是,在那天上午,这艘船宿命般地遭遇了"秋津洲"号。当"秋津洲"号那接近一百米长、全钢制的在阳光下发光的舰体渐渐逼近的时候,"操江"号上的每一个人都感受到了一种压力和威胁,如同一名老迈的拳击手面对一个新生的、浑身都是肌肉的青年拳击手。

"秋津洲"号,排水量3100吨。舰长91.7米,宽13.14米,吃水5.32米。甲板装甲厚75毫米,炮盾厚115毫米。标准载煤500吨,最大载煤800吨,主机功率8400马力,双轴推进,航速19节,编制330人。关适说。

这些数字仿佛从关适的嘴巴里自动蹦出来,而不是由他自己说出来的一样。这让王基贵又惊讶又佩服。他知道关适对各种军舰很感兴趣,了解得也比较多，但仍是没有想到他会对一艘日舰如此了如指掌。

你是怎么知道的？王基贵问。

这是日本建造的第一艘全钢制巡洋舰，1890年3月开工，1892年7月6日下水，1894年3月31日竣工。关适没有回答王基贵的问题，他的大脑沉浸在对这艘日舰的信息检索中。

这么说，它是一艘崭新的军舰了？王基贵说。

是的，它正准备一显身手。关适说，不得不说，它很强壮，很新颖，很先进，充满活力，令人畏惧，也令人喜欢。

我们北洋水师有好久没添置新舰了。王基贵有点黯然地说。

他们一边说着话，一边调度精力，准备迎接即将到来的事情。即将到来的事情是什么？他们也不太清楚。他们嗅到了海风吹来的火药的气味。接着，他们看到"高升"号被日舰拦住。他们一直与"高升"号结伴而行，两船之间的距离大概有三英里。

出问题了。关适说。

"操江"号进入了突然的慌乱，这慌乱来自水手，也来自管带王永发。他于慌乱之中下达了转舵西行驶回的命令。"秋津洲"不想放过眼前这艘船，况且它大概觉得自己也要像"吉野"号和"浪速"号那样，找点事情做一做。因此它并不计较这是一艘木壳小船，决定对它进行追击。

关适记得追赶的时间持续了一个多小时，这时候，他忽然看到"济远"舰从一座小岛后面驶出，日舰在后追击。能够清楚地辨认出那是日舰"吉野"号。关适清楚"吉野"号的吨位和战斗力，就像清楚"秋津洲"号一样。但是，令关适不解的是，他看到"济远"舰上悬挂着代表投降的白旗，白旗下面还悬挂着日本海军旗，舱面上的水手在慌乱地奔走，人人脸上表情仓皇。

管带王永发的表情也很绝望。他当然也嗅到了炮火的气味,他希望这艘比"操江"号具备战斗力的"济远"舰能帮他们一把,然而"济远"舰悬挂着白旗驶远了。它从"操江"号船头驶过的时候,近到了只有半英里。

"济远"舰不帮我们,我们迟早得被"秋津洲"追上。我们得准备战斗了。关适对王基贵说。

它战斗力怎样?王基贵用下巴指指"秋津洲"。

阿姆斯特朗152毫米速射炮4门,阿姆斯特朗120毫米速射炮6门,47毫米重型哈乞开斯速射炮8门,8毫米5管诺典费尔德机关炮4门,360毫米鱼雷发射管4具。舰舯两侧各布置4个炮耳,作战时每侧可集中6门舰炮。关适说。

那岂不是说,火力很强?王基贵问。

非常非常强。关适说。

那我们还准备战斗?岂不是螳臂当车?再说了,王永发管带不打算战斗。王基贵说。

王永发确实不准备战斗。他十分清楚追击他们的那艘军舰对他们来说意味着什么,如果战斗的话,完全不费吹灰之力,那庞大的日舰就会把"操江"号毁成齑粉。但是,打不能打,逃也未必逃得过。随着时间一分一秒推移,王永发的绝望在一点一点地聚积,到午后1点多钟时,他感到自己已接近崩溃的边缘。

王永发睡着觉都能熟练地说出"操江"号的性能。排水量640吨,船长54.86米,宽8.43米,自制立式蒸汽机1部,额定马力80匹,指示马力425匹,单桨推动,航速9节,炮位8门,载货640吨。这些数据,无论哪一个都无法跟"秋津洲"相比。王永发的绝望,就在这些数据的对比之中产生,特别是9节对19节的航速。

逼近"操江"舰的"秋津洲"舰开始发炮示警。12公分口径炮弹掠过"操江"号的尖厉声响，压垮了王永发。打不过，逃不掉，剩下的道路似乎只有自尽了。自绝的方法很简单，一枪了结就可以。

但是王永发的自杀念头被一个名叫弥伦斯的丹麦人劝阻了。这位丹麦人是天津电报局的技师，此次被派到汉城保护电信设备。

自杀不可取，弥伦斯说，您应该立即看看有没有重要文书，要将它们烧毁，以免泄露军情。

慌张无措的王永发觉得弥伦斯提醒得很对，船上确实有丁汝昌大人托带的文件。王永发喊来水手，让他们把文件投到炉火中焚毁。

还有饷银，这么多，二十万。还有武器，都不能落入日本人之手，应该投到大海里去。弥伦斯说。

然而，这一切都没来得及做，"秋津洲"号已经追到了身后。关适和王基贵都很着急。

船长，下令开炮吧！关适说。

咱们根本无法跟日舰抗衡。王永发说。

不管怎么样，咱们船上配备了4门火炮，总得试一试吧？关适说。他试图说服王永发。

不要再说了。下旗停船，悬白旗。王永发说。

在午后明亮的阳光下，这艘在关适看来像童话故事船一样的木壳船，降下了属于它自己的旗帜。稍后，"秋津洲"号放下了舢板，载着二十几名日军登上"操江"号。经过一番检查和询问之后，王永发跟随日军经由舢板登上"秋津洲"号，其余所有人都被拘禁在"操江"号的后舱里。驾驶员被换成日本军人，"操江"号沉默地跟随"秋津洲"，踏上了去往异国的路途。

那几天，夏雏菊跟随彼得潘托夏正在去往威海卫的路上。

跛脚日本男人从领事馆出发后，沿着海岸街一路往东走，边走边警惕地四下察看。大约走了三十里地，天上开始下起雨来。夏雏菊他们走得匆忙，没有准备雨具，只好淋着。一直走到下午3点多，才到达了宁海州。但是跛脚男人没有进城，而是路过宁海州，继续往东走，又走了大约五里地，到达一个名叫老元山村的小村庄。

这个时候，跛脚日本人也疲惫不堪，全身都被雨水浇透了。他走进村子，敲开一户人家的门，请求借宿。这个村庄很小，一共只有十来户人家。为了不引起日本人的注意，他们三人商量了一下，决定返回宁海州去住。缪加是本地人，目标小一些，他自告奋勇留在老元山村盯着日本人。

一夜很快就过去了，天刚蒙蒙亮，夏雏菊和托夏就离开宁海州，赶到老元山村。缪加正在日本人借宿的那户人家不远处的一棵大槐树上猫着。他在树上猫了一夜。

天亮以后，日本人走出房门，继续往东走。托夏对夏雏菊说，他八成是要去威海卫。

夏雏菊说，那不是正好嘛，跟咱们同路。

这一天他们赶的路程跟前一天差不多，不到三十里地，其间经过了上庄、酒馆村，到达麓道口村。这时候，雨大起来，雷电一个接一个地炸响，日本男人不想再赶路，他依旧选了一户人家借宿。既然猜出日本男人要去威海，夏雏菊他们三人便又往前赶了一小段路，选择了前方的村庄借宿,以免引起日本人的怀疑。

第三天,雨停了。这一天赶的路程较前两天多了一些,大约有四十里地,一口气赶到了威海卫。跛脚男人从西门进城,在西门附近找了一间小店住下。威海卫虽然不大,但起码有三四百户人家。人多,就不容易暴露,他们三人便也投宿在这家小店里。然后,托夏去找黄崴生。

他先去了海埠村,没找到黄崴生。邻居说,黄崴生现在是"定远"舰上的三等水手了,忙得很呢。海军有规定,水兵必须住在舰上。还有,听说出大事了,他们都忙着呢。

托夏问,出什么大事了?

邻居说,听说朝鲜那边打起来了。

托夏说,日本人攻占朝鲜,这我知道。

邻居说,日本军舰和咱们的军舰打起来了,伤的伤,沉的沉,唉。

托夏想,看来,日本攻占朝鲜王宫之后,还是和大清海军打起来了。

托夏还是有办法见到黄崴生的,他认识营里的几个人,便托人捎话,让黄崴生明早下船来见一下。

早上,托夏见到了黄崴生。三等水手黄崴生现在拿月银七两,威海卫的太阳把他晒得黝黑。托夏从黄崴生那里证实了"济远""高升""操江""广乙"四舰的事情。

终究还是打起来了。托夏说。

黄崴生说,是的。海上折损了军舰,陆战也受到损失。日本陆军少将大岛义昌的四千余人在成欢驿和太原镇总兵聂士成的部队发生战斗,开始时聂士成占优势,后来日军后援赶到,聂士成他们寡不敌众,败退到平壤。我之所以能下舰来见你,是因为可能马上就要开战了,我们被允许回家看看。

托夏问，这是什么意思？

黄崴生说，还能是什么意思，随时准备赴死。

托夏说，真的会那么严重吗？

黄崴生说，很有可能。

托夏说，那我怎么跟老黄交代？

黄崴生说，不用交代，你替我多照看点老黄就行。

托夏说，我觉得会没事的。

黄崴生问，你这么着急找我，有什么事吗？

托夏问，我们正在跟踪一个可疑的人，他住在西门一个小旅店里。

黄崴生问，怎么可疑，说来听听。

托夏说，他是日本人，前几天一直出入于日本领事馆。几天前，他换了中国人的衣服，徒步来到威海卫，昨晚在西门附近住下了。住下后就四处察看，还登上城楼眺望港内的形势。今天一早又去了东门。我派缪加跟着呢。

黄崴生问，缪加也来了？

托夏说，对。

黄崴生说，他想不想当水手？很多练勇都上船当水手了，练勇那边缺人。他要是想当，就先去当练勇。

托夏说，他的理想是造铁路。

黄崴生说，现在没有铁路可造，还是先上船好。等可以造铁路了，再去当工程师也不迟。

托夏说，可以问问他。

黄崴生说，闲话少说，那个可疑的人有没有在本子上写写画画？就像你画画差不多？

托夏说，有。

我们海上见

黄崴生说，这方面我有经验，这人八成是日本奸细。你们继续监视，我回去报告。

托夏打了个立正，说，是，水兵先生！

黄崴生说，托夏叔叔，严肃点，这是大事。

托夏回到旅店，等到半上午，夏雏菊和缪加先回来了，说跛脚男人到处察看，在本子上做记录，还打听去刘公岛的船。不过，这几天可能去不了岛上，形势有点紧张。

我们怕被他发现，所以先回来了。你那边情况怎样？缪加问。

我见到了黄崴生，他回去报告了。黄崴生参与过抓奸细，有经验，他说这人八成是奸细。托夏说。

夏雏菊打断托夏的话，说，那叫情报人员。

缪加说，跟奸细有什么区别吗？

夏雏菊说，当然有区别了。不管怎么说，这是一种职业，要用职业称谓。

缪加说，你又不是日本人，干吗这么替日本奸细说话？

夏雏菊说，你怎么知道我不是日本人，说不定我就是日本人呢。

缪加说，你要是日本人，为什么还帮我们？

夏雏菊说，这是两回事。

正说着，黄崴生带着清兵赶到旅店。他们很快做了布置，一部分人埋伏在跛脚男人的房间里，一部分人埋伏在楼梯拐角处，还有两个人装扮成伙计，在前台候着。他们很顺利地抓到了跛脚男人，但抓捕的同时，跛脚男人咬破假牙，吞了毒药。在跛脚男人的身上搜出了一本日记，证实这确实是一名日本情报人员。他在来威海卫之前，还去过上海、旅顺、大沽口、滦河口、奉天等地方，足迹遍布大半个中国。

这次，他详细地记录了行走轨迹，以及在威海卫观察到的炮台、军舰、地形地势，并在日记里断言：是时候开战了。

由于形势不明，夏雏菊没有在威海再停留，而是搭船返回了日本。托夏跟夏雏菊同行。

缪加跟黄崴生分析了另外一个问题：这名日本奸细既然跟坐雾书店关系密切，那么，书店老板唐目臣是一个什么人？

黄崴生找到陈荒谷，向他了解唐目臣。这么一提醒，陈荒谷还真感觉唐目臣有问题，他记得唐目臣也喜欢到处走走画画，说是在写旅行日记。

缪加返回烟台，找到马栗仁和顾大鱼商量了下，决定去书店观察下唐目臣的举动，再决定要不要汇报。但是他们不知道应该向谁汇报。顾大鱼说，先不管那么多，咱们先去盯住唐目臣。

等他们赶到坐雾书店的时候，唐目臣已经不在了。他的办公室一片狼藉，地上的一只铜盆里有焚烧纸张的痕迹。

看来，有人向唐目臣透露了消息。马栗仁说。

这么说，活跃在这一带的日本奸细还挺多的。我这次去威海，听说他们抓住不下七八个奸细了。缪加说。

关适永远忘不了,那一年的盛夏,在佐世保码头,拥挤着数不清的日本民众。他们在不同的地方听到了从大海上传来号筒和汽钟摇铃发出的声响,那些声响勾起了他们的好奇心,催促着他们去岸边一看究竟。

日本居民簇拥在岸边,看到两艘船慢慢地靠近。一艘是他们自己的军舰"八重山"号,一艘是大清国的"操江"号。在佐世保这个作为海军基地而存在的小城里,人们对他们自己的军舰并不陌生。让他们感到陌生的是另外那艘木壳船"操江"号。有些消息灵通的人在居民中间互相传递着这样一个消息:"秋津洲"号俘虏了这艘大清运输船,将它带到群山浦,然后,改由"八重山"号押到佐世保。人们还传递着关于这艘船上的武器弹药、银两以及俘虏的消息。

接着,人们就看到日本海军从"八重山"号下船,中国海军从"操江"号下了船。日本人押着中国人,命令他们排成两排,然后,驱赶着开始游街。日本人好奇地看着这些长辫垂到臀部、腰间系着蓝带的中国人。他们的衣服上绣着云纹等各种图案。很多日本人知道长崎事件,也知道中国海军的威风,一种异样的情绪开始在人群中蔓延,终于有一些人带头,开始了对这些清军俘虏的攻击。

日本居民越过看押中国人的日本海军,撕扯他们,向他们咒骂和吐口水。在这样的气氛中,他们被押着游行,穿过几条街道,最后被投入离码头不远的镇守府监狱。

弥伦斯也在被俘人员中。他被投入监房之后,目测了一下,监房有三米多长、两米多宽，铁栅门和锁头把他们和外界隔绝开来。之后他又被驱赶着换了一次监房。后来，他被狱方喊去问话，问他是哪里人，他说，丹麦人。日本人交换了一下意见，说，既然你是丹麦人，那允许你享受单人监狱的待遇，并且，你的门可以不加锁具。

丹麦人弥伦斯因为他的国籍享受了特殊的优待。他的伙食也得到了改善，而且至关重要的是，他可以享受散步的待遇。这相对的自由持续了十天，弥伦斯又被喊去问话。

这次日本人问他，可不可以承诺几件事情。

弥伦斯问，哪几件事情？

日本人说，中日战争结束之前，你不得再去朝鲜，也不能去上海以北的中国各地。如果你能做到这两点，就释放你。

弥伦斯想了想，答应了。他获得了彻底的自由。

而中国军人就没有弥伦斯这样的幸运了。他们成了货真价实的囚徒，肉体和精神上遭受着无与伦比的折磨。关适已经不记得多少次被喊去受审，佐世保镇守府司令长官柴山矢八问了很多关于中国海军的问题，问大沽炮台、威海卫炮台、刘公岛军备设施的情况。

很快关适就知道，日本人知道了一些消息，比如"操江"号这次的路线。他们知道了"操江"号从天津大沽出发，先是抵达烟台，然后因为大雾而寄泊威海卫，之后从威海卫出发开往仁川。据说这些信息的来源是王永发，他甚至向日本人描述了寄泊威海卫时看到的北洋海军军舰的舰名，威海卫四五座炮台的兵员、武备，在旅顺口、芝罘、威海之间往来的运煤船等情况。

但是，战俘们似乎没有过多地陷入情报泄露的气愤中，焦虑和迷茫才是最令他们惶恐的。在太多枯坐的时光里，关适只能靠回忆度日。他想起自己在水师学堂上学时，每年春天、夏天、冬天的三次小考，他都能取得优异成绩。一年一次的秋季大考也不含糊。而且关适的体育课成绩也不错,尤其是击剑。关适还想起了他的好朋友曲惊涛,虽然他们分别后再也没有见过。

记不得在监狱里待了几天之后,关适见到了一名日本女记者。这位名叫蒲池山菊的姑娘问了他一些问题,比如对时局的看法。比如作为一名清军战俘,是不是觉得大日本的海军更强。比如他的理想,他的过去。

关适起初不想接受她的采访,但后来看她没有恶意,便放松了一些。交谈了一段时间后,蒲池山菊忽然压低声音说,你的朋友托我来看你。

朋友?关适问,哪位朋友?

曲惊涛。蒲池山菊说。

曲惊涛。这个名字像一把软软的刀子,划过关适的心脏。在这些被囚禁的日子里,曲惊涛少年时代的影像,无数次闪回在他的回忆中。他孤独地看着铁栅门的影子在地上变长,又变短,然后消失,第二天又开始新一个轮回。有时他们又会被驱赶去游街。

曲惊涛这个名字,让麻木已久的关适的心再次感受到了疼痛。他呻吟了一声,说,我的朋友!

对,你的朋友,蒲池山菊说,他托我向你问好。

他怎么知道我在这里?

你们上岸那天,曲惊涛就站在围观的人群里。他不敢相信那是你,所以才托我来打听。我刚刚从你们威海回到日本,曲惊涛已经等我好几天了。

你告诉我的朋友,我很好。关适说。

但是,关适并不好。蒲池山菊听到他在咳嗽。你不舒服吗?她问。

没事,受了风寒。关适说。

下次来，我给你带点药。蒲池山菊说，要不然，我找人疏通一下，给你换一间单人牢房。

不必了，我不想跟我的兄弟们分开。停了一会儿，关适问，我的朋友曲惊涛，他好吗？你们是恋人吗？他说，他是一名没有羁绊的航海人。

是的，所以，我们可能不会有未来。但那不重要，我们相爱。蒲池山菊说。

但你是日本人，关适说。

这也不重要。蒲池山菊说，我的母亲是中国人，我的父亲也对中国人很友好。我们不赞同日本侵略别的国家。

他们没有时间聊太多话，蒲池山菊就离开了监狱。她站在佐世保码头，想象着曲惊涛在战俘中看到关适的场景。蒲池山菊做记者多年，认识一些日本政界和军界的人，但她知道这件事非同小可，战俘问题是国际事件，不可能破例释放某一个人。

在经历了最初的愤怒和缓慢而至的迷茫和绝望后，关适有些麻木了。蒲池山菊来看望他之后，只过了两天，他就听到了中日宣战的消息。再后来，他也曾和王基贵等人商量越狱，并成功地打晕了看守，拿到了钥匙。然而，他们刚跑到北大门，就被抓了回来。

关适还经历过一些其他事情，比如忽然被带到一个房间里，被要求脱掉衣服，然后有人拿着尺子在他身上比比量量。他们丈量他，观察他。后来他才知道，有个日本专家要写一篇文章，论述清兵和日本海军的体质差异。他们想方设法要成为世界海军霸主。

外 八

我的外高祖曲惊涛在1894年7月28日那天,很意外地看到了关适。

当时,曲惊涛确实站在围观的民众中间。他那天是巧合地去了日本,还是有别的什么原因专程去的,这是一个谜。

在落满栾树蒴果的朝阳街上,我曾经问过我的外祖父曲月明,当年他有没有问过曲惊涛是专程去了日本,还是巧合地正好在日本驻留。曲月明语焉不详,一会儿说是专程,一会儿说是巧合。

我是一个喜欢推理的人,我想,这两种可能性都有。如果他恰好在日本,那就是说,他恰好游历到了日本,然后上岸去看望蒲池山菊。蒲池山菊那时候正好在烟台和威海,但我的外高祖并不知道。他毕竟是一个飘忽不定的航海人。

我的外高祖当时驾驭着属于他自己的船,航行在那一带的海面上。他们或许是在无所事事地游历,或许是在运输货物。船上的人毕竟要糊口吃饭。他们或许正在往仁川运送货物,也或许刚好要离开那里,把货物运送到长崎,或者佐世保。因此,他们的船与"操江"号行驶在同一条航线上。

如果他是专程去了日本，那很大的可能是他在海上听说或是恰好偶遇了发生在丰岛海域的那场战争。如果他恰好偶遇了那场战争，并尾随"秋津洲"号和"操江"号到了日本，这也完全有可能。

总之，在佐世保岸边，我的外高祖曲惊涛同其他日本民众一道，目睹清兵被绳索缚手，鱼贯走来。他们低垂着头，绣着云纹图案的衣服满是炮火的痕迹。

曲惊涛试图往前挤一挤，凑近一些，看看那个低垂着头的人是不是关适。算起来，他和关适分开已经八年了，当年在天津机器制造局旁的河边坐着聊天时，他们还只是十六岁的少年。如今，他们已经二十四岁了。我的外高祖曲惊涛在大海上游历的时候，虽然也时常想起关适，但留在他脑海中关适的形象，只是一个十六岁的少年。

我的外高祖曲惊涛没有挤到前面去。前面那些情绪激昂的日本民众，像疯了一样，处于迷狂之中。外高祖长久地在前面那些头颅动来动去的缝隙里，盯视着那个酷似关适的人。那人身上有着少年关适的影子和气息，他跟着战俘的队伍往前移动，始终没有抬头。有一颗小石子扔到了他的右鬓角，他也没有抬头。

我的外高祖曲惊涛一直跟随围观的人群往前移动。人群又跟随清军战俘往前移动。他们相跟着游走了几条街道，然后，终于结束了这荒唐漫长的示众。

曲惊涛离开佐世保，去了长崎。蒲池山菊的父亲蒲池岸告诉曲惊涛，蒲池山菊不在家。她去了哪里？曲惊涛问。

蒲池岸说，去了别的国家，但我不知道她去了哪里。

于是，我的外高祖就暂时留在蒲池岸的家中，等候蒲池山菊。但是，他们的那条大船可不能这么遥遥无期地等下去，曲惊涛就在长崎港口跟他的伙伴暂时分别，让他们继续去海上，约好了一个月后再来接他。

我们海上见

他们的大船名叫"安徒生",这是一艘荷兰商船。我的外高祖曲惊涛在船上担任船长。但我的外祖父曲月明对曲惊涛职务的说法总是变来变去,一会儿说他是船长,一会儿又说他是大副,还有一次说他是枪手,最后一次说他是搜寻者。曲月明盯着朝阳街上那些被风吹得贴着街面滚动的栾树的蒴果,嘴里喃喃自语着。后来,街上跑过来一个小孩,他歪着脑袋听曲月明说话,听着听着,小孩说,老爷爷,您说的是加勒比海盗船吗?搜寻者是加勒比海盗船上的人。

我不懂搜寻者跟加勒比海盗船之间的关系,抑或那是那艘船上的一个什么厉害角色。等我想问明白的时候,小孩已经跑远了。

我坚信我的外高祖曲惊涛是"安徒生"号的船长。他在那艘大船上当船长的时候,在遥远的中国,还没有人知道安徒生是个什么样的人。但在许多国家,安徒生作为优秀童话作家的身份却妇孺皆知,大概因为此,我的外高祖曲惊涛才给这艘船取了一个童话般的名字。他年老时跟曲月明讲述这个名字的时候还曾经说过,嗯,小子,我那时候就坚信,中国孩子迟早会读到安徒生的童话。

曲惊涛在蒲池岸的家中等回了蒲池山菊。这期间,他充当了蒲池岸的助手,帮助料理诊所里的事情。曲惊涛是个很聪明的人,学什么都很快,蒲池岸越看越喜欢,特别想把他留下来,继承他的衣钵。

蒲池山菊回家以后,没向曲惊涛讲述她在百英聚客栈小住的事情,只说她在威海卫识别出一名日本情报人员,中国人称为奸细。之后,她应曲惊涛所托,去监狱里打探情况。

曲惊涛不敢相信自己看到的那个人真的是关适。但那确实真的是关适。

我能不能去看看他?他问。

对不起,我帮不了。蒲池山菊说,他们是国际战俘。

他会死吗？你们日本人会把他们杀死吗？曲惊涛问。

一般不会，蒲池山菊说，会在战争结束后把他们遣返回去。

但是，战争，这个宏大的词语令我的外高祖曲惊涛非常迷茫。他不知道刚刚结束的丰岛海战是不是已经结束了，还是一场更大的战争的开端。

我的外高祖曲惊涛再一次不辞而别。他给蒲池山菊留下一封信，嘱托蒲池山菊替他照料关适。

他这次去日本，本来是可以见到托夏的。然而，托夏和蒲池山菊一起抵达日本之后，就在码头上分开了，所以，托夏并不知道曲惊涛正在蒲池山菊的家中等待。通过我从曲月明那里听到的讲述以及我的推理，我的外高祖曲惊涛起码有三次机会可以和托夏在日本见面，但他们始终没有见上，彼此也不知道对方当时正在日本。

第十章

曲惊涛重新开始了他的海上闯荡生涯。他搭上一艘名叫"哥伦比亚"号的商船,去了旧金山,在那里住了一些日子。他的生活看起来和过去没有什么不同:在海上游历累了,就到岸上去,喝喝酒,逍遥自在地待上一段时间。然后,他又会想念大海,就再到海上去。

他曾经有过两艘船,但它们都没有成为他的羁绊:第一艘触礁沉没;第二艘就是"安徒生"号。有一天他忽然感到累了,就把船托付给他的大副,说他要在岸上待一段时间,让他的大副两个月以后去接他。以后他就经常这样干,以至于后来船上的许多新水手都以为那个荷兰人大副伊格西安才是船长。

这次,曲惊涛没有按照约定在日本等待"安徒生"号,而是提前离开了日本。他也不知道自己为什么要这么做。他在旧金山下船后,找了一家旅店住下,像往常那样,去酒馆里喝喝酒,在街上转一转。他打算买一张明信片,给马栗仁寄去,或者给他写一封信,但是,最终他还是没有付诸行动。

有一天,在旅店旁边的酒馆里,曲惊涛遇见"哥伦比亚"号的一名船员。那是一个来自纽卡斯尔的高个子,他让曲惊涛喊他

Alexander。至于他的全名是什么,曲惊涛不知道,他也不想问。在海上,他们有时候根本就不想知道同行的名字,彼此认识的船长们有的时候以对方船的名字相称。

嗨,我的朋友曲惊涛!这位高个子船员向曲惊涛伸出宽大的手掌,要请他喝一杯。

亚历山大朋友,我很荣幸。曲惊涛说。

亚历山大对这位中国朋友的印象很好,原因是他们在航行中曾经遇到过一次风浪,这位中国朋友是对付风浪的行家里手。

在旧金山停留的日子里,他们隔三岔五在小酒馆里喝酒,很快就成了好朋友。有一天,亚历山大问曲惊涛接下去有什么打算,曲惊涛说,还没有什么打算。你呢,亚历山大,你们的船打算什么时候起航?

亚历山大说,很快了,有个朋友介绍了一单生意,我们的船长希望能招募到一些有经验的船员,因为这单生意比较特殊。

有生意就做嘛。什么生意这么特殊?曲惊涛问。

军火生意。运送军火。亚历山大说。

哦,这倒是一单需要冒点风险的生意。曲惊涛说。

您愿不愿意到我们的船上来?我们的船长希望招募到一些很棒的航海家。他把这个活儿交给了我,而我恰巧遇到了你,这真是奇妙的缘分。你有丰富的航海经验。你还记得吧,我们经历的那场可怕的暴风雨?闪电像太阳一样耀眼,雷声像地狱之兽的吼叫,大海上一片漆黑。我们的一个舱门没有关好,海水像猛兽一样闯了进来,我的朋友,是你想办法把舱门关上的。

是的,我没有忘,谁能忘掉那样可怕的暴风雨呢……可是,我还想在这里再待一段时间,亚历山大。曲惊涛说。

那真是太遗憾了。

这趟军火是要运往哪里呢?曲惊涛想了想,又问。

中国的天津。亚历山大说,我的朋友曲惊涛,你是中国人,我们希望你帮助我们运送这批军火。

曲惊涛愣了一下,哦,我早就应该想到的……中国爆发了战争。

是的,介绍生意的朋友说,中国人对这场战争提前没做什么充分的准备,包括军火。所以他们现在很需要军火。现在英国和美国很多公司都在打这个算盘,要做军火供应商,赚中国人的钱。所以,这是一笔很大的生意,我们船长会付给你双倍的报酬。怎么样?

那好吧,亚历山大。曲惊涛答应了亚历山大。

很快,"哥伦比亚"号就跟对方签了合同,开始往船上装运军火。那些军火包括大炮、枪支、弹药,还有各种西药。

我们不能只装军火,曲惊涛对亚历山大说,我们还得装点其他的货物。

我明白,我的中国朋友。我们要装上大米、布料、食盐,最好再装上很多红酒。让这些吃的喝的把军火遮挡住。我希望把这酒馆里所有的酒都装到船上去,它们的味道太美了。

由于曲惊涛有过船长的经历,"哥伦比亚"号这次雇佣他当了三副。军火和粮食把"哥伦比亚"号压向大海深处。不过不用担心,这艘船的吃水比较深。而且最让曲惊涛满意的是,它装载了那么多的东西,航速居然还能达到20节。他了解过,追击关适他们的那艘日舰"秋津洲"号航速也才只有19节。他想,如果大清国的军舰再好一些,关适如果乘的不是9节的"操江"号,而是20节的新式铁甲舰,那就不会被"秋津洲"号追上。相反,可能就是关适他们追击"秋津洲"了。

曲惊涛知道,关适的理想是制造出全世界最好的船和炮弹。然而,他却和一艘航速只有9节的船一起被日军俘虏了。他会死去吗?可能会的。

曲惊涛想着很多事情，在这艘航速20节的暗灰色的"哥伦比亚"号上，驶向太平洋。船很安静，由于烧的是无烟煤，烟囱里冒出的烟也很少。总体来说，这是一艘很低调的不引人注意的船。只要一路遇不上刻意盘查的日本军舰，它就会安全抵达目的地。

旅程的大部分时间，"哥伦比亚"号跟大海和其他船舶之间还是相安无事的。但是，在最后阶段，驶入黄海海域之后，他们还是不可避免地遭遇了日本军舰的盘查。

当时，曲惊涛正站在船桥上，他最先发现了日本军舰。晚上的大海一片漆黑，对方探照灯射出强烈的白光，扫射着无处躲避的"哥伦比亚"号。本来，曲惊涛已经通知了发动机室，让他们立即将船后退到他们刚刚驶过的一个小岛的背阴处，但时间根本来不及。

跑吗？船长问。

您认为呢？曲惊涛说。

不能跑，船长说，要是跑的话，就会显得我们很可疑。

于是他们把船停了下来。对方军舰上放下一艘小船，在探照灯的光束里，快速向"哥伦比亚"号驶来。他们猜得没错，那的确是一艘日本军舰，从小船登上"哥伦比亚"号的人说着一口日语，曲惊涛能听懂。他能听懂日语、英语、法语等多种语言，这是一个航海人必须具备的素质。

他们进行着简单的日语交流，日本人问这是不是一艘美国船，是运送什么货物的，要运送到哪里去。

曲惊涛说，是的，这是一艘美国船，我们是老老实实的生意人，要把大米和布匹运送到天津去，赚上一笔钱，然后去酒馆里喝酒。

接着，日本人要去看一下运货单。那也没什么问题，亚历山大很

我们海上见

放心地让人把运货单交给了日本人，因为那上面只写了粮食布匹和其他杂货。

日本人查看了验货单，又去查看货舱。

他们查看货舱的时候，二副有些紧张，他小声问船长，如果被发现了怎么办。

船长说，不会被发现的。

曲惊涛说，不用怕，要是发现了，就开船跑。

船长说，这倒是一件很刺激的事。

二副问，能跑得了吗？

曲惊涛说，咱们航速20节，完全可以试一试。待会儿一旦被发现，船长先生，您拖住他们，我去甲板安排其他事情。

货舱里的气氛还是很紧张的，日本人打开每个桶的桶盖，往里探看。查看了多个桶以后，他们并没有发现什么，但是后来有一个日本人可能觉得这样检查过于草率，于是他用刺刀去插桶里的大米，于是发现了大米下面的子弹。

船长先生，请问，这是什么，大米吗？日本人问。

先生们，先生们，请听我解释。船长说。

曲惊涛悄悄地退出货舱。他喊来几名水手，说，待会儿日本人从货舱里出来后，立即动手，制服他们。他们一共三个人。

水手问，制服以后怎么办？

曲惊涛说，扔下去。那里有他们的小船，他们会爬上去的。

然后，曲惊涛快速登上船桥。一切像他预想的那样按部就班地进行，水手一拥而上制服了三个日本人，把他们像扔水桶一样扔下"哥伦比亚"号。曲惊涛下达了全速前进的命令，"哥伦比亚"号在大海上飞速奔跑起来。

后来，日本军舰朝"哥伦比亚"号开炮，有一枚炮弹击中了甲板，万幸的是没有对"哥伦比亚"号造成毁灭性的伤害。日舰的航速大约只有15节，"哥伦比亚"号全力奔跑，在速度上还是有很大的优势，最终把日舰甩在身后。

哈哈，我的中国朋友，我们可真像一群逃跑的胆小鬼啊。亚历山大自嘲地说。

不，亚历山大先生，我们的船很英勇。曲惊涛说。

但是，我们要为去了天堂的几位水手祈祷。船长悲伤地说，我失去了他们，但他们来到"哥伦比亚"号上就是为了冒险的，水手的使命就是冒险，不是吗？明天一早，我们要为他们举行海葬，愿他们保佑"哥伦比亚"号。

在日舰的炮弹轰炸中，他们一共损失了三名水手，还有一名受了伤，正躺在舱内呻吟。这名正在呻吟的人眼见着快要不行了，曲惊涛想，他可能坚持不到天津。果然，在快要靠岸的时候，这位看起来很文气、像教书先生一样的水手停止了呼吸。他是船上文学素养最高的人，能背诵很多著名诗人的诗歌。

我 们 海 上 见

外 九

  我的外高祖曲惊涛运送的那批军火,很快就从天津运送到了朝鲜。中日确实已经宣战,正在等待进入一场谁也不知道会是多大规模的战争。

  据我的外祖父曲月明所说,运送军火并不是曲惊涛那次航程的结束。他在年老时告诉自己的孙子曲月明,他还运送了一船中国士兵。

  在运送中国士兵之前,他在天津安葬了那位能够背诵很多诗歌的美国水兵。我的外高祖曲惊涛读书不多,因此很敬佩那些有学问的人。文质彬彬的美国水手会背的诗歌简直太多了,特别是那些吟咏大海和船舶的诗歌,我的外高祖非常喜欢。他在那里的一处公墓里安葬了水手诗人。

  我的外高祖曲惊涛在天津逗留的时间不长,"哥伦比亚"号的船长就又找到了他,再次请求他提供帮助,往朝鲜运送一批中国军人。我的中国朋友,这次我会付给你三倍的报酬。船长说。

  船长先生,我可以不要报酬。我的外高祖说。

  至于外高祖是不是真的没有接受船长的报酬,这个问题我无从考证。按照我对外高祖的分析,他当时被爱国情绪所支配,所以慷慨地提出义务帮助"哥伦比亚"。他觉得那是他应该做的。

于是，他们的"哥伦比亚"号按照代理人的通知，紧急赶往辽东半岛大连湾。到达之后，他们发现那里已经聚集了不少船舶，还有其他船只陆续在往那里会合。外高祖老年时记忆模糊，叙述的事情支离破碎，但无论怎样，他都能一口气说出那天在大连湾看到的中国军舰的名字。他喃喃着重复那些名字："镇远"，"定远"，"经远"，"来远"，"平远"，"济远"，"致远"，"靖远"，"广甲"，"广丙"，"超勇"，"扬威"，"镇南"，"镇中"。

曲惊涛说这些名字的时候，总是会提起一个人。据我的外祖父曲月明说，曲惊涛神志不清，已经记不清那人到底叫什么名字，一会儿说叫韩风，一会儿说叫魏风。后来，我的外祖父问我，这两个名字你喜欢哪一个？我说，谈不上喜欢哪一个，韩风吧。曲月明说，那我以后就把那人称为韩风。

韩风是一名中国顾问，当年他负责安排"哥伦比亚"号那趟航行。当看到中国军舰的壮观场面时，"哥伦比亚"号上的很多外国船员请韩风介绍那些船的名字，他虽然会一点英文，但还是觉得在翻译上具有难度，因为不是简单的音译一下就能诠释那些名字的。为此他还求我外高祖曲惊涛的帮助，但曲惊涛也不太懂得如何才能把那些名字的真实意义翻译成英文。

曲惊涛在年老时也一直纠结于这个问题。朝阳街上住着一名洋文老师，曲惊涛还请教过那名洋文老师。他对任何人的翻译都不满意，觉得他们都没有翻译出那些名字的真实意义。

我的外祖父曲月明只是觉得这些名字非常相似，一连串地读起来，上声下声交错，颇有一种说不出来的韵味，像顺口溜、数来宝，或者歌谣，所以他听着听着就会睡去。

我们海上见

因为听得多，所以曲月明在给我讲述这些战舰的时候，也能一气呵成。它们已经顽固地霸占了他的记忆，无论怎样都忘不掉。我发现这一长串的名单里没有了"广乙"，三艘"广"字号的船仿佛三连珠被无端地拿走一颗，剩下其他两颗，单看名字就显得很落寞。

这说明，我之前考证的那些历史事件的时间线是准确的。在我的外高祖往朝鲜运送清兵的时候，"广乙"号已经不存在了。它在丰岛海战中拖着残缺的躯体，自焚于十八岛附近。因此，在护卫舰那长长的名单里，没有"广乙"号的名字。

据外高祖叙述，那年九月，"哥伦比亚"号和其他几艘雇来的运输船，在军舰的护卫下，驶往鸭绿江入海口。他第一次经历这么壮观的场面：那些威武高大的铁甲舰像卫兵一样排列在运输船两侧，不仅如此，还有"福龙""左队一""右队二""右队三"共四艘鱼雷艇在后面压阵。

而且，我的外高祖还清楚地记得一件事情：在出发前的那天晚上，他看到了丁汝昌大人，并且和他打了声招呼。当时，士兵正在手忙脚乱地往船上装运物资，不知是谁说了一声，看，丁军门！

外高祖顺着那人指点的方向，看到在一条驳船上站立着一个人，头上戴着顶戴花翎。驳船正在将丁汝昌从岸上送往他的军舰，他们缓慢地驶过"哥伦比亚"号。

曲惊涛朝他喊了一声，丁军门！

丁汝昌朝他看过来，微笑了一下。

曲惊涛觉得他很优雅，不像那些粗悍的水兵。

事实上究竟有没有这样一次照会，也是无从考证的，特别是丁汝昌给他的微笑。如果说那个微笑是曲惊涛的臆想，也有可能。但不管怎样，在"哥伦比亚"号上近距离地看到丁汝昌，对曲惊涛是一件难忘的事。接下去的海上航行中,曲惊涛越发觉得自己是在做一件了不起的事。他被一种光荣感紧紧攫住。

在"哥伦比亚"号抵达鸭绿江口的前一天,朝鲜平壤刚刚爆发了中日陆军之间的一场战争。等他们抵达鸭绿江口时,清军战败的消息已经传了过来。

第十一章

　　日本往朝鲜运兵的行动从来没有懈怠。他们从7月底就已经在秘密派军进入朝鲜。成欢驿之战后，聂士成和叶志超相继退守平壤，朝鲜南部几乎已没有清军，这使得日军可以在登陆之后没有障碍地北上。日军登陆之后，一边北上，一边派出先遣侦察兵侦察清兵的一举一动。日军的先遣侦察兵异常大胆和冒险，在8月北上的过程中几度遭遇中国军队打击，死伤众多。

　　这次战争，平壤不幸地成为主战场，委实是因为它独特而有利的地理位置。这座被朝鲜人民视为民族发祥地的城市，北面倚靠着一座名为牡丹台的山峰，是制高点。大同江从它的东面蜿蜒而过，几乎环绕了它的东、西、南三面。濒临大同江东南的大同门、东面的长庆门、南面的朱雀门、西南的静海门、西面的七星门、北面的玄武门，共六座城门拱卫着这座城市。总体来说，它有易守难攻的优势。

　　在夏末秋初的季风吹拂下，大同江泛着柔和的涟漪。这是一条风景很美的大河，宽阔而祥和，但没有桥梁。清军在江面上修建了一座浮桥。在大同江的左岸，大同门外，除了一座坚固的桥头堡，还修筑了五座堡垒。除此之外，从外城东北隅开始，一直到城南的平川，沿江岸修筑了堡垒和十五处兵营,构筑了一条严密的防御链,作为坚固的东南面第一道防线。同时,利用旧有的胸墙修建了一条长约半里的长墙,一丈多高,是清军口中的"长城"。在城北高高的丘陵高地之上,蜿蜒着长长的石墙,四座堡垒居高临下地瞭望着靠近城池的敌军的踪迹。城东北角的牡丹台那里,也矗立着一座堡垒。整个平壤城的形状像一个直角三角形,在它尖尖的北角那里,同样也修筑了两座堡垒。

驻守在这些堡垒里面的一万五千多名清军,分别来自大名鼎鼎的毅军、盛军、奉军、奉天吉林练军,还有成欢驿战后退守平壤的聂士成和叶志超的残军。指挥他们的是马玉崑、卫汝贵、左宝贵等人。而清军主帅那面最大的旗帜,归叶志超所有。长达九米的帅旗中央绣着一个大大的"叶"字,在城墙上舞动。叶志超在成欢驿兵败之后,率领残部辗转千里,很艰难地撤退到了平壤。他被委任为"亲派总统督军",这个委任状连他自己都觉得汗颜。

蒲池山菊和彼得潘托夏目睹了这一切。

他们二人一起从威海卫到达日本之后,就在码头上暂时分别。但蒲池山菊将家庭地址告诉了托夏,因为他们约好要一起去朝鲜。托夏在日本游荡了一些时日之后,光顾了蒲池山菊家的诊所。在同去日本的途中,蒲池山菊已经向托夏说明了自己的日本人身份,托夏惊讶得像个孩子。

蒲池山菊没有向托夏讲述关于曲惊涛的事情。那时候,曲惊涛已经又一次不辞而别。

他们两人乘船到达朝鲜的时候,日本派往朝鲜的军队已经登岸,正在完成从陆路向平壤挺进的过程。尽管蒲池有记者的身份,可以随时得到日军的保护,但她和托夏还是尽量小心翼翼地行事,特别是随着日军不断北上,到接近大同江时,双方时常发生短兵相接。蒲池山菊和托夏每日隐蔽行进，尽量不与任何一方发生近距离接触。

有一天，日军一队侦察兵在大同江边试图找到一艘小船，乘船渡过大同江，到达河对岸，去破坏清军的一个电报站。但是他们没有找到船只，其中一名中士跳入江中，试图游到对岸。他被清军发现，随即遭到了一串密集的子弹扫射。这名中士甩开臂膀猛力划动着大同江水，在密集的子弹攻击中竟然免于丧命。但是，当天夜里，几百名清军围攻了这个小分队，几乎将他们全歼。

托夏随身带着他的画具。在急行军或者闪避躲藏时，它们是个累赘，但那却是他来朝鲜的意义所在，就像蒲池山菊的日记本。他们两人用文字和绘画记录着清军在大同江南岸修筑要塞的某些瞬间，以及堡垒墙壁上的射击孔，堡垒前面的深沟，平壤城西北那高高的山峰上矗立的高出南部平原达九十米的堡垒，堡垒上的克虏伯炮和格林炮那闪闪发光的炮口。

足足几百面红色和黄色的军旗在城墙上飘扬。其中，属于清军将领们自己的大旗更是显眼，他们的姓氏以文字的形式绣在旗帜中央，彰显着属于他们的威严。骑兵就更显得威风凛凛，那是一些来自东北三省的带有游牧血统的人，他们手里的刀和四米长的矛反射着凛冽的寒光。击鼓和号角的声音不时响起，在城内、山峰和山谷、悬崖间回荡。

蒲池小姐，我觉得，你们日本军队可能要吃败仗。托夏说。

那不见得。日本人善于韬光养晦，暗中积蓄力量。自从长崎事件以来，整个日本国家都在节衣缩食购买先进军舰，严明地训练海军。而据我所知，大清国已经很久没有购置新式军舰了，炮弹也捉襟见肘。他们的慈禧太后刚刚过了一个奢华的六十大寿，听说花费银两太多，不得不克扣大量的海军军资。城墙上的清军确实排场十足，但真正打起仗来，不一定能打得过日本军队。他们有些轻敌，对即将到来的危机估计不足。蒲池山菊说。

你的立场是什么？日本，中国，还是朝鲜？托夏又问。

我的立场是和平，我的任务是实事求是地记录。蒲池山菊说。

我跟你一样。托夏说。

随着日军的陆续到位，战争很快就进入了正式总攻前的小规模零星战斗。从9月12日开始，小规模战斗就在持续进行，日军少将大岛义昌率领的混成第九旅团沿与大同江几乎平行的中和路向北接近大同江。这期间他们通过了两座堡垒，这是清军的两座废弃的堡垒，混成旅一并将它们占领，然后经过一条不知名的小河，那上面横亘着一座小桥。在江东岸，混成旅和驻守清军进行了一场战斗，双方子弹纷飞。战斗的结果是清军退回，混成旅也因路上没有树木掩护而放弃追击。

这只是一场小规模的战斗，日方真正的总攻还没开始。在接下来的两天时间里，日军的其他三支队伍迅速悄悄到位，分布于平壤四周，完成了对它的包围。陆军少将立见尚文率领的朔宁支队悄悄渡过大同江，绕到了平壤东北。步兵第十八联队长佐藤正大佐率领的元山支队抵达平壤西北，目的是切断清军向义州的退路，同时与朔宁支队共同对平壤北面进行攻击。第五师团长野津道贯率领的主力部队负责平壤西南面的进攻。

蒲池山菊了解日本军队，她知道，在那灯火照不到的黑暗里，日军的情报员正在平壤周围的四支队伍中穿梭往来，传递各种信息和指令。他们在进行着猛烈攻击前事无巨细的准备。而与此相反的是，她看到清军在平壤城墙上轻敌大意地踱来踱去，他们不像是在瞭望和巡视，倒像是在散步。在平壤城内，部分清军甚至在享乐。

蒲池山菊在她的日记里记下了这样的话语：日军的侦察兵连日来一刻不闲，而清军缺少侦察，对包围而至的日军缺少了解，日军必因

我们海上见

其准备充分和突然进攻而致使清军大乱。

蒲池山菊的观察并非虚妄。事实上,在总攻开始前的14日早晨,日军元山、朔宁两支队就对北山顶的清军营垒发起过一次进攻,左宝贵带领清军作战后,战果不佳,退入城内。

晚上,主帅叶志超召集开会,说,敌人一定会乘胜而来,他们锋芒正强劲,而我军弹药不足,又对地势不熟,我们不如各自整顿队伍,暂时避退,养精蓄锐以图后举。

主帅的这番话令在场将官面面相觑。他们中间有主战的,有主退的,一时之间难以决断。这时候,左宝贵情绪有些激动,他说,敌人长途而来,我们应进行痛击,让他们大败而回,此后不敢再来觊觎。朝廷购置武器,蓄养官兵,每年要花费这么多银两,正是为了今天!如果我们不战而退,如何面对朝鲜,如何报答国家?大丈夫建功立业在此一举,不能计算成败得失!希望主帅能带领各位同仁同心合力,共济时艰!

然而,这名主帅已经全无斗志,只想逃跑。左宝贵没有别的办法,只能派亲兵将叶志超监视起来,防止他逃跑。主帅已经失去作用,这是大战前夜发生的荒诞一幕。

大战在几个小时后的9月15日凌晨3点发生。立见尚文率领的朔宁支队兵分三路攻占平壤城的北面。他们一路藏身在一座圆形堡垒中,一路手持刺刀冲上高地,第三路散布在山谷里。清军手举温彻斯特来复枪,从高地冲下来,朝日军扫射。半圆形的弹匣、硬木枪托和金属装饰的混合搭配,使这种一米多长的步枪看起来具有一种朴拙简洁之美。清军扣动扳机,使它们源源不断地射出子弹。从堡垒墙壁上也飞来清军发射的密集的子弹,它们打在树叶和树枝上,将它们击成碎屑。

与此同时,元山支队也向牡丹台外侧西北方清军两处堡垒发起攻击。这两个支队彼此呼应,协同作战。左宝贵站在玄武门城墙上指挥。

在他目力所及之处，是上冲下冲的双方士兵，被子弹打得支离破碎的树木，倒地死去的人，弥漫的硝烟，正在变得越来越亮的曙色以及时而聚拢时而散开的朝雾。他耳朵里充斥着呐喊和厮杀的声音，枪炮沉闷或清脆的声音。

曙色挣脱雾霭的时候，日军在枪林弹雨中冲上北山坡。埋伏在树林里的日军也一起往上猛冲，另外还有从悬崖峭壁上爬上来的日军。在猛烈冲击的呐喊声中，清军退回堡垒。在退回的时候，许多人不得不丢掉那具有朴拙之美的温彻斯特来复枪。他们放弃了外围的堡垒，退回内部堡垒，有些人在撤退的过程中掉下悬崖。

到早上8点钟时，从外侧掩护牡丹台和玄武门的清军的四处堡垒和箕子陵阵地，已经全部失陷。日军对牡丹台发起猛攻，炮兵助阵发起排轰。三发榴霰弹接二连三射向牡丹台外城，击毁了堡垒胸墙和速射炮。

左宝贵知道，这意味着牡丹台已经失去了。接下去，就是要拼死守卫玄武门了。

今天我必死。左宝贵说。

这位忠勇的回族人庄重地换上黄袍朝服，亲自发射起大炮。两枚子弹射中了他，连同一种悲壮的情绪一起袭击包围了他。随后，又一发炮弹击中了他。玄武门随着左宝贵的牺牲而被日军攻陷。

在大同江对岸，大岛义昌将混成旅团分成左、中、右三路，炮火齐发，攻击清军的那三座桥头堡。从凌晨3点到下午3点多，这十二个小时的战斗可以用可怕来形容。日军一次一次拼死进攻，清军统领马玉崑在大同江北岸炮兵的支援下，指挥清军一次次将他们逼退，随着双方的进进退退，死亡人数不断增加。清军一度冲出堡垒，与日军近距离地展开了白刃格斗，血肉横飞。

天亮以后，卫汝贵率领部队渡过大同江来支援，士气又增，日军一名大尉和两名中尉被击毙。

清军修建的船桥派上了很大的用场，弹药通过船桥运到大同江的南岸。相比之下，日军弹药渐渐枯竭，到午后已经没有弹药可用，死伤四百多人，尸体横七竖八地躺在大同江南岸。

这次平壤战役的南战场战况，蒲池山菊在日记里记载为"清军在平壤陆战中的一次杰出战役"。但是，清军同样伤亡惨重，在近乎发疯的嘶喊声中，清军军旗上的弹孔越来越多，军旗像筛子一样在空中抖动。城墙上满是迸溅的鲜血。

而平壤西战场又是另一番战况。野津道贯率领的主力部队与清军之间的激烈炮战不逊于其他几个战场。双方部队有步兵也有骑兵，清军也死伤众多。手拿黑色长矛或者来复枪和刺刀的清军骑兵，骑着雪白色的战马，举着高高的旗帜，冲下山坡，冲进山谷。马的嘶鸣和踩踏令大地颤抖，矛尖锃亮的光和骑兵身上闪耀的盔甲划破硝烟和浓雾。他们与野津道贯的士兵相遇，双方战斗的喊声和炮火响彻山谷。士兵和战马成堆倒下，鲜血染红了山谷中的溪流。日军随后向堡垒发动炮火攻击，但一直未能攻破。主动出击的清军后来改变策略，依靠堡垒坚守。双方僵持不下，进入休战状态。

蒲池山菊在日军中看到几位她的同行，那是一些战地记者。但是蒲池山菊没有选择跟他们在一起。她用自己的眼睛观察着这一场战斗，并预测着下一步的进展。但是，让她没有想到的是，下午4点多，城墙上悬挂起了代表投降的白旗。

这无法解释，蒲池小姐。托夏说，你们国家的军队面临着弹药缺乏和久攻不下的困境，大清国取胜的可能性很大，非常大。

是啊，我也很困惑。蒲池山菊说，或许，这是清军的一种谋略？

我不理解，蒲池小姐。

他们躲藏在城西外的一片庄稼地里，跟他们一起躲在那里的还有几位平壤的百姓，这些百姓不知道谁会胜利，胜利又意味着什么。

这时候，天空正往下倾倒着大雨，仿佛要把山谷里那红色的鲜血洗净。令他们迷惑不解的投降决定，也同样让清军阵营里的马玉崑不解。

叶志超提出，北门咽喉已经失陷，我们的弹药不够，转运不通畅，军心现在很惊惧，如果敌兵连夜攻击，我们拿什么来抵御？不如暂时放弃平壤，养敌人的骄心和清军的锐志，有朝一日再图大举，一定能一气成功。

这些话令马玉崑有些气愤。日军在大雨里露营，弹药不济，明明清军占据优势，主帅却极力主降，这无论如何让他无法接受。

然而，白旗最终还是悬上了城墙。

接下来，一场交涉在玄武门内的小窦门展开，日军少将立见尚文与旅团副官桂大尉共率一个小队在门外要求清兵开门投降。清军回复说，雨下得太大，现在士兵很多，立刻组织投降有些难度，等到明天再开城门投降。

立见尚文显然不相信这一套说法，断定这是清军在使缓兵之计，目的是连夜逃离。

于是，一场埋伏战成为日军的最新战斗计划。

在蒲池山菊的记录中，清军是从晚上开始撤退的。当然，在日军眼里，那不是撤退，而是逃跑。

真实的情况是，主帅叶志超密令各营，让士兵们轻装持械，乘夜而退。可能因为决定过于匆忙，没能把意图很好地告知所有人，所以，本来应该是周密组织的一场有秩序的撤退变得混乱无序。他们从七星门、静海门挤挤撞撞地蜂拥而出，很多人见门口挤成一团，便越过城墙，攀缘而下。从这里出去以后的选择,要么是通过甑山大道走海岸线,要么是由义州大道向北奔突。而这两处地方日军都已设好埋伏。

在密集的炮火阻击下,跑在前面的清军只好掉头往回跑,但后面的清军却想往前奔突,一场混乱的撤退引发了前后军的拥挤相撞。黑夜加上大雨,人们已经分不清敌友,在极度的恐惧和崩溃中,他们不停地放枪和挥舞刺刀。恐惧迫使他们放声嘶喊,悲切之声传遍山峦和田野。有一些奔跑者遇到朝鲜百姓,在百姓的引路之下得以逃脱,但惊惧使他们心智混乱,有人投水自溺,甚至寻石碰头。

在血流成河的战场上,死亡的清军达到一千五百名之多,另有六百多人成为俘虏。他们双手被缚,列队站立在满目疮痍的城门口,有些身体不支的伤病员虚弱地垂头坐在地上。在他们身边,是破损断裂的建筑物的残骸。

蒲池山菊记录下了城外堡垒脚下那满地弹壳堆积的奇异的景象:

有些地方的弹壳达到了一英尺之厚。人和马的尸体摞压成堆,断裂的长矛在雨后的天光中像枯枝一样黯淡,千疮百孔的军旗皱巴巴地躺在泥泞之中。乌鸦成群地低飞盘旋,啄食尸肉。空气中饱含着浓重的血腥味。我的朋友彼得潘托夏蹲在地上干呕不止,画本放在他的膝盖上,那上面画着这些残破的景象。日军欢呼胜利的声音在山谷间回荡。

之后,蒲池山菊和彼得潘托夏准备离开平壤。

外 十

我的外高祖曲惊涛在帮助"哥伦比亚"号运送中国军队以后，没有跟随它返回，而是像做梦一样到了北洋舰队的"来远"舰上。

"哥伦比亚"号和其他船在 9 月 16 日下午到达鸭绿江口大东沟，然后按照指令，逆鸭绿江而上，到义州卸船。我的外高祖和其他人一直工作到深夜，直到清军在岸边把营寨扎好，点起营火。远近的几处渔村在黑暗里静默着，偶尔亮起一星灯光。我的外高祖曲惊涛向鸭绿江口望去，他看到了停驻那里军舰的巨大黑影，像猛兽一样蹲踞在海面上。

那时候，他从未想到，天亮以后，他会成为那些巨影上的一员。

第二天早上，他们又忙碌了一番，在朝霞染红天际的时候，完成了工作任务。这时候，"哥伦比亚"号上的中国顾问韩风对船长说，我的任务也完成了，我要回天津去。

船长说，可是，我的中国朋友，你要到渤海湾去，而我们要回旧金山。我们不去那个美丽的渤海湾，我们要驶往广阔的太平洋。你为何不搭乘你们中国的军舰回天津去呢？

韩风说，好吧，只能这样了。

船长又问曲惊涛，我亲爱的中国朋友，你愿意跟我们一起去旧金山吗？我的代理人一定给我们找到了下一单生意，我会让你赚更多的钱。

我的外高祖当时确实不想去旧金山，他也没有什么明确的目的地。如果说硬要选择的话，他可能会选择日本。因为他惦记他的朋友关适，他想去日本问问蒲池山菊能不能帮他再到监狱里看望一下关适。

我的外高祖做这些朦朦胧胧的打算的时候，他根本不知道，蒲池山菊当时目睹了平壤攻城战的整个过程，并做了详细的记录。然后，她和彼得潘托夏离开那座被血腥味笼罩的城市。当地人帮他们找到一艘帆船，建议他们搭船沿大同江南下，到大同江口，然后再乘汽船或其他船到仁川港或其他港口，再乘船离开。但是又有人说，日本联合舰队驻守在大同江口。蒲池山菊虽然是日本人，到达大同江口后也不会有什么危险，但他们还是决定不去涉险。于是，他们决定从平壤走陆路去鸭绿江口，顺便再记录一下沿路的战后状况。

蒲池山菊和彼得潘托夏在义州很幸运地遇到一艘要去旅顺的商船。在他们登上商船沿鸭绿江顺流而下的时候，我的外高祖曲惊涛已经跟随韩风登上了"来远"舰。由于韩风中国顾问的身份，他理所当然是中国海军的自己人，而曲惊涛由于运输船三副的身份，也被同意顺路搭船。当时，我的外高祖决定跟韩风一起去天津，并没有什么明确的目的，只是一种随机选择。他既然不想去旧金山，又没有合适的船去日本，加上韩风对曲惊涛颇有好感，极力邀请他同去天津。于是我的外高祖就神奇地站在了"来远"舰的甲板上。

关于这一段经历，我的外高祖曲惊涛给曲月明讲述的时候，曲月明觉得太传奇了。他对自己祖父的崇拜到了无以复加的地步。

后来，年老的曲月明给我转述这段经历的时候，我提出了质疑。

曲月明告诉我说，他长大后也觉得这段经历太过传奇。曲惊涛登上"来远"舰的经过过于简单。在他看来，应该还有更为复杂的细节使那个过程更合理。

在滚动着栾树蒴果的朝阳街上，我和我的外祖父曲月明甚至想象过这样一种可能：曲惊涛偶然被"哥伦比亚"号船长雇佣去运送清军，然后偶然搭乘"来远"舰去天津，然后偶遇了甲午海战——这一切可能来自曲惊涛的杜撰。实际上，他早已是北洋海军中的一员，他只是不想让我们知道真相而已。

当然，这个想象仅仅是想象。我们不是亲历者，那些隐藏在历史褶皱里的真相，我们不可能知道。

第十二章

日本远征军的最后一支到达朝鲜配合进攻平壤的部队，整整装载了三十艘运输船。这些船将一万名士兵、四千名军夫、三千五百匹战马以令人咋舌的速度运到仁川登陆。这些人在随后参与了平壤攻城战。

到这个时候，可以说，日本军舰倾巢出动，集中在朝鲜。9月12日中午抵达仁川港后，协助登陆的是第二游击队与西海舰队，本队和第一游击队集中在南阳湾外驻泊守护。这里是曾经发生过丰岛海战的地方。这些军舰航速惊人，第一游击舰队的四艘军舰中航速最慢的是约18节的"高千穗"号和"浪速"号，"秋津洲"号是19节，而"吉野"号达到了23节。本队的"松岛""千代田""严岛""桥立""比睿""扶桑"的航速比第一游击舰队稍慢一些，但大部分比中国舰队的航速要快或是相当。

四天以后的9月16日下午，北洋水师的运输船抵达鸭绿江口，上溯到义州进行卸驳。这个时候日本联合舰队也在大同江江口经过充分的整备，完成了水、煤、弹药、食品等武器和物资的配备。伊东祐亨非常满意的一点是他们使用的是一种无烟煤，燃烧时产生的烟极其稀薄，不容易暴露。而他从中国方面获得的准确情报是，大清国的舰队至今仍然使用低劣的煤，燃烧时产生的黑烟浓重。

发动一场海战，争夺黄海制海权，是日本准备经年的计划，伊东祐亨的野心和大日本帝国是同步的。当天下午，伊东祐亨率领舰队起航。他的计划很清晰：在海洋岛附近巡弋，找机会掐断大东沟到旅顺之间的航道。因为他知道，卸驳以后的北洋舰队要经过那里去旅顺基地。随后，伊东祐亨将向大东沟一带推进，搜寻中国船只，寻找袭击的机会。

事后，当战争发生以后，伊东祐亨有过懊恼和后悔，他懊恼于自己的轻敌，以为不会遇到北洋舰队的主力。也或者，丰岛海战的取胜对日本舰队来说显得有些容易，这无疑也导致了他的轻敌。总之，那天联合舰队并没有出动全部军舰，只有第一游击队的"吉野""高千穗""秋津洲""浪速"四艘巡洋舰，本队的"松岛"以及"千代田""严岛""桥立""比睿""扶桑"等六艘军舰，另外还有吃水较浅的小型炮舰"赤城"号。"赤城"之所以出现在这支舰队里，得益于吃水浅的优势，可以随时在附近的浅水海湾担任侦察任务。

至于最后那艘日本海军军令部长桦山资纪的坐舰"西京丸"号，则显得有些格格不入。桦山资纪在上面表情庄严地走来走去，他并不认为这艘改装成代用巡洋舰的日本商船出现在舰队里有什么不对，况且他们已经给它加装了一门火炮。

北洋舰队当时也几乎齐聚朝鲜。只不过，为了避开日军，北洋舰队没有选择从仁川港和大同江进入朝鲜，而是选择了鸭绿江口。丁汝昌命"镇南""镇中"和四艘鱼雷艇一起护卫运输船逆流到义州卸船，"平远"和"广丙"两艘军舰停泊在鸭绿江口外，丁汝昌亲率其余的"定远""镇远""致远""靖远""来远""经远""济远""广甲""超勇""扬威"共十艘军舰在距离鸭绿江口十二海里处下锚。

丁汝昌一直在催促卸兵的进度。因为他接到朝廷的命令，要求他在清军登岸后，即率舰队驶回威海、旅顺，巡防各海口，遇敌即击，不得有延误。

于是，9月17日上午9点，黄底青龙旗高高飘扬在北洋水师舰队每条船的桅杆上，在旗舰"定远"号上还悬挂着一面五色团龙提督旗。丁汝昌站在"定远"舰船桥上，督促各舰士兵按部就班地进行早操，擦拭武器，例行战斗操练，准备接近中午时起航。

在这个早上，日本联合舰队也一直很忙碌地在按照计划航行。他们先是航行到海洋岛附近，派出"赤城"号靠近侦察。对于海洋岛这座处于大连湾和大东沟之间的岛屿，伊东祐亨很重视，他认为它具有很重要的战略地位。在确保海洋岛上没有中国军队之后，他们按照原定计划向大东沟附近航行。那些初到朝鲜的军舰，对这片海域有些陌生，他们需要尽快熟悉，以便投入有可能到来的战争。

湛蓝的大东沟海域被冉冉升起的太阳照亮，北洋舰队安静地在海面上停泊着。上午10点左右，水手们各司其职，厨师在厨房大舱内收拾完用过的早餐，又开始准备午餐。

也许战争马上就要到来。敏感的士兵们嗅到了空气中战争的味道。他们穿梭往来，不厌其烦地擦拭炮座。鱼雷手细心地擦拭着黑头鱼雷。恐惧和迷茫之色在他们脸上出现得倒不多，多的是激昂和自信。他们忘不掉"广乙"号和"高升"号的牺牲，因此隐隐地渴望来一场战斗，扳回一局。

海鸥在空中盘旋。这些大海的精灵，比人类更了解大海的秘密和预言。它们飞得高，比桅楼上的哨兵高多了，因此具有更广阔的视野。盘旋在日本舰队上空的海鸥能够看到远处的北洋舰队，同样，盘旋在北洋舰队上空的海鸥也能看到远处的日本舰队。而双方的水兵却看不到彼此。

时间很快到了上午10时23分,日本联合舰队第一游击队的哨兵发现了不甚清楚的黑烟,在远处海平面上若隐若现。

第一游击队司令坪井航三正在旗舰"吉野"号上,他在"吉野"舰长河原要一的陪同下,登上舰桥用望远镜查看。在他的视线里,的确出现了一缕黑烟。从黑烟处于东北方向的位置来分析,极有可能来自大清北洋舰队。

立刻打旗语,报告给伊东祐亨长官!坪井航三命令道。

接着他又命令水手一刻不停地盯着黑烟,直到它由一缕变得越来越多。这段时间大约持续了接近一个小时。11时20分,"吉野"舰再次发出了"东北方向发现煤烟"的信号。接着,日本水兵们惊骇地看到,黑烟下面渐次露出桅杆、船体,数量超过他们的预计。

11时40分,"吉野"舰紧接着又发出第三次信号:发现敌鱼雷艇和舰队!

与此相反的是,直到此时,北洋舰队才发现日舰冒出的黑烟。无烟煤产生的稀薄的黑烟,在海面的雾气中很难看清。它若有若无,虽然北洋水师晚于日舰一个多小时才发现对方,却无法判断黑烟来自哪里。丁汝昌命令各舰一边提高警惕,一边抓紧用午餐。

大约12时,"镇远"舰桅楼上的哨兵发现了西南方向海面上更多的烟柱,以及白色的日本军舰。

在"镇远"舰发出"远处望见敌舰煤烟"警报后,管带林泰曾和美籍海员马吉芬、帮带大副杨用霖等立刻停止午餐,登上舰桥瞭望。确实是日本军舰,而且数量很多。这个发现让林泰曾大惊。

升旗语,通报各舰!林泰曾下令。

几乎是在同时,其他中国军舰桅杆上的瞭望兵也发现了西南方向的情况。随着"镇远"舰发出的警报,各舰管带纷纷迅速登上飞桥观看。

我们海上见

旗舰"定远"舰也不例外。提督丁汝昌也在这艘巨大的军舰上，他与北洋舰队总查汉纳根、"定远"舰管带刘步蟾、大副李鼎新、洋员戴乐尔等一起登上舰桥查看，确定迎面驶来的正是由日本联合舰队司令长官伊东祐亨率领的日本舰队，分别是第一游击队四舰，本队六舰，第二游击队的炮舰"赤城"号，海军军令部长桦山资纪乘坐的代用巡洋舰"西京丸"号。他们排成了单纵阵，联合舰队第一游击队在前面，本队在后面，队列严整，逐渐逼近。

丁汝昌立即传令各舰：起锚，升火，实弹，准备战斗！

"定远"舰的横桁桁端上升起了起锚等一系列信号，紧张的气氛瞬间在十艘中国军舰上弥漫。水兵们拼命转动蒸汽绞盘，锚链一节节收起，把数吨重的铁锚从海底的泥沙中拔起来，吊到甲板左右的锚床上，用铁链卡锁固定就位。

在右翼尾端的"超勇"舰和"扬威"舰上，水兵们起锚的难度要大很多。作为两艘老舰，当初在设计时这一环节存在缺陷，没有设计锚床。水兵们合力运作，把铁锚高高吊起，放置到炮房的顶部，花费了比其他舰艇更多的时间和体力。

长达四米的黄底青龙旗和五色团龙提督旗迅速降下，换上代表作战的大尺寸战旗。各舰的管带站在司令塔内下达了命令，水兵们拨动了车钟表盘，机舱里的车钟表盘随机联动运转。管轮军官根据表盘上的指令发出口令，命令水兵松开蒸汽阀门。蒸汽机的连杆往复运动，发出轰鸣，船底的螺旋桨飞速旋转。

12时10分左右，与日舰相距两万米的时候，北洋舰队起锚出发。

几乎是在同时，日本舰队于12时5分在旗舰"松岛"号的桅杆顶端升起海军中将旗，它代表伊东祐亨在这场战争中的军权。一枚红色战斗信号球悬挂在旗帜的下方。各舰桅杆也换上了海军旗。各舰的舰长站立在飞桥或司令塔内，旁边跟随着负责军舰航行的航海长、担负测距任务的炮术长，以及一些号手和传令兵。航海军官手持六分仪在桅杆上观察测距，将与北洋舰队之间不断变化的距离报告给炮术长。副舰长在主甲板上指挥士兵运送弹药。身穿白色制服的水兵用滑车将炮弹和药包提升到主甲板上，配发堆积在每个炮位。炮兵肃立在火炮旁，等待发射的号令。

在第一游击队领头军舰"吉野"号的飞桥上，第一游击队司令坪井航三手拿望远镜，观察着北洋舰队的动向。在坪井航三的望远镜里，北洋舰队的船只逐渐清晰，面向西南方向呈犄角鱼贯阵排列的十艘战舰，分别是位于中央的主力战舰"定远"号和"镇远"号，"来远""靖远""扬威""超勇"排列在右翼，"经远""致远""济远""广甲"排列在左翼。在西方几海里的地方还有另外两艘军舰。

坪井航三问担任测距任务的炮术长，我军距敌军有多远？

桅杆上的航海军官手中拿着六分仪测距后，很快报告给炮术长，两万米。

坪井航三命令道，传令各舰，达到适当距离时再开炮。

悬挂在"定远"舰前桅横桁桁端的信号旗不断地升起落下，传达着来自旗舰的各种命令。提督丁汝昌站立在飞桥甲板上，瞭望着海上的局势。德国人汉纳根、"定远"舰管带刘步蟾、总管全军军械事务委员陈恩焘等几名将领、英籍顾问戴乐尔一起站立在丁汝昌两旁，商量着应敌战略。第一个战略很快就做了出来，是关于阵形的：由此刻布排的犄角鱼贯阵开始向犄角雁行阵即横阵进行变阵。各小队必须协同行动，始终以舰艏迎向敌舰，各舰务必在可能的范围内随同旗舰行动。

管带刘步蟾高度紧张，他离开将官们，走到飞桥上狭窄的梯口旁，沿着直梯下到了飞桥甲板下的装甲司令塔内。他又一次检查了司令塔内的八柄水压舵轮、磁罗经、车钟、传话筒等设备,然后传令变阵。

于是,北洋舰队的阵形开始变化。起锚时的犄角鱼贯阵是一个双纵队阵型,但又不同于简单的两列纵队,而是由五支错列的两舰分队构成的一个五叠横阵,从队首开始,依次为"定远"和"镇远","致远"和"经远","来远"和"靖远","济远"和"广甲","超勇"和"扬威"。此刻,接到命令后,舰队从纵列的五叠横队开始向横列的五支错列纵队转变,第一队的"定远"和"镇远"保持航向不变,作为犄角雁形阵的中央主舰;后续各队分别从左右出列,向第一队的两翼逐次张开,变为错落横阵。

双方的距离逐渐在缩短,日舰上一众人各就各位,战斗一触即发。12时18分,军令部长伊东祐亨在本队旗舰"松岛"上,向身处前方的第一游击队下达命令:截击敌舰队右翼。

接到命令后的坪井航三下令编队航速提高到10节,继续航向北洋舰队,准备到达适当位置后再转向北洋海军右翼。

北洋舰队的十艘军舰,也快速地完成了战斗准备。从发现日本舰队开始,各舰的弹药舱就紧张地忙碌起来。水兵们把炮弹和药包提升吊运到甲板上,运送堆放在各个炮位附近,以便战斗时能够快速补充,然后在弹药四周垒起沙包进行防护。

炮目们紧张地督促着那些运送进口大倍径开花弹的士兵,让他们格外小心,轻拿轻放。因为炮目们知道,只有这些开花弹才具有真正的杀伤力。

那些后勤岗位的水兵和夫役们也暂时放下手头不重要的事情,怀里抱着弹药,在甲板上间隔卧倒,准备战斗时往炮位输送弹药。

还有一个更为特殊的士兵群体,是军乐队的乐童。他们暂时不需演奏,于是两人一组,抬着担架一样的运弹盘,准备运送弹药。

各舰的机舱内,水兵们采用适合各舰舰型所需要的技术,填煤烧着锅炉。他们脸上和肩膀上流淌着黑色的汗珠。

战斗部位上的炮手们完成了第一发弹药的装填。他们将长长的发辫一圈一圈地卷起来,盘在头上,赤裸着健壮的胳膊。他们站立在各自的武器旁,严肃地等候着战斗的指令。

桅盘里的士官手拿六分仪,测算着敌我的间距,每隔一段时间就用手旗向下方的炮台通报,以便炮手们随时调整火炮的俯仰角。

鱼雷舱内的士兵们用天车将黑头鱼雷从存放架上吊起,沿着安装在天花板上的轨道,运送装入发射管。

随着紧张的航行,双方距离逐渐缩短。

报告距离!日军第一游击队司令官坪井航三下令。

一万米!炮术长加藤友三郎大声汇报。

传令,各舰左转!坪井航三命令道。

站在北洋舰队司令塔内的舰长们清楚地看到,第一游击队的"吉野""高千穗""秋津洲""浪速"四舰在北洋舰队阵前划出了一个大大的直角,然后突然转弯,航向了西北方向,接着又右转修正航向,向北洋舰队的右翼冲去。

这样,四艘日舰的侧面就完全展现在北洋舰队眼前。丁汝昌站在"定远"舰的舰桥上,目视着巨大的"松岛"号。"定远"舰和"松岛"舰分别是清军和日军的旗舰,但"松岛"号的航速比"定远"舰快3节,配备有1门32厘米加纳炮,11门12厘米速射炮,6门速射哈乞开斯炮,6挺机枪。"定远"舰配有4门305毫米克虏伯炮,2门15厘米4吨炮,8挺机枪。丁汝昌知道,从舰炮配备上,北洋舰队的炮弹短缺是个致命的问题。相比而言,劣质煤炭与日舰无烟煤的差距、接近报废的锅炉和部分设备,简直就可以忽略不计了。

丁汝昌的心情轻松不起来。

虽然心情无法轻松,但位于"定远"舰中部主炮台上的4门305毫米口径克虏伯巨炮仍然威风凛凛。这是北洋舰队中最有杀伤力的武器,弹头重达292千克,有效射程可以达到7800米,每门炮编制了正副炮目、掌定向杆、夹定左右、夹定进退、掌起杆、掌取弹、掌装炮、补空、掌药运药等十七名炮手,称得上是北洋舰队的骄傲和杀敌保证。

丁汝昌看了看怀表,上面的指针显示时间已经到了12时50分。

枪炮大副沈寿堃站立在炮台上,体味着开炮前这庄严而紧张的一刻。克虏伯炮的炮膛里躺着重达292千克的弹头,旁边簇拥着炮手,炮尾站立着手牵发火绳准备击发的炮目。火炮甲板的下面,几十名臂膀强壮的水兵转动着巨大的水压助力曲轴,根据顶上的口令调整火炮的方位。

五千米。桅盘里的测距员报告。他的声音因为激动和紧张而变得发抖。

开炮!沈寿堃下令。

巨响从"定远"舰右侧主炮台上响起。伴随着一团白色的烟雾,之前静静躺在炮膛里的炮弹以每秒五百米的初速激射而出,掠过海面,掠过第一游击队上空,落在"吉野"左舷附近的海水中。一条巨大的白色水练冲天而起。

十秒钟后,"镇远"舰也飞出一枚炮弹。紧接着,北洋舰队各舰的炮弹相继飞出,掠过大东沟海域的上空。水兵抬着炮弹在甲板上飞跑,少年乐手也参与到运送炮弹的队伍中。一枚炮弹击中了日舰尾部的一艘军舰,火光冲天而起。

黄崴生和另外一名水兵也抬着炮弹在甲板上奔跑。水兵告诉黄崴生,紧紧跟在"松岛"舰旁边的另外两艘军舰是"严岛"舰和"桥立"

舰。它们合称"三景舰"。有黄色识别线的是"松岛"舰，黑色的是"严岛"，红色的是"桥立"。

你知道这名字是怎么来的吗？水兵问。

黄崴生说，不知道。

日本有三个地方景色很美，它们是宫城县宫城郡松岛町的松岛、京都府宫津市的天桥立、广岛县廿日市的严岛，这三艘军舰的名字就取自这三个地名。

黄崴生问，你去过吗？

水兵说，没有，等战争结束后，我要去这三个地方看一看。

三分钟后，12时53分，日本联合舰队本队的旗舰"松岛号"在达到距离三千五百米的射程后，开始发炮还击。紧接着，"高千穗""秋津洲""严岛"等舰也纷纷向"定远"舰和"镇远"舰开火。

洋员马吉芬站在"镇远"舰的天桥上观察战情，他看到日舰忽然射出一炮，直冲镇远舰而来，落到舰旁的海水中，然后又飞跃而起，从"镇远"舰上空越过，落入海底。

毫无疑问，一场残酷的海上战争开始了。北洋舰队和日本舰队的所有人都意识到了这一点。

第一游击队最先掠过北洋舰队阵前，高速向北洋舰队的右翼方向运动。坪井航三贯彻着伊东祐亨的作战命令，把身后的位置留给本队，他统率四艘战舰全力攻击布排在右翼末端第五小队的"扬威"号和"超勇"号。

艰难拔锚起航，勉力跟上舰队的"超勇"和"扬威"号，是一对已经老迈不堪的老舰。作为世界上第一级完全摆脱风帆时代的非装甲巡洋舰，从1881年离开出生地纽卡斯尔驶入大沽口加入北洋水师，它们算起来有十几岁的年龄了。在时间的无情淘洗下，它们那金属包裹的木质结构，仅有1542吨的排水量，缺少装甲防护的舰体，已经退化得极低的航速，老化的机器设备，都成为不合时宜的弱点。两年之前，4门火炮因为年深日久，炮膛内的铜环等设备出现松动变形，虽然经天津机器局进行了修理，但性能依然远远达不到一场战争的需要。

开火！12时55分，"吉野"号舰长河原要一下达了命令。

2门6英寸、4门4.7英寸口径阿姆斯特朗速射炮，11门47毫米口径单管重型哈乞开斯机关炮一起发出怒吼，将炮弹射向"超勇"和"扬威"号。第一游击队的另外三艘军舰也随之开火。从位置上来看，"高千穗""秋津洲""浪速"这三艘军舰与"定远"号和"镇远"号之间的射程较为适宜，因此，它们的炮弹纷纷朝"定远"号和"镇远"号射去。

密集的炮弹显然是老迈的"超勇"和"扬威"所无法抵御的。很快，金属包裹的木质船体就多处被击穿，火焰在船上燃起。水兵们或死或伤，鲜血在甲板上流淌。其他没有伤亡的水兵心里充满了悲愤，他们在管带的统率下拼力抵抗。

黄建勋在"超勇"号上任管带已有七年,亲眼看着它一年年老去。这样的围攻,对于"超勇"号这艘老舰来说意味着什么,黄建勋非常清楚。他隐约看到了"超勇"号的结局,只是他不知道从此刻到那个结局,时间会有多远。一小时,半小时,抑或一刻钟,甚至几分钟?他不确定。他能够确定的是,人要跟舰共存亡。他命令炮手猛烈开炮。

紧跟在"吉野"号后面的"高千穗"和"秋津洲"号,也试图绕到中国舰队的右翼,但在它们尚处于中国舰队正面方向的时候,跟"吉野"号一起遭受了中国舰队的攻击,也不同程度地受伤。

13时08分,一发炮弹击中了"吉野"号的后甲板,堆积在那里的炮弹和火药一发不可收地爆炸,燃起冲天的火光。少尉浅尾重行和四等水兵牛岛喜太郎被炸死,九名水兵受伤。

各舰纷纷加入了受伤的行列。"高千穗"号的右舷军官舱中弹,穹甲甲板被击穿三个孔洞。一个名叫萩原十次郎的水兵感觉腹部一阵剧痛,他低头一看,肠子正在流出体外。"秋津洲"号的其中一个炮位中弹,围绕这个炮位工作的五人瞬间被夺去生命,另有九人受伤。大尉永田廉平等被炸死。"浪速"号舰艏主炮塔下方被击中,海水灌入船舱。

战况每时每刻都在发生变化。13时10分,一枚炮弹飞射而来,冲进"超勇"号船舱内,大火立刻猛烈地燃烧起来。此时,"超勇"号已中多次攻击,伤痕遍布。黑烟像浓重的帷幔,包裹着右舷渐渐向海里倾斜的"超勇"号。

即便是在这样的时刻,当日舰中的"比睿"号在掉队情况下冒险从"定远"和"镇远"中间穿过时,黄建勋还一边命令士兵救火,一边命令炮手朝"比睿"号开炮射击。

我们海上见

日舰本队最终绕到了北洋舰队右翼后面，全力围攻"超勇"号。黄建勋感受到这艘老舰从外壳到灵魂都在燃烧，那毕剥作响的声音和海风呼呼刮过的声音，都像是一种告别。黄建勋哽咽了一下。这艘老舰太像一位父亲了。

在"超勇"号最后的时刻里，黄建勋和大副翁守瑜、副炮弁李镜堂用生命的最后时光，带领水兵灭火和发炮还击。总管轮黎星桥、大管轮邱庆鸿、二管轮叶羲恭全部集中在舰底的轮机舱里。出于防止火势蔓延而至的考虑，通往甲板的通道全部封闭，使得轮机舱里的空气灼热憋闷，令人窒息。呼吸不畅的水兵往锅炉里填着煤，他们知道所有人都会随着老舰一同逝去。

黄建勋牢牢地记住了下午2时23分这个时刻。当这艘老舰沉没以后，黄建勋默念着这个时刻，也把自己沉没于那滚烫的海水之中。他的耳畔响着无数的呼叫声，那是落水的他的士兵，那些呼叫像来自千万个人，压住了炮火的声音。

黄建勋不知道自己落入海水中的时间有多久，他只记得后来看到一条绳索，那是"左队一号"鱼雷艇驶到"超勇"号附近抛下来的。这艘由英国著名的鱼雷艇制造厂家亚罗船厂建造的鱼雷艇航速很快，达到了23.8节。1887年，"来远"舰用坚韧的钢索，将它拖带回北洋基地，它从此成为北洋水师中的一员。

"左一"号凭借它优秀的航速，在管带王平的命令下快速赶来，开始对落水的士兵施以救援。黄建勋浮出海面，他的耳中依然响着兄弟们的呼叫声，目力所及是动荡不安的海水以及在其中扑腾或者下沉的兄弟们的头颅。他拒绝了"左一"号的那根绳索，闭上眼睛，让自己沉了下去。他感觉自己不断地往下沉，一直沉到了地心深处。

在即将沉没的一刻，"超勇"舰的大副翁守瑜也跳入黄海，自尽殉船。

"左一"号上的水兵们眼里涌出了热泪。王平了解这艘被称为"白羊座"的撞击巡洋舰的光辉历史，作为近代中国建设西式海军以后向西方购买的第一艘大型军舰，曾国藩之子曾纪泽亲手为它升起了第一面国旗。它的第一任管带是此刻正在指挥"镇远"舰作战的北洋海军左翼总兵林泰曾。

"超勇"号的姊妹船"扬威"号也在大火中燃烧。

同样作为木质包铁的旧式快船,它也像一位父亲一样,老当益壮,奔赴疆场。学成于福州船政学堂的管带林履中身上多处受伤,三副曾宗巩一直跟他战斗在一起。他了解这位深沉的管带,话语少,但很受船员们敬慕。曾宗巩知道,管带和他一样,都知道这条舰船终究是要失去的。但是他们仍然沉默有序地操纵着它,尽力维持它的行驶,有效地将炮弹发射出去。

年老失修的船帮在炮火中发抖,铁锈簌簌掉落。没多久,"扬威"号舰艏和舰尾的炮都被击毁,日炮纷至沓来。

驶离战场,即行施救。林履中命令道。

受伤累累的"扬威"号缓缓转舵。它再也经受不起任何撞击了。这时候,"济远"舰却慌不择路地撞击了它。正在奔逃的"济远"舰犯下了逃跑的大错,又铸下撞沉"扬威"号的大错。

这一撞击,就像压倒骆驼的最后一根稻草,"扬威"号连同它簌簌下落的铁锈一起,沉重地向北面大鹿岛方向撤退,最终在近岸处搁浅。

所有人,立即跳水,投向其他军舰!林履中对他的船员下达了最后的命令。

逃生也意味着继续战斗。船员们纷纷落水或主动跳水,海面上到处都是人的头颅。最后,林履中看着余下的最后七八名船员,说,跳水!

但他们是一些不肯与管带和老舰分开的人,他们从管带的眼睛里看出了他的向死之心,于是七手八脚围上来,挟制着他,一起跌入大海。

海水有力地包围了林履中。在海水的推拥中,他看着自己的那艘老舰,热泪盈眶。他把生命中最后的力气用来挣脱那些试图救下他的船员,他把他们拼命地往外推,挣脱了他们的挟制。他们眼睁睁地看着管带用残余的力气游向那艘老舰。

他一头撞进老舰的一个被炮火击穿的破洞里,看不见了。

我们海上见

外十一

以下是蒲池山菊的日记。

1894 年 9 月 17 日。

那天，我们搭乘了一艘打算驶往中国旅顺的商船，船身上写着"孥.S"。至于它的名字全称，那并不重要，因为它既不是一艘日舰，也不是中国舰，甚至不是中国雇佣的那些运输船。它跟这一切都没有关系。它的老板是英国人。

我们为什么要去旅顺，似乎没有什么答案。因为我们急于离开平壤。在大东沟那里，我们在当地人的帮助下，找到的第一艘船就是这条"孥.S"。我和托夏并没有什么明确的目的地，我们被平壤那血腥的气息所笼罩，只想离开那里，随便去什么地方都行。托夏并不急于返回海参崴，我也不急于返回日本，我们希望多游历些地方。

这就是我们站在"孥.S"甲板上的原因。托夏打开他的画具，开始寻找可以作画的目标。我猜他极力想以最快的速度画些美好的事物，以便覆盖刚才那血腥的记忆。我呢，我也在记录。现在我用汉字在记录。我的日记内容由两种文字组成，一种是日文，一种是汉语。选择用哪一种语言，完全是随机的。不过，从某种程度来说，我对用汉语写作比用日语更感兴趣一些,因为日语不过是汉语的分支,汉语才是母体,它们复杂、玄奥。愈是复杂,就愈是有多重的意象。汉语的每一个字都充满了意象和隐喻。

"孥.S"是一艘航速12节的船。它的规模比中国和日本的那些军舰要小,毕竟它只是一条商船,所以它也用不着那么快的速度。这艘船的船长和船东一样是英国人,船员中有英国人也有中国人。

彼得潘托夏喃喃自语着,孥……S……他忽然说,难道这是叶孥森的船?

叶孥森?我问托夏,在百英聚客栈听你讲朝鲜王宫陷落故事的那一天,有一个洋行老板也在场,他是老曲家的好朋友,我记得他是叫这个名字吧?

是的,没错,我聪明的日本朋友。托夏说。

是他的船吗?我问。

应该是。我去问一下。

彼得潘托夏离开甲板,去问一个正在检查缆绳的船员。他比比画画地跟船员聊天,聊得很开心。他回来跟我说,是的,我的朋友,这正是我们那位叶孥森朋友的船。但他不在船上,他在朝阳街。

能在这里遇到老朋友的船,托夏很高兴。他说,他无数次在大海上游历,总想象着能遇到叶孥森的船,这次终于让他遇到了。稍后我们还见到了这条船的船长Bueter,他告诉我们,他也有一个中文名字。他让我们喊他郑和。我知道郑和是一个了不起的航海家。Bueter船长显然是郑和的推崇者和追随者。

由于"孥.S"的航速有点慢,所以,我们在大海上航行了两个多小时,才看到了那可怕的战争场面。当我们在慢悠悠航行的时候,之前离开大东沟的那些战舰,已经战斗许久了。

我们先是看到隐约的浓烟,弥漫在远方的海天交接处,同时听到了隐隐的隆隆的声音。鉴于刚刚发生的战事,我们很自然地想到了那可能是发生在海上的一场战争,那隆隆的声音很可能是大炮的声音。跟我们不远不近同行的还有另外一艘船,它很敏感,也很懂得自我保护,立即全速行进,打算撤离这个是非之地。我们的船也停了下来,似乎正在考虑何去何从。

在甲板上,我们遇到了郑和船长。

我的两位朋友,你们听到炮声了吗?郑和船长问。

是的,郑和船长,前面是战场。托夏说,我们是不是要离开这个地方?

我亲爱的俄国朋友,我倒是很想到前面去看看那里发生了什么。郑和船长转向我,说,这位美丽的女士,请说说您的想法好吗?

船长先生,我猜您是一个喜欢冒险的人。我说。

没错,美丽的山菊女士,那咱们就去前面看看。我们英武的"孥.S"挂的是英国国旗,不是战争的任何一方,所以,不用担心。

于是,"孥.S"号没有跟随旁边那艘船全速离开,而是按照我们的意愿,继续向前行驶了一会儿。这时候,我们可以更清楚地看到滚滚浓烟,更清晰地听到隆隆的炮声了。

郑和船长凭借他多年的航海经验,决定不再往前航行,而是找了一处地方停靠。我们停靠的地方是辽东半岛的一处小海湾。从地图上来看,我们从大东沟出发去往旅顺,实际上一直就是在循辽东半岛海岸而行,找个停靠的地方并不难。

"孥.S"停靠的小海湾很隐蔽,可以说是安全的。尽管如此,郑和船长还是吩咐船员高高挂起英国国旗，避免不必要的麻烦。我们留下一些船员在船上，郑和船长带着两名船员，加上我和托夏，一起登上一艘小船。

我们向前划了大约 1.5 英里，这样我们就更接近那炮火连天的战场了，炮声近到震得我们的耳廓嗡嗡作响。

船员将小船划到跟战场平行的岸边，我们登上海岸，爬上高处。郑和船长随身带了高倍望远镜，我们利用它清楚地看到了那浩大而可怕的战场。不知道是风力不强的缘故，还是浓烟的颗粒过于密集胶着，它们厚重地堆积在战场的上空，无法向远处散逸，所以看起来那里像是从天上垂挂了一张黑色的帷幔。炮声震得我耳朵发疼，脑壳像有重锤在敲打。一些战舰已经被炮火击中起火，火焰像怪物一样扭摆着不同的姿势，蔓延和喷射着。

我看不懂双方的阵形。中国军舰和日本军舰各自似乎都在不断地变换阵形，船与船之间密切配合作战围攻同一条船，或是同时围攻几条船。但又时时能看出炮火将他们原本计划好的阵形冲击得混乱不堪，不知道哪些是中国军舰，哪些是日本军舰。浓烟遮蔽了它们的旗帜，只是在烟雾若有若无的时候，看到船身上的名字，才能知道它是哪一条船。

有那么一会儿，能够清楚地看到日舰在围攻中国舰队里的"定远"号和"镇远"号，这两条船正在英勇地回击。

在望远镜里，我看到了中国舰队的"扬威"号和"超勇"号，它们走完了作为一艘军舰的最后时刻。彻底不再有战斗力的"超勇"号搁浅，吃水线以上的部分被炸得面目全非，甲板上横七竖八地躺着船员的尸体。没有死亡的船员落水后拼命在往岸上游动。

我们海上见

大约在下午3点钟的时候,中国舰队里的"经远"号也中弹起火,共有三四艘日本军舰对它进行猛烈的围攻。日本军舰也同样遭到中国军舰的打击,"松岛"号在望远镜里也呈现出被火光包围的凄惨景象。

不过,"松岛"号拼命扑救燃在它身上的大火,最后成功地控制住了火势。但它遭受重创,我们看到它退出了战斗。

第十三章

在"吉野"舰向"超勇""扬威"开炮的同时，12时55分，一发150毫米炮弹击中日舰"松岛"号位于舰尾的主炮塔，给了它致命一击。它击穿320毫米主炮炮罩的侧面，致使水压管破损，并击伤了两名炮手。

同样作为旗舰，"定远"号也是日舰的目标，攻击它的炮火既猛烈又精准，在开战后不久就破坏了它的桅杆。上桅桅杆发出断裂的响声，桅楼里的天津北洋水师学堂见习军官史寿箴等七名官兵猝不及防，连同桅楼一起落入海水中。更令整个舰队受损的是，前桅杆上横桁的断落，致使连接在上面的信号旗绳也一起被毁坏。这意味着，作为旗舰的旗语指挥系统已经失去作用。

这糟糕的局面仅仅只是开始，稍后不久，另一枚炮弹落在飞桥甲板附近。铺设在飞桥上的甲板炸成碎片，迸溅到空中。丁汝昌正在飞桥上督战，炮弹巨大的力量将他震倒，甲板残片压住了他的左腿。

不好，丁大人受伤了！三等水兵黄崴生喊道。

他和另一名水兵正在甲板上担着炮弹飞跑，看到他们的提督不仅无法动弹，而且脸颈被炮火烧伤，现出瘆人的红色。

同丁汝昌一起站在飞桥上的总教习汉纳根、洋员戴乐尔也被震倒。戴乐尔感到眼睛一阵疼痛。

黄崴生等人飞跑着去救丁汝昌。又一阵密集的炮弹袭来，两名水兵一头栽倒，血从他们身上汩汩流出。黄崴生和另外几名水兵把丁汝昌抢救到首楼内，帮他把烧伤部位的衣服撕去。

眼睛受伤的戴乐尔在水兵的搀扶下，到主甲板下面的军医院进行包扎。一名水兵对丁汝昌说，大人，我们扶您去军医院吧。

不，我要在这里和你们一起战斗。丁汝昌说。

这位身受重伤的提督，自此一直坐在首楼里，看着船员们战斗。黄崴生和另外一名水兵抬着弹药经过丁汝昌的身旁，他们正往舰艏150毫米口径副炮炮位运送弹药。

您还好吧，丁大人？黄崴生问。

我很好，丁汝昌微笑着说，我受伤了，你们听管带刘步蟾大人的指挥，努力战斗。

旗语信号系统失灵后的"定远"，与其他舰之间失去沟通，离它最近的"镇远"号靠近支援，与"定远"号一起抵御日舰的炮火。不幸的是，它的桅杆同样也被炸断。船械三副池兆璸正站在桅盘上测量敌舰与"镇远"舰的距离，炮弹飞来，穿胸而过，把池兆璸炸得血肉横飞。与池兆璸同在桅盘里作战的另外五名水兵也在攻击中牺牲。

这名刚刚二十九岁的福建年轻人，学成于天津水师学堂，曾经深受海军总查英员琅威理的赏识。"镇远"舰帮带大副杨用霖知道，就在几个月前，池兆璸的父亲刚刚去世。去世之前，他在"靖远"舰上任文案。

杨用霖找了几名水兵，一起将池兆璸残破的躯体捡拾起来。如果有幸活着，他要把池兆璸的尸身运回威海，然后连同池兆璸父亲的遗体一起送回原籍。

实际上，战斗刚刚开始大约十分钟的时候，"三景舰"就相继遭受了炮击。

当时，第一游击队绕过北洋舰队主力，进攻"超勇"和"扬威"，联合舰队本队也正在通过北洋舰队的阵前。由于侧面暴露在北洋舰队面前，它们遭受了猛烈的打击。13时04分，"松岛"号第二次中弹，炮弹穿透主甲板，落在"松岛"舰炮房内左舷的第七号炮位上。这里蹲踞着一架120毫米口径的阿姆斯特朗速射炮，北洋舰队的攻击令它还没来得及一展身手就喑哑无声。三名炮手因为这场爆炸而受伤，一名信号员碰巧在附近，当场被炸死。

不久，本队的三号舰"严岛"也被击中，一枚210毫米克虏伯炮和一枚150毫米克虏伯炮射出的炮弹，连续两次命中了"严岛"舰的右舷。两次爆炸的巨响在"严岛"号上响起，混杂着舰后部水线附近轮机舱爆炸的响声，以及少机关士松泽敬让等十七人伤亡的痛苦哀叫。

13时10分，"超勇"舰被第一游击队攻击燃起大火的同时，日本本队的四号舰"桥立"也接受了炮弹的洗礼。炮弹落在舰艏的320毫米主炮塔上，弹片变成无数利器四下激射。分队长高桥义笃大尉、炮术长濑之口觉四郎大尉、二等兵曹广原重槌三人正站在炮塔内，弹片射入他们的要害部位，令他们全部遇难。七名正在主炮塔附近作业的水兵受到不同程度的击伤。

本队的"松岛""千代田""严岛""桥立""比睿""扶桑"排成纵队，"西京丸"号和"赤城"号等非战斗舰排在队尾的外侧，开始从北洋舰队阵前经过。

报告！"比睿"和"扶桑"没有跟上来！先头军舰即将航过的时候，"桥立"舰的舰长日高壮之丞得到报告。

它们不是一直跟在后边吗？日高壮之丞问。

是的！但是现在它们掉队了！

掉队意味着危险的来临。日高壮之丞听到后恼火得很。

1875年建造于英国彭布罗克郡米尔福德港造船厂的"比睿"，从船型上来说，属于风帆战舰向蒸汽战舰过渡的产物，加之服役已近二十年，航速已由最初的14节降低至勉强维持8节。跟在"比睿"身后的"扶桑"号也是出生于1875年的带动力的帆船，虽然后期进行了现代化改造，但也差强人意，航速也无法达到10节。

"比睿"号的舰长樱井规矩之左右心里十分清楚这艘船的局促，他有点不满本队移动的速度那么快。虽然他十分明白，在侧面全部暴露于以舰艏迎敌的北洋舰队面前，慢腾腾移动是一种愚蠢之举，必须快速通过。

提高航速，提高航速！樱井规矩之左右只能一遍又一遍地下令。但是，他的舰艇和姊妹艇"扶桑"号还是落到了后面。樱井规矩之左右还看到了本来排列在本队外侧的"西京丸"和"赤城"也暴露在北洋舰队的视野里——本队已经彻底丢下它们而去。

"西京丸"号更加着急，因为最高督战官桦山资纪就在这艘船上。他选择了这艘经过改装的商船，也就同时选择了那些第一次参加海战的船员，他们仅经过临时短期培训，勉强能够操作4门120毫米口径的速射炮。桦山资纪有点后悔自己没有乘坐军舰。

在桦山资纪的督促催逼之下，"西京丸"号最终还是急急火火地追上了大部队。

而樱井规矩之左右只能眼睁睁地看着自己的舰艇与前面的"桥立"号之间的距离越来越大，它已经落后桥立一千米了。而且可怕的是，不利因素越来越多，樱井规矩之左右发现北洋舰队的"定远"和"经远"正从它的右侧高速驶来，距离只有不到七百米。这似乎是撞角攻击的可怕预告。这个时候，"扶桑"和"赤城"表现得较为灵敏，迅速左转驶避，剩下"比睿"号孤零零地面对即将到来的横祸。

樱井规矩之左右事后也说不清楚，是什么动机驱使他在那一刻做出了调转舰艏正面直冲向北洋舰队的命令。那或许是一种出于自保的下意识的赌博心理，或许是一种完全的无意识。在他的指挥下，"比睿"号像发疯一样冲进"定远"号和"经远"号之间，就连"定远"管带刘步蟾和"经远"管带林永升一时之间都有点发愣。

刘步蟾和林永升发愣的原因是，如果此时继续对"比睿"号发炮攻击，那么火力将产生交叉效应，很有可能在杀伤"比睿"的同时，"定远"和"经远"之间彼此伤害，并伤害到其他北洋舰艇。因此，这两艘舰艇的火炮沉静片刻之后，中、大口径火炮还是按照原来的射击方向，射向舰艏的其他日舰。

"扶桑"号舰长新井有贯大佐很不仗义地命令舰艇加速左转，丢弃"比睿"号，恰巧近距离地驶过北洋舰队，一颗炮弹很利索地光顾了它的左舷，舷墙被击坏，海军少尉丸桥彦三郎等负伤。新井有贯在司令塔内通过通话筒大喊，催促轮机室加快航速离开这是非之地。

接下来，"定远"号的小口径火炮对准"比睿"进行了轰炸。"定远"舰虽然开战后不久就失去了前桅上桅和装有机关炮的桅盘，但是后桅上桅盘里还有两门哈乞开斯5管机关炮。它们居高临下地扫射着"比睿"的舱面。"经远"号桅盘里的两门机关炮也进入了高速射击。

在这样的夹击下，"比睿"号上的炮手根本无暇回击，大小火炮仿佛失声的动物趴伏不动。接着,"经远"舰右舷150毫米口径克虏伯炮射出的炮弹命中了"比睿"右舷的仰角计,九号炮位附近的一等兵曹团野兼藏、二等兵曹西谷源久郎、一等水兵金井仓助以及四等水兵西原久松趴倒在血泊中,停止了呼吸。

樱井规矩之左右舰长永远忘不了那个时刻,就在他以为一切都要停止的时候,"经远"舰停止了射击,选择了颇具罗曼蒂克情调的陆战,试图生擒已经失去还手之力的"比睿"号。曾留学于英国格林威治海军学院的管带林永升身上或许流淌着浪漫主义的欧风,他指挥着手持毛瑟步枪、大刀长矛以及跳板绳索的陆战队士兵,聚集在军舰右舷,等待发起攻击,生擒"比睿"号。

这短暂的突变,令樱井规矩之左右舰长敏感地嗅到了一线生机。他抓住这一机会,迅速命令炮手重新发射诺典费尔德多管机关炮。士兵们一边发炮,一边手握步枪准备迎接近身厮杀。短短几分钟时间里,三门机关炮向"经远"舰疯狂地发射了大约一千五百发炮弹。随着这短短几分钟的突变,"比睿"舰继续前冲,已经快要冲到"定远"和"经远"之间夹道的尽头。

林永升意识到这几分钟给了"比睿"喘息之机,立即命令鱼雷手发射了两枚14英寸直径黑头鱼雷。但是,他遗憾地看到,由于鱼雷发射管的发射口狭小,限制了水平射角,鱼雷擦着"比睿"舰舰尾七米徒劳远去。

樱井规矩之左右难以相信这一切是真的。运气这个词语仿佛天上的一道祥云,降落在"比睿"号上。

炮声渐渐停歇,主甲板下由军官餐厅充当的临时军医院里,伤员的哀叫声听起来格外刺耳,一些简单的手术正在餐桌上进行。他们不敢想象,此时"定远"号305毫米口径巨炮黑洞洞的炮口转向侧后方,对准他们射出了一枚开花弹。爆炸声像巨雷一样响彻军官餐厅，硝烟中飞起破碎的桌椅和人的肢体。正准备对伤员施救的大军医三宅贞造、少军医村越千代吉、二等护理员石川泷五郎、大主计石塚铸太等十余人当场被炸死，海军大尉高岛万太郎等三十余人受伤。

"定远"舰管带刘步蟾希望这一枚炮弹能将伤痕累累的"比睿"彻底制服，沉没于黄海深处。但遗憾的是，开花弹的爆炸威力还是没有达到这一目的。

密切关注着这一战斗的"镇远"舰决定补上一炮。德籍炮术顾问哈卜门对枪炮大副曹嘉祥说，只要让炮弹从舰艏到舰尾以对角线穿射，一定可以置"比睿"于死地。

于是，来自"镇远"号的305毫米巨弹迅速地按照这一设想激射出去。

运气再次如看不见的祥云一样降临"比睿"号身上。樱井规矩之左右及其"比睿"号上的残兵惊恐地等待着这枚炮弹敲响死亡的钟声，但是这钟声并没有敲响："镇远"射出的这颗炮弹是一枚实心弹，它没能炸响。

樱井规矩之左右觉得自己跌入了不可置信的梦境中。他和这艘神奇脱离死海的"比睿"舰最终穿过"定远"和"经远"制造的死亡夹道，从北洋舰队的阵后向右翼方向成功逃离，身上缭绕着炮火的余烟。

"比睿"号落单掉队的时候,跟它一起处在本队队列尾部的还有"扶桑"号,以及布排在尾部外侧的"赤城号"和"西京丸"号。当"西京丸"号和"扶桑"号看到情况不妙,紧急追赶大部队而去之后,娇小的"赤城"号还在按照原来的路线航行。

这艘只有47米长的小型钢壳炮舰有点特别。从体型来看,它跟北洋海军的蚊子船长度差不多,但宽度、吃水线、航速都不占优势,虽然使用了更为时尚的钢壳。

实际上,"赤城"号娇小的主甲板两舷以及舰尾各配了1门120毫米口径的火炮,还有6门47毫米口径的哈乞开斯单管机关炮。由于它的娇小,伊东祐亨深为青睐,把它作为进入浅水港湾水汊进行侦察的船只来使用。但不知为何,它给北洋舰队的印象一直是一艘运输船,他们直接称呼它为"装兵倭船",因而想在它落后的情况下,利利索索把它打沉。

舰长坂元八郎太少佐跟其他舰长一样,站在司令塔内紧张地环顾海上的局势。他看到"比睿"号在险象环生的大海上神奇脱身,向远方驶去。接着他惊恐地看到不远处的中国舰队的"来远"舰目标明确地朝自己冲来。"来远"舰那庞大的身姿,让坂元八郎太身上出了很多冷汗。

北洋舰队"致远""经远"号刚刚在针对"比睿"的进攻中也在后半段有过参与,看到"来远"舰从"赤城"号右舷方向逼近,"致远"和"经远"便从左翼方向追击"赤城"。"广甲"舰也出现在从左翼追击的队列里。"定远"和"镇远"则在稍远的地方把巨炮对准"赤城"。

留美幼童出身的"广甲"舰管带吴敬荣一直忘不掉丰岛海战壮烈牺牲的"广乙"舰,他无时无刻不想着为自己的兄弟"广乙"舰报仇。

13时20分,针对"赤城"舰的炮声响起,交叉炮火无死角地笼罩住了娇小的"赤城"。短暂的射击过后,"赤城"号的甲板上躺下了一些官兵的尸体,其中包括海军少尉候补生桥口户次郎。负责指挥后部火炮射击的第一分队长海军大尉佐佐木广胜也受了重伤。

13时25分,"定远"150毫米口径克房伯炮击中"赤城"舰的飞桥甲板,击穿了安装在飞桥右翼的1门47毫米口径哈乞开斯机关炮的炮盾。"赤城"舰舰长坂元八郎太站在飞桥上,看到他的一号机关炮炮手宫本丈太郎、二号机关炮炮手椋木繁治在炮火中丧身。接着,坂元八郎太感到头部一阵剧痛,他来不及考虑自己遭遇了什么,就一头栽下去,掉入被炮火烧灼的滚烫的海水中。

首楼甲板连续中弹,使得运弹装置被毁,士兵接二连三死伤。看到这种情景,航海长佐藤铁太郎大尉离开甲板下的操舵室,飞跑到飞桥甲板上,接替了阵亡的舰长的位置。

刚刚二十八岁的佐藤铁太郎,正是意气风发的时候。他在海军学校上学时就名列前茅,后来成为著名的海军战略家,跟秋山真之并称联合舰队两参谋。在这次战斗中,他的潜质已经初露端倪。他先是下令关闭通风筒通往锅炉舱的阀门,停止通风的功能,而将通风筒改作运弹通道,利用风筒内的一套提升煤渣用的绞车提升装置来提升运送弹药速度,保证炮位上的弹药供应。然后,佐藤铁太郎指挥军舰向左急转,追赶前方的"比睿"舰。

又一发炮弹落到"赤城"舰上,这次把多次中弹的后桅杆彻底打折。佐藤铁太郎命令士兵把旗帜挂到前桅杆上,另外几名日本水兵将一根细长的木杆与后桅残留的桅杆捆绑在一起,又升起了日本海军旗,用来鼓舞士气。

13时55分，看到"比睿"号挂上"本舰火灾"信号而向南方退离之后，佐藤铁太郎也命令"赤城"舰调转航向，向南航行，边跑边向后面追击的"来远""致远""经远""广甲"等舰击炮。北洋舰队的几艘舰艇加快追击，炮弹不断落在"赤城"周围。

追击战就这样持续到了14时15分。这段时间既漫长又短暂。这时候，"来远"舰行驶到了与"赤城"号相距三百米的位置，舰艏210毫米口径克虏伯炮发射的一颗炮弹，击中了"赤城"舰的飞桥甲板。代理舰长佐藤铁太郎觉得自己的面部热辣辣的，有血在往下流，手腕也剧痛得动弹不得。他被紧急送入甲板下的临时军医院疗治，舰长再次缺位。于是，正在指挥舰艏炮位的第二分队长松冈修藏海军大尉接替了代理舰长的职位，炮长进藤多荣治补位到了舰艏炮位。

就在佐藤铁太郎对"赤城"号能否突围不抱任何希望的时候，14时20分，"赤城"舰舰尾的120毫米口径火炮击中了"来远"舰的后甲板。属于"经远"级装甲巡洋舰的"来远"舰，由于舰艏对敌，因此没有配备中、大口径的尾炮，而是在舰尾安装了大量的机关炮。射速快的机关炮对于炮弹供应速度有着自己的要求，临时输送炮弹显然是来不及的，所以在舰尾狭窄的甲板上必须堆积大量的小口径炮弹，这同样是引发连环爆炸的不利缺陷。

"赤城"号射出的炮弹正巧射中舰尾，不出意外地引发了巨大的连环爆炸，舰尾顿时被火焰吞噬。同时追赶"赤城"号的几艘舰艇放慢速度，准备对"来远"舰施以援救，"赤城"号趁机拉大了与它们之间的距离。佐藤铁太郎包扎好伤处，重新站到飞桥甲板上，指挥着满目疮痍的娇小的军舰在北洋舰队的围攻下脱险，渐渐驶离。他觉得这艘舰炮笼罩着一抹幸运的悲凉。

"来远"舰上，官兵们呼号着，着火了！

所有的人都开始救火。韩风和曲惊涛也忙着救火。韩风咕哝着说，我们运气真好。不过，战争就是这样。

曲惊涛没说话。

韩风问，你在海上游历那么多年，也是当过船长的人，有没有遇到过这种险情？

曲惊涛说，遇到过很多次风浪。起火的事也遇到过，但不是炮弹造成的。

韩风说，那你有什么经验吗？

曲惊涛说，最重要的经验，也是基本的常识，就是要防止大火烧到机舱，要想办法隔绝。

火势在迅猛地蔓延，邱宝仁想的也是这个问题。他下令将通往机舱的大部分通风管封堵，对天窗进行密闭。这样一来，由上甲板向焚火室传达命令只能靠通风管传话。

大部分通风管道被封堵，致使轮机舱内的温度迅速升高。灼热的空气无处流通，窒息感在迅速发酵。在令人窒息的灼热中，轮机官兵咬着牙，沉默地忙碌着。他们不敢说话，因为说话会消耗氧气和体力。

曲惊涛想起他的"安徒生"号，曾经也有过一次着火的经历，他们也是采用隔绝的办法，保住了机舱。他很想念他的"安徒生"号和船员们，但在"来远"号上的这次经历，让他觉得更有意义。

邱宝仁站在装甲厚6寸的司令塔内，指挥着重10吨、22倍口径的双联克虏伯210毫米前主炮向日舰开炮。另外2门150毫米炮、2门75毫米克虏伯炮、2门47毫米哈乞开斯速射炮、1门40毫米哈乞开斯炮、5门37毫米5管哈乞开斯炮也在行使各自的职责，将炮弹发射到目标日舰。4具18寸鱼雷发射管也在等候指令。

这座司令塔存在防护缺陷，本体和顶盖之间只有几根支柱，一旦被弹片击中，司令塔内的人员会面临非常危险的处境。曲惊涛说。

这是1887年建造时留下的缺陷。"致远"号、"靖远"号、"经远"号、"来远"号是同一批建造完成归国的。韩风说，这一点，邱大人比谁都清楚，我们不必过于担心。

邱宝仁当然知道这座司令塔随时会令他丧命，把他跌落到大海里去。他瞭望着海面上的局势，关注着甲板上的情况。

陈学海和王福清两名水手正担着炮弹在甲板上飞跑，从日舰上射来一发炮弹，在他们两人附近爆炸，王福清的脚后跟拖了一行血迹。邱宝仁熟悉这两名水手，他们是威海城里人，虽然年龄相近，但王福清辈分比陈学海高，陈学海喊他二叔。

邱宝仁听到陈学海喊了一声，二叔，你的脚怎么啦？

王福清扭头看看，说，我的脚后跟让弹片削去了！

本来跑得风快的王福清立即两腿发软，瘫软在甲板上。

陈学海低头看看，也喊道，二叔，我腿上也掉了一块肉！

邱宝仁忍不住想笑，却笑不出来。这些船员都像他的家人，每个人都有自己的特点。

这时候，韩风和曲惊涛跑过来接替了他们。曲惊涛对陈学海说，快扶他去病房。

陈学海问王福清，二叔，你说，咱们能验几等伤？头等伤奖励六十两银子，二等三十两呢。

韩风问曲惊涛，你要银子还是脚后跟？

曲惊涛说，脚后跟。

韩风说，我也是。

火终于被扑灭了。这时候，"来远"舰的上层甲板及军官舱木制部分全部烧光，甲板尽毁，钢梁暴露在外面，而且钢铁已经变形。可以说，"来远"整艘军舰只剩下了变形的骨架。

令邱宝仁感到欣慰的是，机舱保住了，机器仍然能够正常运转。

军令部长桦山资纪或许是为了显示自己的武士道精神，因此才选择了"西京丸"号这艘由商船临时改装的充代巡洋舰。它只加装了一门火炮，是此次联合舰队中最弱的一条船。这位军令部长主张集中日本海军力量，组成一支联合舰队，主动进攻，消灭中国海军有生力量，夺取制海权，因此深受明治天皇的赞赏。他本人也用亲自督战这种行为，表达着自己的忠诚。

对"比睿""赤城"的追击，以及战斗的彻底展开，使得双方本来排得很齐整的阵形开始打乱，本来航行在外侧的"西京丸"号也暴露在北洋舰队眼前。14时22分，"来远"舰尾中弹起火两分钟后，"定远"舰向"西京丸"号射出了一颗305毫米口径炮弹。这枚炮弹从"西京丸"的舰尾射入，穿过甲板下舷侧的舱室，在军官餐厅和机械室之间爆炸。军官餐厅以及附近多间舱室的采光天窗发出碎裂的声响，舱口盖炸得七零八落。机械室里的气压表、航海表等仪器仪表被炸失灵。

糟糕的消息飞快地报告到桦山资纪和鹿野勇之进舰长这里。他们接二连三地被告知，连接水下舵叶和甲板上操舵室内液压舵轮的蒸汽管路被打断，八柄液压舵轮失去了作用。

桦山资纪气恼万分，他问鹿野勇之进，如何解决这个要命的难题。

鹿野勇之进说，只能改用人工操舵了。

于是，轮机兵尝试改用铰链绳索替代蒸汽管路，以恢复液压舵轮的使用。主甲板后部的十二柄备用人力舵轮开始启动，四名水兵使出浑身的力气，转动两片串联的人力舵轮，缓缓地驱动着"西京丸"号，使它向左侧驶避。

看着"我舰故障"的信号旗高高地挂上桅杆,桦山资纪松了一口气。然而,向左转弯的"西京丸"号险象环生,突然左转导致它挡在第一游击队尾舰"浪速"号的航道上,两舰差点相撞,把"浪速"号的舰长东乡平八郎吓得魂都要掉了。在紧急转舵的处置命令下达后,司令塔内的舵手满头大汗地拼命转动舵轮,终于在即将与"西京丸"撞上的一刻偏转了航向。这样一来,"浪速"号也从第一游击队的队列中掉了队。

惊魂未定的军令部长桦山资纪站在飞桥上,目睹着这艘千疮百孔的船。它不仅舵机系统遭到破坏,而且右舷后部水线被打出了一道可怕的裂缝,船员们手忙脚乱地用木板和水泥进行临时堵漏。而这种堵漏,在桦山资纪看来是徒劳的,他有些绝望。

就在这绝望的时刻,桦山资纪又得到了来自信号兵的一个可以称之为噩耗的报告:军舰周围的烟雾中出现了几艘中国军舰的身影。它们渐渐逼近——桦山资纪被告知,那是北洋舰队近海防御铁甲舰"平远"、鱼雷巡洋舰"广丙"以及头等鱼雷艇"福龙""左队一号"……

在前一天运送陆军的时候,北洋舰队的十艘主力战舰停泊在大东沟口十二海里以外。"平远"舰和"广丙"舰组成临时小队,受命停泊在大东港入口处担负警戒转驳场的使命。而"镇中""镇南"号蚊子船以及鱼雷艇"福龙""左一""右二""右三"因为吃水较浅,得以直接护送运兵船逆鸭绿江而入,抵达义州护卫运输船卸船。

之后,"镇中""镇南"由于不适合参加外海的舰队战斗而留在大东港内,余下的"平远""广丙""福龙""左一""右二""右三"共二舰四艇晚于大部队出海。13时12分,"松岛"舰的瞭望兵首先发现了远处正在向战场方向驶来的"平远"等舰。14时22分左右,被炸得一团狼藉的"西京丸"上，瞭望兵清楚地看到这几艘后来者出现在战场的烟雾中。

马尾船政学堂毕业的李和很喜欢他所率领的"平远"这艘小船。为了完成对它的建造，福州船政局参考了法国"Cocyte""Styx""Phlegeton"等三艘近海防御军舰，从1886年12月7日到1889年5月15日，用了接近三年的时间，花费白银五十二万四千两。它代表了当时中国造船工业的最高水平，初时它的名字叫"龙威"，1889年12月调归北洋海军后更名为"平远"，同时为它配备了出厂时没有配备的武器装备：1门260毫米口径的克虏伯后膛炮作为主炮，安装在舰艏前部的敞开式炮塔内。它的口径和威力在北洋海军中仅次于"定远"级军舰装备的305毫米口径巨炮。150毫米克虏伯后膛炮作为副炮分置于军舰两舷的耳台内，这也是北洋海军大量装备的炮型。另外还有哈乞开斯57毫米口径炮2门，哈乞开斯37毫米5管机关炮6门，哈乞开斯37毫米单管机关炮4门的配备。此外还在军舰舰尾及两舷安装了4具18寸鱼雷发射管。它是福州船政局所造的第二十九艘舰船，也是中国第一艘全钢甲军舰。

"广丙"舰作为"平远"舰的同门师弟，晚于"平远"两年建造，是福州船政局所造的第三十二艘舰船，配有有效射程能达到七千米的120毫米速射炮3门，57毫米哈乞开斯速射炮4门，37毫米5管哈乞开斯机关炮4门，鱼雷发射管4具，备鱼雷12条。

出于对舰型和武备以及航速方面的考虑，这两艘舰船从没有跟其他大型军舰在一起编组配合使用过，所以"平远"舰和"广丙"舰分别设定为蚊子船与鱼雷艇的领队舰，留在大东沟内进行警戒。但这让李和与程璧光两位管带心有不甘，因此在进入战场之后，这两艘小船表现出了新生代的勇敢。

14时30分,"平远""广丙"两舰从北洋舰队右翼的方向进入战场,转到"松岛"的舷侧。它们的突然出现,令伊东祐亨无比惊讶和慌乱。"广丙"舰的航速较高,它比"平远"舰更早一些从"松岛"舰的左舷方向直直进入,管带程璧光在司令塔内指挥炮手将两舷耳台内的120毫米口径江南速射炮转向舰艏方向,对准"松岛"急速射击。

　　当然,程璧光没有忘记,在舰艏甲板下的鱼雷室内,静静地蹲踞着装入了两条黑头鱼雷的鱼雷管,鱼雷兵手里紧紧攥住控制压缩空气的阀门,等待着他的号令,以便第一时间把鱼雷发射出去。

　　一旦这两艘军舰驶到有效射程以内,对方的鱼雷就可以把他们吞噬,这是伊东祐亨十分清楚的事情。在恐惧中,伊东祐亨命令"松岛"猛烈开火,跟在后面的"千代田"等舰也慌乱地发起密集的炮火,"广丙"周围瞬间被火网所包围。鱼雷手焦急地等待着把鱼雷射入滚烫的海水中,然而密集的火网让他们无计可施。

　　突击发射鱼雷已经不大可能,程璧光经过慎重考虑,下达了不再逼近的命令。他决定另外寻找战机。

　　航速较慢的"平远"舰在此时显示出了兄长一般的稳重,它冒着弹雨紧逼到与敌舰一千五百米的距离。这时候,它的左舷已经被日方的下濑火药炮弹击穿并燃起大火,管带李和带领水兵边灭火边前进。

　　李和盯视着日舰中的"松岛"号,他知道,那艘舰艇和他的"平远"舰出自同一母型。福州船政局正是仿造"松岛"号建造者的理念,打造了"平远"舰。李和要用"平远"舰跟"松岛"号较量一下,给予它有力的一击。

　　伊东祐亨对于"松岛"几近于无的装甲有着很大的担忧。这艘舰艇的排水量只有4000余吨,却装备了包括320毫米口径巨炮以及大量120毫米口径速射炮在内的武备,已经无法承载更多的防护装甲,因此仅在沿水线纵向敷设了厚度2英寸的装甲甲板，如果真打起来，实在不堪一击。

在伊东祐亨担心的时候，"平远"舰舰艏260毫米主炮炮塔内，枪炮大副陈杜衡及其他官兵们正在反复测距，不断修正射击参数。

炮手鲨鱼也在其中。他从一名练勇很快地成长为一名优秀的炮手，后来他很多次对自己的好朋友陈荒谷描述那个重要的时刻，它发生在14时34分。鲨鱼亲手将炮弹发射出去，直接命中了"松岛"舰的舷侧。

他和其他人一起，屏息等待着"松岛"号的反应。他想象着这枚260毫米口径巨弹击穿"松岛"号的路线，应该是先击穿它那不堪一击的船壳板，然后进入左舷中部。那里是什么部位？通常来说应该是舱室，鱼雷发射室应该也在那里。然后，这枚炮弹会继续穿行吗？还是会在哪里爆炸？……

鲨鱼有着太多的想象。他需要这样的实操，来验证自己作为一名炮手的天赋和直觉。他闭上眼睛，感觉自己真的看到了它迅疾穿行的样子。

一直到战后，鲨鱼才知道了那枚炮弹具体的穿行路线，它的确先是穿透了"松岛"号那羸弱的船壳板，斜穿进入位于左舷中部的一间士官舱，那里改成了临时医疗室。炮弹破坏了这间临时医疗室后并没有停止，而是继续穿行，穿透一英寸的钢板，冲进中部的鱼雷发射室。它依然没有停止，而是从左舷的鱼雷发射管下方通过，继续飞行到320毫米主炮炮架的下方。巨大的冲击力破坏了用来驱动巨炮旋转的液压罐。与液压罐之间的钝重的撞击，终于削弱了炮弹的力量，使它停止下来。

在这个短暂而可怕的过程中，鱼雷兵竹内道治重伤，一等水兵河野三代吉、二等水兵北村常吉、四等水兵德永虎一等人阵亡。在弥漫的令人窒息的硝烟中，人和人面对面也无法辨识面容。鲜血和着肉的碎片向四面八方迸射，凄惨的哀叫在舱室内响个不停。

尾本知道舰长在伊东祐亨的催促之下，焦灼不安地想办法对付因为失去液压助力而陷入瘫痪的主炮。320毫米口径主炮重达七十吨，疲劳受伤的水兵们拼尽全力试图用人力旋转大炮的曲轴，但是它纹丝不动。

令尾本知道和伊东祐亨抱有最后一丝希望的是，"松岛"舰除了1门320毫米口径主炮外，还有12门120毫米口径速射炮。主炮瘫痪，速射炮还可以工作。尾本知道气恼地命令炮兵全力发动速射炮对"平远"舰进行还击。

在密集的弹雨中，"平远"舰260毫米主炮炮塔接连被击中，2英寸厚的主炮炮罩被击穿，装有下濑火药的炮弹在炮罩内炸开，破坏了主炮的旋转机构。这几乎和"松岛"舰同样的受损局面，仿佛冥冥中被安排好一样。

主炮受损之后，管带李和命令"平远"舰退却，他想争取时间修理主炮。

鲨鱼也很着急，此时"平远"舰上的所有水兵情绪激昂，他们不想就这样退出战场。于是，所有人都跑到露天甲板上，去操作那几门47毫米哈乞开斯单管机关炮，让它们发出怒吼。鲨鱼冲在最前面，他们集中攻击260毫米炮弹刚刚击穿过的"松岛"舰中央鱼雷室以及舷侧炮位。其中一发炮弹击坏了"松岛"舰用于悬挂信号旗的桅杆。

机关炮弹在舰上各处炸响，将左舷鱼雷管的发射电路击断。"松岛"舰鱼雷长木村浩吉痛心地目睹着几名士兵倒毙，舱室的墙壁上喷溅着这几名战死者的骨肉碎末。他走上甲板，发现甲板上血肉混合在一起，使得双脚打滑，难以行走。

发射指挥官井手少尉的附近也被炮弹攻击，他的后背上粘着死去士兵的厚厚的肉浆。他抖落下落在身上的肉屑，正准备下达发射命令时，又飞来一枚炮弹，炸死了两名发射兵。

然而，"平远"和"广丙"毕竟也受伤严重，几乎没有余力再抵御日本本队军舰舷侧的凶猛炮火，只好选择暂时退避。在它们退避的时候，竟然与"西京丸"号相遇。遭遇了"定远"舰炮击的"西京丸"号已经处于崩溃的边缘，桦山资纪又得到来自信号兵的报告，接着，军舰周围的烟雾中出现了"平远"、鱼雷巡洋舰"广丙"以及头等鱼雷艇"福龙""左一"号的影子。深受创伤的"平远""广丙"不顾一切地向"西京丸"发炮，一度逼近至距离仅五百米处。

军舰左转，舰艏对准敌舰！舰长鹿野勇之进匆忙下令，用舰上临时加装的4门120毫米口径速射炮抵抗"平远""广丙"的进攻。

这时候，"西京丸"的飞桥上传出一声大喊：鱼雷艇！

这声喊叫不亚于给桦山资纪送来死亡的信息。他不太敢相信真的有一艘鱼雷艇猛然之间从浓烟中冲到眼前，它们之间的距离近在咫尺。这是死亡的距离。

管带蔡廷干站在"福龙"号鱼雷艇的指挥塔上。他对这艘鱼雷艇的装备了如指掌：14英寸鱼雷发射管3具，其中2具分别位于艇艏两侧的鱼雷舱内，另外1具位于艇体尾部甲板上的旋转发射架上。3枚德国"刷次考甫"鱼雷静静地等待着自己的使命。在艇前艇后的炮座上还装有47毫米2门哈乞开斯速射炮。

大沽水雷学堂毕业的管带蔡廷干刚刚指挥着"福龙"护卫运输船逆鸭绿江而上，卸下了清军和武器，在返回途中加入了这场战斗。与"福龙"号一起进入战场的还有头等鱼雷艇"左一"号和二等鱼雷艇"右二""右三"号，它们恰好遇到了下沉的"超勇"号，纷纷抛绳抛物救援落水的水兵。蔡廷干觉得，有其他伙伴参与救援，他可以去行使鱼雷艇的职责了。于是他命令"福龙"号全速前进，袭击"西京丸"号。他当然知道这样做的危险，"福龙"号必须冒着枪林弹雨冲到有效射程之内才能发射鱼雷，那是一段极近的距离，只有四百米。如果没有命中目标，"福龙"号就很可能在日舰的炮火中被毁。

航速24节的速度，令"福龙"号像箭一样飞速出现在"西京丸"号眼前。在接近四百米距离的时候，蔡廷干下达了发射鱼雷的命令。甲板下狭窄黑暗的发射舱内猫着两名鱼雷手，他们迫不及待地按动了蒸汽阀门。压缩空气强力地推动一尾"刷次考甫"鱼雷高速跃入海中，射向"西京丸"号。

"福龙"号所有人都在等着"西京丸"号被命中的爆炸。舰长鹿野勇之进是一个疯狂的人，他下令"西京丸"号立刻掉转航向，迎头冲向鱼雷。他心里明白，这是近距离规避鱼雷的最后一招：军舰快速航行激起剧烈的浪花，改变鱼雷的航向。

鹿野勇之进的冒险行为挽救了"西京丸"号，鱼雷被船头扬起的浪涌推开，紧擦"西京丸"右舷仅一米的位置飞过。

继续发射！

蔡廷干没想到"西京丸"号会用这样的冒险行为进行自救，他命令鱼雷手又发射了一枚鱼雷。

蔡廷干站在司令塔内，跟他一起站在塔里的还有操舵的水手，他们遗憾地看到第二枚鱼雷也在距"西京丸"号十五英尺左右的地方与之擦肩而过。

鱼雷艇内的操作空间在甲板下面，黑暗而狭小，短时间内填装鱼雷的可能性是没有的。"西京丸"号迎头猛冲而来，速度很快就缩短到了二百米。

准备战斗！蔡廷干命令水手迎头战斗。

这些勇敢的水手纷纷跑到甲板上，用机关炮迎击"西京丸"号。

还有一枚鱼雷，在福龙号甲板后部，蔡廷干决定把最后这枚鱼雷发射出去，做最后一搏。当两条船越来越近的时候，蔡廷干大胆地命令"福龙"号向右急转弯，侧身从"西京丸"前面驶过。当距离调整到有效射程的时候，他命令鱼雷手射出了最后一枚鱼雷。

军令部长桦山资纪发出绝望的哀叹，所有人都认为"西京丸"难逃此劫。然而，遗憾的是，第三枚鱼雷仍然没有命中"西京丸"，而是从它的底部激射过去。

蔡廷干能够想出许多技术原因来解释这次发射的失败。距离，急转弯，鱼雷设定深度和实际入水深度的偏差，发射角度，等等。他不愿去做这些分析，他只知道，三枚鱼雷已全部打出，他和这艘鱼雷艇在英勇的进击之后收获了遗憾的结局。

作为中国第二批留美幼童，蔡廷干用他的刚毅勇猛为自己赢得了"火爆唐人"的绰号。那些美国同学用这个绰号诠释着对他性格的理解。"西京丸"号仓皇逃跑，蔡廷干在司令塔内站着，黯然神伤。一瞬间，他想起自己在天津机器局工作的父亲，想起自己在美国留学的那些时光，回国后在福建船政水师服务的那段日子，以及后来在天津水师学堂学习鱼雷艇专业的时光。

"左一"等鱼雷艇随后也赶到现场，试图对"西京丸"展开攻击，但是他们发现与"西京丸"号之间的距离已经变得很远，难以作战。

15时30分，千疮百孔的"西京丸"终于逃过此劫，驶出战场修理抢救。

在"福龙"号鱼雷艇进攻日舰"西京丸"号的时候，15时10分，日舰"扶桑"舰舰长新井有贯命令中央八角台炮房对"定远"舰射出了一枚炮弹。

作为相对弱小的军舰，"扶桑"号在战争开始后一直很被动，似乎一直在掉队和被追击。所以，新井有贯并不奢望会在这场战争中伤害北洋舰队中的哪一艘船，更不奢望会立下什么功勋。可以这么说，他命令炮手们拼命射击，很大程度是为了自保。

所以，新井有贯也不敢相信，这一枚炮弹居然射中了"定远"舰没有防护的舰艏部位，穿透外壁的船壳板，直入舰内。当然，他得感谢"定远"舰在装甲防护上的缺陷。曾一度被誉为"亚洲第一巨舰"的"定远"舰，配备了4门足以傲立东亚的305毫米克虏伯巨炮，而且还有非常厚重的装甲防护：坚韧耐腐蚀的钢面铁甲围绕整个军舰中部一周，厚达305—355毫米，被称为"铁甲堡"，很难穿透，可以有效保护位于舰体中部的弹药库、锅炉舱、蒸汽机等要害设施。但是，缺陷在于，"铁甲堡"只敷设在舰体中部，首尾部分没有敷设，只是在水线下水平纵向敷设了75毫米厚的装甲甲板，成为防护薄弱之处。

"扶桑"舰的炮弹恰巧就攻击了防护薄弱的"定远"舰的舰艏，进入首楼甲板之下的军医院。所幸的是，之前考虑到这里没有铁甲堡，所以治疗场所改到了铁甲堡防护区域。但这里的设施依然燃起了大火，并通过弹孔及梯道舱口向外迅速蔓延到首楼和主甲板。

大火造成的浓烟遮蔽了一切，包括4门305毫米克虏伯炮在内的所有指向舰艏方向的武器都无法瞄准射击，火焰烧红了半边天空。

北洋舰队最声名显赫的旗舰面临难以预计的后果，这一幕不仅令北洋舰队其他舰艇感到担忧，也让日本联合舰队难以置信。在接近十年的时光里，每个海军官兵都以摧毁"定远"舰为军事目标，他们不敢相信这个目标即将实现。

在不可置信的狂喜的期待中，日舰更加猛烈地将弹雨倾泻到"定远"舰身上。

"定远"舰不能出事！黄崴生喊。

他当上三等水兵来到"定远"舰上没多久，对它的一切都还没有完全熟悉过来。

浓烟呛得人鼻腔和喉咙生疼，黄崴生眼泪哗哗地流，不知道是被呛得还是心里发急哭了出来。他看到德籍炮术顾问阿璧成快速往首楼顶部甲板跑，那里现在非常危险。他问阿璧成，你去那里干什么？

阿璧成听不到黄崴生在说什么，在先前的炮击中他耳朵被震聋，听不到人说话。

看到阿璧成听不到自己说话，黄崴生也顾不得那么多，跟着阿璧成跑到首楼顶部甲板上。他们立即投入架设消防水泵的工作中。英籍顾问尼格路士从主炮台也跑了过来，因为那里已经没法发炮了。在他们奋力工作的时候，又一枚炮弹飞来，弹片击中了尼格路士。

黄崴生说，我扶你去军医院包扎吧！

尼格路士摇摇头。接着他把目光转向他的同乡戴乐尔，让戴乐尔有机会的话去看看自己的女儿。

随后，这位英国人牺牲在远离故乡的黄海上。

黄崴生这回觉得自己真的哭了。他抬起模糊的泪眼，望向红色的海面，看到在"定远"舰的左侧正有一艘舰艇靠拢而来，仔细一看，是"致远"舰。黄崴生听陈荒谷说起过"致远"舰的管带邓世昌,很多水兵说他是个怪人,治军特别严,不常回广东的家,整日在船上跟水兵们一起住。水兵们都知道,他二十多年里只回过三次家。而且他平时不喝酒,不赌博,不看戏,其他的军官都觉得他不随大流。他也不听那些闲言碎语,照样我行我素。水兵们都很敬佩他,但不知为什么给他取了个"邓半吊子"的外号。

邓世昌指挥着这艘排水量仅有2300吨,没有任何竖甲防护的穹甲巡洋舰,驶到了"定远"舰的前面,替它遮挡着弹雨。与此同时,在"定远"右侧,由林泰曾、杨用霖指挥的"镇远"舰也冲到前面,与"致远"舰承担起了共同护卫旗舰的使命。

黄崴生忍不住喊道,邓半吊子,真是好样的!

黄崴生明白,必须紧紧抓住这宝贵的机会。他们使出浑身的力气用水泵抽取舰底的海水,通过梯道舱口注入下方的舱室。黄崴生觉得,军医院都快变成一个小型水库了。最终,大火被奇迹般地灭掉了。

黄崴生的衣服已经被烧得支离破碎,他终于可以直起腰来歇一歇了。这时候,"定远"舰上刚才一直忙于灭火的人都看到,挺身而出支援了他们的"致远"舰已经变得千疮百孔,被炮弹击穿多处,水线附近的伤处导致了海水的进入。与刚才一直在抽水灭火的"定远"舰截然相反,"致远"舰此刻正在全力用一切工具往外排水。但是这些排水的努力看起来是徒劳的,舰体正在以肉眼可见的速度发生倾斜,角度已近30度。

黄崴生不知道那些排水的水兵当中有没有陈荒谷。出海之前,他曾经去陈荒谷家中吃饭,陈荒谷的父母忧心忡忡。陈荒谷说,放心吧,我死不了。

饭后,他们两人有过一番对话。陈荒谷对黄崴生说,要是我死了,你要帮我照顾我爹娘。

黄崴生说，要是我死了呢？

陈荒谷说，要是你死了，我没死，等我不当水兵的那一天，我就去海参崴帮你爹照管杂货铺。

黄崴生说，假如我们俩都死了呢？

陈荒谷说，不会。我做过梦，咱俩只会死一个。很有可能是我死了。

黄崴生从鲨鱼那里听说过陈荒谷很神秘，会做梦。他不知道这是真是假。

陈荒谷说，我梦见我躺在海面上，周围都是喊叫声，还有炮火。但我没梦见你，所以你肯定死不了。

黄崴生当时觉得陈荒谷只是在开玩笑。哪有能梦见自己死亡的人呢，他长这么大没见过这样的奇人。

在"致远"舰上排水的人当中，确实包括陈荒谷。他倾听着远远近近的炮声，看着海面上这儿那儿升起的火光，觉得似曾相识。仔细想想，那不就是他十二岁那年高烧三天梦见的场景吗？

他像其他船员一样，尊敬和爱戴着他们的管带邓世昌，也惧怕着这个威严的人。这时候，被亲切地称为"邓半吊子"的"致远"舰管带邓世昌，已经做出了和舰艇共亡的打算。

这时候，恰好"吉野"舰出现在"致远"舰前方，邓世昌对大副陈金揆说，我们的弹药快要打完了。敌人全仗着"吉野"舰，如果除掉它，我军必然可以获胜。

邓世昌非常欣赏陈金揆。十一岁就以优良成绩考入上海出洋肄业局预备学校接受中西文强化训练的陈金揆，十二岁作为第四批幼童赴美国留学深造，归国之后学成于天津水师学堂。1887年随邓世昌赴英、德两国接船，第二年任"致远"舰大副后，就一直跟随邓世昌，与他心意相通。

在陈金揆的指挥下，伤痕累累、严重倾斜的"致远"舰像一只愤怒勇猛的野兽，全速向"吉野"舰撞去。

躲避！攻击！坪井航三紧急命令道。

邓世昌屹立在飞桥甲板上，将士们无不被他那威风凛凛的气节所折服。"吉野"的速射炮接连不断地飞射而至，"致远"舰锅炉发出剧烈的爆炸声，巨大的火球从舰体中部腾空而起，舰艏沉重地向着海底下沉，舰艉翘起在硝烟弥漫的空中。

"致远"舰终于走完了它最后的一段路。

"致远"舰沉没了。落入海中的邓世昌心里有着深深的遗憾。如果再多一点时间，他可能就带着他的军舰把"吉野"舰撞沉了。他看到亲兵刘相忠正在向他游来，拿着一只救生圈。邓世昌推开救生圈。接着他又看到"左一"号鱼雷艇赶过来抛绳相救，他依然没有去接那根绳子。唯一让他的心感到疼痛的一刻是，他豢养的爱犬太阳跳下海水，咬住他的胳膊，要把他拽上海面。邓世昌呵斥太阳，让它离开。然而这只忠实的狗再次靠近，咬住邓世昌的头发。邓世昌流下了热泪，他将太阳抱在怀里，一同沉了下去。

刘公岛少年陈荒谷果真见到了他梦中的场景。他落入海中，看到了连天的炮火和硝烟。一些跟他一样落入海中的水兵在呼叫和挣扎。

再然后，场景变了，他看到自己平静地躺在海面上，身边闪烁着美丽的金光，海鸥在头顶上空盘旋歌唱，他认出了其中的一只，是在刘公岛海边经常看到的那只。四处一片寂静，一些船只悠闲地燃着烟柱来来往往。他觉得舒服极了，海面微微地起伏着，托举着他，像摇篮一样。他睡了过去。

外十二

以下是蒲池山菊的日记。

1894 年 9 月 17 日。

为了便于记录，有时候我让彼得潘托夏从望远镜里观察战况，由他给我口述。现在，他在向我口述中国舰队中的"致远"号沉没时的样子：

中国的另一艘舰艇，它好像是"致远"号。没错，它就是致远号。它也遭到了不幸，船上进水了。可能是炸弹破坏了它的船体，把它打出了漏洞，海水汹涌地进入船体。船上的官兵大概在抽水灭火，我看到水从这艘舰艇的两侧在往海里倾流。哦，天哪，它已经毁坏成这个凄惨的样子了，船身在一点一点地倾斜，但是它的大炮依然在不屈不挠地射击。甲板上的大炮和舰艏的大炮都在射击。

好了，我的日本朋友，你们国家的舰艇把中国的这艘了不起的舰艇击垮了。现在你也听到了吧，你们国家的士兵在发出胜利的欢呼。这就是战争，不是吗？

现在，这艘船的船头沉重地陷入到了海水中，船尾像鲨鱼尾巴那样高高地翘起在空中，螺旋桨还在枉然地旋转。

我看到了一条狗。这可能是整场海战中唯一死掉的动物。

第十四章

双方舰队的较量就像正在运动和变化着的跷跷板，此起彼伏，此消彼长。大约15时30分，"镇远"舰用305毫米克虏伯主炮令日本联合舰队旗舰"松岛"舰受到了不小的打击。

在整个战争的过程中，"镇远"舰一直与"定远"舰分在同一小队，并肩作战。它的舰型与"定远"舰相同，是北洋舰队的主力舰之一，管带林泰曾知道这艘舰艇在战争中的重大使命。

对"松岛"舰的射击，是在德籍炮术顾问哈卜门和枪炮大副曹嘉祥的指挥下进行的。炮弹将"松岛"舰左舷炮甲板第四号速射炮炮位穿透，破坏了炮廊之后从右侧向上穿出。炮击过后，日本水兵惊骇地看到，"松岛"舰右舷主甲板上出现了一个巨大的破洞。接着，又一枚威力更大的装填了90磅黑火药的五倍口径开花弹接踵而至，落在四号炮位，轰然爆炸。

这是"松岛"号舰长尾本知道最担心的一件事情。这名海军大佐深深地为军舰上配置的先进中口径速射炮而骄傲，但同时他也知道，为了保证速射炮不间断地高速射击发挥威力，必须提前将大量的弹药运送到炮位附近，从而最大限度地减少弹药补充的时间。弹药堆积显然是危险的，尾本知道无奈地看到，四号炮位的120毫米速射炮被炸上了天。之后，从天空重重摔落的速射炮的残部砸向了弹药堆，接二连三的连环爆炸声响起，腾起巨大的白色烟团，火海从船上蔓延到海面上。

可怕的是，舰体上增添了几个新的破洞，海水大量地灌涌而入，船体开始倾斜。

"平远"舰上的鲨鱼远远地看到了负伤的"松岛"舰，他心里激动不已。在那之前，"平远"舰刚刚击中过"松岛"舰，但没有彻底将它毁坏，鲨鱼期待着这次它能从战场上消失。这个期待也是北洋舰队所有人的期待。一时之间，有那么短暂的几秒钟，喧嚣的海面似乎寂静无声。当然，这种寂静或许是鲨鱼的错觉。

尾本知道舰长冒着浓烟检视了这艘军舰。大火依然如同火龙一样在甲板上游弋，电灯、电路、传话管、水管、蒸汽管、升降口、梯子等设备和部位被烧炸得断裂变形，像秋末枯萎的藤蔓一样垂落和死去。分队长志摩清直海军大尉、分队士伊东满嘉记海军少尉及其他官兵共二十八人死去，肢体残缺不全，辨认起来相当困难。另外，军医长河村丰洲等六十八人受伤。

尾本知道从这些伤者旁边走过。下濑火药将他们的头发烧成灰烬，皮肤烧得像墨一样黑。炸药炸破了他们的肚腹，炸断了他们的手和脚。肢体的疼痛让他们止不住地悲鸣。稍后不久，二十二名重伤的人相继死去。

炮术长井上保也被烧得脸部墨黑，焦灼和愤怒加深了黑的程度。他咆哮着，命令士兵冲进炮甲板内救火，去弹药库阻断火势。但惊恐的士兵们已经失去了所有的勇气。

听完尾本知道舰长的汇报，伊东祐亨自言自语道，我们失去了三分之一的将士。

是的，尾本知道说。

至此，这艘编制三百五十五人的舰艇，只剩下三分之二的人。而且可怕的是，失去的人当中包括大批的炮手。

在伊东祐亨和尾本知道一筹莫展的时候，战场上刮起了一阵大风。清凉的风从破损的舷侧吹进新鲜空气，火炮产生的毒气得以稀释，灭火的士兵这才冲进炮甲板去灭火。

炮术长井上保从未见过这样凄惨的景象：先前还跟他一起吃饭的士兵的肢体被炮弹分解，散乱一地。脸被炸得难以分辨。断裂的骨头上的肉已经被烧毁，使得骨头看起来像火化后的白骨。死者流出来的鲜血在倾斜的船体上顺坡流去。

井上保甚至惊骇地看到，死者的肉片粘在炮身上，大约因为神经还没有彻底死去，那尚未冷却的肉片还在微微颤动，这让井上保又想呕吐又想大放悲声。

半小时过后，在大风的帮助和士兵的努力下，"松岛"舰终于摆脱了熊熊烈火。士兵徒劳地在舷侧张挂帆布，遮掩巨大的破口，试图堵漏。

幸运逃脱死亡的炮手开始履行职责，清点和收拾火炮。此时，炮甲板上的120毫米速射炮损毁四门，余下六门可用。但令伊东祐亨和尾本知道苦恼的是，没有足够的炮手来让这六门炮重新怒吼起来。即便让军乐队的乐手全部参与，也无济于事。况且，乐手们对如何操作那些火炮缺少技术培训，他们茫然地看着那些武器，不知道从哪里下手。

伊东祐亨太累了，他疲劳得已经失去斗志。16时07分，伊东祐亨下令在"松岛"舰桅杆上升起了一面特殊的旗帜。其他日舰看到了那面旗帜在向他们传达"不管"的意思，于是它们也带着迷茫，开始了自由运动。

"松岛"舰鱼雷长木村浩吉来到士官办公室。这里也被火烧黑，勉强作为临时医院。重伤的士兵躺在桌子上、地板上、椅子上。

一名士兵朝他喊，鱼雷长，给我水！

木村浩吉找到一个陶壶，装上水，给重伤员喂水。

另外一名伤兵恐慌地问，鱼雷长，"定远"舰和"镇远"舰现在情况如何？

还有一名重伤者从远处招呼木村浩吉，鱼雷长，我是少尉候补生大石馨。

木村浩吉绕过几名伤员，走到大石馨身边，帮他脱掉衣服，露出烧得漆黑的身体。不久之后，大石馨在木村浩吉的注视下停止了呼吸。

"松岛"舰在重创下失去还击之力,意味着北洋舰队获得了一个很好的战机,这时需要一鼓作气乘胜进攻。对于"济远"舰等受伤较轻的舰艇来说,此时应该是它们发挥勇气行使使命的时候。

"济远"舰管带方伯谦的心里却一直在经受着折磨。他很矛盾,进攻和退避像两个敌人在他的脑海里战斗。丰岛海战的时候,方伯谦在船上挂起了白旗和日本旗帜,之后成功退离战场,并且事后轻易地编织了一些谎言便逃脱了惩罚,这是留在方伯谦心底说不出口的秘密。

战争刚开始的时候,方伯谦就开始了自己的盘算。他在阵形的后面徘徊不前,敏锐地注视着战场的动向。当他看到日本联合舰队从左翼开始前行的时候,就带领同一小队的"广甲"舰往阵形的右边移动。当第一游击队开始攻击右翼的"超勇"舰和"扬威"舰的时候,方伯谦又命令"济远"舰和"广甲"舰向左移动。当左翼各舰集中围攻"比睿"舰和"赤城"舰的时候,"济远"舰依然没有参与其中,而是躲在远处观望。

战斗进行到白热化,"致远"舰壮烈沉没,同时,日方的"松岛"舰受到重创。这个非常好的战机并没有激发方伯谦的斗志,他命令信号兵挂上"我舰已经重伤"的信号旗,加速向西北方向大东沟、大鹿岛一带的浅水区奔逃。那里是北洋舰队天然的避风港,日本联合舰队对那一带很陌生,方伯谦深知这一点。

"济远"舰德籍顾问哈富门为此感到疑惑:"济远"舰虽然受了伤,但并不影响战斗,方伯谦却惶惶然如丧家之犬,为了避战而奔来逃去,使得北洋舰队难以保持一个完整有力的阵形。

其他舰上的水兵目睹"济远"舰的无耻之相，都愤恨地朝它叱骂：满海跑的黄鼠狼！

在往浅水区奔逃的过程中，慌不择路的"济远"舰还犯下了一个更为重大的错误：它居然撞上了同样在往那里退出的"扬威"号。

"扬威"号被攻得体无完肤，舵机失灵，正往浅水区退避，试图灭火自救。遭到"济远"舰的致命撞击还不是最重要的——让"扬威"号所有官兵最痛恨的是，"济远"舰非但没有弥补自己的过失，反而加速倒车逃离。

"扬威"号沉没后，管带林履中拒绝求生，而是一头撞进一个被炮火击穿的破洞里。他的最后时刻，有对"扬威"号的不舍，有赴死的悲壮，还有对"济远"舰和方伯谦的愤怒和鄙视。

令水兵们不齿的，还有"广甲"舰的尾随逃跑。有些水兵被气愤所驱使，甚至朝逃跑的"济远"舰和"广甲"舰开火。

随着战争的持续延宕，遭受不同程度创伤的"经远"舰、"靖远"舰、"来远"舰也无力再战，相继离开战场，向大鹿岛方向的浅水区驶避，以便修补伤处。留守在战场上的"定远"舰和"镇远"舰陷入孤立之境。

这对于日舰指挥官们来说，是一个难得的良好战机。第一游击队司令官坪井航三立即指挥第一游击队的四艘舰艇开往西北方向追击。于是，陷入孤立境地的"定远"舰和"镇远"舰就遭遇了日本联合舰队本队的"松岛""千代田""严岛""桥立""扶桑"五艘军舰的围攻。"松岛"舰燃起了报仇的火焰，尾本知道舰长下令用受损较轻的右舷火炮进攻"定远"舰和"镇远"舰。其他各舰也纷纷驶近，对二舰进行进攻。为此它们甚至不再在意阵形。

二舰的管带和重要将领心里都十分清楚，此刻共有多达近三十门120毫米口径速射炮在射出炮弹，其中还夹杂着大量320毫米、240毫米等大口径火炮所射出的更具威力的炮弹。而且可怕的是，战斗已经过去了三个多小时，二舰剩余的炮弹已经严重匮乏。

丁汝昌在战争伊始就为北洋舰队炮弹的缺乏而忧心，此刻这个弊端已经充分显现：弹药匮乏的局面已经走到关乎舰队生死存亡的最后一刻。

"镇远"号共射出了一百四十八发六寸弹，管带林泰曾被告知，他们的弹药已经告竭，榴弹全数用尽，只剩下十二寸炮用的穿甲弹二十五发。"定远"的情况也跟"镇远"差不多。而且更可怕的是，两艘军舰的305毫米主炮多数受伤，分别只有三门和两门炮可以施放。

安装在军舰艉尾的150毫米火炮也出现了不同程度的损伤。"镇远"舰上的炮手刚刚完成第二十四发炮弹的射击,还没有来得及装填下一发炮弹,横楔式炮闩突然脱落,火炮作废无法使用。

转移到305炮台上继续作战!炮目赶忙给炮手下达命令。

炮目刚刚离开,一颗日舰上飞来的大口径炮弹,就击中了刚才作废的150炮塔。

我们只能再坚持三十分钟。刘步蟾对丁汝昌说。

舰艇在不断地中弹起火,烈焰升腾,几乎蔓延到全舰。"定远"舰和"镇远"舰互相依靠,一面救火,一面继续射击,丝毫没有退却的意图,直到最后几乎完全再难航行。

太阳缓慢地西沉,金黄的光色覆盖着两艘不沉的军舰,令日方沮丧和畏惧。一个多小时过去了,他们发现,无论多么密集的炮火,也无法真正伤及这两艘中国军舰那厚厚的装甲。

日本三等水兵三浦虎次郎躺在"松岛"舰的火炮甲板内,透过一个巨大的破口,望着外面的"定远"舰。他受了重伤,腹部的血潺潺地往外流淌,这加重了他的焦虑。

"定远"舰怎么还打不沉啊!他哀叹了一声。

在通往大鹿岛附近浅水区的海面上,航行着北洋舰队的五艘军舰。"济远"舰和"广甲"舰逃离战场,在前面狂奔。它们的左舷后方远处,是孤零零的"经远"舰,再不远处是"靖远"和"来远"。

最让日本联合舰队第一游击队印象深刻的是,"来远"舰还拖着一条火尾。它的舰尾被日舰"赤城"号炮击而燃起的大火,一直没有熄灭。

对于已经逃远的"济远"和"广甲",第一游击队决定放弃追击,而专心对付"经远""靖远""来远"三舰。16时16分左右,"靖远"的桅杆上挂出了一组旗语,同队的"来远"读懂了旗语,便跟随作为队长舰的"靖远"一起向东北方的小鹿岛方向驶去。

第一游击队决定攻击落单的"经远"。

这艘1887年建造于德国伏尔铿造船厂的舰艇,在舰艏安装有2门210毫米口径克虏伯炮,船舷两侧的耳台上各装有1门150毫米口径克虏伯炮,作为它的主要武器。另外它还拥有75毫米、47毫米等哈乞开斯机关炮多门,分别布置在舰艏水线下、军舰两舷和舰尾的鱼雷发射管。

它的舰体中部也被四面包裹的水线带装甲所保护,有点类似于"定远"舰,因此它又有"小铁甲舰"之称。然而它在装甲带的拼接方式上也存在缺陷。它的另一个致命缺陷是司令塔的安全性能较低。

管带林永升对自己这艘舰艇的缺点当然非常清楚。这位有着欧式浪漫思想的管带,曾经想跟"比睿"舰进行一场罗曼蒂克般的武士近身肉搏，这从另一个角度也说明了他的勇敢和刚烈。

被围攻的过程中，林永升在司令塔内指挥士兵发炮还击，同时紧张而有序地灭火。一发炮弹从安全性能较差的司令塔外射来，击中林永升，这位勇敢的管带瞬间脑浆迸裂。管带的壮烈牺牲，给夕阳笼罩下的"经远"舰罩上了悲壮的色彩。

"吉野"舰凭借它15节的航速，继续高速追击"经远"舰，边追边不断修正，提高命中率。短短十几分钟内，"经远"舰遭受到的炮击次数，仅次于"定远"舰和"镇远"舰。

17时03分，"吉野"的火炮又破坏了"经远"左舷水线带的装甲拼合处，这处致命缺陷瞬间破损崩溃，海水从水线装甲带的裂口疯狂涌入，舰体开始向左倾斜。接着，下濑火药炮弹又在"经远"的主甲板上造成了几处火灾，大火燃起，浓烟滚滚。

同时被大火和海水围困的"经远"舰面临着灭顶之灾。大副陈荣和二副陈京莹带领士兵冲到主甲板上救火抢险，三十二岁的陈京莹被一颗弹片击中。

"吉野"舰长河原要一决定彻底摧毁"经远"舰，抢得这一重大战绩。但是后面追赶而至的"高千穗""秋津洲""浪速"乱炮齐发，打乱了河原要一的计划。在这倾覆一切的弹雨中，"经远"舰向左侧逐渐沉没，右侧舰底的螺旋桨高高地露出了水面，现出苍凉的红色舰底。

大副陈荣在最后一刻跳进海中，与军舰一起沉没。

第一游击队鼓起了胜利的斗志，随即转向东北，打算去进攻正在灭火修理的"靖远"和"来远"。

由于水线被炮弹所伤，舰艇进水，而且多处燃火，"靖远"舰一面向浅水区航行，一面灭火、堵漏、维修。

同队的"来远"舰伤情更为严重，被"赤城"舰命中而燃起的大火一直没有扑灭,在驶往浅水区的过程中才逐渐看到扑灭的希望。

曲惊涛边灭火边痛心地看着被烧废的甲板,那上面的所有木制构件都已烧毁,舱室内的一切都已烧成灰烬,铁梁和铁板等不易烧毁的部位也被烧至断裂或弯曲。枪炮二副谢葆璋等幸存的将官没有一人逃避,全都在争先恐后地灭火。有些死亡士兵的肠子和碎肉溅到烟囱或灼热的铁管上,很快被烤成肉干。

机舱内温度很高,足有华氏二百多度。通往机舱的梯道舱口和通风井完全关闭,以隔绝大火蔓延而至。官兵们被熏得呼吸憋闷,只能匍匐在机舱地板上,听候命令。一旦车钟敲响,他们便迅速从地板上站起来,往锅炉里填煤,检查阀门,保证机舱内一切运转正常。

这一切都时时地令曲惊涛眼眶湿润。

夕阳洒下的光线由金黄逐渐变得暗淡。当"靖远"舰和"来远"舰忙于自救维修的时候,第一游击队追击而来,这无疑是灭顶之灾来临。"靖远"舰管带叶祖珪和"来远"舰管带邱宝仁站在司令塔内,指挥舰艇背依浅水、舰舷对敌。所有水兵都放下了维修灭火的器具,重新拿起能够使用的武器。

曲惊涛也站到了一个炮位后面。在那一刻他想起朝阳街,想起老曲家的航海人。他想,这可能是我生命的最后一天了。我的祖上在大海上杳无音信,可能都像我一样葬身海底了吧。

在难挨的对恶战和死亡的等待中,17时45分,第一游击队的信号兵突然看到远处"松岛"舰上升起的旗语,命令所有舰艇立即结束战斗,返回本队。

伊东祐亨在下达这个命令之前经过了一番思考,他最大的担忧来自渐渐降临的夜色,生怕夜间交战对日舰不利。万一北洋舰队的鱼雷艇趁夜偷袭,那日本联合舰队一下午的战果就会付之东流。

"吉野"舰必须听令返航。舰长河原要一感到深深的遗憾,因为他的这艘大船上还剩有非常充裕的弹药,多达二十万枚。

　　噩梦一般的下午逝去,月光照亮了黄海海面。幸存的北洋舰队带着创伤,开始了返回旅顺的航程。

外十三

以下是蒲池山菊的日记。

1894年9月17日。

我们趁着月光回到"孥.S"停泊的那个辽东半岛的小海湾。"孥.S"一直小心翼翼地趴伏在这里，小海湾像母亲一样保护着它，使它免于被炮火光顾。无论哪一方的炮火，对一艘无辜的商船来说都很不友好。

托夏的表情很凝重，我试图说些什么来缓解这压抑的气氛，但我发现自己也像托夏一样失语了。那喧嚣的战争场面并没有离开我们的脑海。

后来我试着开口，我说，托夏，你在想什么？

托夏大声地问我，我的日本朋友，你说什么，我没有听清楚。

从他的音量上，我发现他的听力还停留在炮火纷飞的余波中，尚未恢复到正常状态。于是我们又沉默了很长时间，让我们的听力慢慢恢复。炮火确实损伤了我们的听觉系统。

一段时间后，我才慢慢听到了"孥.S"的轰鸣声，又陆续听到了更轻微的声音，比如海浪拍打船舷的声音。这时候，我知道我的听觉系统恢复了正常。

我们聊了一会儿，但只是一会儿。因为我们避免不了要聊那些炮火和在大海里呼号的死亡者，这真让人难过。于是我们就回到舱室里休息了。

　　现在，我在舱室里写这篇日记。本来我以为会写很多很多，毕竟我们在那个小高地上通过望远镜目睹了几个小时那惨烈的战争，应该有很多可以记录的内容。但是，那些场面在我脑海里不停地回放，我的手却很无力，似乎握不住这支我已经用了好几年的笔。我只能这样记录：这场战争很惨烈。中国的军舰有的沉没，有的受伤。日本的军舰没有沉没，但受伤同样惨重。很多官兵死在船上或者滚烫的海水里。我从没见过海水可以这样红，这样灼热。

1894年9月20日。

这两天对我来说，是不太真实的两天。

我们搭乘"孥.S"来到旅顺的过程还比较顺利，没有遇到什么危险。在港口，我们听到的最多的话题是北洋舰队的伤船。据说，"平远"舰、"广丙"舰、"来远"舰、"定远"舰等舰艇都已进入港口，陆续等待修理。

在高地上观战的时候，我们并不能很清楚地看到哪艘船在跟哪艘船打，哪艘船受了怎样的攻击。我们看到的只是炮火四起，船只冲来跑去。从旅顺口那些沸沸扬扬的议论中，我得知那些幸存军舰的惨状，令人胆寒。特别是"来远"舰，人们说，它只剩下了骨架，木质部分毁之一炬，只剩下了钢铁部分，而且已经严重变形。总体来说，它像一只被乌鸦啄去血肉的动物的尸骨。而且，更让人津津乐道的是，它居然是自己顽强地驶进港的，没有任何别的船只在前面拖带它。无论是中国人还是外国人，都觉得这是一艘奇异的船，这是一件令人感到无比惊奇的事情。

好在，它们如今已经安全地返回了旅顺。这里是北洋舰队的海军基地，有一座很大的船坞，建有机器厂、锅炉厂、铸铁厂、打铁厂、电灯厂、铜匠厂、木作厂等修理工厂，可以对伤船进行维修。但需要一艘一艘地修理，其余的暂时留在港口等待。

我们至少近一两天没有什么别的打算，便在附近找了一家孙氏旅店住下。旅店比较宽敞干净，姓孙的店主说他们祖上是孙武。托夏问孙武是谁，姓孙的店主说，中国的大军事家。托夏问我，是吗？我说，是啊，他的后裔中出过许多军事将领。

我得感谢我的母亲是中国人，因此我了解一些关于中国的历史。我们喊姓孙的店主为老孙，他要求我们这样做，显得他亲和，像自家人。

老孙是个五十多岁的矮个子，面相很友善，也透着生意人的精明。他跟我们讲了一些关于北洋舰队伤船入港的事情。而且他向我们透露，有一艘在战场上逃跑的军舰比其他军舰早到旅顺港，名叫"济远"舰，舰管带名叫方伯谦。当丁提督他们返回旅顺的时候，方伯谦很心虚地等候在码头上，向丁提督请了安，然后就跪下来请罪。丁提督冷笑着说，不敢当！黄管带好快的腿啊！

老孙讲得惟妙惟肖，仿佛他当时就在现场。我和托夏听了之后，被他出色的讲述而感染。

第二天，我和托夏一起谈论这件事情的时候，我们觉得，判断一艘船是否叛变逃跑，需要格外谨慎。因为当时战场上炮火连天，特别是当双方阵形打乱之后，每艘船受伤程度不一，是否能够继续战斗，还是需要暂避一时修理之后再战，这些都由不得太长时间去考虑。战场上的每一分钟都可能发生很多变化，有时候非人力所能控制。"济远"舰和方伯谦到底有没有罪，可能只有方伯谦自己心里明白。另外，"济远"舰上的士兵们可能知道一些。

我们不再去想这件事情，转而去欣赏旅顺这个小城市。它给我的印象很好，干净整洁，人们都彬彬有礼。在白玉山的山顶上，我们欣赏到了旅顺军港的雄姿，托夏赞叹不已，说他去过世界上那么多港口，旅顺口这里是最天然的易守难攻的地方。

我们看到了那些停泊在港里等待维修的舰艇。那几天，陆续在从别的地方抽调工匠赶来协助。老孙告诉我们，战争的"火药味依然很浓"。意思是说，中日之间的战争并没有随着大东沟海战的结束而结束，可能将会爆发更大的战争。

我这里也发生了一件大事，就在刚才，我恍惚觉得自己看到了曲惊涛。夜色已经笼罩下来，我站在旅店窗口，看着外面的街道。在我们住的这家孙氏旅店窗口，可以影影绰绰看到旅顺东北方向的炮台。我眺望了一会儿，夜色加重，那里已经看不清了。我又观察街上的人。这时候我忽然看到一个很像曲惊涛的人从一家店里走出来，拐过街角，消失不见了。

我愣了一会儿，才想起来要跑下去看看。我的房间在二楼，我跑下楼，跑到街角那里，只看到黑漆漆的街道，街道上急匆匆地走着一个男人，但那不是曲惊涛。我觉得他不是我刚才在楼上房间里看到的那个人。于是我又返回来，走到那家店里。那是一家小饭店，主要卖包子。我问店主刚才是不是有个人在这里吃饭，他说是，我问店主是否认识那个人，店主说不认识。

我想，我一定是看走眼了。但是转念一想，说不定那个人真的是曲惊涛。毕竟他是一个航海人，浪迹天涯是他的生活方式。我们上次见面是在不久之前，他托我照顾他的朋友关适。这么一想，我开始有点担心了，不知道关适在监狱里这些日子过得怎么样。

回到旅店的时候，我在走廊里遇见托夏，他说他睡不着，出来转转。

你去哪儿了？他问。

我没跟托夏说我刚才似乎看到一个很像曲惊涛的人。他认识曲惊涛，而我和曲惊涛之间的关系他并不知道。我暂时还不想跟他说，因为曲惊涛是一个没有羁绊的航海人。

1894年9月26日。

这几天里发生的最大的一件事,是北洋舰队"济远"舰管带方伯谦之死。

托夏走南闯北,认识不少人,这两天他遇到一位旧识,此人在旅顺前敌营务处总办道员龚照玙手下任职,托夏从他那里知道了一些消息。他告诉我说,大清国的李鸿章大人转奏了丁汝昌关于战争详情和方伯谦逃跑的报告,得到了上谕,要求立即将方伯谦撤职并看管起来。

然后,很快,在一个天刚蒙蒙亮的凌晨,方伯谦就被士兵押到了刑场。刑场在大船坞的西面。

由于与港里的人认识,托夏说可以到刑场去,近距离观看行刑的场面。但我回绝了这个邀请。托夏说,你不是要记录历史吗?我哑口无言。停了一会儿,我说,所以,我当不了一名合格的战地记者。

因为我的态度,托夏也受了影响。他说,我也不去了,我可能画不出那样的场面。

但他还是从港口的朋友那里打听了当时的情况。他的朋友告诉他,方伯谦在行刑前神情恍惚,用他的福建家乡话不停地说着一些话,人们听不懂他在说些什么。然后,行刑的士兵手起刀落,朝他的脖颈砍去。但那名行刑手不知是缺少力气,还是心生胆怯,抑或是出于刻意,总之他没有一刀砍下方伯谦的头颅,而是连续砍了三下,才使方伯谦的头颅离开他的躯体。

托夏说,他听到了别人的议论,行刑手是有意那么做的,因为痛恨他在战场上逃跑，所以不想让他痛快地死去。

我问托夏，听说"广甲"舰也从战场上逃跑了，它情况如何？托夏说，管带吴敬荣没被杀头，听说被革职留营，以观后效。但是，船……没了。

我问，"没了"是什么意思，托夏说，当时姓吴的管带命令"广甲"舰逃跑，逃到大连湾三山岛外。士兵报告说船已经靠近海滩了，那里是石滩，比较危险，不能再往前航行了，但是姓吴的管带不听，命令舰艇继续往前开。结果，船底碰到礁石，搁浅进水了。这个姓吴的把船扔在那里，跑到岸上去了。

后来，丁提督派当时还没被行刑的方伯谦去拖"广甲"舰，但是它已经浮不起来了，没办法，就用炸药把它轰毁了。

这几天，各方面的消息不断地冲击着我的耳膜。有些消息是托夏从他朋友那里听来的，有些是旅店店主老孙透露的。老孙虽然只是一个小旅店的店主，但他很有本事，消息灵通得很。托夏告诉我，大清朝的老佛爷慈禧太后本来要大费周章地在颐和园操办她的六十大寿，因为战争的缘故，庆辰大典改在宫内举行。可能是为了避免引起不好的影响。

与此同时，大清国的皇帝命令李鸿章加紧修理停泊在旅顺船坞里的舰艇，不能拖延。于是李鸿章大人急电丁汝昌，将"平远"舰、"广丙"舰、"济远"舰、"靖远"舰这四艘军舰于十天内修好，然后去威海卫附近游巡。四"镇"炮船要在旅顺口外巡操，壮一壮声势。

老孙还听到了一些其他消息：这几天，在旅顺、烟台、大连湾等地方都发现了日本的舰艇在游弋。

这一定是战争的信号。老孙说。

那么，老孙，你认为战争会在哪里发生？托夏问。

我觉得旅顺和威海卫都有可能。因为这两个地方是大清国的海军基地。老孙说。

会怎么发生？像大东沟那样，在海上打起来吗？

我觉得不仅仅如此。我的外国朋友，你们不是刚离开朝鲜吗？可不要忘了，现在大日本帝国有很多士兵正在朝鲜呢。大东沟那一带——具体说是鸭绿江，非常有可能发生战争。日本军队只要渡过鸭绿江，就能进入大清国的领土。然后，海上同时再发生战争。陆海联合战争。对，这就是我的判断。老孙说。

托夏看看老孙，又看看我，说，你的判断有什么依据吗？

老孙说，你别忘了我家祖上是谁，是孙武他老人家。

托夏问，孙武到底是谁？

老孙说，他老人家是春秋时期著名的军事家啊！"兵圣""百世兵家之师""东方兵学的鼻祖"，说的都是他。他写过一本书，《孙子兵法》，我能全背下来你信不信？当然了，现在不是背《孙子兵法》的时候。我们老孙家的军事家多了去了，孙膑、孙策、孙坚、孙权……至于我，要不是因为小时候家里穷……唉，算了，不提这些伤心事了，我要是走上从军这条路，那最少也是个管带，说不定能当个提督。

老孙说得头头是道，很快就征服了托夏。

后来老孙又谈到鱼雷艇。他说，这次鱼雷艇发挥的作用并不大。它还没有发展成熟，有局限。

我也越来越觉得老孙很厉害。我问他，你为什么不把你的这些想法去跟龚道员说说呢，或是跟北洋舰队的将领们说一说？

老孙摇摇头，说，我的祖上们都战死在沙场上。我只想做个小老板，混口吃的，养家糊口。

1894年9月28日。

实际上，前天，在我们和老孙一起讨论战争可能性的时候，清廷驻守朝鲜的官兵已经全部退出，驻守到了鸭绿江岸边。

这些消息依然大部分来自托夏。他频繁地与那位朋友见面，有时吃吃饭，打听一些情况。那位路姓朋友虽然是道员龚照玙的手下，但对龚照玙似乎颇有微词，说这位道员没什么学识，科举之路没走通，正赶上清廷开例捐官，他便凭借殷实的家境一路捐官做到道员。

那位路姓官员还说，如果仗打到旅顺口，龚道员能不能拼力战斗，这要打个很大的问号。

我们让老孙谈谈看法，仗究竟能不能打到旅顺口，会打到什么程度。

老孙面色凝重，说，很有可能。程度嘛，不好说，不好说。

接下来，依然是各种消息纷至沓来。我勉勉强强才能将清军驻防鸭绿江的布排情况记录下来，至于其中是否有误，目前无从考证。据说大致有这样几支军队：由聂士成、江自康统领的芦榆及北塘各营，驻安东县与九连城之间的老龙头、土城子一带；由马玉崑统领的毅军，驻大沙河右岸至元宝山附近；由卫汝贵统领的盛军，驻安东县附近；由聂桂林、丰升阿统领的奉军及盛字练军，与刘盛休统领的铭军同驻九连城附近。一位名叫宋庆的官员被授任帮办北洋军务兼前敌各军总统。这个职务，大抵是统领整个鸭绿江驻防部队的。据说这位四川提督已经抵达旅顺，马上就将率领亲兵到九连城去坐镇。

一切迹象都说明，清廷知道战争即将开始了，而且他们把防线布置在鸭绿江岸边，说明他们知道日军想要突破防线，进入中国的领土。因为鸭绿江是中国和朝鲜的界线。

日本方面，我也听到了一些消息，他们重点谈及了一个名字——山县有朋大将。这位日本第一军司令官已经到达平壤。据说截至目前，日本第一军已全部到达平壤，总兵力为三万人。

老孙说，清军估计也不会少于三万人。

托夏说，路官员认为，以龚道员的品行，清军恐怕会在战力上占劣势。

我一方面觉得他们的分析都很有道理，另一方面又时常会产生疑惑：战争真的会发生吗？有没有这样一种可能：一切并不是战争的迹象？

在这样的迷惑之中，今天，我又梦幻般地再次看到一个熟悉的背影，很像曲惊涛。这次是在白玉山脚下。黄昏时分，我刚从白玉山顶欣赏夕阳后下到山脚，就看到了那个背影。老孙总是说，如果不到白玉山上欣赏一下夕阳之美，就算不得来到旅顺。当我下到山脚时，恍惚看到一个很像曲惊涛的人走在我的前面，但是一眨眼，一对拎着东西的老年夫妇从旁边拐出来，挡住了我的视线。之后我就再也找不到那个背影了。

那个背影到底是不是曲惊涛，这跟目前关于战争给我的感觉非常像。我一方面觉得不可能是他——怎么会这么巧。另一方面又觉得他出现在世界上的任何地方都理所当然。毕竟他是一名航海人。

1894年10月3日。

这几天的情况是，据说，集结于九连城附近鸭绿江右岸的官兵共八十一营五哨，包括铭军、毅军、盛军、奉军及靖边军、芦榆防军、仁字虎勇、盛字练军及吉字练军、齐字练军、镇边军，共计三万余人。他们分成左右两翼防线，形成东起苏甸及长甸河口，西迄大东沟、大孤山，绵亘数十里的鸭绿江防线。

除此之外，清政府还陆续从各地抽调兵力，充实山海关至奉天、营口一带的防务，把它作为第二道防线。

清军将领叶志超，这个在刚刚结束不久的平壤战役中逃跑的人，听说被撤销了职务。

日军方面的消息是，他们的先头部队已经离开平壤往义州前进。对于义州，我倒是不陌生，我们正是从平壤辗转到达义州，然后乘坐商船抵达旅顺的。义州可以说是最靠近鸭绿江的地方了。

1894年10月8日。

战争的信号越来越强。听说，清军一位黑龙江将军依克唐阿也得到了清廷的旨意，要求他立即赶往九连城。而先前的四川提督宋庆已经在往九连城进发。

目前看来，在那条宽敞美丽的鸭绿江的两岸，将会形成这样一种局面：清军三万士兵在北岸设置了很长的防线，指挥地点在九连城，指挥官是宋庆和依克唐阿。在鸭绿江的南岸，是意图越江进入中国的三万日军，他们的指挥地点是义州，指挥官是山县有朋。

围绕着这条美丽的大江，将会发生什么事情，它比大东沟海战会更惨烈吗？我不太敢想。

但我却在这关键的时候离开了旅顺。当我登上这艘驶往日本的商船以后，我模模糊糊地想，这么多天来，我之所以留在旅顺，可能最大的原因是我曾经几次看到模糊的、很像曲惊涛的背影。我想弄清楚他是不是曲惊涛。因为我爱他，他也爱我。如果他正跟我一样置身旅顺这座中国小城，而且是事先没有约定，那是一件多么美好的事情啊。虽然那几次我并没有弄清他是不是曲惊涛，然而越是没有弄清，就越是吸引我留在旅顺。

不过，就是在昨天晚上，当我百无聊赖地经过码头时，我看到一些正在准备登船的人，那是一艘将要去往日本的船。在那些人里我看到了曲惊涛。我能够确定他就是我的曲惊涛。我挥手朝他大喊，但是他没有听到。

我当即决定离开旅顺，回到日本去。这时候我忽然想起了曲惊涛的朋友关适，不知道他在监狱里情况怎样了，曲惊涛一定是惦记他的这位朋友，才登上了去日本的船。但是当天夜里已经没有去日本的任何其他船只了。

回到旅店之后，我立即敲开托夏的房门，告诉他我明天就要回日本去。托夏很惊讶，因为我的决定是如此突然。我只能说，我家里有很重要的事，我必须这几日赶回去。

托夏问，难道你不想记录历史了？

我说，我不是一个战地记者，而且我永远成不了那种真正意义上的战地记者。就在不久前刚刚结束的平壤战役中，我见过日本战地记者是如何放下笔，拿着雪亮的大刀片子冲进去战斗的。我不行。我只能和你一起躲在隐蔽的地方观望。

托夏说，没有人逼你必须进入战场去战斗，我的山菊小姐。我也不能战斗，我胆小。

我说，很遗憾，我得回去。或许过些日子我还会再来。我们还会再见的。

托夏说，那好吧，很遗憾，我们不能并肩去鸭绿江看看了。

我说，你要去鸭绿江？那一定要注意安全。我虽然要离开这里了，但希望你能把你看到的记录下来，以后说给我听。

托夏说，那是一定的，咱们两人是黄金搭档，不是吗？

好了，现在，我正在写这篇日记。刚才我到甲板上去看了看，辽阔的海面平静得像一匹丝绸。

外十四

　　我的外高祖曲惊涛的确曾经在旅顺停留过。

　　他在老年的时候跟我的外祖父曲月明絮絮叨叨地讲述了很多事情，虽然有些事情并不连贯，甚至前后有矛盾，但这不影响我把那些碎片进行拼接。

　　在我的努力还原中，我的外高祖机缘巧合地登上了北洋舰队的"来远"舰，他因此得以目睹和参与了大东沟海战这一历史事件。在那个夕阳像血一样红的黄昏，他们开始了返回旅顺的航程。我的外高祖曲惊涛时时担心那艘只剩下骨架的"来远"舰会沉入海里，但是没有，它顽强地驶回了旅顺。当它出现在码头上的时候，人们无不由衷地惊讶和赞叹。

　　我的外高祖曲惊涛并不是"来远"舰上的人，他不是那艘船上的任何一名军官或水兵，而只是一个凑巧搭乘的人，就像搭朋友顺风车的人。但是他在船上的表现非常优秀。他沉着，果断，坚定，勇敢。而且他富有处理各种情况的经验，这一点深受管带和大副的赏识。大副认为，我的外高祖曲惊涛天生就是一个在海上游走的人，他身上有某种天赋,航海人所具备的天赋。他们很希望曲惊涛能成为他们中的一员,如果不需要那烦琐而严密的流程的话。要知道,那些舰艇上的水兵都是先从考上练勇开始,一步一步成为三等水兵、二等水兵、一等水兵,然后继续发奋努力,继续上升的。军官则大多是从水师学堂或者船政学堂毕业的。这是北洋舰队章程的规定。而我的外高祖已经具备了当一名优秀船长——他本来就是一名船长——的素质,让他先去当练勇,那显然很荒唐。当"来远"舰靠岸的时候,管带很遗憾地跟大副谈论我的外高祖,大副说,既然咱们每艘船上都有不少洋员顾问,那也完全可以雇中国人当顾问啊,曲惊涛是一个不错的顾问人选。

他们的这番交谈,是我的外高祖曲惊涛年老时讲给我的外祖父曲月明听的。这里面有没有曲惊涛自己夸张甚至虚构的成分,我和我的外祖父都无从判断。

曲惊涛在旅顺停留多日的事实,我还是相信的,因为蒲池山菊的日记也间接证实了这一点。虽然蒲池山菊从没有一次正面确认过她看到的那个身影是曲惊涛。

按照我的分析,曲惊涛在旅顺停留多日,多半是对那艘体无完肤的"来远"舰恋恋不舍。他在那上面战斗了五个小时,给它灭过火,为它焦急、悲伤和骄傲过。然后,他和那些船员们一路护送着它回到旅顺,他想亲眼看着它被修好,再度容光焕发。

但是,日子一天天过去,曲惊涛不免有些失望。旅顺船坞的修缮能力差强人意,听说清廷那边屡次急电命令抓紧抢修那些受伤轻的舰艇,后来直接命令抓紧先抢修"定远"舰和"镇远"舰,以防日军发动战争。

我的外高祖曲惊涛最后失望地断定，"来远"舰可能会是在旅顺船坞里最后一艘被修好的船，他不能等下去了。一来，他不知道自己的"安徒生"号现在在哪里，有没有在日本的码头上等他。二来，他牵挂着被俘虏在日本监狱里的关适。

　　于是我的外高祖曲惊涛没有在旅顺无限期地停留下去，他搭乘一艘船离开了旅顺。

第十五章

蒲池山菊离开以后，彼得潘托夏觉得非常孤独，一度也产生了离开的想法。但好奇心还是促使他做出了再停留一段时间的打算。

他央求那位路姓朋友，请其帮忙托人把他带到鸭绿江那里去看看。他倒是能够独自前去，但生怕被沿途的清军当成密探抓起来。如果被抓起来，就是浑身是嘴也说不清楚。因为他刚刚在一个小饭店喝酒时遇到一个倒霉蛋，那人无辜地搭乘了一条船要去天津，结果在海面上遇到日舰的袭击。日舰把那条规模小很多的船只用炮弹打沉，并俘虏了好不容易跳到救生艇上的几个人。他们本以为救生艇可以让他们幸免于难。

这个倒霉蛋和另外几个人被日本人俘虏到船上。他告诉托夏说，那艘俘虏他们的日舰名叫"桥立"。

托夏说，我知道，它是日本联合舰队的"三景舰"之一。

倒霉蛋是这个死里逃生者给自己取的外号。他说，他被俘虏后，在"桥立"上待了二十多天。那艘船上的人对他们并不打骂，只是不允许他们下船。审问了几次之后，他们也不能确定这几个人到底是不是清军的密探，就打算把他们一直拘禁在船上。后来，"桥立"舰航行到离旅顺港较近的海域下锚停泊，派了一艘小船往旅顺港的方向去侦察，这个倒霉蛋和他的兄弟趁夜色冒死顺着锚链下到海里，没命地往岸边游。日本人发现了他们，派小船在后面追赶，他幸运地被在旅顺港外巡弋的北洋舰船救了回来。

这个姓陈的幸存者是烟台人，在家里排行老四，所以就叫陈老四。他的兄弟叫陈老五，他们俩一起跳海逃生，但只有陈老四被救了起来，没有陈老五的消息。陈老四说，他的兄弟水性很好，他坚信他还活着。

托夏顿时对他有了一种亲近感，他们聊了一些朝阳街上的人和事。然后，陈老四喝了一些酒，压完了惊，就跟随托夏去了孙氏旅店住下，打算寻找他的兄弟陈老五，找到之后就搭船回烟台。

鉴于陈老四的遭遇，托夏不敢贸然去往鸭绿江。他不是中国人，也不是日本人，一旦被抓，就说不清楚。所以他央求姓路的朋友帮忙，最好能跟随军方的人一起去。

老孙听了陈老四的遭遇，分析说，看来，日本人在海上也开始了进入战争的准备。

也许是成为酒友后比较投缘，陈老四被托夏说动，两人一起去了鸭绿江北岸。

托夏说，寻找你的兄弟不是一天两天的事情，我会帮你一起找的，说不定哪天忽然就遇到你兄弟了。

陈老四说，我已经死里逃生一次了，老天爷不会再让我经历第二次的。

于是，他们跟随路姓朋友介绍的人去了鸭绿江。那人是去鸭绿江指挥部送信的士兵。到达鸭绿江北岸，托夏和陈老四在九连城里找了一户居民家住下。大军的到来给居民带来了担忧和恐惧。

日军指挥官也在眺望着这座即将陷入战火的小城。

朝鲜义州东北角的小山峰上，一座因建造时间过于久远而无从考证年龄的楼亭，成为日军指挥官山县有朋的住所。如果不是因为战争即将来临，这里真的可以成为观赏风景的好地方。山县有朋一览无余地眺望着鸭绿江缓缓流淌的江水、江对面的九连城，以及九连城旁边的虎山。他已经从先锋旅团的汇报中了解到对岸的形势，知道九连城里此刻住着清军的指挥官，那里就像义州一样是军队的根据地。九连城的左翼是虎山及长甸城，右翼延伸到安东县。山县有朋能够看到对岸的数十个炮寨营垒，连绵几十公里。清军最喜欢的军旗繁密地在风里翻飞。

山县有朋已经找到渡江的最佳地点，那就是鸭绿江上游的水口镇。在那里，鸭绿江分为三条支流，分别宽60米、150米、110米。安平河口和水口镇相对峙，江水在这里比较平缓柔和，水也不深，便于徒步渡江。而且重要的是，从安平河口到上游是悬崖峭壁，江水流势湍急，连舟筏都不能通过，假如清兵在这里布下重兵，那连苍蝇也无法渡江，但是偏偏这里并没有重兵把守，所以这给了山县有朋巨大的胆量。

第十八联队的联队长佐藤正率领先头部队渡江时，遭遇了清兵的阻击。他们没有害怕，因为这里没有重兵，只有齐字练军春字营二百五十人和骑兵一哨五十骑，另外筑有炮垒两座，各设大炮一门。宋庆得到报告后，虽然又增派吕本元的马队二百余骑前往支援，但最终还是被日军击退。

不利的消息很快就在九连城中传开：日军从水口镇渡过鸭绿江，缴获了清军的两门大炮，另外还有一批弹药和清军的冬衣。清军中有一部分人逃到了山中，另一部分人撤退回九连城。

鸭绿江防线已经被日军从安平河口突破。战火会不会烧及九连城，如果烧及这里会是什么结局，托夏和陈老四无法预测。九连城中的气氛变得有些紧张。

陈老四说，要不然咱们离开吧？

托夏说，再等等吧。老孙预测过，日军会从安平河口渡江，然后进攻虎山。

陈老四说，老孙的预测能准吗？

托夏说，老孙是孙武的后代。

陈老四说，孙武的后代也未必个个都是军事家吧？

托夏说，反正老孙很优秀。

陈老四问，那你说，虎山能守住吗？

托夏说，驻守虎山的清军将领是马金叙，听说这个人非常勇猛。如果虎山保住了，九连城就能保住。今天夜里应该重点防范日军大规模渡江。

托夏跟老孙相处几日，多少懂得了一些军事谋略，他的担忧不幸成了现实。第二天凌晨6点多钟，虎山方向传来炮声，托夏明白，日军主力已经渡过鸭绿江了。

横亘在九连城和虎山之间的鸭绿江的支流叆河的河面上飘荡着凌晨的雾气，炮烟和雾气搅在一起，使得虎山方向的天空阴郁一片，也把叆河笼罩在阴霾之中。托夏借宿的那家人很友好，老主人参加过科举考试。老人望着那个方向的浓云，对托夏和陈老四说，"叆"这个字本来就是云盛的样子。

此刻笼罩在它上空的炮烟，真是应了这个含义。

炮火激烈地响彻江北，时缓时急。从激烈的程度可以判断出，清军将领马金叙正在率众拼死御敌。后来，鸭绿江南岸的日军据点也开始激发炮弹，掠过鸭绿江的上空，对虎山进行更远一些的助攻。

半上午，炮火的声音逐渐减弱，最终平息。直到一些伤兵撤退到九连城，托夏和陈老四才不得不面对这个现实：虎山失守了。

撤退回来的伤病员个个脸上流露着效死力战的悲壮。很快，一些关于战斗的消息就在九连城里传开，据说日军连夜用平底船和筏子在河上架起浮桥，因凌晨时分江雾浓重，等清军发现时，日军已经渡河而至。马金叙大声对官兵说，今天的战斗关系重大，虎山的存亡就仰赖诸位，大家必须勠力同心，抵御敌军。将士们也大声呼喊，愿效死保卫虎山！马金叙率众顽强抗敌，身上中弹十几处，却从头到尾没有退却之色，而且据说他的弟弟在战斗中牺牲了。宋庆看到战争艰难，中途派去了援军，但日军主力已全部通过浮桥渡过鸭绿江，用数十尊大炮背水力轰。清军各部逐步退回瑷河西岸。据伤兵所说，马金叙一直不肯退却，他的部下劝说，现在只剩下我们的残兵对抗日军主力，寡不敌众，不如暂时退却，以图后举。马金叙觉得部下说得有理，于是带领残部拼力突围，退到瑷河以西。

当天夜里，渡江而过的日军衣裤湿透，都在燃火烘烤，使得瑷河对面的日军营地灯火明亮，像白昼一样。接着，他们听到从九连城的清军阵营里射出无数的炮火，飞向日军营地。

托夏不满地对陈老四说，偷偷夜袭比这样明着发炮要好一些，为什么不悄无声息地摸过去夜袭呢？

后来就听到街上的喧嚣声，有人议论说，大军在退出九连城。

托夏说，看来，九连城要失守了。

陈老四说，那咱们也离开吧！

托夏不甘心地说，可咱们刚来了两天。

陈老四说，保命要紧啊。

于是他们也离开九连城。依稀可以看到前面清军队伍的影子，人和马踩踏着夜色里的大地，发出沉闷的声音。

在返回旅顺的路途中，托夏和陈老四又听到了其他消息，比如安东县也陷落了。也就是说，鸭绿江防线彻底崩溃。

不幸的是，托夏在返回旅顺的途中崴了脚，骨折，只能躺在孙氏旅店卧床养伤。

陈老四比较仁义，说，咱俩一起去九连城，一起从那里撤退回来，也算共患难了，我不能扔下你不管。反正我要在这里找我的兄弟，索性就再陪你些日子得了。

托夏带的银两不够了，便拿出一些美金，让老孙帮他找地方兑换了一些。

他们回到旅顺的几天里，又听到了一些消息，其中一个是，在他们去九连城的那天，金州的清军骑兵在巡防时发现了十名日军，他们在密林后伏击成功，擒获对方三人，获得一个情报称三万日军在日本联合舰队的护送下，从朝鲜大同江渔隐洞出发，驶向花园口，已经开始登陆，将进攻金州、大连、旅顺。金州正红旗防御荣安立即禀报了金州副都统连顺，然后逐级上报，奏请调拨救援。驻守金州的拱卫军总兵徐邦道、怀字军总兵赵怀业心急如焚，但据说李鸿章大人心情很不好，敕令他们布阵迎敌，不要等待救援，因为旅顺和营口等地也面临着同样的危机。

老孙给托夏和陈老四讲花园口的来历：

很久以前，那里遍地生长着桃树，美得像花园。但同时它又是最佳的登陆地点，唐代的时候，李世民就曾经率领军队登陆花园口，收复辽东失地。

托夏问，花园口距离金州多远？

老孙说，八十多公里吧。

托夏说，如果日军真的顺利从花园口登陆，再到金州，也不需要太长的时间。

老孙说，是啊，岌岌可危啊。金州如果破了，旅顺也就保不住了。

陈老四问，老孙，你有什么打算？

老孙环顾四周，说，我这个旅店虽然小，但也经营半辈子了。不到最后一分钟，我不打算离开这里。

腿脚不方便的托夏，只能每天待在旅店里。店主老孙虽然没有什么一官半职，但在这一带经营半辈子，认识三教九流的很多人，每天都能给托夏带回一些新消息。有一天他半是沮丧半是气愤地说：

日军前些日子占领安东的时候，缴获了一些战利品，包括几门克虏伯大炮、没开封的九百个步枪弹夹。这说明那里的清军没有全力抵抗。还有更可气的事情，他们缴获了孙武和吴起的军事著作。不知道是哪位官老爷带去的。我的祖上孙武是一个多么了不起的人，清军带着他的著作去守卫安东，结果把它们给丢在那里了。

这个消息不知是真是假，托夏听了哈哈大笑。

陈老四遇到一个从花园口那一带逃难来的人，那人来投奔旅顺的亲戚。逃难者带来的消息说，日军已经在花园口登陆，附近村屯里的村民都在纷纷逃离，有的逃到了城山、长岭一带的山区，有的逃往别的地方暂时投奔亲戚。花园口景象非常凄凉，有些房屋已经被烧毁。

接着还有更沉重的消息传来：日军陆续分几批在花园口登陆的部队已经达到两万多人，军马两千多匹，还有大批辎重武器。那么多的人和马，肆无忌惮地在喧哗和嘶鸣着往金州东部一带进犯。

清军就这么眼睁睁地看着日本人来犯吗？陈老四有点生气。

可不是嘛。老孙说，只有徐邦道大人多次提出，金州是旅顺和大连湾的咽喉,如果金州失守,旅顺和大连湾都保不住,必须分兵支援金州,巩固旅顺和大连湾的后路。但是,没人响应啊!没办法,徐大人只好率领拱卫军步兵三营和马队一营、炮队一营,赶赴金州东部的石门子阻击日军。但是,这点人马与日军两三万人相比,少得可怜啊!听说徐大人请求大连湾守将赵怀业支援,遭到了赵怀业的斥责,赵怀业说他奉李中堂大人的命令驻守炮台,后路的战事他不管。

  陈老四加紧了寻找陈老五的步伐,每天都在外面到处寻找和打听。战争的火药味似乎从金州那边飘过来了,陈老四经常耸着鼻子嗅闻,他觉得那味道一天比一天浓重。但是陈老五像蒸发了一样。陈老四有时不得不怀疑他兄弟那天夜里死在海里了,但随即他又推翻了这个可怕的猜想。

  现在已经是11月了。托夏不敢相信他在旅顺已经停留一个多月了。11月上旬发生的战事对日本人有利,日军第二军第一师团第一旅团长乃木希典带领两个大队的人马,向徐邦道的拱卫军阵地发起攻击。虽然没将徐邦道的部队摧毁,但势单力薄又没有支援的徐邦道不得不放弃东路阵地,退守到南关岭一带。

  东路阵地没有了清军阻击,日军得以对金州的东门和北门进行猛烈的轰击,将其攻破。徐邦道率领守军与日军近身巷战,但仍然力不能敌,只好放弃金州,退守旅顺。

  日军在短短两天时间内,继东路阵地、金州之外,又侵占了大连湾。至此,进击旅顺的前期障碍已全部扫清。

  托夏得到的最震撼的消息是,旅顺口的最高将领龚照玙居然逃到天津去了。11月中旬,徐邦道率领部队奔赴土城子设伏,重伤日军。这个消息让旅顺的百姓宽慰了许多。就在他们心中重新燃起希望的时候，又得到了徐邦道由于没有后续部队接应和支援而不得不再次退守旅顺的消息。

人们的心情像过山车一样跌宕起伏。有些人已经开始逃难，离开旅顺。有些不愿意离开的，都忐忑不安地把希望寄托在清军身上。然而，从清营及战斗现场传来的各种消息实在让人不能安宁，比如日军占领金州后，正打算向大连湾发动进攻，赵怀业手足无措，命令老龙岛、黄山、南关岭、苏家屯、和尚岛守军尽力破坏和掩埋炮具，他则连夜逃往旅顺。尽管大连湾的各个炮台并没有轻易投降，但这种失去将领后的自主抗敌充满了孤绝之气，最终没能避免大连湾的沦陷。城里都在传徐邦道有血性，不退缩，但把希望寄托在一个人身上，同样令人不安。

孙氏旅店里的客人在几天之内陆续离开，做生意的人觉得命比钱重要。港口里的船只也不多，那些想尽快离开的人在码头上奔走，挤上一些小一点的帆船，离开这气息不祥的小城。

托夏也有那么几刻想直接回到海参崴，但脚疾令他有些犯愁。而且老孙告诉他的消息是，港口里现在已经找不到外国船只了，本地帆船也不多。船主不愿意冒险出海，因为海上也不安全。

这个时候，陈老四反而出奇地坚定起来，声称如果找不到陈老五，他就坚决不离开。他说，老孙，我做你的最后一个住客。

托夏无奈地说，还有我。我还有记录的任务，最好能把你找到陈老五的事情记录下来。再说了，日本人就算打进来，也不会伤及无辜百姓。那只是军队和军队之间的战争。

老孙同意托夏的看法，他说，我们祖上孙武曾经说过，"安国保民"是用兵作战的根本目的，也是最高价值，他主张"安国全军、厚爱其民"

的政治伦理。

老孙对他的祖上佩服得五体投地。

为了应付突如其来的战事，托夏让老孙给他找了一副拐杖，在房间里练习拄拐走路。托夏的房间在二楼，透过窗户，他看到街上游荡着的猫狗的数量比之前多了。这些鼻息敏感的小家伙或许是嗅到了大兵和枪弹逼近的气息。强烈的不安，迫使它们走到街上去探查和寻找生机。也有一些是被逃离的主人遗弃的。

老孙开玩笑地说，如果旅店买不到肉菜了，就到街上捉野猫回来炖给你们吃。但是，猫有九命，你们不要怕它在你们肚子里活过来。

为了抵挡战争带来的恐慌，他们的聊天内容涉及战事及玩笑。最终，针对旅顺的战争还是到来了。托夏站在窗口看到对面墙上贴着一张纸，陈老四正在仰着脖子辨认写在上面的文字。回来之后他给托夏复述，那是大清朝廷颁发的榜文，号召官兵和百姓奋勇杀敌，处死每一个鬼子，砍掉他们的头和手。活捉一名日本兵赏银五十两，砍掉手和头也有相应的赏银。

大约是在11月20日的正午时分，托夏听到了炮声。此后的整个下午，大炮的轰鸣声一直从远处传来。夜幕降临后，炮声稀稀落落，最后听不到了，双方像是被疲劳所打倒，暂时进入休憩。

陈老四抓住一切机会上街去找他的兄弟陈老五。托夏试了试拄着拐杖走到一楼，他成功了。他又试着扔掉拐杖，也成功了。接着他试着走到街上去，发现自己居然走了五十米，脚并没有疼。

老孙的伙计二迷糊陪着他，本来是怕他摔倒，要看护他的，见他这样，便说，你其实早几天之前应该就能行走了。

托夏说，也许吧，我是因为畏惧，所以迟迟不敢行走。咱俩不如出去帮陈老四找他的兄弟。

二迷糊说，算了吧，说不定哪里飞来一颗炮弹，就把咱们炸飞了。

街上的百姓面色惊慌，手里提着各种各样的灯笼，很显然不是为了欢度东方的什么节日才提上了那些过于粗糙、没经过精心装饰的灯笼。伙计二迷糊说，当官的要求百姓这么做，如果不提灯笼就上街，巡防队会把他们当成敌军的密探。

午夜时分，托夏辗转难眠，决定去白玉山看一看。他对陈老四说，我本来应该早早离开，但因为脚伤滞留在这里。既然滞留了，就要记录一些资料。

他不仅在本子上画画，也效仿蒲池山菊，用文字记录。

陈老四也惊慌无措，又被寻找兄弟的压力缠裹得喘不过气，便提出愿意和托夏一起上山。他们出发的时候，老孙也加入进来。

老孙说，作为著名军事家的后代，我必须了解发生在自己居住地的一场战斗。我断言，这场战斗在天亮的时候一定会发生，因为日本人已经为此准备多日了。

他们走走停停，尽力掩藏好自己。天亮之前，在老孙的带领下，他们在白玉山后山找到一处非常隐蔽的地方。那里三面围着大石块，出口处生长着茂密的灌木。

这里视线不错，可以看到旅顺城以及清军设置的陆路炮台。老孙向他们介绍大清炮台的布排位置，左边是案子山炮台和椅子山炮台，前面是居民区，居民区后面远处是东鸡冠山炮台等炮台群。

托夏不太能够辨别他们所处的方位，他觉得大致是面朝东北方向。

曙色一点点染上海面和山坡、山顶，炮台渐次变得清晰。早晨，战斗的炮声响起来了。老孙的判断没错。先是左边的椅子山和案子山方向的炮台遭受了日军的猛攻，清军进行了猛烈还击。从托夏他们隐身的地方观察，日军火炮的命中率更高一些。形势逐渐朝着对日军有利的方向倾斜，大约一个半小时后，这几个清军炮台最终偃旗息鼓，没了声响。

接下来，松树山炮台成为日军火力的集中攻击目标。这里的炮战坚持的时间要久一些，证明这个炮台的守军更为坚强。但是，在大约11点的时候，这座硕大的炮台发出地动山摇的爆炸声，托夏他们周围的巨石都在颤抖。

老孙说，爆炸得这么厉害，一定是击中弹药库了。

日军的火力再次转移，这次的目标是二龙山炮台。他们听到了喊杀声，说明日军和清军不仅用火炮互相攻击，还发生了短兵相接。从声势的起伏判断，二龙山炮台的清兵打退了日军两次进攻。但是，这里最终依然没有守住，双方力量相差很大，日军人多势众，疯狂地在炮火的掩护下向炮台猛冲。又一声天崩地裂的巨响，二龙山炮台也宣告陷落。

托夏虽然不懂军事，此时也能明确地判断战火的轨迹：下一步，日军进攻的目标会是东北方向的炮台群。

老孙说，徐邦道大人在那里守卫东鸡冠山炮台。

陈老四说，但愿徐大人能守住。

但是，陈老四的美好愿望最终还是落了空。徐邦道带领守军拼死力战的炮火非常激烈，却无法遏制一拨一拨不断涌来的日军。一直没有得到支援的这支清军只能黯然撤退。

随后，大坡山、小坡山、蟠桃山等炮台也先后沦陷。可能是过于悲伤和惊慌的缘故，老孙已经无法说出那些小炮台的名字。他不知道自己的旅店何去何从。特别是，离他们最近的白玉山炮台见陆路炮台相继失守，也完全不打算战斗，一片涣散。

日军的炮火现在转移到了低处的堡垒和军营，因为山峰上的炮台都已沦陷。

我们必须离开了。老孙说。

他们离开那个三面被大石块掩映的地方，开始往山下走。后山地势复杂，托夏的脚伤刚好，他们不得不小心翼翼，走走停停。从白玉山炮台溃逃的清军慌不择路，有几个人离托夏他们距离很近，其中有一个受伤掉队的士兵，老孙过去搀扶了他一把。听那士兵愤恨地说，他们的守将卫汝成很早就换上便服逃走了。他们作为士兵，在没有守将的情况下坚持打了很长时间，已经很勇敢了。

接着，他们又看到了黄金山炮台的崩溃。作为一座海岸炮台，它本来应该成为陆路炮台崩塌之后的主力阵地，但托夏他们在快到旅店的途中便听说，黄金山炮台总兵黄仕林早早换上便服，从崂崔嘴海岸炮台乘船跑走了。这里的可以三百六十度旋转的大炮，以及一千六百名清兵，本应该让日军闻风丧胆。可是，托夏他们看到的是撤退的清兵。他们跑往海边，搭乘渔民的小船，脱下军服，想尽快离开这个是非之地。

日军进入了旅顺城。他们三人不得不躲躲藏藏。到处是逃跑的百姓和追赶的日军。最让托夏害怕的事情发生了：他们三人走散了。

街上的尸体越来越多，托夏也陷入了几次惊心动魄的危机，一次是被日军用刺刀顶住胸膛，还有两次被追赶。所幸都化险为夷，其中用刺刀顶住那次，托夏竟然不知道从哪里来的胆量，抬腿扫了日军的大腿。日军没想到会遇到抵抗，没有防备，倒在地上的时候还惊讶地张着嘴巴。

因为跟老孙走散，托夏迷了路，转来转去，又转回了白玉山通往旅顺之间的那条路。在那里有一个湖，日军把大量的旅顺百姓赶往湖里，然后朝湖里射击。这时候天色已经黯淡下来，看不清血的鲜红色，但令人作呕的血腥味弥漫在空气中。

街巷里的尸体有的堆成了堆，很多尸体被肢解，或者开膛破肚。

日军比较喜欢给人开膛。这是托夏此生没有见到过的惨状。

辗转回到孙氏旅店后,托夏又累又怕,腿已经软得像面条一样了。那只刚恢复的脚又开始疼痛。然而这还不是最可怕的,最可怕的是,旅店笼罩着一片不祥的寂静。在院子的柴垛旁边,托夏看到了伙计二迷糊的尸体,其中一根尖尖的柴火棍从他的后腰穿进去,从腹部穿了出来。

倒毙在前厅门口的是老孙,他手里拿着一把厨房里用来剁肉的斧头,上面凝固着血,不知是日军的血,还是他正在厨房里剁肉沾上的血。老孙的脸被斜劈了一刀,左眼球凸出来,拿着斧头的那只手也被跺了下来。

托夏心惊肉跳,又觉得五内俱焚。他在老孙的旅店里住了一个多月,他们之间产生了深厚的友情。他觉得应该把老孙和二迷糊埋葬掉,或许能找到铁锹之类的工具。但外面又传来日军说话和走路的声音,托夏只好快速闪身走进旅店前厅,上了二楼。他听到日军走进院子的声音,想起有一架竹梯竖在二楼一处拐角里,可以通往二楼屋顶,便不顾一切地找到那架竹梯。他爬上去之后,听到暗影里有人喊,托夏!他回头一看,原来是陈老四。

终于看到熟悉的活人,托夏有点想哭。他们猫在房顶上,看到街上的日本人狂妄地走来走去,有的刺刀上挑着人头。从二楼房顶的高度看下去,满目都是尸体,有一条小巷子由于过窄而被尸体堵死了,已经无法通行。他们看到一个老人坐在一堆尸体中茫然无措,还有两个人拿着灯笼试图辨认亲人的尸体,但被日军发现,一顿扫射。

他们在房顶上猫了两个多小时,等到街上的日军渐渐稀疏,最后不大能看到了,日军可能是回了营地。

陈老四说,咱们得离开这里。

托夏问，你不找陈老五了？

陈老四说，就算找到，可能也是一具尸体了。

他们攀着竹梯下到二楼走廊，悄悄走到一楼。

托夏问，要不要把掌柜的埋了？

陈老四说，埋了又能怎么样？埋在柴垛里吧。

他们把老孙的尸体拖到柴垛旁边，从底下挖出一个坑洞，把老孙和二迷糊塞进去。但是他们不敢点火，怕把日本人引过来。

穿过街道去海边的路不算近，依然危机四伏。他们经历了两次险情，其中有一次被一个落单的日本人发现，只好一不做二不休把日本人拉到旁边的民宅里捅死。

半夜时分，他们终于跌跌撞撞地踩着满街的血水来到海边，找到一艘堆满尸体的小舢板。上面有很多没来得及脱下军服的清兵。死寂的大海上漆黑一片，没有任何其他船只可以选择，他们只好动手把尸体拖下舢板，然后摇着桨离开海岸。虽然前途依然很渺茫，一旦出现风浪，哪怕是很小的风浪，他们便会连同舢板一起葬身海底，但身后那被血浸泡的小城也并不让人感到安全。总之都是不可预测的死亡深渊。

万幸的是，他们后来看到一艘大船，它寂静无声，而且灭掉了所有灯火。舢板和大船彼此发现对方时都受到了一些惊吓，但很快就明白对方不是日本人，大船友好地接纳了托夏和陈老四。

原来，大船在沙洲上搁浅，他们只能耐心地等待涨潮的海水把船浮起来。这些人一部分是逃出来的难民，一部分是清兵。他们不敢大声说话，脸上是死灰般的颜色。他们不敢发出亮光，带上船的灯笼也都熄灭了。有些清兵心里有气，不免议论一下，发发牢骚，托夏从他们的口中得知，清军将领中竟然有多名逃跑者，其中包括路姓朋友十分不喜欢的龚照玙,他果然表现得非常差,换上便服伙同白玉山驻军将领卫汝成一起,乘上一艘鱼雷艇往烟台方向逃跑了。

他们的大船等来了涨潮,总算比较侥幸地没有遇到日本联合舰队的舰艇。在风浪中,他们颠簸了很多天,才被大船带到上海。

事后托夏得知,他们在海上漂荡的那几日,旅顺的大屠杀又持续了三天。整个城市幸存者寥寥,最后一批死掉的人被驱赶着搬运先死的人的尸体。

外十五

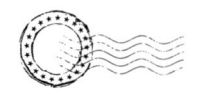

我的托夏好朋友：

收到您的来信，特别是听到您在旅顺的惊险遭遇，我为您能活着离开那里而感到高兴！至于我，咱们分别后，我搭乘的那艘船在海上出了点故障，导致我返回日本的时间延宕了一天。但还好，没出什么意外。

很遗憾，我没能和您一起经历那一切，也非常感谢您第一时间把这段经历写信告诉我。这本来应该是我们两人共同完成的事情。

看了您的信，我感到心里十分沉重。一个文明的国度应该善待俘虏和民众，而不是对他们进行无情的屠杀。作为一个日本人，我为我们的军队给旅顺造成的一切伤害而遗憾和抱歉。他们不应该这么做。日本应该受到国际社会的谴责，他们应该向中国人道歉。

我 们 海 上 见

诚如您所说，日本现在想要进一步乘胜追击，他们对中国的战争不会停止。我的一个很可靠的军方朋友向我透露了一些消息，12月14日，军令部长桦山资纪电告联合舰队司令官伊东祐亨，日本大本营已经决定进攻威海卫，彻底消灭北洋海军，让联合舰队做好准备。我亲爱的托夏朋友，正是这个伊东祐亨司令官率领联合舰队，护卫日军在花园口登陆，入侵了辽东半岛南部，您在旅顺的惊险遭遇也是间接拜伊东祐亨所赐。

接着，伊东祐亨得到了一系列指令，要求他再次负责护送陆军在威海卫登陆，日军将以陆海两军合力攻占威海卫。随后，伊东祐亨派"高千穗"号前往威海卫成山头考察，确定了把荣成湾作为登陆地点。

我的托夏朋友，现在我可以肯定地告诉您，中日之间的这场威海卫战争是不可避免的。而且，不会拖延太多时日。它会在不久之后就发生，因为日本人已经做好了各种准备。

您已经回到海参崴，暂时安全了，这是一件很好的事情。当然，或许在您那浪漫和冒险精神的驱使下，您无法在海参崴过平静的生活，可能会嗅着战争的气味重新乘船去威海卫，这也是很有可能的。我不能劝您远离战场，因为当您收到我的这封回信时，战争可能已经发生了——您也知道，书信在路上辗转递送的速度是很慢的，况且我们之间又跨越不同的国度。所以，书信的速度肯定赶不上战争的脚步。如果您去了威海卫，等您再次平安回到海参崴，就会看到我这封迟到的信件。

其实，我也很想去看看。但我还没有拿定主意。这几天我的心情很低落，我刚刚失去了一个好朋友，他是在监狱里死去的。我父亲把他安葬在一处公墓里。他是一个中国人，我不知道他是不是想回到中国去入土。但我暂时没有能力把他的骨灰带到中国去，只好把他葬在日本了。

您的朋友蒲池山菊

1894 年 12 月 27 日

第十六章

蒲池山菊从旅顺乘船回到日本后，得到了两个消息。第一个消息是，关适死在狱中。第二个消息是，曲惊涛刚刚在前一天离开蒲池家。

蒲池岸为自己的女儿活着回到日本而高兴。整个日本都知道了中日之间的那场战争。蒲池岸和曲惊涛有过谈论，他发现这个年轻人情绪压抑，似乎有满腹的心事。蒲池岸问他怎么看这场战争，曲惊涛说，大清国的海军需要做两件事，一是购置新的军舰，二是整顿军纪，撤换不力将官。蒲池岸问他何以有这样的结论，曲惊涛就不再说这个话题了。

蒲池山菊回到家的时候，曲惊涛已经离开了。他先是去墓地看望了长眠在地下的关适，然后便离开了日本。蒲池岸不知道他去了哪里。

至于关适的死亡，蒲池山菊虽然很吃惊，但也并不觉得太意外。在她离开日本的这段时间里，关适的病情持续恶化。由于蒲池山菊跟狱方保持了较好的关系，考虑到料理后事的需要，狱方把这一情况通知了蒲池岸。蒲池岸自己就是学医的，他认同狱方关于关适将不久于世的论断。一天之后，关适死在狱中，蒲池岸给他料理了后事，将他埋葬在一处墓地里。

蒲池岸告诉曲惊涛，关适自知死亡将至，他拜托蒲池岸说，他的遗物里有一块祖传金表，缝制在衣服的夹层里，让蒲池岸将之卖掉，冲抵埋他的费用。另外还有一件遗物，是托蒲池岸转交给曲惊涛的，那是一张照片。

蒲池山菊问，什么照片？

蒲池岸说，一张合影。关适和曲惊涛十六岁那年在天津的合影。

除此之外的所有其他遗物，遵照关适的嘱托，都已烧掉。当然，除了他作为水兵的身份牌之外，也没什么遗物了。

蒲池山菊买了一束白菊花，去墓地看望关适。关适的墓前摆放着另外一束花，显然那是曲惊涛留下的。这个航海人如惊鸿一瞥，再次不知所终。他会去哪里？不知为何，蒲池山菊一下子想到了威海卫。

这段时间，蒲池山菊得到了一些关于日军将要攻打威海卫的消息。为了出兵山东半岛，从陆海两路夹攻威海卫，彻底消灭北洋舰队，日本军方组建了新的作战部队，这支部队名叫"山东作战军"，由陆军大将大山岩任司令官，由第二师团、第六师团、混成第十二旅团等组成，据说总兵力多达到二万五千人。

由于刚刚在不久前去过那个美丽的小城和刘公岛那个美丽的小岛，蒲池山菊很难接受那里即将被炮火蹂躏。但是，从军方传来的种种消息，都表明那里无法避免一场灾难。

荣成湾，听说那是一个非常美丽的小海湾，那里有一个小岛名叫龙须岛，在它的西南角有几条长礁伸入海中，像龙的胡须一样长而优美。它后面的那片海岸是最好的避风港，渔船从海上打鱼归来，都会到那里聚集停泊。军方的准确消息是，计划把登陆地点选择在这个小海湾的龙须岛。

蒲池山菊有点后悔上次去威海卫时停留的时间太短，没有去龙须岛看一看。如果日军从那里登陆，它的美丽和安宁将被炮火撕碎。

一艘渔船在荣成湾附近的海面上安静地航行。冬天的季风虽然不大，还是让渔民冷得打战。船老大发现了一艘巨大的军舰，它快速地向渔船驶来。

船老大觉得船上的人不像中国人，他们叽里咕噜地说着外国话。但是有个会说中国话的，向船老大打听这个海湾的地形情况。船老大警惕地觉得，不能跟这些来历不明的人透露什么。连日来，这里的很多渔民发现有日本的船在附近转悠。不在自己国家好好待着，跑到别的国家问东问西，显然他们是不安好心的。

而且，渔民也大抵知道了日本跟中国之间的战事，北洋舰队的船被打得伤痕累累，修了好久，才勉强返回威海卫。据说这些船根本没有足够的时间好好修补，都是草草修补了大伤就开了回来，还有很多小伤遍布在它们的各个部位。

船老大并不知道，这艘船就是日本联合舰队中大名鼎鼎的"高千穗"号。"八重山"号的舰长平山藤次郎乘坐"高千穗"，受命在山东半岛南海岸侦察，寻找最佳登陆地点。他希望能从这艘渔船上打听到有价值的信息，但船老大显然对他的询问很警惕，答得让他不得要领。

平山藤次郎觉得应该使用计策达到目的，便下令先放过这艘渔船。然后，他派了另外一艘船尾随。

日船尾随着威海渔船驶到岸边，会说中国话的翻译官大声喊道：

喂，我们是英国人，救了你们落入海里的村民！你们快点出来，把落水者接回去！

村民一听，纷纷跑向岸边救人。这些善良淳朴的村民对海上来的外地人很友好，对国际友人更加友好，除了侵略者。日本翻译官成功地诱骗了几个村民登船，说，这是一艘英国船，船上是英国人，我们到这里来，其实是想看一看日本和你们大清国的战斗。

这几位村民很愉快地接受了假冒英国人的日本人的邀请，带领他们在荣成湾附近航行，并介绍地形地貌、天气水文、风土人情等。

第二天，平山藤次郎回到大连湾，向伊东祐亨汇报了侦察情况，说，荣成湾的龙须岛以西海岸是最理想的登陆地点。

伊东祐亨点点头，说，唔，我们大日本帝国杰出的情报人员、海军大尉关文炳也持相同的看法。关文炳大尉漫游中国，对山东省的地理进行了特别细心的观察，出色地完成了很多侦察任务。他曾经提供过一份报告，里面提到龙须岛那里有一处海湾，湾口水深十三米，湾内可以停泊几十艘大船。这个海湾东西北三面环绕大陆，只有南面朝海，所以现在的季节停在那里不必担心风浪。水深也比较适宜，用舢板和汽艇都可以靠岸。如果事先准备好搭建栈桥的材料，人和马都很容易登陆。滩头的地形也不便于敌军潜伏，相对比较安全。那就确定这里为登陆地点吧。

此时，日本的"山东作战军"所有部队已经在大连湾集结完毕，等候多日了。那里的战火已经平息，守军将领赵怀业逃离，给日军留下丰厚的炮弹枪支，中国人被驱赶着聚集在柳树屯兵站前，接受日军分配的运输任务。从日军船上卸下来的军火，以及赵怀业逃跑时遗弃的军火，后来都成为日军攻打旅顺的有力储备。

如今，数万名日军在大连湾集结完毕，向山东半岛进犯的野心像船底翻腾的海水一样奔腾不息。护送日军以及日后将要协同陆军作战的日本联合舰队也进行了五队改编，分别是"松岛""千代田""桥立""严岛"四舰组成的本队,"吉野""高千穗""秋津洲""浪速"四舰组成的第一游击队,"扶桑""比睿""金刚""高雄"四舰组成的第二游击队,"大和""武藏""天龙""海门""葛城"五舰组成的第三游击队,"筑紫""爱宕""摩耶""大岛""鸟海"五舰组成的第四游击队。

显然,这支联合舰队的规模比大东沟海战时的规模有了很大的扩充。针对威海卫的危机积聚成大海上空浓重的雪云。日本联合舰队从大连湾起锚,烟囱口冒着炽烈的烟柱,掠过南三山岛和北三山岛,驶向山东半岛。

鲛岛员规成为重新编组后的第一游击队的司令官。山东半岛海域的一月份正是最冷的时候，他率领第一游击队的"吉野""秋津洲""浪速"三艘舰艇离开被他们占领的大连湾。南三山岛和北三山岛在舰队旁边掠过，目睹烟囱里冒出的烟柱逐渐远离。

1895年1月18日午后3点多钟，海上依然弥漫着冬日的寒冷，雪云低低地压在海面上空。鲛岛员规命令第一游击队驶往古老的登州城。舰队从东到西驶过登州府前，鲛岛员规清楚地看到了东门外的数十栋兵营以及山顶上的炮台。

东门兵营发现了日军舰队，立即竖起两面红底白圈旗帜。总兵夏辛酉得到报告之后，登上坚固的城墙观察。他对突然出现的日本军舰感到一些诧异，并没有想到，这是日本大本营制定的佯攻战略：假装对登州城进行攻击，掩饰从龙须岛登陆的真实目的。

鲛岛员规在观察了情况之后，又指挥舰队折回，继续向东航行，同时发出战斗信号。日舰发射的炮弹射向登州城，夏辛酉命令八门野炮进行还击。二十分钟后，鲛岛员规命令停火，舰队驶往渤海海峡内的砣矶岛停泊。

第二天，严阵以待的登州城再次与驶来的第一游击队展开炮战。这时已是午后，雪有所减缓，天气没有那么阴郁了，可以看到登州城各处升起了红色的旗帜，人声鼎沸，登州山上的炮台也开始发射炮弹。

一个多小时后，鲛岛员规命令舰队向东航行，离开了这个精心策划的战场。

荣成湾沉浸在1月20日破晓前的朦胧光色里。戴金镕率领的巩军哨兵发现了日军的舢板。日军已经跳下舢板，正蹚着大雪往岸上行进。在远处的荣成湾海面上，停泊着四艘军舰，那是日本联合舰队的先导舰"八重山""爱宕""摩耶""磐城"。在海军大尉大泽喜七郎的指挥下，"八重山""爱宕""摩耶"各派出一艘舢板，每艘搭载海军陆战队士兵和电信兵十三人。乘坐"八重山"的山东作战军先头侦察部队的三名军官和九名士兵也下到舢板中随行。

巩军的枪声密集地响起，将跳下舢板的日军重新打了回去。日军边向军舰发出警报，边用机关炮回击。海滩东侧九百六十米以外落凤沟方向，清军绥、巩军预先布置在高地上的四门75毫米克虏伯行营炮发现敌情，立即开炮射击。日舰也发动火力，展开了一场针对落凤沟的炮击。

日本第二批先导舰炮舰"筑紫""赤城""大岛""鸟海""天城"刚好到了荣成湾外海，也一起向岸上猛烈射击。驻扎在落凤沟的河防营作为"河涨则集，河平则散"的非正规军队，几乎没有能力抵抗，四下溃散。猛烈的火力打得巩军抬不起头，也西撤而去。短短两个小时后，日舰高兴地看到，荣成湾的清兵已经无影无踪。

海军大尉大泽喜七郎指挥着舢板重新划回海滩，登岸进行先头行动。他们按照战争惯例，第一时间破坏了电报线，之后迅速占领了成山头灯塔。这座灯塔站立在号称东方好望角的成山头七十多年，给渔民及后来的北洋舰队照明引路，却在1895年1月的这一天，成为日军联合舰队的引导者。

天空飘落着雪花，第一批日军登陆的命令下达，日军像黑压压的蚂蚁一样，乘坐舢板驶往岸边登陆，占领了白茫茫的海滩。

远处的海面上停泊着几十艘英国、俄国等其他国家的舰艇，都在等着观看这场战事。他们看到日军在白皑皑的雪地上生起篝火取暖，负责搭建栈桥的日军肩扛手抬正在搭建临时栈桥。预防鱼雷攻击的日军则在忙着布置阻雷防材。

到下午1时,第一批日军成功登陆。司令官大山岩进驻万顺渔行,把那里作为他的临时指挥所。

这天下午,日军第二师团以步兵第四联队为前锋,开往荣成方向。连日来的大雪铺满了通往荣成的道路,日军艰难地涉雪而行,直到傍晚才到达荣成城下。

大连湾失陷后,山东巡抚李秉衡为缓解山东海防吃紧的窘境,将阎得胜作为河防营五营统领调到荣成驻扎,但并没有使荣成的防御得到加强。日军往荣成进犯的时候,五营并没有集中在一处,戴守礼的河定右营开往了俚岛,阎得胜的泰靖左营和叶云升的精健前营本来打算开往倭岛,但因为路程较远暂时驻在窑上。只有赵得发的河成左营和徐抚辰的济字右营驻扎在县城的南门外。

所以,当日军到来的时候,荣成县城内没有防营驻守,只有知县杨承泽平日命令乡绅百姓自发筹办的海防总团,没有枪支,没经过正规训练。当守城的团勇看到日军抵达城下时,顿时乱作一团,打开城门四下散去。

知县杨承泽目睹这一情景,知道大势已去。他急急跑到城东南的秀才孙绍峰家中,先行躲藏。几天后,这位知县进行了一番化妆,成功地逃往了济南。

日军得知县城南门外有清营,自然是不肯放过,派出一支步兵大队前往进攻。交战时间持续得很短,徐抚辰的济字右营无力抵抗,只好西撤。阎得胜得到山东巡抚李秉衡增援堵击的命令,但这位精明胆小的统领迟迟不往前线进发。

日军没费吹灰之力,拿下了荣成县。

远在京城的清廷内部，像遭遇了一场地震的洗礼。激进派的大臣们焦急地发表意见说，应该立即派遣战舰袭击日本的运兵船，防止更多的日军继续进入山东半岛。

另外一些大臣提出忧虑的理由：经过大东沟一战，北洋舰队的军舰损失太大。

激进派大臣反唇相讥：虽然多艘战舰受到伤亡，但是"定远"舰和"镇远"舰等主力战舰仍在。况且日本联合舰队的战舰也多有受伤，能经受海战的军舰也不见得有很多。

这场辩论看起来以激进派的有理有据占了上风，但是，李鸿章和丁汝昌面面相觑，现出了无法赞同的表情。

这时候，南洋大臣张之洞和钦差大臣刘坤一站出来说，应该集中兵力保卫威海卫的后路。

又有几个担忧被提了出来：山东的兵力前段时间经过了一倍的扩充，如今达到六十个营，已经超过三万人。但是，由于对日军战略部署的侦察和判断不够，之前清军将日军登陆地点锁定在宁海、酒馆、威海西海岸、荣成成山头，因此二万一千名清军分散布防在这四处，力量过于分散。新增的军队没经过正规训练，战斗力不容乐观。另外，从国外订购的枪械还没有到位。一切都表明，这样一支军队不能有效抵御日本精心组建的"山东作战军"。

针对这一担忧，清廷也没有什么更好的办法，只能舍近求远调江南马步军25营前往支援。这一决定同样也遭到质疑，理由是路途太远，且25营散布于南方多省。但似乎也没有更好的办法。

在清廷忙于辩论和决策的时候,日军正在实施着他们周密计划的登陆行动。这场登陆行动前后共持续了五天,舢板来来回回往海滩上驳运了日本官兵以及夫役共34600人、战马3800匹。

在得知日军先锋往荣成进发的时候,山东巡抚李秉衡在他的府衙里坐立不安,急令山东河防营副将阎得胜带兵前去支援,又命令驻扎在酒馆的孙万龄率领军队向荣成靠拢增援。

当阎得胜出现在桥头村的时候,村民们都觉得这个细高个头的统领像个大烟鬼。这个时候距离春节只剩下几天的时间,阎得胜带兵在桥头村住了两三天,没有前去增援,反而又折向西去。西退的阎得胜遇到了孙万龄的军队,遂合并到一起,由孙万龄统一指挥。

距离春节越来越近,附近一带的村庄却笼罩在战争的氛围中。1月22日,孙万龄率领他的营部到达桥头北面的五尚地村,得知连日来有小股日军向西窜扰,便制定了作战计划,在白马河西岸修筑临时炮台等工事,派出探骑侦察前路敌情。

两天后,日军进入东豆山村,进而深入到白马河东岸的观里村,在村西遭到清军伏击。晚上,宿在东豆山的日军大队安了许多大营,点起无数篝火,照亮了黑漆漆的夜空。当晚,在白马河东岸的姚家圈村,又发生了一场战斗。让孙万龄欣慰的是,两日来所做的准备使得战斗比较从容,他们击毙日军十余人,获得了一场小胜。

晚上点灯之后,十岁的王佩芝听到村里的街道上响起马蹄声。大人说,是日本大队来了。

他们把王佩芝捂在被子里,堵住耳朵。但王佩芝依然能听到清兵从五尚地那边往这儿打炮的声音。

王佩芝听到自己的父母在小声议论。父亲说,清兵在桥头村的西

我们海上见

北山五尚地安装大炮的时候，咱们村的百姓也都主动去帮着往山上拉大炮了，这时候派上用场了。

王佩芝的母亲问，一共几杆大炮？

王佩芝的父亲说，四杆。四尚地装了两杆，孟家庄北边兴隆山装了两杆。

附近一带的村庄都没有过年的气氛，枪声代替了鞭炮声。屯后家村六岁的邵仁恩也听到了枪声，他跑到陈家庄南山上，往白马河那边看。从山上能清楚地看到两军在交战，但仗没有打太长时间，几个小时后，清兵就撤退了。

因为战争气氛的袭扰，正月初的温泉汤村不像往年春节那么热闹，而是处于一片寂静的恐慌之中。

虎山村的驻军营地里，刘澍德统领正在巡视他所统帅的两营绥军。他带领他们前些天刚从五尚地西撤，奉命驻守在虎山村。这时候，士兵来报说，温泉汤村村民求见，有重要情报要报告。

村民跑得气喘吁吁，报告说，大人，我们看到五六十名日军骑兵涉水渡过汤河，在西岸四处探看。

刘澍德说，这不是日军的大部队，应该是前锋，到这里来侦察的。

刘澍德令手下密切观察汤河附近的动向，同时开始部署作战计划。第二天，又发现了日军，刘澍德下令炮击。官兵们打得很勇猛，击毙了一名日军军官和数名骑兵。

清军和日军战斗的枪声响了两天，温泉汤村等几个村庄都笼罩在不安之中。十七岁的王振海又不安又激动，他很想加入阻击日军的清军。他听大人们说，日本军队有马队和步兵，马队一般在步兵的前面先行。如果见到了马队，那第二天步兵准到。王振海知道，他们当地人把马队称为探马。

大人们说的没错。马队接连窜扰之后，日军大部队在正月初四到达温泉汤村，爬上东山顶。双方在凌晨时分展开了激烈的战斗。刘澍德心里很明白，清军的装备和兵力都不占优势。他的担忧并非多余，不久之后，清军的大旗兵中弹昏迷。旗帜倒下，造成兵营士气受损，只好西退。

王振海一直紧张地关注着战斗，见旗帜倒下，他喊上姚福兴，两人冲到旗帜下面，抬起大旗兵往南帮营房奔跑。跑到邹家庄后，体力不支，只好把大旗兵交给邹家庄的周仁山。

周仁山背起大旗兵继续往营房跑。刚刚跑到村后，就遇到了日本兵。日本兵杀死了大旗兵，又追赶周仁山。周仁山撒腿就跑，日本兵只来得及割掉了周仁山的辫子。

日军左路纵队占领了温泉汤村，第二师团司令部移师温泉汤村。午夜时分，在这个临时指挥部里，总攻威海卫的命令正式发出。

正月初五凌晨，威海南部的交通通道虎山村遭受了来自日军的袭击。伏见贞爱率领的第五联队第三大队为左翼支队的前锋，分别从正面、东面等攻击虎山。清军激烈地发炮还击，双方各有伤亡。当日军左翼支队后队赶到后，炮火猛增，刘澍德率领的三营绥军最终不能克敌，撤退出虎山。

与此同时，由山口素臣率领的右翼支队从温泉汤村出发，向南虎口村和北虎口村进发。由戴宗骞指挥的绥军正营和副营凭借四门行营炮，与日军苦战到上午9时多，也难以为继，退出阵地。

之后，日军向北虎口村发动了攻击。

巩军前营哨旗兵徐云秀拿着哨旗，身上带着一把刀，在正月初五一大早，跟其他八百名清兵一起，去往北虎口村后的北山。他们是从巩军中、前2营中挑选的奋勇，前一天晚上从沟北村到达北虎口村，在村里住了一夜。

爬到山顶以后，前营发现了日本兵，立即用排枪开火，打死了不少日军。徐云秀扛着哨旗，抢先爬到了地势较高的地方，他看到日军阵地上有些人抬着尸体往南退。

天色刚刚露出微红，日本人的火炮已经架好，开始向山顶发动攻击。前营营官王黑大头命令十几个人赶紧在石窝里架炮，但架了几次都没成功，前面的几个清兵被日本人的子弹击中。后面的清兵往前替补了几次，一共牺牲了十几个人，才终于架好大炮。

徐云秀记得很清楚,这场战斗从早晨一直持续到中午,最终还是由于敌众我寡,丢失了阵地。八百名奋勇死伤大半。

至此,威海卫南路的北虎口、南虎口、虎山三个清军据点全部失陷。

外十六

　　我的外高祖曲惊涛是朝阳街上另外几个小伙伴的大哥。但是朝阳街上每个人都知道，他会是四个小伙伴中最早不知所终的人。因为我们老曲家是航海人家族，每一代都要出现这样一个特殊的人。

　　谁也没有想到，到了我的外高祖曲惊涛这一代，老曲家的魔咒被打破，他成了在朝阳街上终老的人。而最早离世的，是他的三弟缪加。

　　关于缪加是如何在威海卫参军的，我做了很多考察，但因为当时他所在的巩军新右营五百人全部牺牲，且时隔久远，已找不到什么线索。只是从蒲池山菊的日记中得知他有过一段辗转去往威海的经历——1894年，他与蒲池山菊和托夏一起跟踪跛脚的日本间谍，辗转三天，到达威海卫，在黄崴生的帮助下，在旅店里将日本间谍擒获。

　　我做了大胆的猜测：或许就是那次难忘的经历，让缪加产生了参军的念头。

　　缪记药铺掌柜只知道，他的儿子那段时间总喜欢去威海，他想，可能这年轻人因为坐雾书店的事，心里烦闷，所以就去威海找黄崴生等新结识的朋友散心。缪掌柜不是很清楚坐雾书店发生了什么事情，只听朝阳街上流传着一种说法，说坐雾书店的老板唐目臣是日本间谍。在那之前，缪加失踪了三天，返回后语焉不详，只说跟着夏雏菊和彼得潘托夏去了威海，至于具体去干什么，从他支支吾吾的话语中，缪掌柜猜测多少跟坐雾书店有点关系，但又不知道具体是什么事情。

只是，从那以后，缪加再也不能去书店看书了，特别是那些关于铁路方面的书。那年轻人的举止缪掌柜以前从来没见过：迷茫，伤感，若有所失；又像有了什么秘密一样，骄傲，兴奋，不知所措。

那一年缪加二十岁，比他大四岁的马栗仁完成了结婚的人生大事，媳妇也有孕在身。而缪加拒绝他父母及旁边玉器店老板给他张罗的所有亲事。缪掌柜只知道缪加的理想是修铁路，这孩子经常说，修铁路需要到荒郊野外去，一住就是几年，所以他不想娶妻生子。

大抵顺着这个逻辑往下猜测的是，缪加动了参军的念头，然后，他报名去参加了威海海防上的巩军新右营。中日在甲午那年爆发战争后，清廷忧虑于沿海防务吃紧，李鸿章上奏朝廷并得到批准，驻防威海的军队各自增募两个营。巩军也不例外，新增了后营和新右营，招募了一批新兵。

新右营营官是一个名叫周家恩的人，他因为英勇抗敌被载入史册。而缪加就在巩军新右营中。缪掌柜是从顾大鱼那里听说这件事的。在那一年，顾大鱼也跑到威海去当了练勇，他比缪加小两岁，符合当练勇的条件。

我考察到的历史事实就是这样。那一年，朝阳街上莫名其妙发生着一些变化，仿佛那几条街道上恒久不变的一些传统都在被撕裂。至少对于缪家和顾家是这样。大脟天饭庄的马家呢，表面看起来没有什么改变，马栗仁像烟台山下那些中国人开的店铺里的所有少爷一样，在应该结婚的年龄按部就班地结了婚，女方是孶记洋行老板叶孶森的干女儿。

说起叶拏森，这实在是一个非常仗义的人。作为拏记洋行的老板，他已届中年没有成婚，却接受好友的托付，照料了一对母女。他的那位好友也是英国人，公司经营不善破产，自己寻了短见，把在烟台娶的太太和生下的女儿托付给叶拏森。小姐比马栗仁小三岁，在两家的撮合下，按部就班地结了婚。马栗仁对太太没有特别的喜爱，但看着也挺顺眼。

这样一来，曲惊涛的三弟和四弟去了威海当兵，烟台山下只剩下二弟马栗仁。因为成了婚，太太有了身孕，马栗仁也二十多了，他觉得自己正在变成他父亲老马那样的模型，心里没有多少波澜，只是牵挂着曲惊涛的来信，等着他在三十六岁时返回朝阳街。

但是在夜深人静的时候，马栗仁有时会失眠。在威海卫发生战事的那些天，各种消息自然也传到了朝阳街上，马栗仁失眠的次数越来越多。他根本就想不到，老曲家那个传奇的航海人曲惊涛正在海面上目睹着那场战争。

关于缪加死亡于其中的那场围绕威海卫南帮炮台的战争，我的外高祖在远处的海面上有所目睹。在那个滚落着栾树蒴果的街道上，我的外祖父曲月明向我转述了这段由曲惊涛讲述的经历。据说，那一年，曲惊涛也在那些观战的外国船上。

有七八十艘，接近一百艘外国船，停在威海卫的海面上。我的外祖父曲月明说。

真有那么多吗？我问。

说不定比那还多呢。你别忘了，那是一场震惊世界的海上大战。那些外国人都想看看中国和日本谁赢谁输，输了会是怎样。还有，我的爷爷说，当时各个国家都想发展海军，他们去观战也是为了借鉴经验，以便回去研究怎样发展自己的海军。

那，曲惊涛有没有说，他当时在哪条船上？是他的"安徒生"号吗？

应该是吧。"安徒生"号真是一条神出鬼没的船，我爷爷有时候在船上行使船长的职责，有时候不耐烦了，就把它托付给大副。他独自一人，从陌生的地方上岸，在那些城市和村庄的街巷里到处走。他不担心他的船丢失，而且它也不会丢失，总是会在这个世界上的某一个港口等到我的爷爷。它像神话一样传奇。其实何止那条船像神话一样传奇，你不觉得我的爷爷也很传奇吗？曲月明说。

曲月明一边讲述，一边盯着那些栾树的蒴果看，总也看不够，仿佛一个个蒴果是他的记忆。那些红色紫色的蒴果长着三棱形，在街上滚动起来时更是可爱。

是啊，当然了。我说，我的祖上，那些航海人，都是一些活在传奇里的人。

据我的外祖父曲月明所说，那年，我的外高祖曲惊涛和他的"安徒生"号混杂于那些外国船中，先是在荣成湾那一带观看日军登陆。刚开始的那些天是以陆战为主，炮火持续地在威海卫轰炸。有时候，中日双方的海上战舰也会遥远地发炮助威和配合。

正月初五那天，战火烧到了威海卫南帮炮台，摩天岭上枪炮声混成一片。曲惊涛在海面上看到，摩天岭这座最高的山峰显然是威海卫陆地防御的最险要之处，从枪炮的密集程度来看，那里应该有几百人。但与此同时，数倍于清兵的像蚂蚁一样的日军也在密密麻麻地往上进攻，他们后面的山炮发射出一枚又一枚的炮弹。躲在皂埠东山外面的日本军舰也偶尔出来打几炮以做策应。

有那么一阵子，连环雷声响彻云霄，那是日军进入清军布置的雷区，踏响了连环排雷。久攻不下让日军左翼司令大寺安纯异常焦虑，他不得不改变策略，先去进攻摩天岭西侧的山头，然后再度向摩天岭发动冲锋。

当摩天岭上竖立的旗帜第一次倒下时，大寺安纯一阵狂喜，他以为自己终于拿下了这个地势最高的山头，但没想到的是旗帜重新竖立起来。这样的情况后来又发生了两次，旗帜第三次竖起来时，大寺安纯暴躁不已。但是，当它第三次倒下后，就再也没有竖立起来。

大寺安纯等人登上摩天岭，看到那里的炮台上已经没有一个活人。大寺安纯欣喜若狂，让一名随军记者为他们拍照留念。这时候，从港内的北洋舰队军舰上飞来一颗炮弹，击中了多个拍照留念的人，包括好不容易占领了摩天岭的大寺安纯。

我的外高祖曲惊涛远远地看到山顶被占领的狂欢，接着又看到炮弹袭击后山顶瞬间的静寂。

他还看到北洋舰队那些曾经在大东沟奋勇作战的军舰在港内发出策应的怒吼。当然，他对他曾置身于其上的"来远"舰感情最深。不知道它修好了没有，现在怎么样了。

我的外高祖曲惊涛在他的"安徒生"号上遥望着不甚清楚的那片海域。他当时并不知道，静寂得没有了活人的摩天岭上的尸体当中，就有他的三弟缪加。那个一心想成为铁路工程师的家伙，此生没有体验到修铁路的滋味，最先体验到的却是在摩天岭上修筑炮垒。他们匆忙修筑了炮台，还在周围挖出深堑，沟外堆满鹿砦，然后在深堑和鹿砦之间埋设地雷。他那双本来打算测绘铁路的手，摸起了火炮，端上了机枪。

接着，附近的杨枫岭炮台也被攻下。随之进入这个死亡链条的，是南帮炮台中的皂埠嘴、鹿角嘴、龙庙嘴三座海岸炮台。周围的树木在炮弹的光顾之下燃烧起熊熊大火，弹药库爆炸发出最后的轰鸣。

摩天岭上的巩军新右营将官周家恩慢慢地爬下山坡,从他被洞穿的肚腹里流出的血染红了干枯的树枝和泥土。他看到自己的肠子裸露在肚腹之外,另外他感到一条腿完全不听使唤。那条腿被炮弹击中了。但是他不想做俘虏。

炮火转移到杨枫岭炮台。周家恩想起他的新右营,那些血气方刚的年轻人荡然无存,大多数尸身被炸得七零八落。他知道,防守杨枫岭炮台的清军只有一个营,难以抵挡日军的火力。他艰难地爬行着,用耳朵辨听着炮火的势头和方向。之后他确认,杨枫岭炮台也失陷了。

另外几座海岸炮台的优缺点,周家恩也是知道的。他不止一次站在摩天岭上观察那些炮台,他知道,龙庙嘴炮台更难防守,因为它的位置过于偏西,被隔离在一条十五里的防御长墙之外。在炮台西坡的水雷营里虽然有三百名学生,但那些学生没有参加过任何战斗。

如果龙庙嘴炮台陷落,日军将会利用这里的大炮,对近处的鹿角嘴炮台发起猛攻。当鹿角嘴炮台陷落以后,将剩下最后一座皂埠嘴炮台。这座炮台占据地理上的优势:它前面的百尺崖所驻守的巩军后营将会为它抵挡炮火。百尺崖所的巩军后营和他的新右营一样,都是招募的新兵,士气高涨,人人都不怕死。周家恩只希望巩军后营能成为皂埠嘴炮台的钢铁铠甲,保护皂埠嘴炮台不受侵害。如果皂埠嘴炮台失陷,那么刘公岛炮台就岌岌可危。

战斗的走势正在验证着周家恩的判断:南帮炮台全部失陷。

站在"靖远"舰上的丁汝昌心急如焚。陆路南帮炮台的失陷,给刘公岛炮台及整个北洋舰队带来忧患。他下达命令：

敢死队，乘鱼雷艇即刻出发，炸毁皂埠嘴炮台！

周家恩艰难地爬行，也不知道爬了多远，爬到壁子村西北的山夼里，再也没有力气了。农民王振俭发现他的时候，他的血已经流干了。王振俭过得并不宽裕，他和另外几个农民凑了点钱，买了一口棺材，把残破的周家恩抬进去，掩埋了。

从杨枫岭炮台上撤离的清军守将陈万清是唯一幸存的营官。海埠、城子、沟北一带的幸存巩军七八百人，在陈万清的带领下突围到杨家滩，被日军追击和围堵。几十名重伤员自知突围无望，留下来掩护其他人突围，陈万清带头冲杀，战斗打得异常艰苦。这个以治军严酷著称的将官，在刚刚结束的杨枫岭炮台之战中，亲手砍死了自己的表弟，只因为表弟见战况不妙劝他离开。

苦战之中，北洋舰队的战舰赶来增援，与日军展开炮击。

日军为此次战斗做好了各方面的准备工作，包括从旅顺带来一些大炮的零部件，以备随时修补被战火损伤或被撤离清兵有意损毁的大炮。南帮炮台的大炮被紧急进行了修理，日军用它们与海面上的北洋舰队炮火相接。

从龙庙嘴炮台射出来的一发炮弹裹着尖利的风声，呼啸着射往"广丙"舰，击中了三十二岁的帮带大副黄祖莲。这位年轻的大副因为优秀而被选为官费出洋生，赴美国海军学校学习航海驾驶，回国后又学成于天津水师学堂驾驶班，熟读战史，颇具谋略。

北洋舰队的助攻，对日军来说是一个猝不及防的意外事件，由于舰队火力较强，日军不得不退出战场，陈万清所率领的部队得以突围。其中几十名伤兵无力突围，在掩护大部队离开之后，不知谁带的头，用仅存的力气砸坏枪支，其他人纷纷效仿，然后他们一个接一个跳进沟北村旁边的船坞里自杀身亡。

正月初六，几十具清兵的尸身浮在船坞里。村民长吁短叹着，找来绳子打捞这些死于战争的人，简简单单地把他们安葬。

正月初七，由孙万龄率领的包括阎得胜原统的五营在内的八营、总兵李楹带领的福字三营，在孙家滩与伏见贞爱率领的部队又展开了另一场激战，战况不利，退到酒馆集。

南帮炮台的炮火声，山上和海边的无数的清军尸体，似乎都在预告着威海卫和北帮炮台的相同结局。败仗，死亡，这些词语像炮火黑沉沉的灰烬，厚厚地压在其余人的心里。

接下来的正月初八，日军从西面和南面两个方向包抄威海卫城，那些被恐惧和死亡吓怕了的守军基本没有抵抗的斗志，四散而去。这一情景传染了北帮炮台的绥军，一共六营的兵力溃散了五营，仅剩一营。

刘公岛上的提督署内，丁汝昌从中院的办公室走出来，走到院子里，看着他亲手栽种的那株紫藤。这几天，炮火声同样笼罩着这处府邸，住在东院的侍从走路时蹑手蹑脚，生怕惊扰了丁提督，惹他不快。

没有人知道，丁汝昌此时此刻心里在想什么。侍从觉得，他可能在想，还不知道能不能看到五月的紫藤开出团团簇簇的花朵。

沉思许久的丁汝昌令侍从给他备轿，将他送至北帮炮台。在此之前，他已经下令"广甲"舰管带吴敬荣带二百名水手，张文宣派护军两个哨，去驻守北帮炮台。但他仍然觉得有一种十分不祥的预感沉甸甸地压在提督府上空。

在北帮炮台的祭祀台弹药库里，丁汝昌与戴宗骞商量战守的策略。戴宗骞说，五个营已经溃散，如今只剩最后一营，敌众我寡，形势不容乐观。

就在戴宗骞说完这些话的当天夜里，仅剩的最后一个营的绥军也不见了。他们趁着夜色离开炮台,四散消失,永远也不会再回来。

第二天,丁汝昌再次找戴宗骞商议。戴宗骞说,四散而去的兵勇肯定召不回来了,炮台上现在只剩下十九个人。

丁汝昌说,炮台看样子是守不住了,如果武器战备物资都被日军占领,用来对付北洋舰队和刘公岛,它们将立刻化为灰烬。戴统领还是尽快转移到刘公岛去,把炮台毁掉吧。

戴宗骞说,守卫炮台是属下的职责。战败了,阵地失了,走又能走到哪里去?我只有以死报效朝廷了。

丁汝昌没办法,不能眼睁睁看着戴宗骞战死,只好派人强行将戴宗骞架到船上,去往刘公岛。他们在水师提督署前面的码头下了船,戴宗骞身穿肮脏不堪的青面羊皮袄,头戴一顶瓜皮帽,上面缠了一条毛巾,显得疲惫不堪。他对搀扶他的水手说,谢谢啦,我的事已经做完了,下面就看丁军门的啦!

第二天晚上,戴宗骞吞食了鸦片。水兵们把他抬到灵床上。本以为他已经死去,但可能是服用的鸦片药力不够,戴宗骞又挣扎着坐起来。萨镇冰不想让他这么痛苦,便又让他吞服了一些鸦片,戴宗骞这才死去。

戴宗骞吞鸦片自尽的消息,仿佛是给北帮炮台陷落画上的一个句号。正月初八,丁汝昌紧急派奋勇赶到北帮炮台,炸毁了大炮和火药库。

那些在远远的海面上观战的外国船只,目睹了北帮炮台接二连三的爆炸。世界上最惊心动魄的巨响,把浩瀚的黄海海域里一个原本小得不起眼的卫城,展现在世人眼前。

第十七章

甲午年发生的战事,迁延至乙未年。这个春节裹挟着战争的焦灼,从威海卫一直传递到京城的清廷和天津的直隶总督衙门。

李鸿章在他的衙门里虽然依旧过着精致健康的生活,早睡早起,读书写字,每天喝牛肉汁和葡萄酒,但这些只是表象,越是保持着几十年如一日的规律,就越是透出一种说不清楚的不安。李鸿章自己知道,他内心里充满了动荡,就像被炮火搅扰的海水和山峰上那喧腾的尘烟。

被炮火笼罩的时间过得很慢又很快。这期间,从威海卫那里传来的尽是不好的消息。今天是正月初九,乙未年2月3日,昨天,威海卫陆路全部沦陷。李鸿章刚刚收到朝廷的命令,口气极其严厉,大意是,如果日军从水陆两路合攻,必然导致北洋舰队所有的军舰被摧毁或俘虏,后果不堪设想。要立即督饬各位海军将士,全力思谋保全军舰的良策。如果威海守不住,那么多军舰将没有港口收泊。

这个利害关系,不用朝廷来电,李鸿章也明白。虽然清政府当时已经谕调外省援军赶来增援,山东巡抚李秉衡也一直在保证援军一到立即攻击日军,但远水解不了近渴。李鸿章陷入内外交困之中,而他和丁汝昌之间的电信联系已被日军破坏，他只能无助地在总督署里焦急地盼望援军前去解围。

日军加快了维修南帮炮台的速度。在被打坏的龙庙嘴、鹿角嘴、皂埠嘴炮台上，日军竟然修复了七门大炮。

正月初九拂晓，日本联合舰队发起对刘公岛的正式进攻。第二游击队的"扶桑""比睿""金刚""高雄"等舰驶向威海南口，率先射出了向刘公岛东泓炮台进攻的火炮。这时候，被日军修好的南帮炮台成为日军的阵地，从那里飞出的炮弹穿过连日大雪的天空，落往威海港。

这是一种难以想象的火力围攻。

丁汝昌下令：发炮还击！

巨大的炮弹从日本舰队、南帮炮台、北洋舰队、刘公岛炮台激射而出，在黄海上空穿梭呼啸，迸落炸响的声音仿佛天空炸响了成百个雷电。炮弹落入海中，激起雪白的水柱，冲向天空数丈之高。

日舰没有想到北洋舰队的阻击如此猛烈顽强，遂先驶向外海暂避，下午再度进攻。从北洋军舰上射出的一发炮弹穿透日舰"筑紫"号的左舷，经过甲板，从右舷穿出，落入海中。

一个小时后，日舰"葛城"号也被击伤。

日舰暂时退往阴山口锚地。但这并没让丁汝昌感到轻松。他觉得南北两岸的炮台是关键，如果不让日军利用这些炮台，那么日军仅靠军舰从海上进攻刘公岛，还是不那么容易得逞的。他喊来"左一"鱼雷艇管带王平，说，命你带七名敢死队员，立即前往皂埠嘴炮台，将那里的炮台损毁。

"左一"鱼雷艇上有二十多人，除此之外，临时招募了七名敢死队员，这七人自告奋勇上了"左一"鱼雷艇，顾大鱼就是其中之一。

自从受缪加的影响跑到威海卫当了练勇之后,由于战事吃紧,顾大鱼只在练勇营里训练了几个月就投入到了战斗之中,被分到"来远"舰上。

出发之前,顾大鱼分到了六十两银子,分银子给他们的人说:

这是丁统领发给咱们的,七名敢死队员每人六十两,其他人每人三十两。到了那里后,都要奋勇上前,完成丁统领交给咱们的任务。

顾大鱼听到船上的一个敢死队员小声说,或许咱们不能活着回来了,这些钱就算是抚恤金了吧。我可能再也回不去天津老家了。喂,你怕不怕死?

顾大鱼说,我还有个弟弟顾小鱼,我死了,我们家绝不了后。

他们把三只舢板装运到鱼雷艇上,一艘放在船尾,另外两艘放在左右船帮处,准备登岸用。准备就绪后,鱼雷艇悄悄地驶近南帮炮台。还没等登岸,日军就发现了这艘可疑的鱼雷艇,炮弹立即飞射而至。管带王平一看情况不好,立即命令转舵,返回刘公岛。

回来之后,王平说了谎。他向丁汝昌汇报说,我们到达了南帮炮台,但因为时间过于仓促,日军已经发现了我们,来不及炸毁炮台。但我们用镪水浇进炮膛里,已经把大炮损毁。

丁汝昌信以为真,非常高兴,说,刘公岛看来能够守住了。

顾大鱼不知道王平是如何向丁汝昌汇报的,他只知道他回到"来远"舰,立即投入战争的紧张忙乱中。他们不知道的是,伊东祐亨已经命令鱼雷艇秘密潜入了威海港内。

在接下来的正月初十午夜时分,一艘鱼雷艇在夜色的掩护下,悄悄驶进龙庙嘴山脚,日军水兵举起锋利的铁斧,砍断了连接防口拦坝方木的铁链和钢索,将百余公尺的拦坝破坏殆尽。残断的铁链和钢索以及方木渐渐沉入海底,或者在潮水的裹挟下漂向夜色里的远方。

拦坝的障碍清除之后，正月十一，凌晨3点，黄海海面依然笼罩在夜色里，伊东祐亨命令鱼雷艇进入拦坝缺口。

日军这次出动的鱼雷艇数量之多，令人咋舌，三个舰队共十六艘。第一舰队担任警戒任务，第三和第二舰队分别为先锋队和突袭队。在被北洋舰队发现以后，第二舰队行驶在最前面的22号鱼雷艇忙乱地放出两枚鱼雷，都没有命中，只好转向龙庙嘴逃避，却忙中触礁。艇上的水兵慌乱地改乘舢板，没想到舢板也倾覆在海中。日军落入水中呼救的声音打破了凌晨的寂静。

很快，包括"左一"在内的几艘北洋舰队鱼雷艇开了过来。曙色还没有到来，黑暗中的海面上，双方鱼雷艇互相发射鱼雷。

黄崴生在"定远"舰上紧张地注视着海面。战争已经在威海持续了十几天，海埠村距离南帮炮台那么近，肯定遭到了日本人的袭扰。他虽然在"定远"舰上，却听说了日本人的许多暴行。他们抢掠财物，奸淫妇女，杀害儿童，把抓到的清军砍胳膊卸腿。

海埠村里当兵的不少，除了黄崴生，还有在鹿角嘴守炮台的，有个人外号叫毛二子，家在黄崴生家东边隔两户。听说鹿角嘴失守后，毛二子和另外几个守军偷偷躲在炮台洞里，半夜爬出来，砍死了十几个日本人，然后跑下鹿角嘴。毛二子奔跑时腿上中了一枪，日本人顺着血迹找到海埠村，村里的百姓们把他藏在地瓜蔓子里，毛二子躲过一劫。

海埠村还有人在水雷营里上学，黄崴生听说，龙庙嘴失陷以后，西坡水雷营的学生因为没有受过正规训练，纷纷溃散。

黄崴生倒是没有什么亲人在村里，他的父亲老黄在遥远的海参崴，可能还在码头上挑担子。但是，黄崴生很惦记他家里的那几间房。

日军10号艇行驶到距离"定远"舰约三百米时，艇长中村大尉发出命令：发射鱼雷！

一枚鱼雷急奔而来，射中"定远"舰尾部。"定远"舰轻微地晃动了一下，随即恢复正常。管带刘步蟾急令人去舰尾检查，看到舰尾只是受了轻伤，暂时松了一口气。

不久，日军9号艇在真野大尉指挥下，在靠近"定远"舰二百米处，从艇尾施放了一枚鱼雷。行至五十米处时紧跟着回转艇身，把艇首的鱼雷也发射了出去。刘步蟾命令"定远"舰朝日军9号艇猛烈开炮。随着震天的巨响，日军9号艇机舱被击中。

黄崴生永远也忘不了鱼雷击中"定远"舰的那声巨响。他一瞬间失去听力，双耳仿佛被什么东西堵住了。浓烟像黑龙蹿向天空，舰体猛烈震动，仿佛海底巨兽抖动身体，要把军舰掀翻。

进水了！有人喊。

海水从升降口喷出，舱室和甲板上开始灌水。黄崴生和其他水手在倾斜的甲板上跑到升降口，用尽方法堵漏。舰身慢慢地倾斜，有些水兵站立不稳，从甲板上滑入水中。黄崴生身边的一名水兵在滑下去之前本能地抓住了他的裤脚，把他也连带着拽了下去。

这时候，陈荒谷的父亲老陈划着一只小船赶到了出事地点，救上几个落水的船员。黄崴生说，这里太危险了，您来做什么呀？

老陈说，我来救你啊！别忘了，你还得给我养老呢。

黄崴生问，"定远"舰怎样了？我得回去。

老陈说，看样子不行了。你不能上去了，上去也得再掉下海去。

黄崴生水淋淋地站在小船上，看着近在咫尺的"定远"舰。他看到那庞大的已经倾斜的钢铁巨兽上，水兵们正在猛力地砍锚链。他们挥舞着工具，一下一下对付着那粗硬的锚链。

黄崴生对老陈说，他们要把锚链砍断，把船开走。

老陈问，开到哪里去？都要沉了。

黄崴生说，可能是要开到浅水处让它搁浅。

水手们奋力砍断了锚链，黄崴生和老陈看到正在倾斜下沉的"定远"舰开动起来，从铁码头西侧向南行驶，然后绕向铁码头东侧，驶近刘公岛岸边的浅水处。

"定远"舰搁浅了，像一条受伤的大鲸，无力地躺在沙滩上喘息。

被老陈救起来的水手们都感到非常难过，他们曾经为自己成为两大主力舰之一"定远"舰上的水手而骄傲，如今，它搁浅在沙滩上，只能暂且作为水炮台来使用了。

他们的管带刘步蟾更令人心痛，听说他对丁汝昌大人说，身为管带，实有渎职之罪，唯有一死以谢罪了。

丁汝昌安慰刘步蟾说，这是我的罪过，你千万不要有这样的念头。

外十七

  我的外高祖曲惊涛在他的"安徒生"号上度过了此生最难挨的海上时光。

  过去,那些在大海上航行的时光并不痛苦,虽然有时候会遇到强大的风浪。风浪也曾掀翻过他的大船,把他们搅到漩涡里去。但那些麻烦来自大自然,曲惊涛觉得即便冒险也是自由和理所当然的。

  但是这些日子——确切地说是最近几个月以来,曲惊涛度过了一些并不愉快的海上时光。先是,一趟运兵之旅把他送到了大东沟战场,然后他的好朋友关适死在日本监狱中,接着他又来到离他的家乡如此之近的一个战场。这场海上战争牵动着世界的目光。

  而最让他痛苦的是,战争的走势在急遽地向利于日本的方向发展。炮台的相继失陷,将刘公岛和北洋舰队逼入绝境——他站在"安徒生"号的甲板上,置身于战场边缘,看得再清楚不过了。

  曲惊涛彻夜难眠。在船长室的桌子上,放着他和关适的合影。他们的样子停留在十六岁。照片是蒲池岸交给他的,那是关适不多的遗物之一。

  更多的时候,曲惊涛站在甲板上,远眺着海面上的炮火。他很想做点什么，但又不知道能做点什么。"安徒生"号是一艘商船，他没有克虏伯大炮，也没有成堆的弹药和来复枪。

在1895年正月十二这一天，凌晨3点，日军第一艇队的五艘鱼雷艇排成纵阵，从威海南口悄悄进入港内。凌晨4点，海面还沉睡在黎明前的黑暗中，长井大尉统帅的"小鹰"号鱼雷艇行进到距离"来远"舰二百五十米处时，将前部右舷的鱼雷射向"来远"舰。

炮声响起以后，曲惊涛从船长室走出来，站到桅盘上极目望去。在火光中，他看到一艘军舰中弹翻转，渐渐地向海里沉去。日军的鱼雷艇还在向铁码头的其他北洋军舰施放鱼雷，似乎又有两艘军舰相继沉没。

驶近沉船区域。曲惊涛对大副说。

太危险了！他们双方还在开火。大副伊格西安说。

救人是航海人的光荣，不是吗？曲惊涛说。

好吧。伊格西安无奈地说。

"安徒生"号上没有亮任何灯火，尽量不引起战斗双方的注意，悄悄往出事地方航行。在距离"来远"舰两百米处停下，派出两艘小艇。曲惊涛也下到一艘小艇上，指挥船员划着小艇悄悄接近出事的北洋军舰。

他们安全地驶近出事地点，幸运的是，他们没有被弹火光顾。这时候曲惊涛看清了，那正是他一直想念的"来远"舰。日舰的鱼雷应该是命中了"来远"的左舷，在水线下制造了破口，海水汹涌灌入，舰体正在倾翻。

曲惊涛了解这艘军舰，它的水线下没有任何装甲保护。而且经过大东沟一战，"来远"舰受损严重，只剩下骨骼，这么短的时间，是没有办法完全修好的。它是一艘伤重的军舰，海水正在很快地将它吞噬，红色的舰底逐渐露出，桅杆还在倔强地指向天空，在微明的曙色里显得那么疲惫和绝望。

他们从两艘小艇上掷出绳子，打捞起一些水兵。除了"来远"舰之外，还有另外两艘舰艇也在沉没，分别是"威远"舰和"宝筏"舰。后面两艘军舰没有出现在大东沟战场，曲惊涛听被救的水兵说，"威远"舰是练习舰，"宝筏"是一艘差船。

顾大鱼也是落水的水兵之一。他抓住绳子被拉上小艇之后，一开始以为是北洋舰队派出的小艇，但看到的操桨手却长着大胡子。顾大鱼猜测这是那些观战的外国船派来的小艇。他看到不远处还有另外一艘小艇，不知为何，他觉得那艘小艇上有个人似曾相识，却又具体想不起来在哪里见过。他没敢想那是他的大哥曲惊涛。

我的外高祖曲惊涛也没有看到另外那艘小艇上的顾大鱼。很快，北洋舰队也派出救援船，救援那些落水的水兵。曲惊涛指挥小艇将那些人送到码头上，就赶紧返回"安徒生"号。

"来远"舰的船员心痛得像失去了家园。顾大鱼是去"来远"舰最晚的水兵，但他听说了许多关于"来远"舰的光荣时刻。

跟他一起蹲在铁码头上伤神的外号叫李小胖的水兵对顾大鱼说，"来远"舰在大东沟时受伤最重，到旅顺船坞后简单维修就回到了威海。你知道吗，我们回到威海的那天，其他军舰齐齐鸣放九杆炮热烈欢迎。我们也很高兴，放了十八杆炮回敬他们。

这次它可以彻底休息了。顾大鱼说。

是啊，它再也修不好了。李小胖说。

我的外高祖曲惊涛此生和"来远"舰的友谊，仅有那短暂的几个月。从甲午年的九月，到乙未年的一月。

第十八章

"来远"舰沉没后的这一天下午,日军对刘公岛发动进攻。

丁汝昌命令"靖远"舰、"济远"舰、"平远"舰、"广丙"舰等舰艇与各炮台密切配合,封锁威海南北两口。炮战打了整整一下午,总算把日本联合舰队击退。

没有了军舰,顾大鱼被安排在码头上站岗。"来远"舰上幸存的人都被重新安排了岗位。有的去了别的军舰,有的在岸上站岗,有的做其他差役的活儿。

当天夜里,"左一"鱼雷艇上外号名叫孙咋呼的水手偷偷对顾大鱼说,准备一下,明天早上在码头这里会合,跟我们的鱼雷艇一起逃走。

顾大鱼吓了一跳,问,逃走?

孙咋呼说,对,逃走。

顾大鱼说,不行,这样做是不对的。

孙咋呼说,这是王船长的命令,不敢不从。

孙咋呼是顾大鱼刚刚认识的,顾大鱼自告奋勇去当敢死队那天,跟孙咋呼很投缘。顾大鱼心里七上八下,不知道该怎么办。是汇报还是不汇报,他拿不定主意。好在,战争的压抑和紧张气氛很快就覆盖了这件事情带来的恐慌。何况，顾大鱼不敢确定这是不是个假消息。

新的一天开始了，早上7点多钟，日舰就开始了炮攻。显然这又将是激战的一天，能看出日舰倾巢出动，在执行伊东祐亨总攻击的战略计划。日舰兵分两路，左军炮击日岛，右军攻击刘公岛。日岛和刘公岛上的炮台与北洋舰队紧密配合，开炮还击。日舰"严岛"号、"秋津洲"号、"浪速"号等纷纷受伤，水兵有死有伤。

丁汝昌觉得是时候使用鱼雷艇进行近距离进攻了。他没想到下达了这个命令后，得到了一个无比震惊的消息：鱼雷艇集体出逃了。王平带领"福龙""左一""左二""左三""右一""右二""右三""定一""定二""镇一""镇二""中甲""中乙""飞霆""利顺"等，从北口逃离了战场。

丁汝昌感到眼前发黑，差点栽倒。他知道，这样的集体出逃绝非一时起意，而是经过了提前策划和串通。这一事件将直接影响战势。

伊东祐亨得到报告，登上司令塔察看。他看到鱼雷艇全部驶出，说，这一定是北洋舰队的迷惑之计，先放出鱼雷艇袭扰，然后乘虚进攻。各舰，立即严加防卫！

但是伊东祐亨越观察越觉得事有蹊跷，北洋舰队鱼雷艇似乎全都在往西逃逸，于是果断下令，命第一游击队快速追击，本队随后跟去。

这一突变，超出所有人的预料。随后，令人遗憾和伤感的结局也逐一显现：日舰俘获了"福龙""左三""右一""右二""右三""定一""镇二""中乙""飞霆"等九船，"左一""左二""定二""镇一""中甲""利顺"等六船有的搁浅后被破坏，有的被击沉。它们太陈旧，航速也慢，被追上并不是什么难事。

在搁浅的海滩上，船员们怀着登岸后生还的希望蹚过厚厚的海冰，但相继落入各地的日军手中。对于那些俘获的鱼雷艇，日本人认为有些还可以使用,他们打算随后把它们编入日本舰队之中。

突然的意外,让刘公岛上的东泓、迎门洞、旗顶山、南嘴、公所后、黄岛六座炮台及位于刘公岛东侧海湾中的日岛炮台罩上了一层忧郁的不安。它们是北洋舰队的最后一道防线和依托。

萨镇冰带领三十名水手在日岛炮台上防守。这位毕业于福州船政学堂的福建人,曾经担任过天津水师学堂的教习、"威远"舰管带、"康济"练船管带。山东半岛战事开始之后,丁汝昌令他带领三十名"康济"舰水手协防日岛。

鱼雷艇的集体出逃、"扶桑"号等十三艘日舰对日岛的轮番轰炸,让这一天的战争变得极为悲壮。更令人难过的是,威海南岸的皂埠嘴、鹿角嘴、龙庙嘴、所前岭等本来属于威海卫所有的炮台,已被日军占领,此刻也喷射着日军的炮火。

一枚地弹的爆发,炸伤了一名水兵。他的脖颈、腿和手臂三处受伤。萨镇冰命人将他抬到隐蔽处包扎,这名水兵稍后就缠裹着绷带重新出现在炮位上,用仅存的一只手参与作战。

日舰上的水兵也没有想到会遭遇如此猛烈的阻击。一发炮弹击中"扶桑"舰的左舷舰艏,打烂甲板。一枚飞起的弹片击中指挥塔后返落在甲板上——这种炮弹碎片经过反弹后的威力并不小,一名水兵目睹他的战友脑壳破裂,脑浆迸溅,他感到胃里的食物在迅速上涌,还没来得及吐出,腹部就被击穿。他低头看着自己腹部流出的肠子,感到没有力气呼吸,很快就死去了。

轰响的炮声像雷电一样,令天空发抖。硝烟在海面上笼罩了厚厚一层,让人看不清海面是什么样子。

伊东祐亨发出命令:停止战斗,返回阴山口。

炮火停熄后,战场的凋敝从硝烟中显露出来。官兵们在日岛上的宿地被炸，烧毁殆尽。弹药库的爆炸威力更为可怕，把周围炸出巨大的深坑。最令萨镇冰痛心和忧虑的是，一座地阱炮被炸倒了。官兵们试图合力把它举起来，但无济于事。它已经不能再为这个山头效力了。

这个在日军眼里无比活跃和勇猛的小岛，彻底失去了战斗力。远处的曲惊涛用望远镜看到，北洋舰队派出几艘小艇，驶到岛岸。岛上的幸存者乘上小艇，驶向刘公岛。这意味着日岛在这场战争的舞台上已经谢幕。

小艇是北洋舰队派出的，另外还有老陈自己的小船。老陈在船上放了一些为过年而做的大饽饽，那是陈荒谷的母亲硬要老陈带上的。幸存的水兵三三两两地乘上小艇，驶往刘公岛。老陈船上的水兵满脸蒙着炮火的黑灰，只有咬饽饽时露出的牙齿是白色的。

2月7日、8日、9日这几天，日军顽强持续地进行着进攻。被他们俘获的南岸炮台发挥了巨大的作用。北岸也架起了十二门大炮，它们都是子母炮，发射起来密集得如同下雨。炮弹不断地落在刘公岛和港内舰只上。岛上和岸上伤亡的清军很快就达到百人之多。

丁汝昌有时在提督署里，有时在"靖远"舰上。他不断地接到各种报告：丁提督，水师学堂被炸。丁提督，机器厂和煤场被炸。丁提督，民房被炸越来越多，百姓伤亡已达……

动荡不安的气氛侵袭着岛上所有的人。先是岛上的乡绅王汝兰带领一些商人求见丁汝昌，希望丁汝昌能率军投降，保全岛上老小的性命。接着，不断地有兵勇结队来找丁汝昌，请丁提督放他们生路。

丁汝昌站在提督署门口对他们说，老少爷们，朝廷在1月22日已经将奉旨北上的贵州古州镇总兵丁槐所部五营截留在山东，以便增援。从徐州启程的徐州镇总兵陈凤楼也率领马队五营，以及皖南镇重兵李占椿率领的步队十五营正星夜赶往这里。希望各位跟我一起固守此岛到正月十七，便可等到援军到来。

可是，到正月十七还有两三天呢。能不能坚持到正月十七，不仅兵勇们不抱希望，岛上那些平日大力协助丁汝昌管理海军事务的洋员也不抱希望。几名洋员经过一番商议后，派出德籍炮兵教习瑞乃尔出面与丁汝昌交谈。

瑞乃尔说，如果能坚持战斗的话，当然还是战斗。但如果士兵不愿意继续战斗，投降不失为恰当的选择。

丁汝昌当然不能投降。他表明自己宁愿一死，也不能目睹投降的事情发生。他喊来营弁夏景春，说，立即想办法偷渡，走陆路，潜往烟台，把这封信交给登莱青兵备道道员刘含芳，请他务必派援军来，否则，北洋舰队和刘公岛万难保全。再请刘大人将这封信转给陈凤楼总兵大人，请他速速赶路。刘公岛被困，水陆军心已经大乱，如果来迟，恐怕日后不会再相见了。

其实，丁汝昌本人也对援军是否能在两三日内赶到不抱希望。他不知道的是，2月7日逃至烟台的"左一"号鱼雷艇管带王平向刘含芳谎报了军情，导致刘含芳以为北洋舰队已经全军覆没。

8日夜里，刘含芳又得到新的消息：一条商船看到刘公岛炮台及港湾内仍有兵士和舰只，岛和舰都还存活。但刘含芳知道，一切已成定局，虽然丁槐所部行进最快，8日中午抵达了莱州，但距离烟台仍有三百多里，对增援刘公岛来说已经于事无补。

为了不让战舰落入日军之手，丁汝昌只好下令自毁。2月9日，正月十五，本该过节的日子，"广丙"舰施放鱼雷，炸沉了已经搁浅的"靖远"舰。

而已经搁浅的"定远"舰，在作为水炮台进行了此生最后的效力之后，也被在中央要害部位装上棉火药。随着火药的爆炸声，这艘战斗到最后一刻的军舰彻底地沉到了海底。

夜里，"定远"舰管带刘步蟾回顾着自己的海军生涯。这位少年学成于福建船政学堂，后来又赴英法等国学习枪炮和水雷等技术的杰出的海军将官，二十二岁就担任"建威"号练习舰管带。后来又成为"定远"舰管带。那年他只有三十三岁，一直保留着少年英雄的热情和勇敢。

算起来，从十五岁考入福建船政学堂，到今夜，已经二十八年了。四十三岁的刘步蟾在这个萧冷的夜里，吞食了可以让他离开这个世界的鸦片。

这一天，作为临时旗舰的"靖远"舰，被从鹿角嘴炮台飞过来的两颗炮弹击中，左舷破裂，右舷舰艄开始下沉。

这几乎是意料之中的。北洋舰队的舰船正一艘接一艘地沉没。丁汝昌有些绝望，极想与船一起沉入海底，但水兵们将他搀扶到小艇上，驶向岸边。

人们在恐慌和压抑中还发现了其他一些可怕的事情。正月十六夜里，站岗的兵勇看到东疃善茔地里发出一闪一闪的光，立即跑到提督衙门报告。兵勇看到了提督衙门的军需官杨白毛，他们平时称呼他为师爷。

师爷，茔地里有亮光！

杨白毛吩咐兵勇回去继续监视，他找到北洋护军统领张文宣，说，东疃善茔地有可疑的亮光。

张文宣喊了几个人，一起去善茔地查看。他们摸黑找了很久，也没发现什么可疑之处，正要返回的时候，一个兵勇发现几座坟墓背后堆放了不少草，看起来很可疑。他们把草扒开，惊讶地发现有个洞，打灯往里一照，有七个日本奸细躲在里面。兵勇们打开棺材一看，棺材里面的尸体已经被日本奸细拖走了。原来，他们白天躲在棺材里，夜间出来活动，搜集情报，打信号给日本联合舰队。

张文宣命人将七名奸细押解到正营门前正法，将尸体陈列在湾边。

2月11日这天，是让丁汝昌彻底绝望的日子。这天是正月十七。他曾宽慰将官们，请他们坚守到正月十七援兵到来。然而，没有任何援兵的影子，丁汝昌接到的是刘含芳派人送来的李鸿章大人的电报。他一字一句读完那封电报，把那句"令丁同马格禄等带船乘黑夜冲出，向南往吴淞，但可保铁舰，余船或损或沉，不至资盗……"

李大人的意思很明确，让丁汝昌和马格禄带铁甲舰突围，其余的船全部损毁，以免被日军俘获。显然，援兵指望不到了。然而，马格禄难道就能指望吗？这位北洋舰队的总教习，也是主降派的一员。

深夜了，战败的恐慌弥漫着小小的岛屿。络绎不绝的水陆兵勇及岛上百姓聚集在提督署门口，哀求丁汝昌下令投降，给他们一条活路。

丁汝昌把威海卫水陆营务处提调牛昶昞喊到跟前，说，我曾经发过誓要以身殉国，现在是我实践誓言的时候了。

那晚，顾大鱼在提督衙门站岗。他看到丁汝昌穿着朝服，衣冠整齐，去了军需官杨白毛那里，然后返回西办公厅自己的住屋内。稍后，另外一名卫士发现了丁汝昌已经死亡，他悲痛地大喊道：

提督大人吞食鸦片自尽了！

杨白毛这才知道，丁汝昌去他那里取烟膏是用来自绝的。

提督衙门内乱作一团，恐慌的气氛蔓延在这处阔大的宅院里，主要将官和洋员来来往往。

接下来的时刻更为动荡。很多将官和洋员聚集在牛昶昞住处，商量投降的事情。商议的结果是，推举"镇远"舰管带杨用霖主持投降事宜。杨用霖断然拒绝。

回到住舱之后，杨用霖想起"镇远"舰的上一任管带林泰曾，他去年带领"镇远"舰从旅顺撤往威海，进入威海港时，"镇远"不慎擦伤，林泰曾觉得失职，在忧愤自责中服毒自尽。如今，不管面临怎样的境地，"镇远"舰的名声都不能被辱没。

杨用霖望着他朝夕相处了几个月的舱室，拿起手枪。当水兵听到枪声，冲到管带舱室后，看到的是端坐在椅子上的杨用霖，鲜血从他的鼻孔里汩汩流出，流向胸襟。

在悲壮的气息中，人们陆续得到死亡的各种消息。殉国的消息中，还包括北洋护军统领张文宣。这位深受刘公岛百姓爱戴的统领，从1887年就在岛上治军、筑炮台，不知不觉八年过去了，他的生命已经和这个岛融在一起。正月十八，张文宣也自尽殉国。他去了刘公岛西疃一户姓王的人家，在那里服毒自尽。张文宣治理刘公岛期间爱护百姓，严令禁止官兵惊扰百姓，他跟他们处得像亲人一样。

张文宣服毒自尽后，他的陆军将士借用岛上渔民的渔船，将他的灵柩运到威海岸上，派人辗转护送回他安徽合肥的老家。

外十八

"安徒生"号派出的小船,在夜色掩护下驶到刘公岛,打听到了许多消息。它们像炮弹一样,持续不断地在我的外高祖曲惊涛耳边炸响。

正月十八,我的外高祖曲惊涛在"安徒生"号上看到一艘舰艇从东口驶出。它的前樯悬挂着代表投降的白色旗帜,后樯悬挂着北洋舰队的黄龙旗,后面拖着一只舢板。

大副伊格西安说,看来这是北洋舰队的降使。

舰艇驶到英国和德国等国的军舰旁抛锚停下,日本人用汉语高声呵斥:抛锚!

水手们都感到很难受。接洽投降事宜的牛昶晒等人改乘舢板,往日舰划去。"安徒生"号停在距离英法德等国船只后面稍远处,我的外高祖曲惊涛清楚地看到那艘军舰上的"镇北"二字。

一整天,在刘公岛外的黄海海域,都在进行着中日之间的投降谈判事宜。降使登上"松岛"舰,与日方谈判。日舰紧张地在海面上游弋警戒。

伊格西安亲自乘小船打听消息,他带给曲惊涛的消息是,牛昶晒用丁汝昌留下的提督印书写了降书,主降派一致同意将刘公岛的兵船、军械、炮台全部交出。

经过了几番谈判，正月二十，牛昶昞和伊东祐亨签订了《威海降约》。不过，伊东祐亨答应给他们留下"康济"舰。

正月二十三上午八点半，日本联合舰队在"松岛"舰的带领下，鱼贯从北口驶入威海港。"镇远""济远""平远""广丙""镇东""镇西""镇南""镇中""镇边"等十艘舰艇上的黄龙旗缓缓落下，日本军旗徐徐升到旗杆的顶端。

我的外高祖曲惊涛在威海卫海面上看到的最后一个画面，是1895年2月17日，乙未年正月二十三的下午，"康济"舰沉重地驶出威海港，朝着烟台的方向驶去。在它的甲板上，放着丁汝昌、刘步蟾、林泰曾、戴宗骞、沈寿昌、黄祖莲等人的灵柩。签署投降书的道员牛昶昞等一千多名军民也随船前往，等待处置。

天空飘起绵密的雨丝，刺骨的寒风掠过海面，吹打着这艘卸去大炮的舰船。

第十九章

烟台的码头吹着呜咽的冷风,"康济"舰悲伤地出现在人们的视线里。

烟台山下几条街道上的人几乎都聚在码头上。百英聚客栈的老爷曲鸢飞,大少爷曲长帆以及用人曲锦苞,管家老诸葛,孥记洋行的老板叶孥森,大膑天饭庄老板马栗仁,渔民老顾,缪记药铺的缪掌柜等,都站在人群中,望着海面上逐渐驶近的那条船。早先消息已在街道上传开,说一艘海军的大船将要送回一些打了败仗的军官的尸身。

在这些人中,老顾家和缪记药铺家这两家人的心情最焦急。顾大鱼和缪加去威海投了军,这两家人只知道威海那边的仗打了有些日子,但这两个孩子在哪个战场上,打得怎么样,活着还是死了,他们什么都不知道。

老顾曾动过驾驶自家渔船去威海的念头,缪掌柜也动过搭老顾顺风船的念头,但他们还没动身,就遇到从威海那边逃回来的人。那人把战况说得很吓人,说,千万不要去,到处都是炮弹,嗖嗖乱飞,那么大的军舰沉到海里都像玩一样,你这小破船,炸上天后连碎片都剩不下。再说了,部队很多,有守炮台的,有在船上的,有在岸上站岗的,有在衙门站岗的，你们也不知道要找的人在哪个山头上，在哪艘船上。

那人说得很有道理。老顾说，算了，不去了，我还有个顾小鱼要养，我不能死。你还去吗？

缪掌柜说，你不去了，我怎么去？我又不会驾船。

老顾说，那咱们就在这儿等消息吧，说不定过几天仗就打完了。等炮弹不炸了，咱俩再去看看。

过了几天，听说从威海跑回来一艘鱼雷艇，艇上的人说威海那边没指望了，败了，人都没了。

老顾和缪掌柜又想去威海，起码去收尸。虽然他们知道炮弹会把人炸得片甲不留，那也得去一趟。但还没等去，又有消息传来，说那边的人没全死光，仗正在打着呢。

各种消息在短短的十几天里接踵而至，让老顾和缪掌柜不知道怎么办好。他们去百英聚客栈讨主意，曲鸢飞劝他们再等等。子孙自有子孙福，不要替他们操太多的心。你看我们家曲惊涛，从十六岁出海到现在什么消息都没有。

两家人在凄凄惶惶中等到了最后一个消息。当那艘悲伤的大船渐渐在阴沉沉的雨天里显现出来，老顾和缪掌柜确信，这次消息是真的了。

随后不久，老顾悬着的心终于放下了，因为他们家顾大鱼活着回来了，在那艘名叫"康济"号的军舰上，跟其他一千多号人一起。

缪掌柜的担忧却没放下。顾大鱼说，他也没有见过缪加的尸身，但是防守摩天岭炮台的新右营全军覆没，一个都没活，缪加就在新右营里。

缪掌柜觉得，他儿子已经没了，没必要去找尸身了。

其他人都不知道说什么好。有人试图去问军官，但军官们个个表情凄惶，无暇他顾。曲鸢飞对缪掌柜说，威海那边死的人太多了，兵荒马乱的，一时也得不到每个人准确的死亡消息，还是再等等看。

叶孥森说，是啊，说不定缪加没死，躲在山上，或者下了山，躲在老百姓家里。

缪掌柜问老诸葛，您是仙人附体，您给掐算掐算，缪加活着还是死了？

老诸葛用右手大拇指挨个在其他四个手指肚上摁压了半天，说，活着。

缪掌柜说，你们都别劝我了，那小子十有八九是死了。整个新右营几百人都死了，他没理由活着。

街坊们也不好再用一些乐观的猜测去宽解缪掌柜，毕竟整个新右营都没了，缪加活着的可能性几乎是不存在的。

几条街道上弥漫着悲伤不安的气氛。听说朝廷有旨，要将官衔高的军官革职查办，追究责任。

那些已经牺牲的军官的灵柩，从"康济"舰上运到驳船上，驳船缓缓地行进到岸边。人们抬起那沉重的灵柩，把它们从海上抬到岸上。最后，人们把它们运送到了烟台山下的广仁堂寄柩所暂存。

初息壤早早得到了消息，一直在广仁堂里等候着。广仁堂是四年前登莱青道道台盛宣怀创办的慈善组织，有训善会、保婴会等"十会"和慈善所、寄柩所等"十所"。朝阳街等几条街道上的老板们，每年都给广仁堂捐助善款，用来供养弃婴，安葬贫民死者及死于路旁的无主尸体。孥记洋行、百英聚客栈、大腴天饭庄、缪记药铺是捐助善款最多的人家。缪掌柜是"十所"中"施医所"的骨干成员，免费施舍医药，救死扶伤。叶孥森是"十会"中"因利会"的骨干成员，以最少的利借贷钱币给那些需要开设商铺的人。老曲家捐助了"避寒所""读书会"等几个会和所。连女性都不甘落后，初息壤是"工艺所"的骨干人员，定期去所里教贫苦难民绣花。老顾的家境没那么殷实，但老顾家媳妇在广仁堂做义工。

缪掌柜的媳妇也想到广仁堂做义工，给自己的儿子积积德，就算是死了，也祈祷在那边最好别再当兵了。但是缪掌柜的媳妇在广仁堂根本帮不上什么忙，只知道时不时地哭，不哭的时候就痴痴呆呆的。

老顾媳妇说，哎呀，大嫂啊，你就别在这待着了，回家躺着去吧，家里安静，你好好养养心神。这里太闹哄了。

那些天，住在烟台山上和山下的外国驻烟台领事，一拨一拨地去寄柩所祭奠北洋军官的灵柩。那些停泊在烟台港的外国军舰的指挥官们，也乘着小驳船，登岸到寄柩所来祭奠。这些外国军舰在威海的战场外围经受了那么多天炮火的洗礼，终于从那里驶出，一路来到烟台。这是他们此行观察到的这场战事的一个悲壮的结尾。

曲鸢飞感慨地说，不管战胜还是战败，这些壮烈牺牲的官兵都是好样的，值得尊敬。

跟在"康济"舰上被遣送到烟台的一千多人，除了管带以上的高级将官需要革职听候发落，其他水兵都陆陆续续地领到自己该领的饷银，踏上了返乡的路途。

听说烟台道台刘含芳请示李鸿章，等开河之后将高级军官送往天津听候发落，但李鸿章回电说，海军军官，船失官悬，均应斥革，命其返回原籍。

人们议论说，吃了败仗，这些高级将官肯定是要被朝廷追究责任的，特别是那些逃跑的将官。他们已经知道，先前那艘跑到烟台来的鱼雷艇提供了假情报，导致刘含芳以为威海已经全军覆没，虽然即便没有这个假情报，援军也无法按期抵达，但传递假消息的艇长王平最应该被查办。

烟台山下的几条街道，以及稍远处的太平街、广仁路等其他街道，这段时间来一直处在一种说不清楚的氛围之中。领到薪俸后的士兵陆续踏上返乡旅程，喧闹的气息逐渐平静。

三月了，春天真的到来了。老诸葛又拿着白铁皮壶天天去照看那棵栾树。他说栾树已经发芽了，但是黄崴生和顾大鱼看了半天，也没看到。老诸葛说，你们长的都是凡眼。

他们看了一会儿栾树，黄崴生和顾大鱼就离开朝阳街，去缪记药铺找鲨鱼。鲨鱼是孤儿，即使回安徽也无家可归，缪掌柜就问他，愿不愿意到我那里做个学徒？鲨鱼说，愿意。

起先是因为缪掌柜媳妇喜欢鲨鱼。那失去儿子后痴痴呆呆的女人，看到鲨鱼后喊了一声缪加的名字。缪掌柜说，这不是缪加，他是鲨鱼。缪掌柜媳妇这才凄然地低下头去。但是缪掌柜左看右看一番，居然觉得鲨鱼身上有点缪加的影子，两人是同岁，个头差不多。于是就把他留下了。

鲨鱼在柜台后面，口中念念有词。顾小鱼告诉黄崴生说，它在背中药材的名字。当初缪加烦透了背这些东西。缪加喜欢看铁路方面的书。

你喜欢背这些东西吗？顾大鱼小声问鲨鱼。

喜欢啊！多有意思啊！它们只不过是山上不起眼的植物，却能治病救人。鲨鱼说。

你到底叫什么名字？黄崴生问。他只听陈荒谷成天鲨鱼鲨鱼地叫。

我没有名字。我是个孤儿，在大街上被捡到，吃百家饭长大，都喊我狗子。投军的时候必须有名字，我就填了个海鲨鱼。

缪掌柜说，多可怜的孩子。你要是愿意随我姓，就改姓缪。先不急，等你考虑清楚了再说。

黄崴生，你确定要回威海去吗？鲨鱼问。

当然了，黄崴生说，我跟陈荒谷有约定，要是我死了，他将来去海参崴继承老黄给我攒的杂货铺。要是他死了，我替他养活老陈。

那就是说，你要回刘公岛去？我听说那里已经被日本人占了，多危险啊！顾小鱼说。

不管是日本人还是什么人占了，也得让老百姓活吧？反正我得回去看看。只要老陈两口子还活着，我就要给他俩养老送终。黄崴生说。

那好吧，鲨鱼说，黄崴生，你记住，你和陈荒谷是好朋友，我和陈荒谷也是好朋友，所以咱俩也是好朋友。有什么困难一定要告诉我。

这时候马栗仁也去了。马栗仁说，咱们这几个人里，我最大。我和曲惊涛同岁。鲨鱼比我们小两岁。缪加小三岁。顾大鱼、陈荒谷、黄崴生小六岁。至于顾小鱼，你就更小了。要是曲惊涛在，我们就可以结拜一次。可惜他不在。

他不在，我们也可以先结拜，你是二哥，你说了算。顾小鱼兴奋地说。他做梦都想成为他们的小弟。

于是，在黄崴生返回威海之前，他们果真结拜了一次。他们跑到烟台山的一棵大树下面，据说那棵大树很灵。他们把老诸葛请了去，由老诸葛给他们主持结拜仪式。现在，他们的"曲家班"扩充了，大哥曲惊涛，二弟马栗仁，三弟缪加，四弟顾大鱼，五弟鲨鱼，六弟陈荒谷，七弟黄崴生，八弟顾小鱼。

虽然鲨鱼比缪加和顾大鱼年龄都大，但因为他是后加入的，所以，他排在第五位。

外十九

虽然威海离烟台很近，但我的外高祖曲惊涛在1895年那一年并没有返回烟台。他只在威海待了一些日子，目睹了那场震惊中外的海战之后，就离开了那悲伤之地。

曲惊涛率领着他的"安徒生"号，继续在海上游荡。他们南下去了上海，在那里待了一些日子。启程继续南下的时候，恰巧碰到护送丁汝昌灵柩的"康济"舰。丁汝昌的灵柩在烟台广仁堂寄柩所存放了多日，才得以辗转踏上回家的路途。它要经过上海，再从长江回安徽老家。

北洋海军已经不存在了。我的外高祖曲惊涛看着那艘装载着灵柩驶来驶去的军舰，对他的大副伊格西安说。

伊格西安说，中国还会重新建设一支海军的。

我的外高祖曲惊涛没有说话。

在三月的春风中，曲惊涛和他的"安徒生"号离开上海，继续南下，到达福建。他在福建待的时间不短，据后来他对我外祖父曲月明的讲述，那次他至少在福建停留了一年多。他像往常那样，把他的"安徒生"号打发走，让伊格西安负责那条船，一切经营事务都交由伊格西安负责。

我的外高祖之所以在福建待了一年多,是因为他在那里成了家。他的结婚对象是关适从小订下娃娃亲的一位姑娘。是的,没错,我的外高祖曲惊涛去福建的目的是看望关适的父母,给他们带去关适的死讯。

关适的那位未婚妻,八岁就没了父母,养在关家,只等关适成年以后圆房。她就是我的外高祖母陈小瓜。我的外高祖曲惊涛在关适家中住了一年多,安慰了这个家庭的丧子之痛,并且充当了关适的角色,娶了陈小瓜为妻。

我一直弄不清楚的事情是,曲惊涛到底爱的是蒲池山菊,还是陈小瓜。根据曲惊涛写给马栗仁的信件,以及蒲池山菊的日记所流露的情况看,他和蒲池山菊两人互相喜欢,但从未说明。以我的揣测,虽然蒲池山菊有一半中国血统,而且他们全家人都对中国有着深厚的感情,但我的外高祖曲惊涛内心仍然存在一些障碍。特别是中日战争爆发后,曲惊涛可能已经明白他和蒲池山菊不可能走到一起。至于他是一个没有羁绊的航海人,这并不是他不成家的障碍。何况我一直存有一个疑惑:我们老曲家那些航海人,果真一生不婚,与大海为伴吗?我总觉得,他们在世界各地那些美妙多姿的港口停泊,去领略异地风光,免不了会喜欢上一两个异性,结婚生子也并不是毫无可能。

根据曲惊涛和陈小瓜之间的婚姻生活来看,他们两人的感情很深。他留在福建不久就跟陈小瓜成了亲。转过年来,也就是1896年,生下了第一个儿子——我的外曾祖父曲风起。

曲惊涛在那个美丽的小渔村里度过了两年不当航海人的日子。小渔村很安详,曲惊涛早上看日出,黄昏看日落,平时和老关一起出海打打鱼。不打鱼的时候,就在家里修修补补,建园子,苫屋顶。1897

年夏天，曲风起刚学会摇摇摆摆地走路，曲惊涛带着他去滩涂上抓螃蟹，远处驶来一艘大船，曲风起咿咿呀呀地指给曲惊涛看。

那是曲惊涛的"安徒生"号。这艘船总是会在适当的时候，很神秘地出现在曲惊涛面前。

陈小瓜对曲惊涛说，你该出海了。

曲惊涛说，嗯，该出海了。

接下去的两天，陈小瓜给曲惊涛准备了很多生活用品，让他搬到船上去。曲惊涛问她说，你就不想知道我下次什么时候回来吗？

陈小瓜说，你自己也不知道什么时候会回来，我问也是白问。

于是，我的外高祖曲惊涛离开他的妻子陈小瓜和幼子曲风起，登上"安徒生"号，重新回到辽阔的大海上。据曲惊涛所说，他们在那几年里航行到了更远的地方，比如南极。曲惊涛画下了蓝色的冰墙，用油纸包好，准备带回家去给曲风起看。

伊格西安说，老大，你变了。

曲惊涛说，我没变。我还是一个没有羁绊的航海人。

他们在海上又游荡了几年，到过形形色色的地方，接过很多生意。船员们有钱可赚，都愿意追随这条大船。

几年后，"安徒生"再次驶往福建。五岁的曲风起在滩涂上抓螃蟹，他又看到了那艘大船。上次他看到那艘船的时候只有一岁多，按理说一岁的孩子没有记忆，但曲风起清晰地记起了他一岁时看到那艘大船时的样子。

我的外高祖曲惊涛在小渔村里又住了两年。1902年，他和陈小瓜的第二个儿子曲云涌出生，也就是我的外祖父曲月明的叔叔。

当曲云涌也像几年前的曲风起那样，摇摇摆摆地在滩涂上抓螃蟹时，那艘大船又出现了。我的外高祖曲惊涛乘上它，又恢复了航海人的身份。

曲云涌后来一直记得，那个太阳明媚的日子里，"安徒生"号逐渐驶离，变成一个黑点。曲云涌想，我长大了也要乘船出海去。虽然那时候他刚开始咿呀学语，但他跟他的哥哥曲风起一样，一出生就有了记忆和思想。

我的外高祖曲惊涛遵守了老曲家航海人的惯例，在三十六岁那年乘坐着"安徒生"号，出现在烟台港的海面上。

"安徒生"号换了一艘新船。之前的老船在大海上游荡的时间太久，已经老迈不中用了。但即便换了新船，它的名字依然叫"安徒生"。

马栗仁十岁的儿子马芡实问曲惊涛，"安徒生"是什么意思？

安徒生嘛，他是一个童话作家。他写的童话特别美。曲惊涛说。

我识字了，我能读吗？马芡实问。

能啊！不过，他的童话还没有翻译成汉语，现在还读不到。

那什么时候才能读到？

快了，曲惊涛说，可能过上几年就读到了。

马栗仁也像曲惊涛一样，有了两个孩子，十岁的儿子马芡实和四岁的女儿马什锦。曲惊涛的两个儿子也分别是十岁和四岁，他们两人这些年没有音信，在生育后代方面却像是商量好一样。

顾大鱼的儿子也是四岁，名叫顾加吉。据说顾加吉出生那天，顾大鱼在海上打了一网鱼，里面有一条加吉鱼，硕大到他从来没见过。

鲨鱼的孩子要小很多。起初他一直不想结婚，孤儿的那些经历让他对结婚生子很恐惧。后来，正式认了缪掌柜为义父，并改姓缪，名缪鲨，他才安定下来，娶了大马路上一户本分人家的女子，这女孩子是缪掌柜媳妇在广仁堂做义工时认识的。

鲨鱼比顾小鱼还大三岁，但两人的孩子却一般大，都是三岁。顾小鱼的女儿名叫顾多宝，生她的那天，顾小鱼撒下的渔网捞上不少多宝鱼。鲨鱼的孩子名叫缪拳参。孩子出生的时候，鲨鱼跟着缪掌柜上山挖药材，挖到一株硕大的拳参，回家之后就听说孩子提前出生了。

黄崴生娶了刘公岛上一户渔民家的姑娘为妻，孩子如今八岁了，取名叫黄致远，为了纪念牺牲于"致远"舰上的陈荒谷。他们和老陈家一起搬到了岛外居住。

曲惊涛的返乡，烟台山下所有街道引起轰动。那几天，人们街谈巷议的话题除了曲惊涛返乡，还是曲惊涛返乡。虽然老曲家的每一代航海人在三十六岁这年返乡都是一个重大事件，但他的上几位航海人祖上都是只身返乡，而曲惊涛带回了家眷。

人们议论着，说，老曲家的航海人在十六岁出海，三十六岁返乡，然后再次出海便无声无息。曲惊涛遵循了十六岁出海及三十六岁返乡的先例，但他却是拖家带口回来的，不仅带回了妻子，还带回了两个孩子。这是要破曲家的规矩啊。

还有人说，规矩定了就是用来破的，不破不立。

过了几天，人们好像默认了这个规矩的被破坏，于是又有人开始猜测下一件事：曲惊涛会把妻子孩子全都带到海上去游荡，还是把他们留在朝阳街，他自己重新去海上游荡？

人们开始关心这个问题。他们看到，我的外高祖曲惊涛一直在和他少年时的伙伴们叙旧，或是带着妻子孩子四处转转看看。当年的这些伙伴们还一起去了威海，在威海住了几天。有些消息灵通的人告诉街坊们，他们去威海，是为了登上摩天岭，祭奠在甲午战争中牺牲的缪加。之后，他们去海埠村看望一个叫黄崴生的人。

有人问老诸葛，哦，黄崴生不就是从海参崴来的那个少年吗？曾经在你们家客栈住过。

老诸葛说，对。他是打过甲午战争的英雄。

街坊们说，大难不死，必有后福。

我的外高祖曲惊涛带着曲家班的弟兄们，在威海的海埠村见到了黄崴生。

黄崴生说，自从英国人登上刘公岛，我就和干爹干娘搬了出来。

甲午战争之后，刘公岛被日本人占了三年，后又被英国强租。英国人把刘公岛上的民宅田土全部买去，然后将岛上的中国居民迁出岛外。他们在岛上修建了高尔夫球场和各种避暑享乐的场所。

这些年，你们是怎么过的？曲惊涛问。

打鱼。但是外国人不许我们到远处去，所以只能在近海打鱼。勉强过吧。很多青壮年为了糊口，参加了英国人募建的"华勇营"。英国人给的饷银高，一个士兵月薪八两白银，还供应食物和制服。前段时间，华勇营刚刚解散，有些人去了南非，有些去了香港。没走的，有些当了巡捕，有的加入了中国军队。

顾小鱼问，七哥，你为何不去华勇营？能赚那么多饷银，可以贴补家用。

黄崴生说，说白了，华勇营就是英国人招募中国人给他们维护治安的。我是不可能给外国人当兵的。无论是给日本人还是英国人，我都不当。

我的外高祖曲惊涛眺望着海面，以及对面的刘公岛。十一年前，他和他的"安徒生"号在这里的海面上游弋了十多天，和其他那些外国船一起，目睹了那场惨烈的战争。现在，海面上停泊着英国军舰，有一艘巨大的军舰格外醒目，黄崴生说，那是英国海军建造的第一艘大型潜艇母舰，专门准备为作战舰艇提供军需补给和后勤维修。

近处的海滩上，一些孩子欢快地跑来跑去，他们养的狗也在人群里跑来跑去。曲云涌仰着脸问曲惊涛，爸爸，他们在干什么？

他们在举办化妆聚会。曲惊涛说。

什么是化妆聚会？

他们化着另外的妆……就是装扮成其他人，在演那些人的故事。

他们化成了谁？

北欧海盗。

爸爸，你见过北欧海盗吗？

当然见过了，我们还和北欧海盗的船打过仗呢。而且，我的大船上就有北欧海盗，比如那个大副伊格西安。

我也想去跟他们一起玩。

他们是一群英国小孩。曲惊涛说。

我的外高祖不知道用什么样的语言来让自己的儿子明白，那是一群占领了他们家园的人的孩子。可是，那些孩子那么天真烂漫，他不知道如何表述。

马茋实说，曲云涌，咱们是中国人，他们是英国人。他们是一群比北欧海盗还要坏的侵略者，咱们不能和他们一起玩。

什么是侵略者？曲云涌问。

黄致远说，侵略者就是从他们国家跑到咱们国家来的人，杀咱们的人，占咱们的地，不让咱们的船出海去打鱼。

我的外高祖曲惊涛突然感到莫名其妙的疲惫。过了一些日子，烟台山下的街坊们看到那艘漂亮的"安徒生"号起锚了，烟囱里冒出远航的黑烟。他们望着那黑烟，说，老曲家的航海人又去海上游荡了。

街坊们以为我的外高祖曲惊涛随着那艘船再次出海了，但他们很好奇，不知道他是否带走了自己的妻子和孩子，便到百英聚客栈去问。他们看到我的外高祖正带着两个孩子，提着白铁皮水桶，要到门口去浇那棵栾树。

老曲家的规矩彻底破了。这个话题，在几条街道上被议论了好些日子。

第二十章

"安徒生"号离开烟台后，曲惊涛表现出安分守己、安居乐业的样子。街坊们觉得，可能是这个三十六岁的人见多了外面的花花世界，不稀罕了，累了。还有一些街坊们觉得曲惊涛是个有责任心的人，他意识到自己在继承百英聚客栈这份祖业上是有义务的。那一年，他的父亲曲长帆五十八岁，很快就要迈向老年了。

而他的兄弟，比他小八岁的曲拍岸无心继承祖业，十几岁时便迷恋上京剧，到莱阳、海阳等地四处追随戏班，还曾到牟平人王玉山成立的"王贵班"里唱过一年。

曲拍岸二十岁的那一年，跟随彼得潘托夏去上海拜会一位京剧大师，见过了世面，回来后就茶饭不思。终于，曲长帆松了口，以百英聚客栈的名义，给他投资在朝阳街开了一间茶园，名叫"百仙聚"。说是茶园，实际上是喝着茶听戏的地方。

当时，甲午战争过去了三年，但是日本奸细唐目臣当年开的坐雾书店一直荒废着，没人租，都不想触霉头。曲长帆说，我就不信这个邪，日本奸细在那里待过，咱们正好开个茶园，喝喝茶，听听戏，把日本人的气味赶跑。

百仙聚茶园开张以后，一时间风头繁盛，盖过了客栈。戏台上唱戏的人咿咿呀呀络绎不绝，有本地的角儿和发烧友，也有从外地请来的名角儿。不大的屋子里每天客满，跑堂的伙计脖子上搭条毛巾，汗流浃背地在桌子之间穿梭。有时候，曲拍岸自己也上去唱，他唱青衣，有时还反串，只要他上台，下面就掌声雷动。

老诸葛说，东家，咱们的客栈老招牌如今竟不如茶园新招牌了。

曲长帆说，非也，非也，听曲唱戏的永远是听曲唱戏的，客栈是正经营生。只要有人往来，就得有客栈，就算打仗也得有客栈。听曲就不一定了。

但是，老诸葛忧心忡忡地说，大少爷当航海人，二少爷一心痴迷唱戏，咱们的客栈总得有人继承吧？

其实这也是曲长帆心里的刺。他合计过，曲惊涛既然已经当了航海人，很大可能像祖上那样，一生在外游荡。曲拍岸无心继承祖业，那就只能指望他早点结婚生子了。

得早点让拍岸成婚，早点给我生个孙子，趁我还没老到不能动弹，把孙子培养成客栈接班人。只能这样了。曲长帆说。

但几年过后，曲拍岸丝毫没有成家的打算。街坊们给他介绍了不少姑娘，全被他回绝了。曲长帆观察来观察去，忽然有一天可怕地感到，自己的这个二儿子压根就不想成家。他把曲拍岸喊到客厅，屏退了所有人，跟他单独聊了聊，果真验证了自己的推测。曲拍岸明确表示自己这辈子都不会成家。曲长帆说，那咱们的客栈怎么办？曲拍岸说，我管不了那么多。或者……您收养一个义子吧，咱们捐助的广仁堂蒙养所里有不少不错的孩子，您不是一直认养着曲百川吗？

曲长帆跟初息壤说了和曲拍岸沟通的过程，初息壤说，儿子这是活在戏里，不想出来了。

你看，咱们认养的那个曲百川怎么样？曲长帆问。

蒙养所是广仁堂下设的一个专门收养无家可归少年的地方，曲长帆出资捐助了一个孩子，由曲家改了姓名叫曲百川。

那孩子倒是聪颖机灵，我也挺喜欢。要是想让他继承祖业，就得正式收养，然后接到家里来住。我看，还是再等等，等惊涛回来看看再说。初息壤说。

初息壤这么一说，曲长帆才想起来，他的大儿子快要在三十六岁的时候返乡了。

他们按部就班地等到了曲惊涛的返乡。并且，惊喜地等到了两个机灵聪明的孙子。而且更让他们感恩戴德的是，这个老曲家的航海人居然没有跟随"安徒生"号再次离家，而是留了下来。

曲惊涛为什么要留下来，这是个谜。曲长帆也不想多问，他只是虔诚地在祖先牌位前跪着，感谢祖先护佑后代子孙。

直到又过了三年，曲惊涛把十三岁的大儿子曲风起送到了烟台海军学堂，曲长帆老爷才隐约猜出，曲惊涛之所以留下来，就是为了把儿子养到十三岁，去考烟台海军学堂。

老曲家没有任何人知道，十几年前，曲惊涛在威海的海面上目睹了那场甲午海战，并放下小艇去救过落水的水兵。就连跟曲惊涛最亲的二弟马栗仁，也不知道那段隐秘的经历。马栗仁等回了曲惊涛，这是他人生中的一件大事。毋庸置疑，曲惊涛是这些兄弟们心中的偶像。马栗仁曾问过曲惊涛关于夏雏菊的事情，曲惊涛没有多说。关于关适的事情，曲惊涛也没有多说，只说他死在日本。曲惊涛在返回烟台之前，专程去了趟日本，把关适的骨灰送回了福建。

马栗仁把自己的儿子马苏实也送到了烟台海军学堂。那一年，这两个烟台山下的少年，成为烟台海军学堂的学生。这件事情在曲家和马家引起了一段时间的喧嚣，马掌柜和曲老爷没少跟各自的儿子发生战火，他们试图阻止这件可怕的事情。十几年前，那艘卸下龙旗的"康济"舰满载着灵柩和水兵在烟台登岸的场景，他们记忆犹新。

后来，他们还是自己说服了自己。马掌柜说，咱们总得有海军，海军总得有人才能行。

曲老爷说，您说得对啊，咱们是活在海边的人，咱们不当海军，让谁来当呢？

曲老爷和马掌柜相约着去金沟寨看新启用的海军学堂。老诸葛说，两位老爷，这学堂三面背山，北面向海，是个福地啊。

曲老爷和马掌柜称得上社会名流，得以被邀请参观学校。他们从面阔五间、进深两间的大门进入，参观了学堂正厅、办公及教学大楼、学员宿舍、餐堂、食品房、枪械所、图书馆、杂役房。马掌柜忍不住啧啧赞叹，豪华，宏伟，有海军的气派！

他们被这学堂折服了，特别是了解到课程内容以及品德教育的严谨，也就对自家孙子能在这里上学而多少感到那么点骄傲了。据说校长谢葆璋治校十分严厉，设立了"端品勋章"和"优学勋章"，用来奖励学生。

曲风起和马芡实很快就面色黝黑，个子猛蹿了起来。夏天的时候，人们看到这些学生几乎每天都泡在海里练习游泳。他们没有寒暑假，即使夏天热得流油，学生们也在海滩和海水里训练。

在每星期停课的半天里，曲风起和马芡实会回到烟台山下过周末。每星期的这几个小时，百英聚客栈总是洋溢着喜庆的气息，所有人都围着曲风起问长问短，厨子穿梭着给他送来各种食物。

女佣曲锦苞开玩笑，说，少爷，你晒得这么黑，当心长大找不着媳妇。

她丈夫易小刀说，咱家少爷还能找不着媳妇？媒婆打着灯笼来排队还差不多。

老诸葛说，依我看，严格训练游泳技能是对的，最好能练练闭气功，谁能在水下闭气时间长，就给谁发勋章。

那天顾大鱼也带着儿子顾加吉来百英聚客栈玩，他接过话茬说，当年在威海海战中，"来远"舰沉没，你们校长谢葆璋就是凭着游泳技能，在冰冷的海水里游到刘公岛上的。他当时是"来远"舰的驾驶二副。都是死里逃生的人。

顾加吉问，爹，那你也是游到刘公岛岸边的吗？

顾大鱼说，不是。我是被一艘小船捞起来的。但是，那艘小船是哪儿来的，到现在也是个谜。当时有两艘小船驶过来救我们，但不是北洋舰队的船，也不是当地渔民的小船。

这时候，八岁的曲家二少爷曲云涌说了一句很有意思的话：我知道，它一定是安徒生童话里的船。

几年以后，人们又一次聚集在烟台港码头上，目送一艘大船徐徐离开。一群海鸥追随在它的后边，兴奋地鸣叫。

曲风起和马芡实站在甲板上，看着他们生活了十几年的地方变得越来越小，越来越远。新的生活在等待着他们。一船的年轻人都很兴奋，他们结束了烟台海军学堂的学习生活，马上要到上海高昌庙海军提督衙门报到，听说报到后要派往"通济"号练习舰上去实习。

年轻人去闯荡世界了，老曲家和老马家却不免被伤感的氛围笼罩着。

曲长帆问曲惊涛，风起毕业后会去做什么呢？

曲惊涛说，有可能派到日本英国等国家去留学。

然后呢？

学成后回来在海军任职。

任什么职？

一般来说，大多数人会分配到军舰上。

那就是说，免不了要打仗。

但愿不打仗吧。但建设海军就是为了保护国家。要不然，日本人打威海的那一幕还会重现。

他们既为曲风起骄傲，又为他担心。但是曲长帆没想到，担心来得那么快。那年秋天，忽然就听说了武汉江面上发生了战争，清廷海军主力舰艇全都调集到武昌江面，镇压革命军。

曲家和马家的人急坏了，马掌柜一连两天待在百英聚客栈，跟曲长帆坐在一起喝着茶,等着从上海和武汉来的客商。一旦有人从南边来,曲长帆和马掌柜就打听那边的消息。

整个烟台也笼罩在不安的气氛之中。湖北军政府发来的《檄山东文》,几天之内就在烟台海军学堂的学生中传播开来。然后,似乎一夜之间,革命党人就光复了烟台。

那天早上,烟台大街小巷锣鼓喧天,朝阳街等几条街道上的商户纷纷大敞着店门,有的在门口燃放起鞭炮。

老诸葛问,两位老爷,这就变天了?

曲长帆说,是啊,变天了,大清国亡了。

两天后,艺术游商彼得潘托夏来到烟台。这个大胡子和曲家一直保持着良好的友谊,但他对他们国家在旅顺和日本打仗占据旅顺这件事很不高兴,他觉得他们国家不应该那么做。

托夏在客栈里讲述了武昌起义的各种消息,其中包括军舰纷纷起义的消息。

有没有"通济"舰的消息?马掌柜问。

当然有喽,托夏说,"通济"舰奉命往来于武昌和上海之间,运输军火物资和交通报信。军舰们纷纷起义的时候,"通济"舰也在九江起义,投入了革命军的阵营。听说,船上的学生们胁迫了舰长参与起义。

马掌柜看看曲长帆,说,曲老爷,您说,咱那两个孙子,是不是胁迫舰长的带头人?

曲长帆说,差不多吧。至少是积极响应的。

两个老爷连日来被焦灼和担忧折腾坏了,这时候才忽然发现,曲惊涛和马栗仁几个人几天来都不见影子,偶尔在家里闪现一下,饭也顾不得吃就不见了。老诸葛偷偷告诉曲长帆,说他看到曲惊涛、马栗仁、鲨鱼、顾大鱼几个人这些天一直很神秘，有时在一起商量事情，有时分头行动。

分头行动？曲长帆问，分头行动是什么意思？

就是分头行动，都很忙的样子。老诸葛说，我觉得他们在和革命党人秘密接头，谋划事情。

曲长帆吓了一跳，说，他们和革命党人有关联？

老诸葛说，大马路上的王鞋匠看到咱家惊涛少爷和几个陌生人进了郭老布裁缝铺。

郭老布裁缝铺？那说明什么？

老爷，那郭老布裁缝铺可不是一般的裁缝铺，王鞋匠说，连日来，有几个陌生人不断地在那里出入，进去后几个时辰才出来。量体裁衣用得了那么久吗？王鞋匠看到那些人后腰里鼓鼓囊囊的，别着枪。

曲长帆说，这是不是王鞋匠的胡思乱想？

那可不是。别小看了王鞋匠，他天天坐在墙根底下补鞋子，看的人可多了，眼睛厉害着呢，什么人，他一看便知。

真是不省心哪。曲长帆将信将疑。他观察着自己的大儿子曲惊涛，发现曲惊涛忙归忙，却没露出任何破绽。曲长帆试着用一些话去套问，却什么都没套出来。

外二十

  我的外祖父曲月明跟我讲过烟台海军学堂被大火烧毁的那段记忆。
  自我的外高祖曲惊涛之后，老曲家的航海人按部就班地生活着。由于曲拍岸沉迷于京剧，他的人生已经超然于世俗之外，因此，老曲家传宗接代的责任已经跟他无关。多亏我的外高祖曲惊涛生了曲风起和曲云涌两个孩子，才不至于让老曲家面临绝后的危险。但是，虽然曲惊涛生了两个儿子，他们却都是不安分的人，大儿子曲风起去当了海军之后就很少回来，听说在军舰上任职。二儿子曲云涌没当海军，却在十六岁那年效仿祖上，当了航海人。
  曲长帆本来以为，大孙子曲风起已经去当了海军，二孙子就应该老实本分地守在朝阳街上。但没想到的是，二孙子曲云涌才是老曲家这一代那个不安分的航海人。他在十六岁那年义无反顾地乘坐一艘船离开了朝阳街。曲长帆不得不承认这样一个现实：老曲家的航海人总是要按部就班地诞生。
  好在，曲云涌去当了航海人后，过了几年，曲风起虽然当了海军，却也按部就班地在外面成了婚。大概是考虑到对于老曲家的责任，孩子刚满两岁，曲风起就把他送回朝阳街，由老曲家抚养。

这个孩子就是我的外祖父曲月明。曲月明回到朝阳街后，老曲家的老爷曲长帆才放心地闭上双眼过世。曲长帆过世后不到半年，初息壤也过世了。我的外高祖曲惊涛那一年五十六岁，他成为老曲家的掌门人。我的外高祖曲惊涛十分喜欢这个两岁的孩子。

顾小鱼的女儿顾多宝嫁给了马芡实，她也带着两岁的女儿马糖豆回到烟台，没再随军，留在烟台照顾老人。两家人把这两个孩子视为掌上明珠。

两年后，曲风起又送回一个孩子，名叫曲潮生。我的外高祖母陈小瓜又高兴又悲伤。她对曲惊涛说，这两个孩子，只能在朝阳街留下一个。肯定要有一个出海去当航海人。

能留下一个就好啊。曲惊涛说。

曲潮生送回来的时候是个冬天。有一天，从东边天空飘上一片黑烟，看门的任半里从外面跑进来说，老爷，东边的海军学堂起火了。

我的外高祖曲惊涛不大相信，他问，哪里起火了？

任半里说，海军学堂。我跑去看了。

任半里是看门人的外号，因为他跑得快，人们都说，他一眨眼能跑半里地，所以从小有了这么个外号。他跑到东边亲眼所见，想来不是假的。

我的外高祖曲惊涛让任半里喊了人力车，又喊了马栗仁，一起赶往金沟寨。

他们赶到的时候，大火已经把海军学堂吞噬得面目全非，尚未完全消散的黑烟混合着建筑材料烧焦的刺鼻气味，在空气中弥散。

曲惊涛曾经带曲月明来玩过很多次，但曲潮生是第一次来。他问，爷爷，这是谁家的房子？

曲惊涛说，这是你爸爸当年上学的学校。你爸爸和马爸爸当年就是在这所学校里学到了当海军的本领。那时候，每到夏天，他们就在海里练习游泳，个个都游得特别棒。

那天晚上，马栗仁邀请曲惊涛去他家饭庄喝酒。曲惊涛带着他最心爱的孙子、我的外祖父曲月明。曲月明后来一直记得马栗仁和他爷爷之间的对话。

马栗仁说，大哥，咱们的海军还能好起来吗？

曲惊涛说，能。

我一直记得当年北洋舰队覆没后，载着将官灵柩的那艘大船到达烟台港的样子。威海海军基地没了，咱们这里建起了海军学校。本来寻思着海军要壮大了，谁知道让张宗昌那混世魔王又给强迫解散了。马栗仁说。

曲惊涛说，也不要那么悲观，至少烟台海军学堂解散后并入福建马尾海军学校了。它并没有消失。

当年咱俩让儿子去考海军学校，当了海军。那俩小子跟同学一起起义投奔了革命军，我真是高兴得睡觉都能笑醒。但是后来，军阀混战，到处乱得很，连张宗昌这个在莱州街上浪荡的人都能吆五喝六的……

这个局面会过去的。曲惊涛说，彼得潘托夏上次来不是说了吗，中国共产党第六次全国代表大会在莫斯科召开了。国内形势很严峻，但他们克服了困难，会议如期召开。接下去，一定会有新的举动。

大哥，共产党能结束这个混乱的局面吗？马栗仁问。

历史的车轮总是要向前走的，什么也挡不住。我的外高祖曲惊涛说。

我的外祖父曲月明那年只有四岁，两个老人之间谈的那些话他听不懂。他只记住了从大鹏天饭庄北窗看出去，能看到烟台山上那座灯塔。灯塔发出的光照着烟台山下夜色里的海面，在上面投下好看的光影。阜民街上有个哥哥在上面当守灯塔人，他觉得当个守灯塔人挺好的。

我后来试图弄明白很多事情，但它们的真相都像海市蜃楼一样，亦真亦假，难以看清。

比如说，1938年，我们老曲家的航海人曲云涌返回烟台后，有过一些特别令人生疑的行为。我考证了很多当年的事情，因而十分怀疑他的身份，但是，我一直没有得到答案。

那年，三十六岁的曲云涌与老曲家任何一个航海人一样，如期返回故乡。不同的是，以往那些航海人都是乘坐巨大的船只返回，甚至有一位祖上带回了浩荡的船队。而曲云涌被发现的时候，已经走在海岸街上了，独身一人，没有任何排场。但他一定是乘船回来的，这是作为一名航海人的底线。不过，那艘载他回来的船去了哪里，没人知道。

他走在海岸街上的那天，是二月的一个飘雪的黄昏。码头上很冷清，一半是因为天冷下雪，一半是因为海面上蹲踞着日本人的军舰。日本人和他们的军舰来到烟台有些日子了，这些不速之客带来了锃亮的机枪、猛兽一样的军舰，甲板上卧着黑洞洞的大炮。与其出海与这些吓人的东西相遇，渔民们宁愿躲在家里。

或许出于同样的原因，曲云涌才没有像往常那些祖上一样带回庞大的船只。我猜想，他可能是搭乘商船，或者其他什么船，在稍远处停下，然后乘小驳船悄悄在某处不显眼的地方登岸。

十二岁的曲潮声刚刚从海关街回来，走到百英聚客栈门口的时候，发现了那个手拎行李箱的中年男人。当时街上人很少，虽说烟台山下的几条街道是开埠后外国人聚居的地方，日本人不太敢造次，但对于住在这里的中国人还是很不友好。自从日本人占据了烟台，曲家也跟其他人家一样，出门办事要小心翼翼，对曲月明和曲潮声则看管得更严。我的外祖父曲月明比较听话乖顺，但他的弟弟、我的二姥爷曲潮生就不那么听话了，街坊们都说，曲潮生应该是老曲家的下一个航海人，因为他有着老曲家航海人不安分的特点。

曲潮生确实也是最不让大人省心的，常常偷跑出去找小伙伴玩。他并不认识自己的叔叔曲云涌，当年曲云涌出海去当航海人的时候，曲潮生还没有出生。

你是来住店的吗？他问手拎行李箱的陌生人。

不。我是回家的。

曲潮生很诧异地看着这个面带微笑跟他说话的人，很快他就明白了此人的身份。

你是我的叔叔曲云涌吗？他问。

是啊，你猜对了。

这就是我的二姥爷曲潮生和他的叔叔曲云涌见面的场景。之后，他把曲云涌带回了百英聚客栈。当天晚上，虽然不安全，但远近几条街道上的一些人还是兴奋地聚到了老曲家，其中包括顾大鱼的儿子顾加吉，鲨鱼的儿子缪拳参，缪拳参带着自己的妻子，也就是马栗仁的女儿马什锦，还有顾小鱼的女儿顾多宝。

他们都已经三十多岁了。而他们的父辈，曲惊涛、马栗仁、顾大鱼、顾小鱼、鲨鱼，都已经是六十多岁的老人了。

客厅里聚集的人并不比以往航海人归来的时候少，但是气氛却比往常要肃穆。跟以往的惯例一样，他们兴致勃勃地听曲云涌讲述了很多航海中遇到的传奇故事。我的外祖父曲月明很清楚地记得，他和弟弟曲潮生是如何惊讶地倾听着叔叔的讲述，他直到年老的时候，还能坐在朝阳街的栾树下，跟我一口气复述曲云涌当年提到的那些怪鱼。因为确实如街坊们所说，后来，曲潮生去当了新一代航海人，我的外祖父曲月明安分守己地待在朝阳街上，他甚至连游泳都没有学会。但这并不妨碍他对那些怪鱼的好奇，它们在他脑海里留下了顽固的记忆。

他说，王秀梅，你知道我叔叔见到过的那些怪鱼有多怪吗……有一种鯩鱼长得很像鲫鱼，吃了它就可以永远不用睡觉。还有一种像鸡一样的鯈鱼，有红色的羽毛，三条尾巴，六只脚，四个脑袋，叫声像喜鹊，人吃了它的肉就可以不再忧愁。竟然还有长得像猕猴一样的鮨鱼，有公鸡般的爪子，白色的，脚趾相对，吃了它的肉就可以不受毒热恶气的侵袭，还能抵御兵器的伤害。我叔叔说到了很多怪鱼，这只是其中很小的一部分……

后来，当我读到《山海经》之后，我问曲月明，您的叔叔曲云涌是否读过《山海经》？

我的外祖父曲月明说，他是个不爱读书的人，出海之前连学校都不爱去，三天两头逃学。

我说，您叔叔提到的这些鱼，在《山海经》里有提及。这再次证实，上古奇书《山海经》中提到的那些奇异的动植物，在现实世界里是存在的。

我十分惊异于我们家的航海人发现了那么多《山海经》中提到的怪异的海底生物，这是我作为老曲家的后代，倾听航海人故事的最大收获。

那一年，曲云涌谈到像猕猴一样的鮨鱼时，引起了一番议论。顾加吉对缪拳参说，如果你们缪记药铺能抓到这种鱼，便可以治疗毒热恶气病了。

缪拳参说，是啊，假如我们有这种鱼，那么缪加爸爸吃了后，也就不会在摩天岭上被日本人的炮弹打死了。

一时之间，客厅里陷入了沉默，过了好一会儿才又有人重新说话。大家纷纷议论着日本人会在烟台待多长时间。我的外高祖曲惊涛这年已经六十八岁，他现在是老曲家的老爷子，主心骨。他感叹日本人来了以后，住店的人明显少了很多，祖上留下的这个客栈，不知道还能撑多久。

接着，我的外高祖曲惊涛试探地问曲云涌，这次回来后，能不能留下不走了，帮他一起把家业支撑下去。毕竟，大儿子曲风起在海军任职，不可能回到朝阳街来继承祖业。孙子曲月明和曲潮生只有十几岁，还只是孩子。

曲云涌没有正面答复他的父亲。不过，他没有像其他航海人那样，三十六岁返乡之后很快便再次起航，而是在家里住了好些日子。

老曲家航海人的传说扑朔迷离，以近乎神话般的面目流传于街头巷尾，主要原因在于，那些航海人祖上在三十六岁时返回家乡然后便不知所终，传说回来的并不是航海人本人，而是他死去的灵魂。

从什么时候开始了这一传说，要算到一个名叫曲鱼跃的祖上。据说，曲鱼跃三十六岁返乡之后，跟其他祖上一样，跟家人讲述了许多航海中见到的事物，包括海里的怪鱼、海上的日出日落、雷电风暴、疯狂旋转的大漩涡、匪夷所思的海上奇遇、惊天动地的海难等等。据他所说，他乘坐的一艘名叫"吉量"的大船遭遇了大海难，全船的人都葬身海底，只有他被一艘船所救。之后他辗转换了两次船，才如期返回烟台。曲家的人不希望他再次出走，去经历那些吓人的危险，因此动用了很多方法，包括在那天晚上临时把附近一个很漂亮的姑娘喊到家中，希望能把曲鱼跃留下。那姑娘如痴如醉地迷上了曲鱼跃，然而他还是跟其他航海人那样，只待了一夜，天明之前便不知所终。当曲家人去那艘把他载回来的大船上寻找他时，却被告知船上根本就没有这样一个人。

那一年，曲鱼跃的事情在街头巷尾传了很久，最后，几乎所有人都认定，返回来的是曲鱼跃的灵魂，他其实已经死在那次海难中。接着，老人们根据回忆发现，老曲家的每一个航海人在三十六岁返回时都很奇怪。照此推理下去，人们产生了一个大胆的猜想：老曲家每一个航海人其实出海以后就因为各种原因死在了大海上，他们的灵魂遵循祖上的先例，在三十六岁时返回一次。

人们为此展开了漫长的讨论，一些人认为灵魂是无稽之谈；一些人认为灵魂是确实存在的，特别是死在海上的人，肯定是有灵魂的，因为大海上什么叵测的事情都会发生。

这基本成为定论的猜测，到了我的外高祖曲惊涛时得到了怀疑和破解，因为曲惊涛不仅回来了，还带回两个孩子，而且他们像正常人一样在故乡生活了下来。但是，据我的外祖父曲月明说，其实人们很长一段时间还是会用一种看待魂灵的目光，审视我的外高祖曲惊涛和他的妻子儿子。但是街坊们对他们毫无恶意，他们觉得，即便是灵魂，这也是一家子善良的灵魂。

到后来，人们慢慢忘记了灵魂这码事，因为曲惊涛一家人完全融入了烟火生活，并且他在街面上的威望数一数二，德行也让人竖大拇指。

就在人们忘记了航海人灵魂这码事的时候，曲云涌回来了。人们再次想到灵魂这码事，因而密切地观望着他是不是也会再次离开。夜晚过去了，天亮以后，街坊们得知曲云涌并没有消失，于是他们再次打消了灵魂的想法。

既然如此，老曲家也打算把曲云涌留下。三十六岁的人了，得让他成家。当年老诸葛的儿子现在接管了他父亲的工作，成为如今的老诸葛。他们家世代在老曲家工作，每一代人都被称为老诸葛。老诸葛跟曲惊涛建议说，得赶紧给二少爷介绍个姑娘。于是他们把朝阳街上共济医院的玉兰护士带到了家中。

一切都还令人满意，玉兰护士喜欢曲云涌，不在乎他已经三十六岁。曲云涌似乎也并不排斥玉兰姑娘，甚至和她一起去茶园听戏。外国人在朝阳街开了一家电影院，曲云涌还带玉兰姑娘去看过电影。有时赶上玉兰姑娘值夜班，他还会很绅士地把玉兰姑娘送回医院的值班室。

很快，第一个令人生疑的事件发生了：一个名叫小熊大志的海军大佐在共济医院里被枪杀。据说，他去共济医院是因为突然肠胃不适，上吐下泻。在那之前，他和另外一些人去大膦天饭庄品尝了中餐。

他被枪杀之后，日本人迅速封锁了街道，把共济医院里的医生护士看管起来，逐一审问。小熊大志自从去了医院就医，整个医院就戒备森严，日本人没有查出当晚那些被他们扣押的人里谁具备当枪手的能力。最后，他们在护士值班室的窗户上发现了端倪：从窗框上发现了一缕布丝。日本人站在窗户里面观察了一下，发现值班室的南窗户外面是一条三米宽的小胡同，胡同对面是老曲家开的百仙聚茶楼。值班室在医院二楼，如果从值班室窗户跃到对面的茶楼二楼包间里，也不是什么难事。

日本人立即扑到茶楼，踹开二楼那间包房，把枪对准里面的客人，那些客人中就有曲云涌。

据说，当时曲云涌突然用日本话跟日本人交流，不知道他说了一个什么名字，日本人立刻毕恭毕敬地离开了那间包房。

这一幕是茶楼伙计说的。第二天，天一亮，这个消息就传遍了几条街道，人们私下里议论纷纷，有人怀疑曲云涌是汉奸，要不然他为什么会说日本话，并且显然他认识某位日本高级将官，他说出了那个名字，日本人立即退出了包房。这个说法立即被其他街坊否定了，他们说，老曲家是绝不会出汉奸的。

又过了一天，另外一个说法悄悄在街上流传，说那天晚上枪杀小熊大志的就是曲云涌，因为他的裤子撕破了一个口子，这符合日本人在护士值班室窗框上发现布丝这个细节。而且，能出入护士值班室的，除了值班护士，也就只有和玉兰姑娘谈恋爱的曲云涌了。而曲云涌的裤子撕破了一条口子的秘密是如何被发现的，据老曲家的女佣曲牡荆说，日本人解除了封锁之后，曲云涌回到家中，老爷曲惊涛眼尖，发现了那条口子，便对曲牡荆说，把二少爷这条裤子拿到院子里埋了。曲牡荆不舍得，便送给了一个伙计。伙计跟街上糕点铺的伙计显摆，说这是二少爷从外国带回来的裤子，专门送给他的。

当人们的议论传回百英聚客栈之后，曲牡荆吓得都快哭了，她把伙计大骂一顿，说你瞎显摆什么！

伙计委屈地说，我也没往那件事上想啊！

曲牡荆说，你说，咱们二少爷真是那个神枪手吗？

伙计说，八成是。只有咱们老曲家才能干出这么牛的事情。

但是，街坊们很快就默契地终止了这个议论，仿佛怕被日本人听去。我的外祖父曲月明感觉到家中发生了什么事情，却又不知道那是什么事情。他只知道一个日本大官被神枪手杀死了，这件事在街面上传得沸沸扬扬。

顾大鱼带着孙子顾青鳞和两条大鱼来找老爷曲惊涛聊天。顾青鳞和曲月明在厨房里玩大鱼，顾青鳞说，你知道吗，神枪手武功可厉害了，飞檐走壁，百发百中。

曲月明说，能跟所城里的螳螂拳老李相比吗？

顾青鳞说，那可比老李厉害多了。

他们两人回屋的时候，恰巧听到了顾大鱼和曲惊涛之间的一段秘密对话。

顾大鱼说，大哥，街面上有人看到咱家二少爷夜里在瓦片上跑，身轻如燕，像飞一样。不会闹出大动静吧？

曲惊涛说，派人保护好他。

顾大鱼说，放心吧大哥，已经安排人暗中保护了。还有，已经调查清楚了，二少爷在回烟台之前，已经参与了胶东特委的工作，并参与策划了威海那边的天福山起义和威海起义。

曲惊涛说，唔，确定吗？

顾大鱼说，确定。七弟在威海那边一直密切关注着起义后的形势，经他查探，情况属实。

曲惊涛问，还有别的吗？

顾大鱼说，天福山起义只是第一步，后续还有一些其他计划。

曲惊涛说，好，咱们这边，之前一直秘密联络着的人，包括那些渔民兄弟、王鞋匠、包老师、郑老板，叮嘱他们不要轻举妄动，等待时机成熟。在此期间暗中保护云涌及特委其他人的安全，协助他们的行动。但不要惊动特委的人，尽量不要让他们知道咱们的存在。另外，把秘密联络点改到郭老布裁缝铺。一个联络点不能使用时间太长。还有，和威海那边保持联系。

顾大鱼说，好，一直在和黄致远密切联络……

顾青鳞小声问我的外祖父曲月明，七弟是谁？

曲月明说，我爷爷和你爷爷的七弟。他们一共有八兄弟。

顾青鳞说，这我知道，但我不知道七弟是谁。

曲月明说，七弟是黄崴生，在威海。黄致远是他的儿子。

顾青鳞说，在威海啊，怪不得我不知道。

曲月明说，他们六弟也在威海，叫陈荒谷，不过，在甲午海战中牺牲了。他们的船被日本人的炮弹击沉，一整船的人全都沉了海。

顾青鳞说，我听爷爷说起过。爷爷也差点沉海。他总说自己命大。月明哥哥，你说，爷爷们和爸爸叔叔们在做什么事情呢，神神秘秘的。

曲月明说，我也不知道。

顾青鳞说，我猜是打日本人。你叔叔是神枪手，也是胶东特委的什么人。他们正在商量暗中保护你叔叔，然后找机会一起打日本人。

曲月明说，嘘！这不是咱们小孩子该管的事。

顾青鳞说，为什么不该管？日本人打人杀人吓唬人，日本人很坏。我爹说，东操场那边的绞人机昨天夜里绞死了三个人，日本人说他们是地下党。

我的外祖父曲月明那段时间感到家里家外的气氛空前稠密，很多人心照不宣地保守着一个秘密，那就是，曲云涌是一个地下党。他们没有问过曲云涌，只是暗中保护着他，配合着他们的那些大大小小的行动。据说曾经有两次曲云涌和他的人面临危险，是顾加吉派人暗中帮助了他们。其中有一次，曲云涌和一支游击队在昆嵛山遭遇日本人的伏击，寡不敌众，而且子弹马上就要用光，突然从树林深处打出一排子弹，解救了曲云涌和那支游击队。

我不清楚曲云涌是否知道这一切是谁做的，抑或是，他知道了，却心照不宣地保持了沉默。

还有一件我一直想弄明白的事情：曲云涌是真的在跟玉兰护士谈恋爱，还是对她的护士值班室更感兴趣。或许兼而有之。可以肯定的是，曲云涌借跟玉兰约会然后送玉兰回值班室，这些行为肯定含有精心设计的成分。

后来在一些行动中，玉兰也被动地作为一个角色出现过。比如导致曲云涌再度不知所终的那次劫看守所事件。那段时间，日本人抓了不少人，说是地下党或者游击队。有一天，一个惊人的消息传了回来：缪拳参也被日本人抓走了。传言说缪拳参带人秘密转运了很多药品，用来给抗日队伍疗伤，缪记药铺是一个中转站。

鲨鱼、马栗仁、顾大鱼等人紧急集中到百英聚客栈，跟我的外高祖商议怎么办。他们商量了半夜，也没商量出办法，最后决定先打听消息再说。毕竟他们没有能力营救。

散会之前，曲惊涛对顾大鱼说，云涌那边兴许有动静。你还是派人盯紧了，有什么动静，密切配合。

顾大鱼说，大哥，您是说，云涌会去劫看守所？

我的外高祖曲惊涛说，他们有组织，有力量。

据说那几天，曲云涌确实比较忙，而且还忙里偷闲带着玉兰去喝咖啡。外国人新开的咖啡店离东操场近。他还带着玉兰去照相馆拍照，照相馆离看守所比较近。

我的外高祖曲惊涛那些天一直把自己陷在宽大的藤椅上。他闭着眼睛琢磨事情，半天不动地方。有一个后半夜，他把曲云涌喊到客厅，顾大鱼和马栗仁也在。

我的外祖父曲月明那几天总觉得有什么事要发生，他不想错过那些事情，因此睡觉比较警觉。他悄悄躲在外面偷听，但并没有偷听到什么，因为他们说话的声音很小。曲月明只断断续续听到"出海""放出消息""营救"等字眼。

第二天，我的外高祖曲惊涛就让管家老诸葛在街面上发请帖，邀请街坊们晚上到大腕天饭庄吃饭，因为老曲家的航海人曲云涌要再次出海了。这个消息再次引起了人们关于老曲家航海人的议论，他们说，本来以为曲云涌不会离开了，结果还是要走。

当天晚上，大腕天饭庄热闹非凡。饭后，曲云涌就在众人的目送之下，登上了一艘据说要驶往马来西亚的商船，那是孥记洋行的一条商船。街坊们叹息着，回到各自的家中，都觉得曲云涌这次的返回像是百仙聚茶楼里的一场戏，最终还是凄凉地落幕了。

再后来，就是看守所被劫的消息。据说刚刚抓进去的一个重要人物被劫走，另外几名有重大嫌疑的也被劫走，其中包括缪拳参。同一个夜里，东操场的绞肉机也不知道被什么人开动，绞死了特兵队队长等几个重要的日本将官，地上用粉笔写着他们的名字，画了几个大大的红叉。

我的外祖父曲月明在那个出事的晚上，莫名其妙地从一个睡梦中醒来。他在梦里看到动荡的海水从窗户外面涌进来，差点要把他淹没。窒息的憋喘让我的外祖父曲月明从睡梦中醒来，他因此有幸见到了飞檐走壁的曲云涌。

他通过窗户看到曲云涌在朝阳街对面的房顶上轻盈地奔跑，然后，不知道怎么回事，曲云涌就神出鬼没地从他的窗户里跃了进来。

接着，我的外祖父曲月明惊愕地目睹着这个早在两天前就登船远航的人，神秘地再现在老曲家，而且，似乎他的爷爷曲惊涛对此一点都不惊讶。那个六十八岁的老人沉着冷静地安排人——那些人包括顾大鱼、厨子、守门人等，各干各的事情，几个人前后门警戒，其余人保护曲云涌去后厨，还有两个人到后门接应缪拳参。

我的外祖父曲月明跟着跑了出去。他尾随着他们，看到他们迅速地进入后厨，正好缪拳参也赶到了。厨子取下了一口灶台上的锅。

我的外高祖曲惊涛低声说，快下去。通道出口那里给你们准备了小船，顾加吉在等你们。

我的外祖父看到他的叔叔曲云涌和缪拳参抬起腿，跃下灶坑，瞬间消失了。

人们关门闭窗，度过了一段恐怖的日子。日本人的靴子时不时踩着朝阳街的青砖地面，哐哐地走来走去，抓人，审问。据说，有一个十分精明的少佐一直怀疑曲云涌的身份，但是，曲云涌早在看守所被劫那夜的两天之前就再次出海，这一点，令日本人无可奈何。

又过了一些日子，在距烟台一百里的山上发生了大规模起义，起义部队迅速占领了临近的三个县城，日本人无心再追查看守所被劫之事，于是缪拳参等人的消失渐渐被日本人淡忘。

老曲家的航海人曲云涌就此不知所终。虽然随后的几年中，不断有人带回消息，说在哪里哪里见到过他。也有一些更大的消息传回来，说他手下带着一支不小的部队，在打日本人。甚至有人说他已经成了一名很重要的领导。

这些消息当中，有一个消息来自近在咫尺的威海。那是1944年11月，在甲午海战中陷落的刘公岛上，南京伪政府所属海军练兵营一部举行了起义。那些传闻跟曲云涌有关，有人说他参与并策划了那场起义，同时参与的还有黄崴生的儿子黄致远。

据说，在曲云涌他们的策划下，黄致远报名投军，打入了在刘公岛设立的汪伪海军威海要港司令部中，成为西疃派遣队里的一名队副。在他的积极推动之下，岛上秘密成立了起义骨干力量，与岛外相互策应，起义顺利爆发。

之后，这支起义部队作为中国共产党领导下的第一支海军支队，被正式编为"山东胶东军区海军支队"。

曲云涌究竟是不是存在于这些传奇故事里，作为后人，我当然想考证清楚。我采访了很多烟台和威海人，他们的父辈和爷爷辈对当年那些故事略知一二。黄致远的后人从老人口中也听到过这些传奇故事，据他所说，曲云涌的的确确在威海住过一段时间，专门策划刘公岛起义。但是，我想从正史中找到曲云涌的名字，却始终没有找到。

还有，在那些传奇一样的故事之外，也有另外一些不好的传说，比如说曲云涌其实在被我外高祖送走之后不久就死在了海上，还有人说他在某次战役中光荣牺牲。

对于这些传言，我的外高祖曲惊涛一直不为所动，顶多淡淡地回复说，那孩子，只是出海航行去了。他是我们老曲家的航海人，环游海洋才是他的使命。

我的外高祖曲惊涛年老的时候，坐在朝阳街的阳光里，看着栾树蒴果滚来滚去。他絮絮叨叨地跟我的外祖父曲月明讲述那些支离破碎的事情。那时候，他的记忆力已经很差了。但他的身体一直很好，在1945年，七十五岁时，他无疾而终。

又过了很多年，我乘船分别去了海参崴和日本一趟，从彼得潘托夏和蒲池山菊的后人手里得到了他们的画稿和日记。但因为时隔久远，画稿和日记都已残缺。

我的外祖父曲月明活了整整九十九岁。在他九十九岁的时候，还能给我讲述那些陈年旧事。

那时候，我们老曲家早已经不开客栈了。老宅存在的时间太过久远，已经老迈不堪，有一年后厨失火，虽然火被及时灭掉，只烧了四间偏房，但也让老宅伤筋动骨。我的外祖父曲月明在附近买了一处宅院，全家搬到了新的住处。

我父亲是一名工程师。我的母亲曲蓝鸥是老曲家的后代，她的一生很平凡。由于老宅荒废，她年纪很小便随我的外祖父迁至新居，也就免去了继承祖业的责任。随着客栈一起废弃的，还有老曲家的航海人之谜。我的二姥爷曲潮生是曲家最后一代航海人，他去往遥远的大海，三十六岁返回一次之后，从此不知所终。我的舅舅曲桅楼在十六岁那年，跟其他孩子一样，升入了这座城市的一所高中，按部就班地完成着他的学业。

经过几次变迁，客栈那些残老的房屋已经不属于我们曲家了。朝阳街在后来经过了一次历时数年的集中改造，不知用了什么先进建筑工艺，我们的客栈崭新得让我们都认不出来了。

但我们的生活依然跟朝阳街紧密相连，它就像一条无形的脐带。我在朝阳街上开了一家书店，就在原先客栈的隔壁。我的外祖父曲月明还是喜欢提着一只白铁皮水桶，去给栾树浇水。我们具体也说不清楚那是第几代栾树了。它像人类一样，有自己的寿命，年老了必然要死去。但总有新的栾树被重新栽上，填补那个位置。茫茫宇宙之中，那个位置是永远属于栾树的。

我的外祖父在栾树下给我讲述了很多往事，他在那棵树下活到了九十九岁。

外祖父过世后，再没有一个颤巍巍的老头坐在栾树下给我讲故事了。我伤心得很，总是失眠多梦，书店的事情也懒得打理。有一天，黄断水给我打电话，说，来威海玩吧。黄断水是黄崴生的后人，他在刘公岛上经营一家酒店。我答应了他的邀请。

我在刘公岛上大约住了一个星期，在岛上走走看看，或者爬到半山上眺望海面，有时登上酒店楼顶四处眺望。夏末的海水很平静，风也很柔和，我住了几日，一直没有遇到起风或是别的什么状况。

有一天午后，大约2点多，我照旧登上楼顶往四处眺望。起初，海面在阳光下懒洋洋地躺着，仿佛连最细小的涟漪都没有。但是不久之后，正当我打算下楼的时候，发现海水的颜色发生了变化，由原来的蓝色变深、变黑。与此同时，海面也不再平静，开始激荡不安。

一群海鸥不知从什么地方飞来，聚集在某处海面上空，发出"啊——欧——欧——"的叫声。那里正是海水激荡的中心，在它的上方，笼罩着一层白色的水雾。

我打电话把黄断水喊上来，问他说，那里是不是一个大漩涡？

黄断水往我手指的方向看了看，说，大漩涡？没有啊！

我再次指给他看。就这一会儿工夫，那里的激荡不安又加剧了，波浪起伏不停，逐渐形成一条带状，围着一个点急速旋转。我虽然没有见过海上的大漩涡，但想必就是眼前这个样子无疑了。这时候，太阳光也消失不见，取而代之的是厚重的云层，给那动荡的海水罩上更压抑的厚重。

天哪，大漩涡。我说，我环渤海行走了那么多次，没有一次见过大漩涡。

别乱说了，王秀梅。黄断水伸手摸摸我的额头，说，不热啊，没发烧啊！我在这里生活了几十年，从来没见过什么大漩涡。你是读了太多海洋方面的书，读痴了。

这一点，黄断水说得很对。在我的书店里，有关海洋的书占了很大一部分，那里面关于大漩涡的描述特别令我着迷。

你看到的是晴天还是阴天？我问。

晴天啊！太阳明晃晃地照在蔚蓝色的大海上。黄断水看了看我的脸色，说，当个作家吧，好是好，但想象力太丰富了不是个好事。

你是说，我出现了幻觉？

没错。你还是回房睡会儿去吧，待会儿我喊你，我们一起回威海，你陪我去见个客户。

我们是傍晚时分乘最后一班轮渡离岛的。登上渡船的时候，天气依然不错，海面平静。风从南面吹来，十分柔和。这一切都让我不得不怀疑，下午2点多的时候我的确产生了幻觉。

我们的渡船轻快地航行起来。但这轻松的氛围没过多久，一阵怪异的风从海面上吹过，天色陡然变得阴暗。与此同时，海面开始动荡不安，船身随着波浪的起伏而上下颠簸不停。我跟黄断水一起坐在二层舱室里，他在打电话。我起身离开舱室，走到舷侧去，手握着栏杆，朝海面上看去。

这一看，我登时被吓住了。下午2点多钟在酒店楼顶上看到的那个大漩涡，就在离渡船很近的地方，那条带状波浪正在一圈一圈地旋转，每旋转一圈便加剧着裹挟的力量，终于把渡船裹挟了进去。

渡船完全失去了自我控制的能力，听凭那股力量裹挟着，在大漩涡的边缘旋转。这幅情景非常符合我读过的那些关于大漩涡的文章，我知道，渡船很快便会坠入漩涡之中。

渡船以惊人的速度旋转了很多圈，最终跌入了漩涡之中。我紧紧地握住栏杆。由于渡船紧贴在涡壁上，因此整个船身是倾斜着的，我等于是趴在栏杆上。头晕目眩之中，我看到在我们的下面有一艘船，它的样子很古怪，虽然它仍是一条船，但只剩下了骨架，还有高高耸立着的桅杆。

从桅杆上推断，这应当是一艘年代比较久远的船。

我目瞪口呆地看着那艘船，一时之间忘记了自己正身处险境。黄断水，黄断水！你快来看！我喊道。我出来的时候，他正在舱室里打电话。

我在呢，别喊了，声音这么大。黄断水说。

黄断水不得不结束那个电话，他跟对方说，回头再聊啊。

然后，黄断水转过头来，摸了摸我的额头，说，不热啊，没发烧啊！你是做梦了吧？

我一直坐在这里吗？我问。

当然了！你睡着了。

我看了看外面。虽然暮色已经落下，但海面上没有刚才的大风，海水也没有动荡不安。黄断水依然在说，作家这个职业吧，好是好，但就是爱幻想，爱做梦。

我说，我看到很多人在那艘船上，他们穿着水兵的衣服。我还看到了我的外高祖曲惊涛。

第二天，我从威海直接返回了烟台。又过了些日子，黄断水给我打电话，说考古人员在威海海域打捞起了"来远"舰上的很多遗物，有军刀、军号、钱币、剃须刀、装甲、铜勺等。

黄断水说，你那次梦见的那艘船，指不定就是"来远"舰。

我说，不会吧？不可能。那只是一个梦。

最近忙什么，心情好点了没？他问。

我正准备旅行去。也许离开陆地到海上去看看会好一些。

到哪里去？

出海。到大海上去。我们海上见。我说。

2023年10月8日—2024年3月22日初稿

2024年3月29日—4月3日一改

2024年4月7日—5月6日二改

2024年6月22日—6月26日三改

2024年9月3日—9月11日四改

后　记

难度、勾连、轻逸

1

这是一次突然的、超出经验的、异常艰难的写作。其实，在2020年创作《航海家归来》和2022年创作《渤海传》时，我已经以为那是我生命中最难的写作了，但《我们海上见》这部有关甲午战争题材的长篇小说又带来了更大、更新的难度。

像前两次一样，我陷入了苦闷、焦灼、一筹莫展中。2023年国庆节，我驾车去往威海刘公岛，寻找进入文本的路径。那年国庆节游人特别多，我在轮渡码头外面的大街上驾车往返了五次，一直没有找到停车位，只好放弃了。国庆节之后择日再去，依然是排了很长时间的队才检票上船。我记得，在那天匆匆的行走中，我的耳边一直响着隆隆的炮声，于是我决定要虚构塑造一个刘公岛少年，让它成为这部小说群像中的一员，他的耳边也时常响着隆隆的炮声。这就是陈荒谷这个人物的由来。

后来，我在一家旅游文创产品店里发现很多关于刘公岛人文历史及甲午战争资料的书籍。店老板说，这些书在外面是买不到的，于是我决定各买一本。但它们实在太多，堆在柜台上像两座小山包。我问店老板能否发快递，他说即便发快递也要把它们先送到岛外。最后我们商量由店里的工作人员将它们乘船带到岛外，我再驾车带回。当我乘船离开刘公岛时，夜幕已经降临，岸边的灯火映照在黑暗的大海上，我忽然想起爱伦·坡的《瓶中手稿》和《大漩涡底余生记》，这是两篇我深爱的短篇小说。可能正是那个夜幕低垂的时刻，让我产生了向爱伦·坡致敬的念头，因此在这部小说即将结束时，我想到了用我本人——小说中外篇部分的主人公王秀梅的视角，来幻想一个大漩涡，以及"我"被卷入大漩涡后看到的一艘古船。而那艘船，正是甲午海战中沉没在刘公岛海域中的某一艘舰船。

夜幕中，我走下轮渡，结束了脑海里的幻想风暴，在码头一个门卫那里拿到了那几包沉甸甸的书。后来在创作过程中我了解到，2023年8月，相关部门在刘公岛启动了"来远"舰遗址水下考古调查工作，出水了刻有"来远"舰名的银勺。想象与现实就是如此神奇地发生了对接，于是我正式确定了这样的结尾，并把那艘我想象中的大漩涡里的古船确定为"来远"舰。

我还朝思暮想再乘轮渡跨过渤海海峡，到旅顺去，重访我为了写《渤海传》而去过的那个小城。但当我写到鸭绿江之战和旅顺大屠杀那些部分的时候，时令已是冬天，由于日夜加紧创作过于疲劳，我陷入了一轮又一轮的感冒，旅顺之行迟迟没有成行。好在我2022年环渤海采风时在旅顺停留了三天，行走观察得比较充足，那些造访还在我的脑海里记忆犹新，给《我们海上见》相关部分的书写提供了现实图景。

2

  关于想象和虚构，现实和历史，我想，这应该是最难处理的地方。我必须清楚，这是一部长篇小说，不是一部纪实文学作品。它必须有长篇小说该有的艺术性。这时候我想到了托尔斯泰的《战争与和平》、伊斯梅尔·卡达莱的《亡军的将领》、伊尔莎·艾兴格的《被拆开的军令》、列昂尼德·尤泽福维奇的《晚间来电1995》这些战争小说。后两个短篇小说特别令我念念不忘。又比如《拯救大兵瑞恩》《美丽人生》，也是我那段时间频频想到的电影作品。它们之所以让我念念不忘，是因为我明明知道他们在虚构，却沉醉其中。

  中日甲午战争是一段真实的战争历史，我该怎样去处理这段真实的历史？显然，最易犯的毛病就是一不小心把它写成战争实录，那不是我心目中的长篇小说。我开始翻读从刘公岛买回来的书籍，查阅网上的各种资料。这些案头准备工作令我十分痛苦，因为我发现自己对甲午战争的了解非常偏狭，比如说之前我把甲午战争简单地理解为发生在威海的甲午海战，但实际上这场战争持续了一年多，从1894年7月开始直到1895年2月才结束，其间经历了三个阶段，第一阶段是发生在朝鲜半岛及黄海北部的平壤战役和黄海海战，第二阶段是发生在辽东半岛的鸭绿江江防之战和金旅之战，第三阶段才是发生在威海的威海卫之战。

  这是真实的历史，我必须忠实地将之描述下来，不容半点虚构和篡改。但，只是真实地描述战争过程，那不是小说，更不是艺术性要求极高的长篇小说。我陷入了困顿。在困顿当中，一个念头却不可遏制地生长起来，那就是，我要把这部长篇小说跟我之前创作的中短篇海洋小说勾连起来。几年前,在创作《航海家归来》《第四个航海人》《第三个航海人》等海洋小说时,我耗时三个月设计了一个老曲家六代航海人家族谱系,这个家族生活在烟台山下的朝阳街。这些小说每一个都独立存在,但彼此又互相勾连,使用的是同一个家族谱系。在那些困顿的日子里,这个声音愈来愈强烈地提醒我,《我们海上见》也必须沿用这个家族谱系。我要无穷无尽地将这个家族谱系使用下去。

接着,我在继续了解甲午战争的时候,发现北洋海军全军覆没后,几位海军将领的灵柩和一千多名被俘官兵乘坐"康济"舰被送到了烟台,灵柩暂存于烟台山下的广仁堂寄柩所。甲午海战后的1903年,清廷建立了烟台海军学堂,校长便是经历过甲午海战的将领谢葆璋。甲午战争和烟台之间有着深刻的联系。我决定从我设计的家族中的一位航海人少年开始写起。他像祖辈那样在年满十六岁时离家远航,而恰恰在他年满十六岁的时候,醇亲王奕譞在1886年带领北洋水师巡查海防来到烟台。在我设计的家族谱系中,这位少年曲惊涛十六岁那年恰恰又是历史中的1886年。发现这个巧合之后我惊讶了,觉得自己设计的那个家族谱系非常神秘,仿佛暗示了《我们海上见》必须由此开始。

既然如此,我又设计了航海人家族生活于其中的朝阳街上的居民,以及曲惊涛的几个小伙伴;威海那边的人物,除了刘公岛少年陈荒谷,还有父母从威海"跑崴子"到达海参崴后出生的少年黄崴生。我又设计了在天津海军学堂上学的少年关适,游走世界的海参崴艺术游商彼得潘托夏,日本记者和她的中国妈妈,旅顺的旅店店主,关适的福建未婚妻等一系列民间人物。这些人物架构起一幅由威海、烟台、天津、旅顺、海参崴、福建以及日本等构成的跟甲午战争有关的地理版图。他们被种种机缘集中到三个战场上。曲惊涛等年轻人的成长、价值观变化,民间人物在甲午战争中的命运,构成了这部长篇小说的重要部分——与李鸿章、邓世昌等真实历史人物相对应的另一部分虚构人物群像。这些我虚构的人物像珍珠撒落在真实的历史图景中，生活在那些真实的历史人物周围，满足了我对长篇小说艺术性的执拗追求。

而真实历史中的那些人物，李鸿章、丁汝昌、刘步蟾、邓世昌、林泰曾、戴宗骞、沈寿昌、黄祖莲、袁世凯等，还有日方的官军，在这部作品里有近百人之多，我在忠实于真实历史的基础上，努力地对他们进行了刻画。

另一个更让我苦恼的是结构。平铺直叙地去写这三场战争显然不是我对长篇小说的理解和追求。我比较迷恋多条主线叙事，但这是常见的技术方法，我既迷恋这种写法又不愿意落入窠臼。在苦苦思索没有想出解决这个难题的好办法后，我决定用正篇和外篇两个不同视角来推进叙事：外篇——以航海家后辈王秀梅的第一视角回溯和考察历史，由此进入文本；正篇部分则用第三视角正面叙述战争和历史。整个文本采用外篇和正篇互相扭结、缠绕行进的方法，表现中日甲午战争的发展。

年代感也是长篇小说创作中较令我迷恋的元素。如果创作时间允许，这个小说可以往前追溯到明代或者更早，至少从朝鲜成为我国附属国开始叙述。但创作时间不允许进行这样的回溯。而我又不甘心将它仅仅停留在历时一年的甲午战争上，于是我向后延伸到了抗日战争时期。当年的曲惊涛、陈荒谷等年轻人在参加了甲午战争之后，有的牺牲，有的活下来并有了后代。他们的后代又神奇地与海洋、海军、抗日战争发生关系。我延伸到了抗日战争时期烟台的地下党活动，威海的刘公岛起义。之后我将故事延伸到我——王秀梅，作为航海家后代的生活状态。小说结尾于我在刘公岛返回威海码头的轮渡上，幻想自己目睹了那个巨大的漩涡，看到了沉没在海底的"来远"舰。

除了这些,我还在小说中植入了书信体。日本女记者蒲池山菊和海参崴艺术商彼得潘托夏之间、彼得潘托夏和曲长帆夫妇之间、曲惊涛十六岁离家远航后和他的二弟之间,都有书信往来。我植入书信体的想法很多,比如追求长篇小说表达的繁复,必要的情景感,用书信的形式联结故事情节,把一个可能会显得"沉闷"的历史小说写得不沉闷的一种心理需求……

3

没有一个小说家不希望自己能够进行一场宏大叙事,我也不例外。但是,真正的宏大叙事应该如何理解,它仅仅是年代、跨越、驳杂、大体量等这些概念的杂糅吗?肯定不是。近些年,我在阅读时更关注一部小说宏大叙事下细节的精微、有趣、知识、形式等等。创作过程中,我多次想起前面提到过的几部战争题材小说,尤其是后面那几篇,它们有令人艳羡的奇妙故事,有渲染细节和描摹环境的能力,有扑朔神秘的虚构。而爱伦·坡的那两篇小说除了天才的虚构能力,对海洋、漩涡、船只、气象、逃生等方面知识的灌输,也是令我着迷的原因。

进而我想到四年前深读《白鲸》的经过。我在2012年买了第一本《白鲸》,深读已经是十年以后。我足足读了三个月,写了五万多字的读书笔记。这部故事情节极为简单的长篇小说是那么神奇驳杂、随心所欲,像一锅五颜六色的麻辣烫,里面充满了整个世界所有领域的事物。它再次打破了我对于长篇小说的认知和审美。读完《白鲸》,我终于发现我深爱爱伦·坡、博尔赫斯、纳博科夫这些不仅仅局限于小说家身份的小说家的原因了。

想到这些令我膜拜的前辈的时候,我再次陷入了困顿。因为,《我们海上见》的难度还有很多,比如大量关于海洋战争、舰船、武备、炮台等军事方面的知识,于我来说晦涩难懂。我开始研究北洋海军每一艘军舰的历史和武备、性能、构造、优缺点,炮的口径、射程、杀伤力。那段时间,我的书桌上摆满了不同类型的书和参考资料。船的构造图,战场瞬息变化的布局图,那大大小小纵横交错的路线和箭头,让我感到从来没有过的视觉疲劳,也体会到了军事布局的神秘和有趣。

当然,新的难题也不断出现,比如,每一场战争开始后的分分秒秒都在发生变化,同一时刻的每一艘舰船都在并行地演绎着自己的命运,用什么技术方法把同一时刻发生的多个平行图景叙述清楚,等等。

如果有更为充足的时间,我想,我可能会去拜访一些场馆和船舶武器装备方面的专家。但是,时间一分一秒流逝,2024年是甲午战争爆发130周年,2025年是甲午战争结束130周年,而我开始创作时已经是2023年10月以后了,这让我心急如焚,因为后面还面临着出版发表这些更为焦灼的问题,它们都需要相当长的时间周期,时间紧张到这次创作几乎是一个无法完成的任务。或许是因为过于焦灼,在2024年春节前后的那个冬天里,我连续病倒了三次。其中第三次病倒在2024年春节前的除夕夜,但我仍然捂着被子淌着鼻涕眼泪坐在电热炕上写。我留下过不多的几次创作记录,它们显示春节生病期间我每天还创作了三千字。

写这篇后记的时候,我又一次病倒,症状和2024年春节期间一样,我再一次把自己委顿到了电热炕上。我想,这又是一个关于轮回的神秘事件。一年多的创作、修改过程纷纷倒退而至,我的眼前满是时光飞逝的影子。它们既重又轻逸。

最后,确定小说题目也是难题。有一次跟一位前辈聊天说起这个问题,他的建议是,因为小说题材出于真实的历史,内容偏"重",所以题目该"轻"一些,把内容的重"化"一下。我觉得他说的有道理,进而我想到卡尔维诺在《新千年备忘录》讲稿中谈到"轻逸与沉重"的文学问题,所以就以结尾部分"我"与黄断水对话中的"我们海上见"这句当作了书名。

感谢提供机会让我创作这部作品的相关部门和领导。感谢山东文艺出版社出版这本书。感谢编辑老师们为这部作品付出的心血和汗水。小说完稿之后,对它的全文通读,我的责编王老师比我要多读很多遍。我觉得,他像是这部作品的第二个作者。还要感谢获得过"中国最美的书"奖等多种设计奖的周老师在朋友的引荐下慷慨答应我的邀请,为本书设计了封面。

2024 年 12 月 10 日写于烟台